世界名著背后的故事

{全二册}

Stories behind the World's Classics

1

余凤高 著

人民文学出版社

图书在版编目（CIP）数据

世界名著背后的故事：全2册／余凤高著；—北京：
人民文学出版社，2016
ISBN 978-7-02-012180-9

Ⅰ．①世… Ⅱ．①余… Ⅲ．①世界文学—文学研究
Ⅳ．①I106

中国版本图书馆 CIP 数据核字（2016）第 268671 号

The stories behind the world's famous books

出版统筹　仝保民
责任编辑　陈　黎
装帧设计　陶　雷

出版发行　人民文学出版社
社　　址　北京市朝内大街 166 号
邮政编码　100705
网　　址　http://www.rw-cn.com

印　　刷　三河市祥宏印务有限公司
经　　销　全国新华书店等

字　　数　735 千字
开　　本　787 毫米 × 1092 毫米　1/16
印　　张　54.75
印　　数　1—5000
版　　次　2019 年 12 月北京第 1 版
印　　次　2019 年 12 月第 1 次印刷
书　　号　978-7-02-012180-9
定　　价　298.00 元

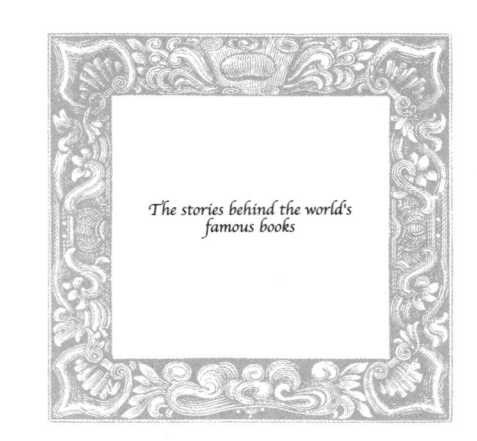

如有印装质量问题，请与本社图书销售中心调换。电话：010-65233595

1

儿童经典

目录

Alice's Adventures in Wonderland	1	《爱丽丝漫游奇境记》 给爱丽丝姐妹讲的爱丽丝故事
Sneewittchen	12	《白雪公主》 故事的嬗变与原型
Peter Pan	22	《彼得·潘》 从小白鸟到长不大的潘
Pippi Longstocking	32	《长袜子皮皮》 "永不暴力！"
The Blue Cat of Castle Town	38	《城堡镇的蓝猫》 依据历史事实来创作
The Ugly Duckling	46	《丑小鸭》 安徒生的"自传"

Le Maître Chat		《穿靴子的猫》
54		各民族都有猫咪助人的故事
Doctor Dolittle's Zoo		《杜立德医生的动物园》
62		抚慰战时孩子的心灵
Dracula		《德拉库拉》
70		经典吸血鬼小说的创作
Aschenputtel		《灰姑娘》
77		一千个"灰姑娘"
The Call of the Wild		《荒野的呼唤》
87		摆脱"文明社会"的羁绊
The Emperor's New Clothes		《皇帝的新装》
95		揶揄虚荣和自欺

Der goldne Topf	103	《金罐》重温失去的爱情
Golden Key	111	《金钥匙》苏俄的《木偶奇遇记》
The Happy Prince	119	《快乐王子》爱的颂歌
Bluebeard	130	《蓝胡子》惩治和警戒
Le Roman de Renard	138	《列那狐》传说和改编
The Wizard of OZ	146	《绿野仙踪》创造一个神奇国度

Mary Poppins	155	《随风而来的玛丽·波平斯阿姨》 "玛丽是我的生活史"
La Belle et la Bête	163	《美女与野兽》 外表的美和心灵的美
Baron Münchhausen	173	《明希豪森男爵的冒险》 "向理性主义挑衅"
Pinocchio	182	《木偶奇遇记》 真实的匹诺曹及其他
The Chronicles of Narnia	191	《纳尼亚传奇》 传奇的传奇
The Wonderful Adventures of Nils	198	《尼尔斯骑鹅旅行记》 展示祖国的河山和顽儿的成长

Tarzan	206	《人猿泰山》"泰山"的原型
A Christmas Carol	215	《圣诞欢歌》提醒人过和谐、慈善的日子
Twelve Colors Fairy Tales	225	《十二色童话》收集数十年的"老童话"
The Water Babies	233	《水孩子》达尔文学说的恩惠
Sleeping Beauty	243	《睡美人》从冰岛神话到格林的文本
From the Mixed-up Files of Mrs. Basil E. Frankweiler	250	《天使雕像》一则新闻的启示

Peter Rabbit	259	《兔子彼得的故事》 家里的兔子和书中的兔子
The Prince and the Pauper	269	《王子与贫儿》 真实的和虚构的
Charlotte's Web	277	《夏洛的网》 有感于一只猪的死
Rotkäppchen	284	《小红帽》 以往的故事和现今的故事
The Little Mermaid	295	《小人鱼》 温婷娜故事的创新
Le Petit Prince	304	《小王子》 韩狐足迹的启发

Winnie the Pooh 314		《小熊维尼》 从猎物、玩具到童话人物
The Wind in the Willows 322		《柳林风声》 呼唤安宁的家园
The Nightingale 331		《夜莺》 献给珍妮·林德的爱
Wenny Has Wings 339		《写给我天堂里的妹妹》 讲述濒死前后的"生活"
Cuore 347		《爱的教育》 培植青少年伟大的爱心
Black Beauty 353		《黑骏马》 要是不爱动物,一切宣扬爱都是骗人

Treasure Island　　《金银岛》
359　　按照继子的趣味来创作

Uncle Tom's Cabin　　《汤姆叔叔的小屋》
369　　激发人们对黑奴的同情

Alice's Adventures in Wonderland

1 《爱丽丝漫游奇境记》

给爱丽丝姐妹讲的爱丽丝故事

  一八六二年七月四日，美国从独立战争开始，已经过去了八十七个年头；南北战争也已经进行了十五个月。林肯总统说，还得继续战争，继续战争的主要目的不是为了铲除奴隶制度，而是为了保住合众国。这个时候，流经美国三十一个州的密西西比河完全笼罩在惊恐和不安之中。可是在英国，牛津大学旁的泰晤士河却是一片宁静，一点也闻不到战争硝烟的气味，人们可以无忧无虑地在河里划船，还可以在河岸的树荫底下悠闲地喝茶或者讲些有趣故事。

  正是在下午，金光灿灿，／我们悠闲自在地荡船。……在此时，／如此令人陶醉的天气，／竟要求讲一个轻松的故事……爱丽丝！请接受这孩童的故事，／并且请用温柔的手把它／放在那里：童年的梦已织进／回忆的不可思议的飘带，／就像朝圣者枯萎的花环，／那些花从遥远的国度采来。（吴钧陶译文）

刘易斯·卡罗尔

这天，牛津大学讲师、数学家和逻辑学家，三十岁的道奇森就在这样的情景下开始对萝琳娜、爱丽丝和伊迪丝·利德尔三姐妹讲起了爱丽丝从一个兔子洞里掉下去、在地下看到许多稀奇古怪事情的故事。

查尔斯·路德维希·道奇森（1832—1898）是苏格兰西北柴郡达勒斯堡两个古老家族的后裔。父亲是一位牧师，也是知名的古典学者，特别喜欢研究数学，个性中掺杂了幽默和清教主义的简朴；母亲是父亲的堂姐妹，性情极其温柔优雅。道奇森正好继承了这两位双亲的优点。他天资聪慧，勤奋好学，幽默风趣，又有上进心。只是一八四六年起五年就读于拉格比公学的困苦生活，还有十分爱他的母亲的过早死亡，使他深深地陷入了忧郁和怀念，这一情绪终生没有离开过他。他希望把自己的爱投注在多方面的兴趣上，来排解和抵消心灵中的忧郁。文学、医学、科学都吸引着他，艺术更是他持久的喜好所在，尤其是绘画，是他最喜爱的，他一生从没有放弃过绘画，定期都要去参观展览会和艺术家的工作室。只是感到自己缺乏成为职业艺术家的天赋，道奇森于是将这爱好转向了摄影这门当时刚刚兴起的艺术，最后还成为十九世纪一位出色的业余摄影家。对数学和逻辑学方面的兴趣，则使他一生写出了差不多三十册这方面的书，其中《欧几里得和他的近代对手》（1879）甚至算得上是一部具有相当历史价值的学术著作。但对道奇森来说，他最大的兴趣，大概要算是对孩子，特别是对女孩子的喜爱了。

一八五一年，道奇森考取牛津大学，进了基督教学院，一八五四年以优异的成绩获

《爱丽丝漫游奇境记》插图

学士学位毕业后,留学院任教,后来升为数学讲师。

道奇森富有儿童的天性。十多岁的时候,他曾在家中的花园里修建了一条游戏铁路,有车站,有售货亭,还向乘客收票。这是世界上最早的游戏铁路。后来,他又怀着这天赋的童心建造了一座木偶剧场,制作了一些木偶;他还在雪地上建起过迷宫。此外,他也喜欢猜谜、玩魔术和研究数学。在道奇森看来,解数学题不但像猜谜,简直有点儿像魔术……这些都是道奇森童心的体现。

本来,像这样一个富有童心的人,做一名教师教孩子功课,应该是最合适的了。可惜他生性腼腆,在整个班级的学生面前,很容易感到害羞,而且他又口吃,缺乏与他们交流语言和情感的才能,以致他的讲课非常枯燥无味,根本不能激发孩子们的学习兴趣,更无法使他们接受他讲授的知识。他兼职圣阿戴特学校的经验也证明了这个难以改变的缺陷。他在一八五六年一天的日记中便曾这样感叹:"班里的学生又是吵闹个不停,很难管教——我还没有掌握维持秩序的艺术……"不过,在跟个别的孩子相处时,他的这些缺陷似乎一下子又消失了。与他们交谈,道奇森能发挥出他潜在的幻想,他的幽默感和模仿才能,使他们感到无穷的快乐。因此,当他作为一位业余摄影家闻名后,利德尔三姐妹都很喜欢和他接近,他的谈吐,尤其是他讲述的故事,对她们有极大的吸引力。

道奇森与这家的三姐妹好像也特别有缘分,尤其是爱丽丝。

爱丽丝·利德尔(1852—1934)生于一位学者的家庭。她的父亲亨利·乔治·利德

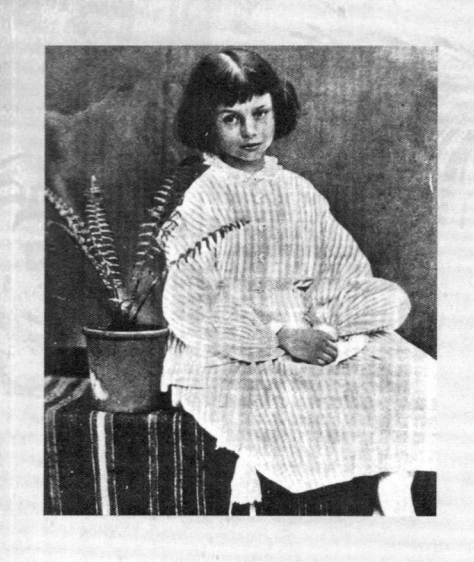

爱丽丝·利德尔

尔不但与他在牛津大学的同学罗伯特·斯科特合作，在前人的基础上编成了一部《希英辞典》，此书几经修订之后，成为标准的《希英辞典》；还著有《古罗马史》两卷。他从牛津大学毕业后，先是留校任贝利奥尔学院导师，后一度任圣公会牧师和艾伯特亲王的家庭牧师，从一八五六年至一八九一年任牛津大学基督堂学院院长。

年轻单身的道奇森与利德尔一家同住在牛津大学的校园里，两处相隔仅一二百步的距离，所以他与利德尔三姐妹很容易相遇。

道奇森第一次见到爱丽丝是一八五六年的四月二十五日，那年爱丽丝还不足四岁。这第一次见面给道奇森留下了深刻的印象，使他永远铭记难忘。他在这天的日记中写道："我用一块白色小石子记下这一天。"把四月二十五日看成是一个值得纪念的日子。慢慢地熟悉了之后，三姐妹就要道奇森讲故事。随着时间的推移，道奇森与爱丽丝和她的姐妹的友情持续增长，他也更加喜欢爱丽丝了，虽然遭到她们那位执拗的母亲的阻挠。爱丽丝的确是一个漂亮的孩子，黝黑的头发，圆圆的像一只小鹿的易受惊吓的眼睛，都使道奇森特别钟爱；道奇森曾给她拍过几次照片，还为她画过像。他很有兴致时常与她们在一起，给她们讲许多有趣的故事。尽管许多人相信道奇森是一个认真严肃、操守高洁、光明正大的年轻人，他对爱丽丝纯粹只是对一个孩子的真诚的爱，但他们之间的感情也被一些人质疑，认为他对爱丽丝有性爱动机。

一八六二年七月四日，这个文学史上具有意义的一天，道奇森和他的朋友鲁滨生·达克沃斯带了利德尔三姐妹——十三岁的萝琳娜、十岁的爱丽丝和八岁的伊迪丝一起，沿泰晤士河划船上溯戈德斯托。就在这个"金光灿灿的下午",道奇森给她们讲了一个"爱丽丝奇境历险"的故事。

　　这是一个非常引人入胜的故事。主人公爱丽丝一下子缩得很小很小,两条手臂尽量伸长也只能抱住那只大蘑菇,一只幼犬看起来都成为庞然大物;一下子又长到超过九英尺,头可以顶住天花板,哭起来眼泪一加仑一加仑地流出来,让半个厅堂漫上四英寸高。这就使得爱丽丝和她的两个姐妹听得很入迷。还有那只能从背心口袋里掏出一块表来的红眼睛大白兔,抽一支长长的水烟筒的青色大毛毛虫,两位穿号衣为公爵夫人收发信件的蛙脸男仆和鱼脸男仆,还有扑克牌红心国王、红心王后和士兵,可以被当作坐垫的贪睡的榛睡鼠,以及希腊神话中的狮身鹰首怪物格里芬,在空中仅露出个脸来的柴郡猫,猪鼻子的婴儿,等等,组成一个个时而惊险时而快活的情节,像方阵舞啦,与大老鼠交谈啦,玫瑰种错了地方只好给开出的花涂颜色啦,以火烈鸟作球棍、刺猬作槌球、扑克牌士兵作球门的槌球游戏啦,等等等等,结合三个女孩子平时在学校和生活中学得的知识,插些文字游戏,都无不吸引着她们的兴趣。特别是,不但故事里的那个"爱丽丝"就是此刻坐在面前的爱丽丝,而且故事充分表现了听故事的爱丽丝那深刻显示自己像个大人似的诚实、自信、好强、喜欢炫耀课本上学来的知识等性格。道奇森还巧妙地把自己和另外四个听故事的人也编织了进去,成为故事里面的角色:达克沃斯就是母鸭,道奇森

《爱丽丝漫游奇境记》插图

即是渡渡鸟,萝琳娜和伊迪丝分别为吸蜜小鹦鹉和小鹰,都非常讨这三姐妹喜欢,简直使她们入神,忘记了自己。直到最后,王后大声嚷道:"砍掉她的脑袋!"原来,国王、王后、士兵等组成的整副扑克牌都腾空而起,纷纷飘落到爱丽丝身上,于是:

　　她发出短短的一声尖叫,半是惊恐,半是愤怒,同时试图把那些扑克牌赶开,却发现自己正睡在河岸边,头枕在她姐姐的腿上,她姐姐正在把从树上纷纷飘落的一些枯叶轻轻掸开。

　　爱丽丝醒来后,才知原来是"一场多么稀奇古怪的梦呀",正好与故事的开头"爱丽丝挨着她姐姐坐在河边……"相衔接。因树叶飘压到爱丽丝的胸部,最后使她在"惊恐"中醒来,这样的编排也是合乎梦的逻辑的。

　　爱丽丝非常喜欢这个"爱丽丝"的故事。但她听过之后还不满足,要求道奇森把故事写下来。十分喜欢爱丽丝的道奇森自然非常乐意实现爱丽丝的愿望。两年半之后,一八六四年的圣诞节,道奇森送给爱丽丝一件礼物:写在一本绿色封面笔记簿里的《爱丽丝地下历险记》,是道奇森讲过的这个一万八千字的故事书稿,附有作者亲自画的三十七幅插图,最后一页还贴了一张他为七岁时的爱丽丝拍的照片。

　　无论是在讲这些故事的时候,还是把原稿送给爱丽丝的时候,道奇森"从没有想到过出版"。那是几位"过分宽容姑息的朋友"提出来的。因为爱丽丝得到这本书稿之后,给很多人传阅过,他们个个大加赞赏。小说家亨利·金斯利一意劝说道奇森将故事做些整理,然后公开出版;另一位以写出流传久远的《公主和妖怪》等童话佳作而闻名的基督教寓言作家乔治·麦克唐纳,大概是从时常喜欢听道奇森讲故事的女儿玛丽·麦克唐纳那里得知有这么一个有趣的故事,他甚至热情地向出版商推荐过这个童话故事。在他们的劝说下,道奇森决心对故事进行修订。修订后的"历险记",内容从原来的一万八千字增加到三万五千字,总的倾向是在固有的比较简单、狭隘的儿童故事和游戏

世界名著背后的故事

6
7

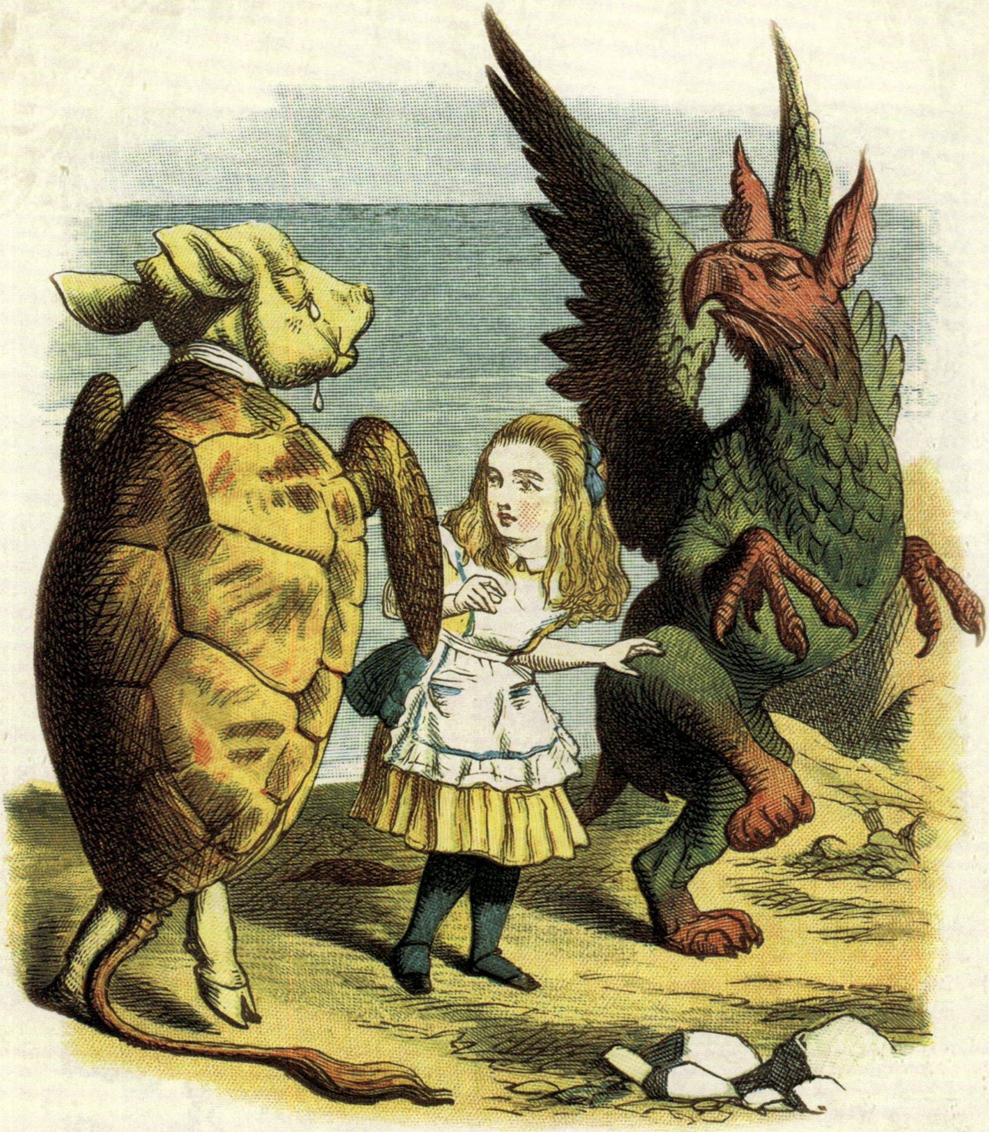

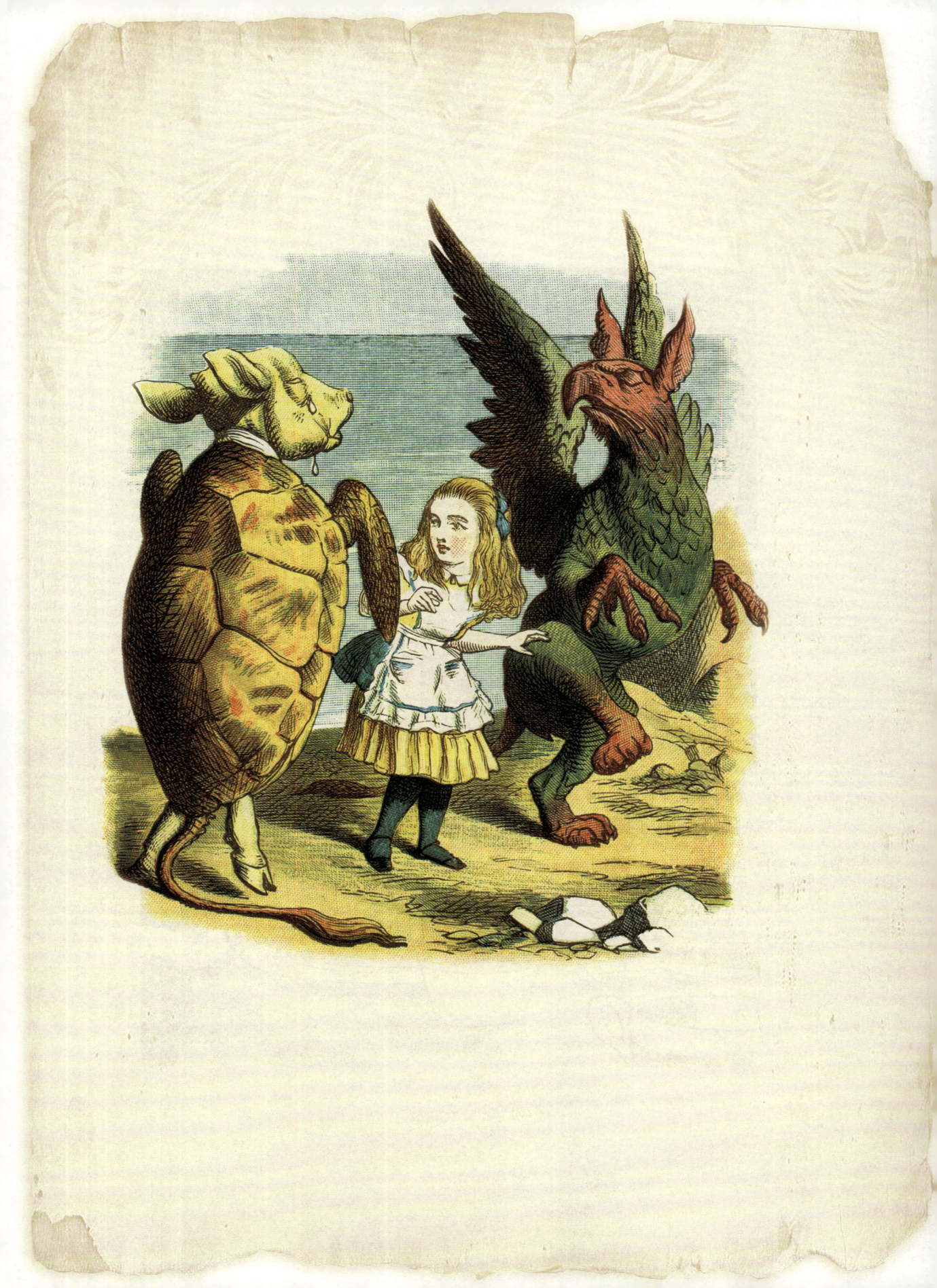

上加了一些较为深刻、较具理性的情节，如"猪娃和胡椒""疯狂的午餐会""谁偷了水果馅饼"中的审判等。此书的正式出版，还得到插图画家约翰·坦尼尔的同意，来为作品创作插图。

《爱丽丝漫游奇境记》插图

后来受封爵士的约翰·坦尼尔（1820—1914）曾在英国皇家美术学院学习，十七岁时就有一幅处女作被送至英国美术家协会展出；一八四五年，他以一幅十六英尺的漫画参加威斯敏斯特新宫壁画设计投标，获一百英镑奖金，并受托为上议院休息厅——"诗人厅"设计壁画。一八五〇年起，他成为著名的讽刺、幽默漫画期刊《笨拙》的连环漫画家，直到一九〇一年，一生共在这家周刊上发表了大约两千五百幅漫画。作为插图画家，他这时已经颇有名气。

坦尼尔为出版"爱丽丝"的故事配作插图而与道奇森的合作于一八六四年四月签订了合同。有好几个候选人被提了出来，认为可以作为未来插图中爱丽丝的模特。道奇森选中了英格兰北部约克郡里彭大教堂一位姓巴特库克的教士会成员的女儿玛丽·希尔顿·普罗拜，并把她的一张照片送给坦尼尔看。可能是因为这张照片原来在照相馆的橱窗里有些弄脏了的关系，道奇森后来抱怨说，坦尼尔拒绝用模特作插图，表示"他只要有一张放大桌就行了"。但是，据说坦尼尔后来画插图的时候仍旧用了模特，那是他的同事、《笨拙》的编辑马克·莱蒙的女儿凯特·布莱克。尽管如此，坦尼尔在作画的时候，仍旧非常理智、谨慎，如一位评论家说的，不但在截取情节上"他从各方面都遵循原书作者的思想"，而且在他所画的四十二幅插图里，"其中二十四幅的构图和细部都可以说是作者原画的重复"。

道奇森以前写《欧几里得和他的近代对手》《代数几何学程序》《普通三角公式》著作的时候，用的是自己原来的名字。但他不希望把自己作为数学家和作为作家的两种面貌混同起来。于是，为出版"爱丽丝"的故事，他将查尔斯·路德维希这个名字中的字母的顺序颠来倒去变动了几次，最后选定以刘易斯·卡罗尔作为此书作者的笔名。

此书于一八六五年七月四日由麦克米伦公司出版，印了两千册。题目不再是《爱丽丝地下历险记》，而改为《爱丽丝漫游奇境记》。卡罗尔把第一本送给了爱丽丝·利德尔，坦尼尔则送了一本给凯特·布莱克。

今天，大概很少有人知道《欧几里得和他的近代对手》了。要说《爱丽丝漫游奇境记》，那就完全不同了，它已经成为全世界最流行、最著名的童话之一，几乎所有的孩子和很多的家长都读过这本书。有意思的是，许多孩子往往是在听大人讲述书中的故事或自己能够阅读此书之前，先看了坦尼尔为它作的插图，才激发起阅读的兴趣。坦尼尔的插图和卡罗尔的童话，两者互相促进。的确，如今，坦尼尔的插图已经成为《爱丽丝漫游奇境记》不可分割的组成部分，从第一版起，不管在英国本国和美国，或是其他国家的《爱丽丝漫游奇境记》译本，都没有不带坦尼尔的插图的。坦尼尔曾为爱尔兰诗人托马斯·默尔的、与乔治·拜伦齐名的富有东方色彩的叙事诗《拉拉·鲁克》画过插图，被认为是当时插图艺术的最高成就。但他为《爱丽丝漫游奇境记》所作的插图则是他最有影响的作品。因此艺术批评家乔治·克尔这样评论坦尼尔："因有《笨拙》，他得到了面包，因有《爱丽丝》，他赢得了不朽。"道奇森·卡罗尔天性喜爱艺术，长大后还曾专门跟英国著名画家和艺术批评家约翰·罗斯金学过绘画。原来，卡罗尔确实只是怀着一颗纯真的心为爱丽丝创作《爱丽丝漫游奇境记》的，现在，他可是真的爱上了她，而且有意跟她结婚。只是因为两人的年龄差距过大，遭到爱丽丝父母的拒绝。一直阻挠他们发展关系的爱丽丝的母亲甚至烧毁了道奇森早期给爱丽丝的信件。爱丽丝后来嫁给了英格兰

兰开夏郡艾克林顿一个富有的印花布画家的儿子雷金纳德·杰维斯·哈格里夫斯,有趣的是,哈格里夫斯还是道奇森一八七二到一八七八年间的学生。爱丽丝生有三个儿子,其中两个在第一次世界大战中牺牲了。卡罗尔曾向哈格里夫斯要求,希望做她孩子的教父,但没有被接受,这使他十分感慨,说童年时代的友谊和现在"是完全不同的一回事"。不过,他因写出了《爱丽丝漫游奇境记》而获得崇高的荣誉。一九八二年十二月十七日,即道奇森一百五十周年诞辰之日,在伦敦威斯敏斯特大教堂的诗人之角,紧挨着乔治·拜伦、T.S.艾略特和亨利·詹姆斯,人们为这位孤独的作家竖立了一座纪念碑。在此之前,一九六九年,英国就成立了"卡罗尔协会",除本国的会员外,还有法国、美国、西班牙、日本、荷兰等国的卡罗尔作品的爱好者入会。协会的秘书长富尔彻曾无比骄傲地声称:"自莎士比亚以后,卡罗尔是英国小说中被译成外文最多的作家。"

Sneewittchen

《白雪公主》

故事的嬗变与原型

魔镜、毒苹果、水晶棺材,还有森林中七个善良的小矮人,对于喜欢童话故事的孩子甚至不少成人来说,都太熟悉了,他们都知道这是童话《白雪公主》,或叫《白雪公主和七个小矮人》的故事,能够头头是道地说个没完。

当然,今天全世界都知道《白雪公主》这个童话故事了。但是它最初的出生地是在欧洲,欧洲很多国家都有流传,最后以德国童话作家格林兄弟收录的最为著名。

格林兄弟,雅各布·格林(1785—1863)和威廉·格林(1786—1859)中学毕业后,都于一八〇二年进马尔堡大学攻读法律,一八〇六年完成学业,雅各布任威斯特伐利亚国王杰罗姆的私人图书馆的管理员,威廉任卡塞尔选帝侯图书馆秘书。最初,他们受法学教授弗里德里希·封·萨维尼的启发,去研究德国的中世纪文学。

格林兄弟生活的十八世纪后期到十九世纪中期,正是浪漫主义兴起并横扫西方文明的时期。英国哲学家伯特兰·罗素写道:"浪漫主义者的性情从小说来研究最好不过了。

格林兄弟

他们喜欢奇异的东西：幽灵鬼怪、凋零的古堡、昔日盛大的家族最末一批哀愁的后裔、催眠术士和异术法师、没落的暴君和东地中海的海盗。"（马元德译文）这一历史背景，使童话作为大众文化，重新让人们产生浓厚的兴趣。原已衰落、流行于十七世纪晚期法国文学沙龙中的那些童话故事，又重新获得人们的青睐。就在这个浪漫主义的热潮中，德国童话故事作家约翰·穆索斯（1735—1787）收集出版的五卷本《德国人的民间童话集》在一七八二至一七八六年间陆续出版。

封·萨维尼有两位朋友，克莱门斯·布伦塔诺和阿希姆·封·阿尔尼姆，都是热情的浪漫主义者。他们曾经在一八〇五年合作出版过一本德国民歌集《男童的神奇号角》，书名取自集子中的第一首诗，描写一个年轻人把一支有魔力的号角送给女皇。这故事的童话性质是显而易见的。此书产生很大的影响，深深地启发了后来德国浪漫主义诗人的创作。一八〇六年，布伦塔诺找到格林兄弟，希望他们能协助他收集民间童话，使他们在今后创作该书的续集或其他童话时有用。从此，格林兄弟开始爱上了民间童话，并明确表示，要放弃原来的律师生涯，全力以赴进行纯文学研究。

接受布伦塔诺的建议，几年里，格林兄弟从书本上，还从熟悉的中产阶级朋友和邻人的口头叙述中收集到不少民间童话；经过整理之后，于一八一〇年寄了四十九篇童话给布伦塔诺。可是不知怎么的，一直没有得到布伦塔诺的回复，像是石沉大海。于是，两兄弟便以寄给布伦塔诺的原稿副本为基础，增加了一些篇目，自行于一八一二年圣诞节前的十二月二十日出版了《儿童和家庭童话集》，内收八十六则童话故事。这是通常

《白雪公主》插图

所称的《格林童话》的第一卷。两年后，第二卷出版，收童话故事七十则。由于这些童话原来是在成人中口头流传的，而不是特地为儿童创作的，往往含有暴力和性的因素，出版后受到一些批评。于是，格林兄弟在一八一九年将这两卷合在一起刊行第二版时，便对这些内容作了删节，并进行必要的修改和润色。以后再版时，两人也十分注意这些问题，不让其中的不良倾向对儿童读者产生影响。一八二二年，《格林童话》第三卷出版，故事已增至一百七十则。随后，又先后于一八三七、一八四〇、一八四三、一八五〇、一八五七年陆续刊行第三、第四、第五、第六、第七版，故事已增加到二百一十一则了，全都配有插图。由此，一版又一版地发行，可见格林兄弟的这些童话是如何受读者的欢迎了。

《白雪公主》是格林兄弟最早搜集到的童话故事之一，收在一八一二年出版的第一卷《儿童和家庭童话集》中。如今所知的这一故事讲述了一个美丽可爱的公主，因为她的美貌，遭到其后母的嫉妒，被迫逃进大森林，恰遇七个善良的小矮人。最后在这些小矮人的帮助下，战胜了后母的诅咒，找到她的真爱王子。只是最初，这个故事并不完全是这样的。

本来学者们以为，格林兄弟寄给布伦塔诺的那部童话原稿再也找不到了。谁知一个多世纪后，一九二〇年，这部手稿在法国阿尔萨斯区俄棱堡修道院的图书馆被发现，且在一九二四、一九二七和一九七四年以不同的版本刊行，因而最初的这个包括《白雪公主》童话在内的童话集，便被称作"俄棱堡手稿"。美国明尼苏达大学的杰克·齐珀斯

《白雪公主》插图

是研究童话的德语教授，他在《格林兄弟：从魔法森林到现代世界》一书中评价说，在上述这几个版本中，德国学者、贝吉施大学哲学和民俗学教授海因兹·罗里克完成的最后这个版本《格林兄弟的童话集》"是最权威、最有用的，因为他慎重地展示了格林兄弟原来的手稿，可以帮助我们证实童话的来源，并揭示出兄弟两人在完成这些童话时做过多大的改动"。

"俄棱堡手稿"中的《白雪公主》也包含了镜子、毒苹果、紧身围腰、水晶棺材和七个善良的小矮人等这些今日人们在同名童话中所熟悉的几个因素，不同的是，没有出现猎人，特别值得一提的是，竟然把那个恶毒的女人写成是女主人公的生母。

"俄棱堡手稿"中的《白雪公主》童话，题目叫《白雪公主：皮肤白皙的皇后之女》，这就是说，故事中嫉妒和屡次加害白雪公主的不是她的后母，而是她的亲生母亲。

童话描写白雪公主小的时候，她的生母，也就是王后，是爱她的。但等到她成长到青春期之后，王后见她和她王父亲越来越亲密，远胜过她们母女之间的关系，便产生妒忌心理。后来，由于白雪公主对母亲的一切都感兴趣，特别是对她的"密室"非常好奇，于是便偷偷地溜进去，发现了生母的魔镜和她配制的毒药或春药。这就更加惹怒了她母亲。作为惩罚，当国王出征去打仗时，王后就设法将白雪公主送往一处遥远的大森林里，并把她留在了那里。在那里，白雪公主发现了七个勤劳的小矮人的家，进去后，因为太疲劳，不经意间就睡着了。七个小矮人回来后，原想赶走她，随后才决定留下她来，让她帮他们做饭。一天，白雪公主邂逅一位年轻的王子。王子对这个大森林中的女孩子着了

《白雪公主》插图

迷,想把她带回宫中。但是,好嫉妒的王后从魔镜上得知白雪公主仍旧活着,便去森林里找到了她,并三次化装设法想害死她。第一、第二次因为有小矮人的帮助,使白雪公主得以幸免。但是第三次,在吃了王后的毒苹果之后,白雪公主"死了"。小矮人们将她安置在水晶棺材里。白雪公主平静地躺在里面,直到一天她父亲发现了她。最后,国王和王子找到一种方法,把白雪公主从她母亲的咒语中解救了出来。白雪公主苏醒之后,过上了新生活。

显然,格林兄弟后来认识到,或者说在读过批评的意见之后认识到,"俄棱堡手稿"描写女儿和她的生父关系亲密甚至暧昧,而她的生母出于妒忌,一意要毒死她的亲生女儿,对小读者来说无疑是十分不合适的。试想,当一个母亲或父亲对自己的孩子讲这样一个童话故事的时候,会有多么不自然;而孩子们在听自己生母或生父讲这样一个故事的时候,也会感到多么不舒服。所以很自然地,生母被改成后母。这样的童话故事,无论对母亲、父亲或是对女儿,都容易被接受。事实正是这样,在一八一九年的版本中,格林兄弟在"序言"里就明白地说:"在这新版中,我们慎重地删除了一些于孩子不合适的描写。"类似的情况,定然是同样的原因,大多给孩子们看的童话故事中,凡是恶毒的母亲,通常都是后母,而不是生母。

另外,"俄棱堡手稿"中的《白雪公主》里,也没有后母王后派去杀白雪公主的猎人。这个人物是一八一二年的版本加上去的,描写他因为心软而放过了白雪公主,并和她一起踏上逃亡之路,从而才有以后的情节:逃进小矮人的木屋,并因过于疲倦而睡了一晚,

世界名著背后的故事

16
17

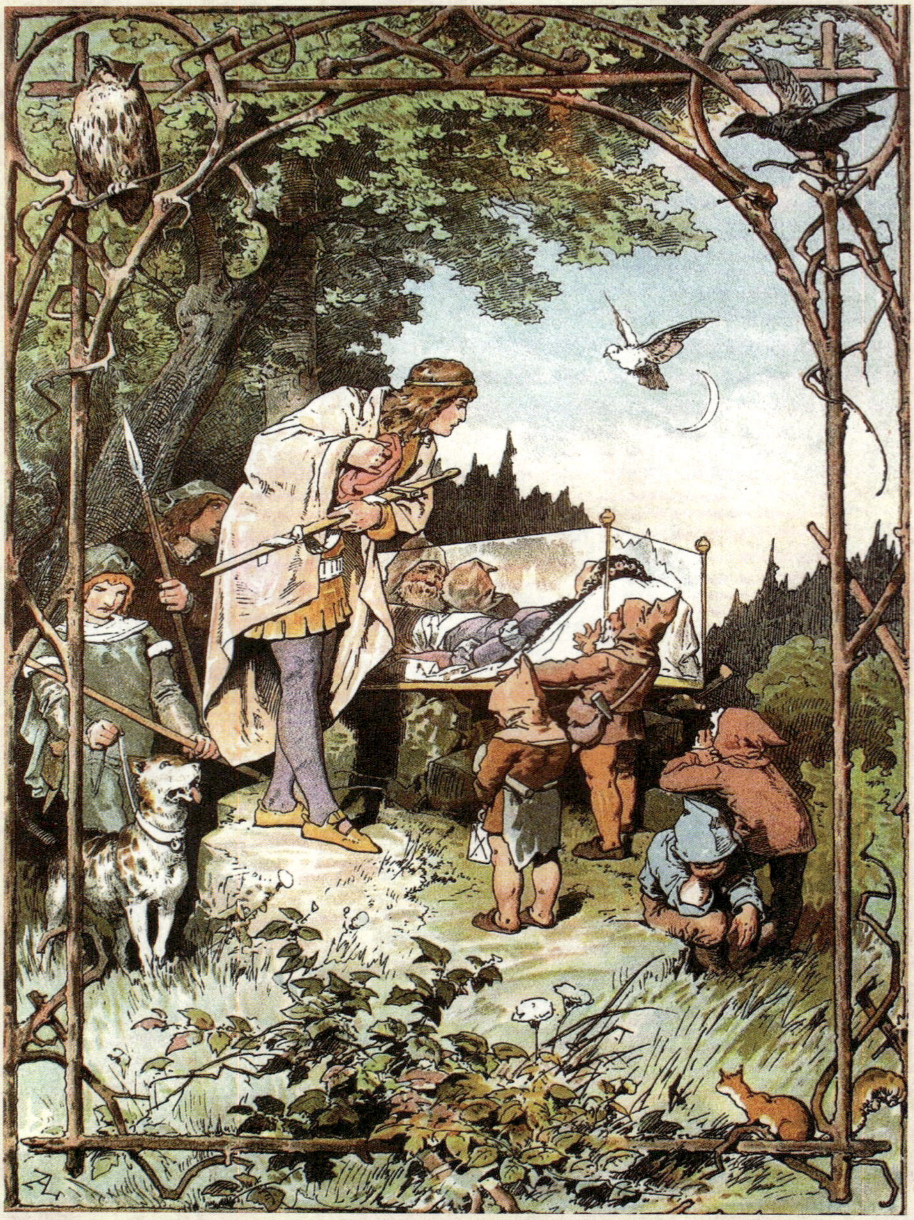

醒来之后,"俄棱堡手稿"写道:

> 当白雪公主在第二天早上醒过来之后,人们(指小矮人)问她到底发生了什么事。于是,她把一切都告诉了他们,说她母亲,那个王后如何想要置她于死地,把她单独带到大森林里,自己就走了。小矮人们怜悯她,允许她跟他们待在一起,在他们去矿上时为他们做饭。但是,她不得不提防王后,不让任何一个人进屋。

这一情节,一八一二年版的《白雪公主》是这样写的:

> 当白雪公主醒过来之后,他们问她是什么人,出了什么事才进屋来的。于是,她告诉他们,她母亲如何想要置她于死地,但猎人放她得以逃生,而她又如何终日逃跑,最后到达他们的家。小矮人们是那么的怜悯她,说"只要你为我们管好家,烧饭、缝补、铺床、洗刷和编织,把一切都做得干净又清洁,你可以跟我们待一起,而且你要什么都会有。晚上,我们一回到家,饭菜一定要准备好。白天我们去矿上挖金子,你会是一个人,要提防王后,别让人进屋"。

由此可知,即便是第一卷,格林兄弟自己编写故事的时候,就已经和最初寄给布伦塔诺的稿子不一样了,他们对自己的创作是何等的严肃认真。

当然,数以百计的所谓"格林童话",并不都是格林兄弟两人的原创作品,其中有些情节和细节是故事原来在口头流传的过程中被一点点补充进去的,也可能有一两篇最初是文人创作,最后为他们两人整理修饰完成的。但不管怎样,不少的童话故事都还是有它的生活原型。学者相信,《白雪公主》这则童话就有它的原型。

在德国东南巴伐利亚的美因河之滨,有一个叫洛尔的小镇,一般称为美因河畔的洛尔。这是一个古镇,早在公元八世纪就有人定居,一二九五年的文献第一次提到它。这虽是一个小镇，但景色秀丽，物产丰富，名人辈出，是个吸引人的旅游点。人们来到这里，可以看到诸多名人的旧居：比如十八世纪斯派尔大主教弗兰兹·封·胡腾的，法国大革命时期班贝格和维尔茨堡大主教弗兰兹·封·埃塔尔大主教的等等，还有一些宏伟美观的古建筑。另外，吸引旅游者的还有一件特别的古物——据说是《白雪公主》童话里嘲弄恶王后的"魔镜"。人们相信，这里是白雪公主的故乡，它近旁的瓦尔德克城堡便是这个童话故事的发生地；并且坚信，这个优美的故事不是出于作家的虚构，故事里的白雪公主有其人物原型，那就是德国的玛格丽塔·封·瓦尔德克女伯爵。

玛格丽塔·封·瓦尔德克（1533—1554）生于瓦尔德克，这是当时德国的一个邦，位于威斯特伐利亚和黑森－拿骚之间，是腓力四世封·瓦尔德克－巴德维尔东根伯爵的女儿。

瓦尔德克有几个铜矿，在矿坑里干活的很多是童工，这些孩子因为劳动环境恶劣，又长期营养不良，个个都发育得不正常。另外，据说矿主玛格丽塔的兄弟，经常会放一些有毒的苹果在那里，故意让这些挨饿的孩子偷去吃。结果，这些孩子都成为驼背、跛腿、残疾的"小矮人"，一般都活不到二十岁。但这些朴实的矮人，根本不去多想什么，更想不到矿主的恶毒心计，只是一心卖力干活，且乐于帮助他人。

玛格丽塔长到十六岁那年，进了布鲁塞尔神圣罗马帝国查理五世的宫廷。这个年龄正是少女的青春期，玛格丽塔出落得光彩照人，惊人的外貌显露无余，甚至引起她后母的嫉妒。

这正是帝国无比强盛的时期，天天都有王族贵宾从世界各国前来这里。玛格丽塔的美貌吸引了很多人的注意。有一位年轻王子竟被她的美所倾倒。他是西班牙王子腓力二世，他深深地爱上了她，而且两人坠入了爱河。这就更使她的后母又恨又怕，她恨王子的父亲西班牙国王为什么不管教好自己的儿子，也恨玛格丽塔为什么长得这样漂亮，把这么多人都迷住了。

但事情并没有进一步发展下去，因为玛格丽塔在二十一岁那年就早早地病逝了。

一个年轻的女孩子，怎么会在青春年华之时就死去呢？人们相信她是被毒死的。一个重要的证据是玛格丽塔去世前不久写的遗嘱，笔迹显示她在写这份遗嘱时，她的手在颤抖，表明是中毒引起的症状。到底是谁下的毒，始终未能查明，不过有一点是肯定的，绝不是嫉妒她的后母，因为这个恶毒的后母在此之前就已经去世。最可信的说法，认为是西班牙警方秘密下的毒，使女孩看起来像是患慢性病死的。他们毒死她的目的是不让这个德国女子嫁给西班牙王子，以免在他继承王位之后德国和西班牙结成政治联姻。

　　不只是童话故事的主人公白雪公主的原型确有其人，故事中的一些细节，也有现实的影子。如今童话中的白雪公主，头发是黑色的，大概为了与她白皙的皮肤相映衬，更显出她的美。在最早的文本，也就是"俄棱堡手稿"中，白雪公主的头发是"黄色的"。学者考证，她的原型人物，即玛格丽塔·封·瓦尔德克的头发是金色的，与"俄棱堡手稿"中所写的很接近。还有毒苹果。德国学者埃克哈德·桑德尔在他一九九四年出版的《白雪公主只是一个童话吗？》中表示，他相信像玛格丽塔的兄弟用毒苹果来毒害打工的孩子这类事，的确是有的。他在瓦尔德克附近的魏登根海滨浴场就曾见过一个被捕的人，他就像玛格丽塔的兄弟那样，拿毒苹果给孩子们吃。桑德尔认为，格林兄弟一定知道此类事，所以在童话中这样写。

　　这些都说明了什么呢？只说明，一部或一篇能够广为流传的文学作品，哪怕是童话，从来就不可能完全由作家凭空胡编乱造，它定然有其坚实的生活基础。

Peter Pan

《彼得·潘》

从小白鸟到长不大的潘

伦敦海德公园西面的肯辛顿花园是一处著名的花园群。它原来属英国王宫肯辛顿宫的皇家花园，占地一百一十一公顷，约合二百七十五英亩。这里到处是花丛林木，欣赏不完的幽美景色，还有圣·詹姆斯花园、意大利喷泉和阿尔伯特纪念馆等令人流连忘返的景点。特别是那座彼得·潘的青铜雕像，这个两腿叉开、双臂挥舞、像要腾空起飞的小男孩，吸引着来这里的每一个孩子甚至许多成人，使他们在阅读和观赏过以这个永远长不大的小孩为题的童话、戏剧、影视之外，再在这个小主人公的身边停留片刻，重温一段快乐的童年生活。

彼得·潘是作家詹姆斯·巴里笔下的不朽人物，肯辛顿花园是这个孩子和他团队的主要活动场所。巴里是一八九七年在这里获得灵感，创造出彼得·潘这个形象和他的有趣故事的。

詹姆斯·巴里（1860—1937）是苏格兰作家和戏剧家。他生于安格斯的基里缪尔，

詹姆斯·巴里

曾在爱丁堡大学就读；一八八五年定居伦敦后，抱着要成为一位作家的愿望自由撰稿，先后出版了《古老轻松的田园诗》（1888）、《瑟拉姆的窗户》（1889）、《小牧师》（1891）和《多愁善感的汤米》（1896）等作品，已有一定的知名度。

巴里的家离肯辛顿公园很近，他喜欢带着那只叫"珀托斯"的纽芬兰狗去公园散步。一八九七年的一天，他在那里遇见戴维斯家的三个孩子，并和他们交上了朋友。

亚瑟·卢埃林·戴维斯是一位受人尊重的大律师，他和他的妻子西尔维亚当时已有三个孩子：生于一八九三年的五岁的乔治、四岁的约翰（杰克）和一岁的彼得；后来又于一九〇〇年生了迈克尔，于一九〇三年生了尼古拉斯——尼科。每天，戴维斯家的保姆玛丽·霍奇森都会带乔治、杰克和一岁的婴孩彼得来公园玩。巴里喜欢孩子，平时就爱跟孩子而不是跟成人交往，他也很容易成为孩子们的朋友，他那特有的幽默和喜欢讲些怪异的故事，很快就使孩子们不把他看成一个成人，而看他也是一个孩子，只不过是一个长得过大的孩子。

这天，巴里见到戴维斯这三个可爱的孩子，立刻就喜欢上他们了。他给他们讲蜘蛛的故事，讲海盗的故事；他边讲故事，边眨眨眼睛、动动眉毛，也让他们喜欢上了他。

新年的前夜，巴里夫妇参加一个典雅的聚餐会。期间，在巴里的座位近旁，坐着一位年轻漂亮的女子。像是灵感的触发，巴里立刻惊异地意识到，她就是他的朋友乔治、杰克和彼得的母亲西尔维亚·卢埃林·戴维斯。西尔维亚同样惊异地看出，这个爱眨眼睛的神秘男子就是名作家 J.M. 巴里。

西尔维亚对名声和名人什么的，本来就不陌生，她的父亲乔治·杜莫里埃是常在《笨拙》杂志上发表作品的著名漫画家，还是创作过《软毡帽》等小说的作家；她的弟弟杰拉尔德是极有名望的演员和剧院经理；她丈夫的父亲是著名神学家约翰·卢埃林·戴维斯；她丈夫更是有资格上高级法庭进行辩护的大律师。为巴里平日里对她孩子的热情所感动，西尔维亚邀请巴里去他们家。巴里马上就去了。

一九〇一年，巴里去黑湖别墅戴维斯家做客，带去的礼物很使他们全家喜欢。那是以戴维斯的孩子们做海盗游戏的照片制作的相册，题名《逃生黑湖岛的男孩》。此后不久，巴里就成了他们家的常客。但这使亚瑟·戴维斯感到很不舒服：他不理解，这个古怪的小苏格兰人为什么老是这么碍事。不过，不论是亚瑟，还是巴里的妻子玛丽，都没有理由相信西尔维亚和巴里之间有什么风流韵事。事实上，巴里的情感完全倾注在西尔维亚的孩子们身上。正是与这些孩子的感情，激发巴里的灵感，让他写出了彼得·潘的故事。

巴里最初是在一九〇二年写出了《小白鸟，或在肯辛顿花园的冒险》。这部小说的叙述者是一个脾气不好的单身男子，他家靠近伦敦的肯辛顿公园，在这里，他遇见一个小男孩，并和他建立了亲密的关系。他给小男孩讲的故事，很使他喜欢。他讲小精灵的故事，又讲一个名叫彼得·潘的故事，这个彼得·潘是一个离家出逃的婴孩，他在"盘旋湖"中的一个岛上，跟小鸟和小精灵们一起生活。他告诉这个小男孩，所有的婴孩原来都是小鸟，现在仍然还能飞。他警告说，父母一定得把窗子关严，免得他们的婴孩夜里从窗口飞走。彼得·潘听他妈妈说过这事，激发他飞到了肯辛顿公园。在公园里，他既不是鸟，也不是婴孩，而是一个"又是鸟又是婴孩"的生物。他为能过这种独立自主的生活而骄傲，于是决定永远不要长大。但最后，当他想要回家时，发现已经太晚了，因为他的母亲已经另有一个婴孩了，且婴儿室的窗子都已经上了闩，他进不去了。

一九〇三年，在西尔维亚怀第五个，即最后一个孩子尼古拉斯时，巴里开始创作他最著名的童话《彼得·潘》。

《彼得·潘》插图

　　和《小白鸟》不同，《彼得·潘》里的彼得·潘已经不是婴儿，而是一个比较大的男孩了。他居住在"永无乡"，在那里干些像巴里和西尔维亚的孩子们平日里常干的冒险游戏。童话也交代了他过去的，即在《小白鸟》里的身世。这位小主人公告诉其他几个"遗失的孩子"，说是在"很久以前"，他离开父母、飞出家之后，"也和你们一样，相信我的母亲会永远开着窗子等我，所以，我在外面待了一个月又一个月才飞回去；可是，窗子已经上了闩，因为母亲已经把我全忘了，另有一个小男孩睡在了我的床上"（杨静远译文）。就这样，他只好一直待在这"永无乡"了。

　　在《彼得·潘》中，巴里把故事背景"达林的家"设置在伦敦布卢姆斯伯里那条破旧的街道"门牌十四号的那所宅子里"。"不过，"作家告诉采访者说，"你也可以随便把它放在任何一个你所喜欢的地方，只要你认为这是你的家，大概都不算错。"童话中漂亮的达林太太是以漂亮的西尔维亚·戴维斯为原型的，但不能据此就推论亚瑟·戴维斯即是达林先生的原型。巴里后来曾这样向卢埃林·戴维斯解释：彼得（·潘）"是由你们五个人共同的激情产生的，就像未开化之人用两根树枝摩擦出火花。我是从你身上获得了活力"。表示他是从他的孩子们那里获得灵感，创作出这部著名童话的。

　　另一份"活力"——灵感来自于苏格兰的传说和希腊神话。

　　巴里年轻时一定听过或读过不少苏格兰小精灵的故事，尤其在他成为爱好苏格兰民间传说的作家瓦尔特·司各特的粉丝那段时期。只是司各特的故事中的小精灵，不是维多利亚时代的长有一对轻盈小翅膀的仙子，而是古老的苏格兰民间传统中的小精灵。在

《彼得·潘》插图

　　这类故事中，小精灵把孩子引诱进他们的树心或者山洞里。孩子们在这里度过一天，人间却已过了百年。因此，当这些孩子回到家时，他们的父母都已经去世了。巴里在这方面所受的影响也很容易在他的《彼得·潘》中看得出来。在这部童话里，"孩子们每人有一株空心树"，说这是他们的"地下的家"，"这个家像所有的家一样"，有大厅，有卧室、起居室，也有床铺，有桌子等等，都非常奇妙，凳子是地上长出的五颜六色的蘑菇，女孩的闺房像鸟笼那么大。到了故事的最后，尽管不愿长大的彼得始终都是这个样子，而他的好朋友温迪已经有一个女儿简，后来温迪也"头发变白了"，她的女儿简还有了一个女儿玛格丽特。只有彼得·潘"还和从前一样，一点没变……还长着满口的乳牙"。

　　童话主人公彼得·潘的姓是"潘"，它源于希腊神话中的山林之神，赫耳墨斯的儿子"潘神"。潘长了一对山羊的角和山羊的腿与耳朵，经常居住在高山上，关心羊群和牛群，和牧人一样吹吹笛子。在古代作家的作品中，他被描述为一个富有活力和精力无穷、且又有些未开化的生命。巴里笔下的彼得·潘不是小精灵，只因他长期生活在"永无乡"，使他像是苏格兰传统中的小精灵，有好的一面，也有不好的一面，混杂了冷酷和仁慈、细心和轻率、傲慢和温柔、伤感和凶暴的性格。这是一个具有经典意义的形象。

　　《小白鸟》原是巴里写给成人看的。两年后，一九〇四年，巴里以彼得·潘为中心，写出一个剧本《彼得·潘，或不愿长大的男孩》。该剧描写彼得·潘这个会飞的顽皮小男孩，与温迪·达林姐弟们，还有小精灵叮叮铃、遗失的孩子们、印第安公主虎莲以及海盗胡克在"永无乡"的冒险故事。剧作于一九〇四年十二月二十七日在伦敦圣马丁

世界名著背后的故事

26
27

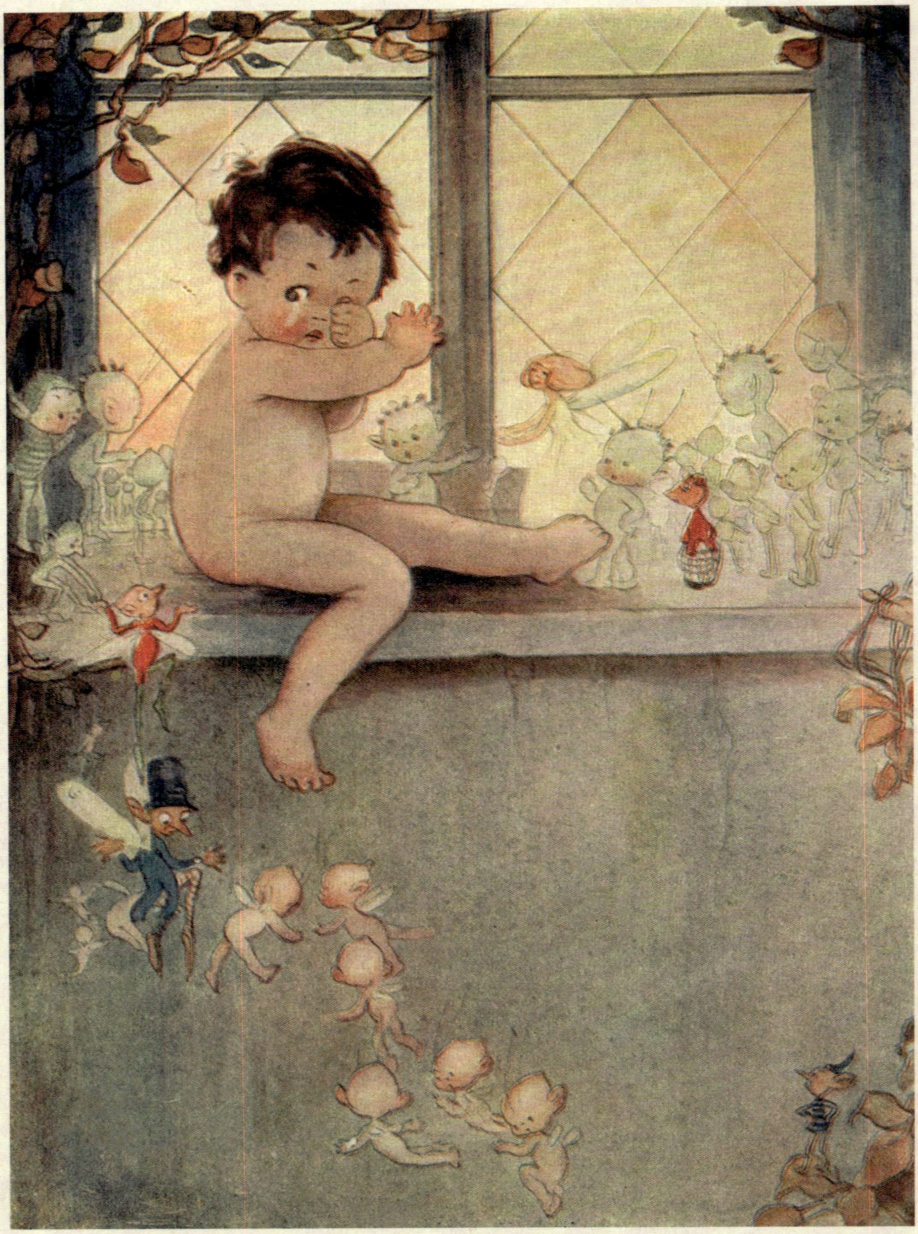

《彼得·潘》插图

巷的约克公爵剧院上演，获得极大的成功，连续演出多场。著名的《伦敦新闻画报》于一九〇五年一月七日以"无边的幻想，梦一样的豪华"为题发表评论，极力赞美此剧。

创建于一八四〇年代、曾经多次改制的霍德和斯托顿公司原是一家出版宗教和世俗题材的出版社，但从《彼得·潘，或不愿长大的男孩》演出成功中看到潜在的商机，便设法从原来由斯克里勃纳兄弟公司出版的这部长达三百六十八页的《小白鸟》中抽出第十三至十八章，以《彼得·潘在肯辛顿公园》为题，并配上五十幅著名画家亚瑟·拉克姆极其精致优美的插图，于一九〇六年重版。这部重版书也取得很大的成功，成为当年的"圣诞礼书"。后来，经不断改编和补充，成为一部中篇童话，以《彼得和温迪》为题，于一九一一年出版，后来又改题为《潘和温迪》，最后就简化为《彼得·潘》。

《彼得·潘》的故事大致如下：

彼得·潘，一个不愿长大的孩子，从家里逃了出来，先是在肯辛顿公园游荡，随后就在一座远离英国的"永无乡"居住下来。在这个奇异的岛上，住有印第安人部落，还有一帮强盗，以及各种野兽、人鱼、小仙人。当然，还有一群被大人遗失了的孩子。彼得·潘就是这些人的队长。在这里，他们既不用进学校去读书，也不必学规矩，过得自由自在，无忧无虑，不时还可以碰上一两件冒险的事，挺快活的。唯一遗憾的是，他们全是男孩子，不懂得料理生活，需要有一位能够照顾他们生活的母亲。但彼得·潘看不上人间的成年母亲，而希望找一位小姑娘做母亲。于是在一个繁星满天的夏夜，他飞到伦敦，趁达林先生和达林太太外出赴宴，为他们做保姆的狗娜娜也被锁住的时候，飞进

《彼得·潘》插图

他家的育儿室，诱使小女孩温迪和她的两个弟弟约翰和迈克尔，飞到了"永无乡"。于是，这三个来自内陆的孩子便过起奇妙的生活，温迪还做了这些孩子的"小母亲"。他们在地下的家，经过树洞出入；在礁湖里玩人鱼的水泡游戏，和印第安人进行游戏战争，搭救过他们的首领——美丽高傲的虎莲公主；此外还有孩子们被劫持到海盗船，得到永无鸟的救助，彼得和海盗头子胡克的决战，使他掉进鳄鱼之口等的惊险故事。可是，最后，温迪思念母亲了，央求彼得送他们回到了伦敦的家。多年以后，温迪长大了，自己也做了母亲，彼得又把温迪的小女儿简带去"永无乡"。就这样，一代又一代，小母亲不断更换，彼得却始终是个满口乳牙的小男孩。

巴里从来没有对彼得·潘的形象做过详细的描写。这给每一个读者和任何一个改编者留下许多想象和解释的余地。在剧本中，巴里说彼得·潘的衣服是用秋天的树叶和蜘蛛网连成的；在《彼得和温迪》和后来的《彼得·潘》中，他也只提"他是一个很可爱的男孩，穿着用干树叶和树桨做的衣服"，总是"一口小牙"。这很合乎神话中那个野生的"潘神"的身份。不过，尽管这样，在每个读者的心目中，或者在据小说改编影视作品和为这个不朽形象所作的造型艺术中，都有一个非常相似的彼得·潘。

如今，彼得·潘的形象已经具有很强的生命力：《彼得·潘》被译成多种语言在世界各地出版，而且，除了一九一二年经巴里应允由雕塑家乔治·弗兰普顿创作的彼得·潘

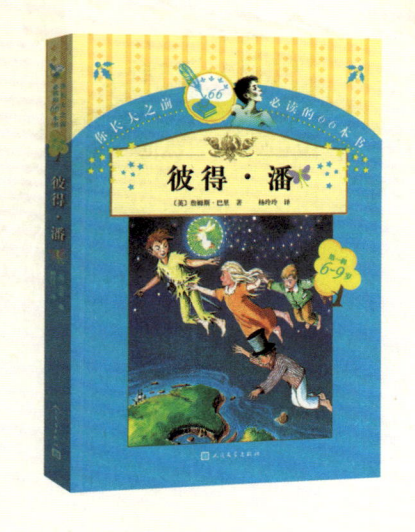

的像竖立在肯辛顿公园之外，还根据这座像的模型重塑的彼得·潘像，还在英国的利物浦、比利时的布鲁塞尔、美国新泽西州的卡姆登、澳大利亚的珀斯、加拿大的多伦多和圣约翰等六地竖立起来。此外，另有一座由另一位艺术家创作的彼得·潘像竖立在巴里的诞生地基里缪尔，还有一座由雕塑家戴蒙德·拜伦·奥康诺创作、表现彼得·潘和叮叮铃在一起的彼得·潘青铜雕像，也已经于二〇〇〇年在伦敦揭幕。更有意思的是，还出现了一些有关彼得·潘故事的续编：比如著名导演史蒂文·斯皮尔伯格一九九一年的影片《胡克船长》，描写彼得·潘长大且有了孩子后，一次去看望也已成人的温迪时，胡克船长劫持了他的孩子，迫使他与胡克做了一场最后的决战。还有罗宾·巴德二〇〇二年导演的电影《重返永无乡》描写"二战"期间，温迪的女儿简被胡克船长绑架，彼得·潘把她救了出来，要求她去做迷失的孩子们的新"母亲"。另有作家戴维·巴里和里德利·皮尔逊合作创作了《彼得和隐蔽盗贼》等多部描写彼得·潘和温迪的系列冒险故事以及《血潮》等多部"永无乡"的系列故事，其中有几本已经成为畅销童书。作家杰拉尔丁·马克考里恩描写温迪、约翰和多数迷失的孩子们回到"永无乡"取代了胡克船长的位置的小说，被认为是《彼得和温迪》最好的续篇。

　　彼得·潘已经作为难忘的人物形象，永远留存在孩子们和不少成人的心中。

Pippi Longstocking

《长袜子皮皮》

"永不暴力！"

没有受过多少正规教育的瑞典女作家阿斯特丽德·林格伦（1907—2002）凭着自己的生活感受，创作出多部作品，尤其是《长袜子皮皮》《小飞人卡尔松》《狮心兄弟》《米欧，我的米欧》《淘气包埃米尔》等童书，成为一位名作家，获得诸多荣誉，包括一九五八年的"安徒生奖"，一九七三年的"刘易斯·卡罗尔奖"和一九九三年的"联合国教科文图书奖"等。一九七八年，她在接受"德国书籍交易和平奖"的演讲中说到她的一次经历：

> 大约二十岁时，我遇到一位老牧师的妻子，她跟我说起，她很年轻就生了一个孩子。她是不主张打孩子的，虽然当时标准的处罚孩子的方式，就是从树上摘下一根细树枝来打他屁股。
>
> 有一天，她的四岁或五岁的儿子犯了错，这是他有生以来第一次。她感到有理

由打他屁股了。她跟孩子说，他得到外头去，找一根小树枝来，好让她用来打他。

孩子去了很长时间。回来时，他哭了。他对她说："妈妈，我找不到小树枝，不过这里有一块石头，你可以用来砸我。"

突然间，这个母亲明白了，从孩子的角度来看，如果我的母亲要伤害我，她用小树枝打，还不如用一块石头来砸他，两者没有什么区别。于是，母亲把孩子抱到膝上，两个人都哭了。随后，她就把这块石头放置到厨房的一个架子上，来提醒自己：永不暴力。

这就是我觉得每个人都应记住的事。因为从幼儿园开始的暴力，会激发孩子的暴力行为。

阿斯特丽德·林格伦的这个讲话在她去世之后，于二〇〇七年以《永不暴力》为题被发表在《瑞典书籍评论》上。研究者相信，除了她自己的生活和情感经历，那位老牧师妻子的故事，对林格伦的创作一定产生过很大的影响。

阿斯特丽德·林格伦原名阿斯特丽德·安娜·艾米莉亚·埃里克松，生于瑞典南部斯莫兰省维默比附近的一个小村子。父母为她和她的两个姐妹、一个弟弟创造了良好的生活条件，使她度过了快乐的童年。在父母的农场里，他们兄弟姐妹不但玩耍，每天还帮助女佣和农业工人干活。阿斯特丽德小时候从他们那里听到一些童话和故事，激发了她对书本的喜爱，使她在小学里就能写得很不错，十三岁那年在当地的《维默比时报》上发表了一篇小故事。毕业后，阿斯特丽德接受该报主编雇用，为该报做校对，并且写点广告什么的，然后开始写正规的文章。她和主编关系密切，但在一九二六年怀孕后，她拒绝了他的求婚，去了首都斯德哥尔摩学习打字和速记。期间她去了哥本哈根一家斯堪的纳维亚唯一不查问生父姓名的医院，生下儿子拉斯，自己再回斯德哥尔摩，尽可能每周去看望寄养在他人家的儿子。儿子长到三岁后，她先让他去维默比与祖父生活在一起，等她自己有能力后再把他带回培养。

林格伦

在斯德哥尔摩任"瑞典皇家汽车俱乐部"的秘书后，阿斯特丽德认识了俱乐部办公室主任斯特尔·林格伦，并于一九三一年结婚，两年后生了女儿卡琳。带着两个孩子，阿斯特丽德不得不天天忙于家务，但她仍抽时间给《国家圣诞》杂志写短篇小说赚稿费。一九四一年起，他们搬进一家公寓，一直住到二〇〇二年作家去世，虽然丈夫在一九五二年就因病去世，阿斯特丽德也没有再婚。

"永不暴力！"林格伦在《长袜子皮皮》中就表述了这样一个教育孩子的原则。

《长袜子皮皮》这个童话原是阿斯特丽德为她女儿卡琳写的。

一九四一年，七岁的卡琳患肺炎卧病在床，希望听故事，并请她母亲给她讲一个"长袜子皮皮"的故事。林格伦说，"长袜子皮皮"这个名字是卡琳"发明"的。不过，她当时没有立即动笔写。三年后，一九四四年早春三月的一天，当她觉得脚踝扭伤、行走困难时，为了消磨时间，她坐下休息，写皮皮的故事，于五月完成第一稿，送了一份给卡琳作为她十岁的生日礼物。

《长袜子皮皮》里的同名主人公是一个九岁的女孩子："她的头发是红萝卜色的，两根辫子向两边翘起，鼻子像个小土豆，上面满是一点一点的雀斑。鼻子下面是个不折不扣的大嘴巴，两排牙齿雪白整齐。她的衣服怪极了，是皮皮自己做的。本来要做纯蓝的，后来蓝布不够，皮皮就到处加上红色的小布条。她两条又瘦又长的腿上穿一双长袜子，一只棕色，一只黑色。她蹬一双黑皮鞋，比她的脚长一倍。"（任溶溶译文）

从这些外形，就可以看出皮皮和一般的女孩子不一样。更不一样的是，她说话好信

《长袜子皮皮》插图

口胡编。比如一次她在街上倒着走路,让见到的一个小姑娘感到很奇怪,问她为什么要这样走。她回答说:"告诉你们吧,在埃及人人都这么走,也没人觉得有一丁点儿奇怪。"又如,她告诉她的玩伴说,在阿根廷,"那儿过完圣诞节假期,隔三天就是复活节假期,过完复活节假期,隔三天就放暑假,暑假一直放到十一月一日。……那儿不上什么课。在阿根廷严禁上课。偶尔也有一两个阿根廷孩子躲进大柜,偷偷坐在那里读书,可给妈妈一发现,嘿,就要受罪了!学校里根本不教算术,要是有个孩子知道七加五是多少,又傻乎乎地去告诉老师,好,他就得站一天壁角"。

《长袜子皮皮》的创作有多处灵感来源:皮皮是照阿斯特丽德·林格伦全家在斯德哥尔摩伏茹松岛度假时遇见的一个在那里租用避暑别墅的女孩子写的。这个女孩子很特别,她住在一个人们称作"不加打扫的房间"里,带一只"象征盛有金币的钱袋"。她脸上有很多雀斑,平时很喜欢冒险。她家没有马棚,她就将马拴在前廊,邻居们经过时都觉得好生奇怪。别墅花园里的一棵柠檬树树心是空的,也像书中皮皮、汤米和安妮卡钻进去玩的那个树窟窿。再者,卡琳在学校里的一个朋友头发也是红萝卜色的,而且也有雀斑。另外,书中三个孩子的游戏玩乐,大多也是阿斯特丽德和她兄弟姐妹在父母的农场里常玩的一套。

虽然有这些现实的依据,毕竟像长袜子皮皮这样的人物,在以往的童书中,是几乎看不到的。

传统认为童书里的儿童,最重要的应该是一个听话"守规矩"的孩子,像《长袜子皮皮》里作为陪衬的两个孩子："他们俩都很好，很守规矩，很听话。汤米从不咬指甲，妈妈叫他做什么他就做什么。安妮卡不称心的时候也从不发脾气，她总是整整齐齐地穿着刚熨好的布裙。"在传统的教育思想和教育实践中，"守规矩"就是儿童成长的标志；"标准"的好孩子就是一个"小大人"，他衣服整整齐齐，身上干干净净，整天规规矩矩，坐在桌前读书写字，哪儿也不去，完全听大人的，没有二话，遇到不顺心的事也不吵闹……皮皮岂不是一个反传统的儿童吗？像她这样的孩子还不该打屁股吗？

但在《长袜子皮皮》里，林格伦容忍皮皮喜欢怎么做就怎么做，她可以倒着走路，可以满口谎话，可以穿着鞋子睡觉，可以不会算术，可以作弄警察……她却不是一个不讲道理的人：当别人指出她所说的事"不可能"时，她会承认："不错，你说得对。我说了谎。"女作家还把她写成是一个了不起的人物：她不仅力气大得能轻而易举地把一匹马、一头牛举过头顶，还降服了倔强的公牛和食人的大鲨鱼，完完全全不是一个普普通通的小女孩。她还会帮助弱者，先礼后兵赶走欺侮他们的大孩子。女作家甚至描写她以机智创造出英雄业绩，在摩天楼失火时，她从顶楼救出一个五岁的小男孩。

在阿斯特丽德·林格伦看来，小孩子可能有这样那样大人们看不入眼的举止，但首先要认识到，这些往往都是孩子的天性的表露和发泄。那些被看成是"顽童"的孩子，心里蕴藏着对自由、对冒险、对破除陈俗、建立功勋的渴望，应该让他们心中的力能够获得释放。大人们应该理解。这就是她这部《长袜子皮皮》的新意所在。

在《永不暴力》中，林格伦针对有关孩子的教育问题还有这样几段话：

很多家长无疑都会为（儿童的）这种新倾向而担忧，并且会觉得他们是做错了，反家长制教育不该受到谴责。

反家长制教育并不意味着可以一贯让孩子放任自流和为所欲为，并不是说他们的成长可以不要一套规范或者想怎么做就怎么做。儿童和成人都需要有一套规范作为约束自己的框架。孩子对父母比任何人都更会作为榜样来学习。

当然，孩子应该尊重父母，但请不要误会：成人也应尊重孩子，而不滥用他们天生的优势。人们希望看到的是所有的父母和所有的孩子都相互尊重。

"所有的父母和所有的孩子都相互尊重。"阿斯特丽德·林格伦毕生都怀着这一理念，并在她的《长袜子皮皮》和另外一些作品中做了艺术的表述。

但是，这部《长袜子皮皮》开始并不为人们所理解。一八四四年，林格伦将书稿交给艾伯特·邦尼尔公司，被拒绝出版。但林格伦感到自己爱上了创作，于是又写出了一本给儿童看的《布里特－马里的心事》。罗宾和索格伦公司接受了此书，于当年出版了《心事》，并于一九四五年出版了《长袜子皮皮》。

《长袜子皮皮》获得了极大的成功，此书在这年的十一月出版后，两周内就卖出两万册。书的出版也改变了林格伦的一生，使她成为世界著名的作家。但当时在瑞典，也引起一片喧嚷，老师和家长们担心放纵不羁、不受拘束的长袜子皮皮会对孩子产生极坏的影响，有些批评家也提出警告，说此书可能会造成公共道德的衰退。不过，《长袜子皮皮》很快就得到了普遍的肯定，安徒生奖即是对此书的国际性的承认。《长袜子皮皮》如今已经被翻译成七十多种语言，为世界各国的儿童所喜爱。

The Blue Cat
of Castle Town

《 城堡镇的蓝猫 》

依据历史事实来创作

"一只在蓝色月光下出生的蓝色小猫，机缘巧合听到了大河的歌唱，它的使命就是把这首河流之歌传达给城堡镇的居民，这首歌饱含人类最基本的价值观：友爱、善良、美丽、和平和知足常乐等。在它到达城堡镇时，发现那里的人们心中充满着仇恨、不满、欺骗、互不信任。蓝猫历尽艰险，甚至一度忘记了河流之歌，它能完成自己的使命吗？"

读者所见对中译本《城堡镇的蓝猫》的介绍，虽只是这么几句，但因设下了"能完成自己的使命吗"这样一个悬念，便会使喜欢追根问底的小读者激起阅读全书的兴趣。不过，这段介绍倒也没有故弄玄虚，这部童话确实写出了一个耐人寻味的有趣故事。

城堡镇建镇的时间已经不短了。最初，人们从康涅狄格州一路北上，带着玉米、大麦种、斧头、农具、织布机，还带来了"光明的魔法"，更把美、平静和满足装在心里，带到这片土地上。他们不仅知道了"河流之歌"，有一些还会唱。他们来到佛蒙特山谷后，开垦土地，种下了玉米和大麦，将苹果树种播种在地里，并用圆木建造起小屋。几年后，

城堡镇历史图

  小屋为松木、枫木建的新房所替代，一条一英里长的街道也造起来了，从东向西贯穿山谷，两边的房屋彼此相连；还建造起教堂、酒店，居民们享受着最美好的事物。"所有这一切便组成了城堡镇的光明魔法。"但后来，城堡镇被阿鲁纳·海德施了魔咒。这魔咒是用人们对金钱的贪欲和对权力的渴望构成的，它使镇上的人只想着金钱、权力和财物，而且永远不感到满足，内心总是得不到平静。于是，城堡镇的荣光也随之消失了。

  阿鲁纳·海德的魔咒麻痹了城堡镇里的人：技艺高超的锡匠伊本芮塞·萨尔斯梅制出越来越丑的赝品，全城堡镇最好的织工约翰·吉尔罗伊也屈服于阿鲁纳·海德高报酬的诱惑……蓝猫的神圣使命便是河流对他说的："要是不想让城堡镇的荣光永远消逝，你，蓝色小猫，就要去寻找一个愿意倾听我们的歌的人。"河流的"我们的歌"，也就是《河流之歌》这样唱道："唱出你自己的歌……用一生创造美丽之物""一切值得去做的事，都值得做好，／每个形状都精准饱满，／每个线条都优美利索，／美要靠时间和匠人的手，／去铸造，去编织、雕刻。""财富易逝，权力不永""只有美会代代相继"……

  蓝猫来到城堡镇后，他唱的《河流之歌》唤醒了人们的心灵：伊本芮塞·萨尔斯梅认识到自己以前是多么的愚蠢，于是，他一边唱着《河流之歌》，一边将此前的那些赝品投入熔炉，倾心制作出他"有生以来最出色的作品"。约翰·吉尔罗伊推掉了阿鲁纳·海德的订货，接受两个女人的委托，要把"所有往昔的美好和欢乐——所有我当时对明天的梦想都织进"桌布里。木匠托马斯·戴克甚至动用自己的积蓄，也要把教堂的讲道台制作成它应有的模样。泽鲁阿·格恩西在编织美丽的地毯中，也提升了自己的美："很

凯瑟琳·凯特·科布伦茨

多人都为她的美丽惊诧不已，忘记了她的容貌曾经被认为平淡无奇"……最后，这些"因蓝猫的歌声而诞生的美丽宝物"得以向来自四面八方的人展示，尤其是泽鲁阿·格恩西编织的毯子，它是那么精致，甚至"被纽约的大都会博物馆收藏了"。而那个施展魔咒的阿鲁纳·海德，则沦为他自己魔咒的牺牲品：因卷入火车事故，命丧车轮底下。

《城堡镇的蓝猫》的寓意是要告诉读者：用自己的一生创造美，有如古谚说的"授人玫瑰，手留余香"，在创造中把美带给世界，自己也获得了美的提升。

《城堡镇的蓝猫》的作者凯瑟琳·凯特·科布伦茨生于美国东北部佛蒙特州的哈德威克。她从小就热爱读书，上小学时，她将学校图书馆里的每一本书都借来读；到了九年级，她就已经在镇图书馆做图书管理员了。进中学后，她常为当地的一家《周报》撰写报道。第一次世界大战期间，凯瑟琳·凯特·科布伦茨供职华盛顿特区的"国家标准局"。在这里，她与美国科学家、红外光谱领域的先驱人物威廉·科布伦茨相识，两人在一九二四年六月十日结婚，生下一对双胞胎女儿，可惜全都在青年时期夭折。为提高自己，科布伦茨夫人后来进了乔治·华盛顿大学的夜校，并于一九三〇年获文学硕士学位。

凯瑟琳·科布伦茨一生爱好写作，她最早的文学创作是一九二四年在《大众天文学》杂志上发表的一首描写火星的诗，这年她丈夫正在洛厄尔天文台测量火星的温度。三十年代起，她创作的热情更高，出版了多部作品：《动物先锋》（1936）、《蓝项链和银项链》（1937）、《泛美公路》（1942）、《莱顿的钟声》（1944）、《创制切罗基语的塞阔雅传》（1946）、《马丁和亚伯拉罕·林肯》（1947）、《城堡镇的蓝猫》（1949）、《塞阔雅的女儿阿尤卡》（1950）和《乞丐的小钱》（1954）等。她的业绩不但让她的母校在一九四五年授予她"杰出女校友成就奖"；为纪念她在童书创作上的贡献，华盛顿特区克利夫兰公园公共图书馆前厅儿童室的墙上，设计有一块块嵌板，图文并茂讲述她那些童书里的有趣故事。

在凯瑟琳·科布伦茨的创作中，最重要的是童书，其中最著名的是《城堡镇的蓝猫》，此书由贾尼斯·霍兰配作插图，于一九四九年出版，一九五〇年获纽伯瑞奖。一九五八年又获以《爱丽丝漫游奇境记》的作者命名的"刘易斯·卡罗尔书架奖"。

佛蒙特州的拉特兰是一个仅仅三点四千米方圆的县城，县里的城堡镇就更是一个小地方了。但一九四一年十月十九日，在这个不为人知的小镇，一件新闻震动了全国。那天，在城堡镇东北最高点一座叫"爷爷的瘤"的山顶上，一架大型的涡轮机把风力用到电力应用系统。这在世界上还是首次，让性喜歌唱的城堡镇居民们欣喜若狂，他们又说又唱，将这喜讯传遍了各地。

听说风力涡轮机的消息后，凯瑟琳·科布伦茨就在一九四六年夏天，与她丈夫一起去往那里参观。威廉·科布伦茨是一位物理学家，对这个实验自然很感兴趣，一直东看西看，独自进行考察研究。于是，凯瑟琳就有充分的空余时间了。她去往镇中心邻近初级小学的那个小图书馆。做过图书馆员的凯瑟琳·科布伦茨喜欢这个一九二八年创建的图书馆，希望在这里找到点什么有趣的材料用于创作。果然，她在这里发现一八四二年的一册《佛蒙特史》，书中写到了城堡镇，还说到：城堡镇河南岸、"鸟山"正东的气候"特别有益于艺术家和手艺人的健康"，等等。

"有益于艺术家和手艺人的健康"？这是不是还意味着，这里的环境有利于艺术家和手艺人的诞生呢？在教堂用晚餐的时候，镇图书馆馆员赫尔达·科尔跟凯瑟琳·科布伦茨说起，在城堡镇的历史上，早年有两位居民是全镇的骄傲，一个是木匠（托马斯·

《城堡镇的蓝猫》外文版插图　　　　　　　　　《城堡镇的蓝猫》外文版插图

戴克），他为佛蒙特的教堂制作出最漂亮的讲道台，还为镇上建造了多所漂亮的房子；另一个是一个女孩（泽鲁阿·格恩西·卡斯韦尔），她设置和编织的一条地毯上，有一只迷人的蓝猫。这幅作品是那么的美丽和不同凡响，如今已经被收藏在著名的纽约大都会博物馆。

"这猫为什么是蓝色的呢？"凯瑟琳·科布伦茨问。但是，全镇没有谁能够回答出来，虽然也有几个人回忆说，曾经听说，那幅地毯摊放在女孩起居室的地板上时，有好多天，无论哪只猫第一次跑进室内时，都会在这地毯上停留一会儿，并弓起背，对着上面的那只蓝猫，鼻子发出呼呼的吼声。

发现科布伦茨夫人对城堡镇的历史很感兴趣，一九四六年冬，赫尔达·科尔将玛丽·希格利小姐所收集的有关城堡镇来源的材料，寄往华盛顿特区她家里。玛丽·希格利小姐十分钦佩为城堡镇建造出多所漂亮房子的木匠——建筑师托马斯·戴克，并热衷于收集城堡镇的历史材料。她去世后，她所收集的那些极有价值的材料被分给了两个人，一个是城堡镇"联合教会会众"的秘书，另一个是任城堡镇师范学院图书馆员的科尔妻子。可惜她遗物中的一些信件，因为被认为没有意义，遵照希格利小姐本人的意愿，大多都被销毁了。

有关城堡镇来源的历史材料深深地吸引了科布伦茨夫人，让她很高兴地全身心投入

城堡镇建于一八二一年的小教堂

进去进行细心研究,她甚至两次再去造访城堡镇,希望深入了解更多的情况。当然,使她感兴趣的不只是城堡镇的历史,还有许多民间传说,包括那蓝猫。出生于佛蒙特城堡镇的女作家帕梅拉·雷棱曾经专门研究过科布伦茨夫人的童话《城堡镇的蓝猫》的创作过程。她在《蓝猫和河流之歌》一书中这样写道:

> 在留居佛蒙特期间,科布伦茨夫人有几次去参观纽约的大都会博物馆,见过那幅被艺术史家们认为具有新英格兰"贝叶挂毯"风格的卡斯韦尔地毯。是一八〇〇年代初生活在城堡镇的女孩子泽鲁阿·格恩西编织出这一民间艺术的杰出样品……
>
> 在这件原始派艺术家的杰作中,全都是成双成对的花呀、树呀、草呀、鸟呀,还有两位求爱情侣。但是最让凯瑟琳·科布伦茨感动的是一只精干的蓝猫,它在挂毯底部的折缝中心,两只饥饿的眼睛紧紧地盯着前方。
>
> 科布伦茨集中注意这个意象。她想象,这只猫能维护她曾临时待过的这个佛蒙特小镇的生活素质,因为她曾和当地一些值得尊重的人们一起生活,坐在他们的壁炉前,唱她所说的《河流之歌》。随着她完美的幻想,她获得了灵感,想象这歌此前一定被唱过,而且这只蓝猫就会唱这首歌。

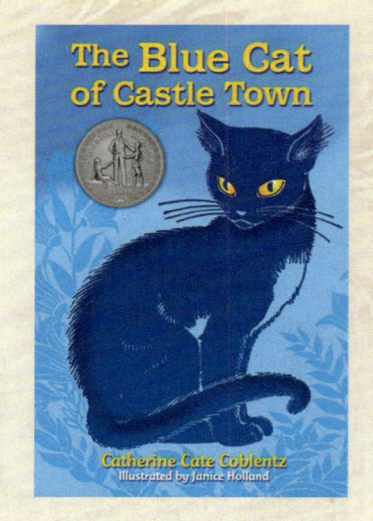

《城堡镇的蓝猫》原书封面

事情就像帕梅拉·雷棱说的那样。一年半的时间里，每天夜里，凯瑟琳·科布伦茨说，她都仿佛觉得，这只蓝猫就蹲坐在她床头的枕边，喵喵喵地要把它的故事灌入她无法不倾听的耳中。终于，科布伦茨夫人通过蓝猫和蓝猫的歌，把城堡镇人物的故事一个一个串了起来，写成一册童话书，题目就叫《城堡镇的蓝猫》。在书的鸣谢页上，凯瑟琳·科布伦茨写道："感谢玛丽·格里什·希格利老师，她细心搜集并保存佛蒙特城堡镇的原始资料；感谢图书馆馆员赫尔达·科里，是他借给作者材料并帮助她寻求许多问题的答案。"

《城堡镇的蓝猫》当然是一部童话创作。但帕梅拉·雷棱在她的《蓝猫和河流之歌》中揭示，在这里，"凯瑟琳·科布伦茨写的都是她曾经在城堡镇生活过、她认为是受到周围环境影响而过上模范的创造性生活的真实的人"。帕梅拉·雷棱举例说，借助于"赫尔达·科里的寻求"，女作家"找到了锡匠伊本芮塞·萨尔斯梅，找到了织工约翰·吉尔罗伊，也找到了当地唯一一个只对捞钱感兴趣的居民阿鲁纳·海德，还找到创造出可能是佛蒙特最漂亮的教堂讲道台的木匠托马斯·洛伊尔·戴克"，把他们写进书里。

《城堡镇的蓝猫》的确是一部以历史事实为基础而创作的童话。

城堡镇的历史不长，它是一七七一年设置的，面积三十六平方英里。第一批的定居者是一七六七年来自康涅狄格索尔兹伯里两户人家，六年后，一七七七年，在这里定居的已有十七户人家。到了一七九一年，城堡镇发展成一个小小的农业社区。农民们先是养牛，后转而养羊，苹果园比比皆是，新出现的锯木和磨坊是镇上的第一个行业。教育一开始就受到重视，拉特兰县语法学校成立于一七八七年，后改为"城堡镇修院"。到十九世纪，城堡镇繁荣起来了。建造起教堂，居民们也开始精心打造家园，以取代以前原始结构的小木屋，矗立在主街道两旁的许多漂亮的家，都是一八〇五至一八四〇年之间建造的，其中最显眼的几家，都出于著名木匠托马斯·洛伊尔·戴克之手。可惜二十世纪初的一场大火摧毁了城堡镇的中心地段，烧掉几家大饭店，好在主街道还存在，保留了昔日的风光。

看得出来，《城堡镇的蓝猫》开头写的基本上也是这段历史。此外，书里的主要人物：萨尔斯梅、吉尔罗伊、格恩西父女以及海德，全都实有其人。

泽鲁阿·格恩西是塞万努斯·格恩西（？—1855）和埃丝特·埃克塔维娅·希格里的女儿，一八〇五年十月三十一日生于康涅狄格州的米德尔顿，大约在一八九九年去世。近年来，对她进行研究的学者们已经找到了她的坟墓。泽鲁阿·泽恩西与梅姆里·卡斯韦尔结婚后，育有十一个子女。因为是卡斯韦尔的妻子，所以她编织出的地毯，在大都会博物馆被叫作"卡斯韦尔地毯"。

为编织这块地毯，泽鲁阿·泽恩西从父亲养的羊身上剪下羊毛，然后纺、染，采用自然主义的风格设计织成，期间还得到两位学医的美洲土著的帮助，给她提出建议。泽鲁阿·格恩西整整花了十一年时间，才完成这件精品。

木匠托马斯·洛伊尔·戴克的生卒年月不详。他祖父是医生，父亲是银匠。他是在作坊里受的教育，一八〇九年九月二十四日娶雇主的女儿萨利·戴明为妻。城堡镇的历史记载说，他来城堡镇时已有三十五岁。到这里后，他在镇的南街为自己建造起全镇第一座像样的房子，后来又建了教堂和其他一些房舍。写过专著《佛蒙特的老房子》的赫伯特·康顿在《城堡镇的戴克，不同凡响的建房细木工》一文中称赞说："如今我们有权称他（托马斯·戴克）是一位建筑师，并敬重他是十九世纪初三十年里佛蒙特最优秀的古代技艺的实施者。"

凯瑟琳·科布伦茨就是通过在真实生活中的真实感受，写出了这部著名童话。

The Ugly Duckling

《丑小鸭》

安徒生的"自传"

在等级隔阂的社会里，当一个出身微贱的女子经过种种挫折和磨难，终于跟一个高层人士结成连理时，人们会说这是"灰姑娘遇上了王子"。或如某个一直被人瞧不起的小人物，最后取得了辉煌的成就，也会被说成是"丑小鸭变成了天鹅"。人们这么说，是有出典的，它们分别源于著名童话《灰姑娘》和《丑小鸭》。其实，应该说，并不是先有这两个童话，人们才注意到社会上有这类事情，正相反，先是社会上有这类事情，才会形成《灰姑娘》和《丑小鸭》的传说和创作。童话，不管是历史传说形成的，还是作家的创造，都不但有其现实的依据，甚至往往有原型人物。《灰姑娘》的故事最早可以追溯到公元前六世纪古埃及一位法老的故事，《丑小鸭》的故事甚至就是作家安徒生在抒写他本人的生活经历和情感经历。

丹麦的汉斯·克里斯蒂安·安徒生（1805—1875）如今已被公认为一位举世无双的童话大师了，他的作品被翻译到一百六十多个国家和地区，在全世界发行。但多数读者

安徒生画像

都只了解他这成功的一面，而不知道他成功背后的另一面。

安徒生生于丹麦的欧登塞，他父亲认为自己有贵族血统，因为他的曾祖母跟他说过，他们家庭以前属于高级社会阶层。但专家们研究后，肯定这纯属子虚乌有。相反，他们认为安徒生可能是后来成为丹麦国王克里斯蒂安八世的克里斯蒂安·弗里德里克王子的私生子。他现在的父亲是一个穷苦的鞋匠，于是安徒生只好从小就自力更生，先是去做裁缝师傅的学徒，十四岁时去往首都哥本哈根，想当一名演员。由于他有优美男高音的音色，丹麦的皇家剧院就接受了他。谁知一两年后，他长成为一个青年人，就开始变音。剧院的同事认为他有诗人气质，建议他从事写作。他得到剧院主任乔纳斯·科林的帮助，上了中学，又进了哥本哈根大学，最后在文学创作上获得成功，除《即兴诗人》（1835）、《奥·特》（1836）和《只是个提琴手》（1837）以及多篇国外游记外，他出版了数以百计的童话作品，其中如《卖火柴的小女孩》《豌豆上的公主》《白雪皇后》《丑小鸭》《小克劳斯和大克劳斯》《海的女儿》等，不但是孩子，许多成人都无不喜爱。

不同于他的创作，安徒生的感情生活却总是屡遭挫折。

他曾深深爱上他大学同学的妹妹里博格·沃伊特。这个二十四岁的女孩，她姣好的面容、妩媚的眼睛，加上得体的穿着，让安徒生觉得她简直是美得光彩照人。他写诗描述她："我看到一双迷人的眼，／那里有我的梦想家园，／智慧和温柔深藏在里面，／我永远都会把她们留在我的记忆中。"（金燕译文）他在日记里写到，看着她的眼睛时，

纽约中央公园的安徒生和丑小鸭像

就忘却了时间和地点,说这是他第一次陷入了爱河。他对她说,他要在小说中以她的名字给主人公命名。但里博格·沃伊特已经心有所属,于一八三一年嫁给了一位化学家的儿子保罗·博文。分别时,安徒生礼节性地吻她的手,感到火一般的灼热,使他无比感叹:"我是爱她的,我却得不到她!"

后来,安徒生又爱上有"瑞典夜莺"之称的歌唱家珍妮·林德(1820—1887)。珍妮·林德文静的笑容和美妙的歌声让安徒生十分动情,"堕入了情网"。她对安徒生的爱的回报却是含蓄地对他说:"我希望在哥本哈根有一个兄弟,您愿意做我的兄弟吗?"于是,安徒生将这爱的感情压抑了下来,表现在他的童话《夜莺》中。

安徒生一定有双性恋倾向。他既爱里博格·沃伊特和珍妮·林德,又对爱德华·科林(1808—1886)产生一种奇特的情感。爱德华·科林是被安徒生看作"慈父"的乔纳斯·科林的儿子。乔纳斯·科林不但是一位赫赫有名的翻译家和作家,还是社会活动家,是安徒生的保护人。安徒生和他一家都关系良好,是他们家的常客,他自视已经是他们兄弟姐妹中的一员,并表示"让亲密的兄弟之情拥抱我们,就像耶稣拥抱他的使徒"。而对爱德华·科林,他更有一种超于正常友谊的柏拉图式的情感。他给他写信说:"我为你这美丽的卡拉布里亚少女而受尽煎熬……我因你是一种这样的女子而感伤。我的女性气质和我们之间的友谊定会留下一个谜。"他曾给爱德华写过一封不敢寄出的信,说:

> 我亲爱的爱德华!我多么想念你!……我想知道你是否理解,是否理解我对你的爱!这一刻,我终于看到了你,毫无疑问,那是我们的灵魂彼此赤诚相待的时刻。我可以把你置于自己的心中!……哦,如果我是一个富有的人该有多好啊,我们俩比肩飞向意大利,辉煌而荣耀的意大利,我从未体味过的意大利!哦,要是我们能在一起多好啊!哪怕我们只是在那里待上一个月,就已经足够了!——爱德华,我有许多朋友,但是我对你的爱远不是别人所能比拟的……(陈雪松等译文)

凡是安徒生的此类表示,爱德华都不予回应。爱德华在《回忆录》中这样说:"我觉得,我不能对这种爱做出回应。这让作家感到极大的痛苦。""正因为如此,"丹麦作家詹斯·安徒生在他所著的《汉斯·安徒生传》中这样写道,"作家(指汉斯·安徒生)在他的小说 O.T. 中,不得不一厢情愿地把自己和爱友放在一起去幻想未来的情节:安徒生就是小说中那个来自奥登塞的穷困潦倒的奥托,而爱德华则是那个富有的威廉伯爵,他们的敏感友谊在南方之旅中变得比以往任何时候更加牢不可破。"詹斯·安徒生认为,这是安徒生让自己的感情在创作中获得升华。

除上述几个人之外,安徒生还对丹麦舞蹈家哈拉德·萨尔夫、萨克森-魏玛-爱森纳赫公国的世袭公爵卡尔·亚历山大有过这类情感,但同样都没有得到所期望的结果。

除了爱情生活,在安徒生取得世界性成就之前,他的作品也曾屡遭误解,受到批评,有些批评是侮辱性的,甚至带有人身攻击的性质。如丹麦诗人和剧作家亨里克·赫兹(1797—1870)取笑安徒生的《灵魂之信》时说,作者是"乘着缪斯的小马驹",带

最早的《丑小鸭》插图

着一个吃飞蛾的鞍囊，里面装满了文不通、词不顺的文学作品，其中充满了语法错误和其他"粗俗的谬误"。另一个批评家在他的著作中把喜爱徒步旅行的安徒生描绘成一只带有悲喜剧色彩的鹦鹉，说他的游记《徒步之旅》是一座巨大的"精神病院"。一份刊物批评安徒生的东方游记《一个诗人的市场》"是一个孩子气的虚荣心与模糊的图片和愚蠢的惊叹号的集合……多么做作、多么虚伪"，恶毒地指责它的作者就是"一个令人厌恶的老孩子"……同样，安徒生在《自传》中说："我的童话起初遭遇到了一些令人丧气的事情。"

面对这些攻击，丹麦作家斯蒂格·德拉戈尔在他的《在蓝色中旅行：安徒生传》中这样描写作家当时的心情：

离开！离开！到那些庄园去。到吉斯菲尔德和布莱根特维德。到明亮、舒适的房间里去，那里有着森林、湖泊、林荫道……去橡树下单独旅行，橡树林如此宁静，他能够听见孩子们在房子附近嬉戏。去到幻想之中，那些幻想就在树丛倾斜的枝条中……离开这里，进入宁静的月色黄昏，进入那单身汉之夜……

他在一个仙女窟中……那些杂志的批判只是一阵风。在吉斯菲尔德的林子里散步，那里有一个天鹅湖。一路走着，他忽然有了一个童话构思，将一个丑陋成长为美丽，以及在这过程中所展示出的希望之梦。它在一年之中变化着，从《关于一只鸭子》到《小天鹅》到《丑小鸭》……（冯骏译文）

《丑小鸭》插图

　　德拉戈尔随后还写到安徒生那凌乱的梦境："他做梦……"在梦中，他总是挫折重重，遭人咒骂。一会儿，有人骂他"你是个品质恶劣的家伙"，一会儿又有人指责他"你是个丑陋的家伙"，一会儿，有人说他欠她钱，把钱给了她，又说这钱是作废了的。他想逃走，却被一个鹦鹉嘴的人抓住，要他演奏手风琴；他摇起手柄，箱子里发出来的声音很是刺耳；于是那人说他"是个丑陋的家伙"，还让孩子们去攻击他。后来他来到一个巷子，那里挤满了穿狂欢节服装的人，一个穿小丑衣服的人把他推到墙角，举起一把刀对着他的脸，那人面具背后的冷森森的眼睛仿佛在说，要毁掉他的脸。但穿小丑衣服的人说："你太丑了，我也没法对你的脸做什么。"梦的最后，德拉戈尔写道：

　　他在床上辗转反侧，好像在发着高烧，冒着虚汗。
　　他飞舞。
　　一只天鹅。

　　德拉戈尔的描写展示安徒生在酝酿《丑小鸭》时期的意识和潜意识活动是可信的。"维基百科"解释说："安徒生最初构思（《丑小鸭》）这个故事是一八四二年他在布莱根特维德的乡间庄园享受大自然美景之时……开始时考虑这童话的题目是《小天鹅》，

安徒生在哥本哈根的雕像

但是为了让主角的转变不过于突然，才改题《丑小鸭》……"

一次，安徒生的朋友，丹麦的大批评家格奥尔格·勃兰兑斯（1842—1927）问这位童话大师，他是否要写一部自传时，安徒生回答说，他已经写好了。实际上，安徒生的自传《我的童话人生》是晚至一八六九年才写成的。在这年的七月二十一日，安徒生在给勃兰兑斯的信中对勃兰兑斯承认：《丑小鸭》的故事"是我一生的反映"。

把《丑小鸭》看作安徒生的一篇童话传记，是十分切合的。

安徒生的相貌不太好看，甚至有点丑。一次在巴黎和德国诗人海因里希·海涅见面时，留给海涅的印象就是"他是瘦高个，面部凹陷，外部印象与王公贵族们所欣赏的那种顺从个性背道而驰……"詹斯·安徒生也说，小时候的"安徒生是一个个子高高的丑陋的孩子，一个大鼻子，一双大脚；他音色优美，对戏剧富有激情，但深受其他孩子的戏弄和嘲笑"。

大大的鼻子，大大的脚板，一副鸭子的模样，但一个人若长成这样，就显得丑了。安徒生在《丑小鸭》这篇童话里寄寓了自己一生的遭际。

像安徒生一样，《丑小鸭》（林桦译文）里的那只小鸭子，在鸭群里也是一个异类：虽然老鸭因为误认是自己的"小宝宝"，出于母爱，说他"真是我见过的最漂亮的小鸭子"，但是他人，没有不认为他"又大又丑"的，以致他"又挨鸡叮又挨鸭啄，被欺侮又被嘲笑"，连喂鸡鸭的小姑娘都会"用脚踢他"。逃出受欺的圈子后，野鸭见到他也说"你实在太丑了"。这使他甚至自卑到说"我简直太丑了，连狗都不屑咬我"。但同时，小鸭子也有一定的自信。他对鸡说"你们不了解我",因为他知道他自己的特长。他声称要"到广阔的世界里去",让他有施展的余地。的确,经历了一段时间,到了"广阔的世界",他就不一样了:"他在清澈的水中看见什么了?他看见了自己的身影:不再是愚笨的、深灰色的、又丑又叫人恶心的小鸭,而是一只天鹅",成为"他非常喜欢的""美丽的鸟"中的一员。是的,"出生在鸭场没有关系,只要你出生于天鹅蛋"!这就是足以让作家感到骄傲的结论。不过,小鸭安徒生也没有傲气,他深深懂得:有一颗"善良的心是永不骄傲的"。

《丑小鸭》最初于一八四三年十一月十一日发表于丹麦哥本哈根的《新童话》杂志,一八四四年收入安徒生的第一本童话集里,首次冠以"为孩子们而写"的字样。不过,勃兰兑斯对这篇童话提出了批评。

一八六九年,格奥尔格·勃兰兑斯的论文《童话作家安徒生》分三期(7月11日、7月18日和7月25日)在《画刊》杂志发表。勃兰兑斯肯定了安徒生的文化激进主义在丹麦至少整整影响了几代人,他本人即是他的支持者。但他觉得在《丑小鸭》中,这只鸟变成一只天鹅,与他的审美趣味不相容,因为这只天鹅原本是一只家禽,而不是野生的鸟类。因此他认为:"这篇童话就留下一个阴影。"他有保留地肯定:"我毫不犹豫地说,它是我们整个文学中的伟大杰作之一……但也是这位诗人敢于以温柔的乐观主义毫不掩饰地让丑恶的真实出现的少数作品之一。"

像其他多篇作品一样,《丑小鸭》的确是一篇伟大的杰作。童话作家杰基·伍尔施莱格在近年出版的《安徒生传》中评论安徒生收有《丑小鸭》的第一部童话集时说:"这些都是他(安徒生)写出的最成熟、结构完美的童话,其中的一些在当时已经,后来也为儿童们特别喜爱。安徒生在这里很好地将童心和思想的深度与卓越的艺术才能融合了起来。"这篇童话已经被翻译成了四十多个国家和地区的文字,还被改编成其他艺术形式。

Le Maître Chat

《穿靴子的猫》

各民族都有猫咪助人的故事

人和动物是朋友。从远古时代起,当狗由狼被驯养成家畜之后,人类就带着它们,让它们帮助拖拉日常用具,由一处迁徙到另一处。如今,有些地区,由大象带小孩,猴子摘椰子,家畜对人的帮助是更大了。"义犬救主"的故事,是人们常说不衰的话题。近些年里,通过养猫养狗,来抚慰老年人的心灵,成为现代社会的时髦,养猫已是世界性的趋势。前几年有材料统计,法国养猫八百万只,英国养猫七百万只,美国养猫将近一亿只。猫咪大概由于形体娇小,皮毛细嫩,体态柔软,才格外招人喜爱;它又能抓家中的老鼠,对主人有切实的帮助;还有,它性情温顺,欢喜腻在人的脚下和身旁,更讨人爱,所以有关猫咪的故事,就似乎尤其有趣。对猫的极度的爱,甚至让猫像历史上那些为人谋福利的名人那样被神化,形成一个个以其聪明智慧而助人的传说和故事。

早在公元前四千年,在古埃及的早期艺术中,就出现猫的形象。古埃及文化以敬猫而著称,直到晚期,猫依然受到古埃及人的敬畏,在墓画和雕像中均有出现。因为当时的埃及人认为，猫是贝斯特的化身。

在古埃及的神话传说中，贝斯特是护家、保健、防火女神。白天，她跟随父亲——太阳神瑞乘坐太阳船横跨天空；到了夜间，她又完全是另一副形体，会变成一只猫，做她父亲的卫士，去战胜父亲最大的敌人——恶蛇阿佩皮。贝斯特的雕像是一个猫头的女子，右手执古代的一种打击乐器铁摇子，左手握一把神盾，左臂上还挂着一个小袋子。印度人家多有他们所崇敬的贝斯特或猫的小雕像祀奉着，每日敬拜，以保佑全家平安健康，万事如意。

在种种有关猫咪的故事和传说中，法国童话家夏尔·佩罗（1628—1703）的《穿靴子的猫》，是一个表现猫咪帮助主人的最著名的故事。它讲的是：

磨工有三个儿子。他实在是太穷了，去世时，遗留下来的财产，仅有的一个磨坊和一头毛驴都被两个哥哥分走了，小儿子得到的就只有一只猫，别的就什么都没有了。小儿子不免伤心落泪。这时，猫咪来到他的跟前，安慰他说："您别烦恼，我的主人。只要您给我一个口袋，为我做一双靴子，就可以让您看到，其实，您所分得的这份财产，并不像您所想的那么糟糕。"

猫咪从它小主人那里得到一只口袋和一双靴子后，进了一处育兔林。在这里，猫咪在口袋里放上麸皮和莴苣，诱抓到一只进袋觅食的兔子。于是，它就带了这只兔子去进献给国王："陛下，我奉主人卡拉巴侯爵之命，将这只野兔献给大王您。"

此后两三个月里，猫咪还以同样的手法向国王进献了不同的礼物。这样，直到有一天，它听说国王要带他女儿，世上最漂亮的公主去河边踏青赏景时，就对主人说："我的主人，您的好运气就要来到了。"并要主人听从它的安排。

正当它的主人按照猫咪说的在河边洗澡的时候，国王的马车从这里经过。猫咪突然大叫道："救命啊！救命！卡拉巴侯爵快要被淹死啦！"猫咪对国王说，它的主人卡拉巴侯爵刚才在这里洗澡的时候，脱下的衣服被小偷偷走了。国王认出说这话的是经常奉主人之命给他送野味的猫，觉得应该感谢它的主人。于是，就下令卫队去救它的主人，并让侍从取来一套他自己的服装，赏赐给"卡拉巴侯爵"。

夏尔·佩罗

  猫咪的主人原本就长得一表人才，如今穿上国王的华丽服装，越发漂亮，真的像侯爵了。公主见了，竟也爱上了他。国王于是请他上车，邀他一起游览。

  一路上，猫咪又设计要在牧场上割草和田里收麦子的农民见到国王时说，这一片片的土地全是卡拉巴侯爵的。国王听了，对猫咪的主人拥有如此巨大的财富感到惊异不已。最后，猫咪进入一个城堡，诱惑城堡的主人——那异常富有的妖魔变为一只小老鼠，然后将它吃掉。这时，国王正好路过，猫咪便迎上前去，说："欢迎陛下光临卡拉巴侯爵的城堡！"并以妖魔原来备下款待访友的丰盛宴席来招待国王和公主。

  一系列的事情都使国王对卡拉巴侯爵十分赏识，便主动提出让他和公主成婚。

  不过，这个神奇的童话并不是夏尔·佩罗的创作。实际上，在夏尔·佩罗之前的几百年里，在各民族的民间故事中，都流传有这类猫咪帮助主人的故事。佩罗只是将这些民间童话故事做了整理和加工。而这些民间故事也是历经久远的口口相传，才一点点完整和丰富起来的。

  英国学者乔治·达森特（1817—1896）生于西印度群岛，父亲是首席检察官。他曾就读于伦敦国王学院和牛津大学。离开牛津大学后，他被任命为驻瑞典首都斯德哥尔摩的外交官，在那里，他认识了德国语言学家和童话家雅各布·格林，并接受他的建议，对斯堪的纳维亚的文学和神话产生兴趣，收集了一些古斯堪的纳维亚的诺尔斯童话，于一八五九年以《诺尔斯童话集》之名翻译出版。

乔治·达森特记录和翻译的这些童话故事都是从公元五百至七百年间流传下来的，其中有一篇叫《彼得勋爵》，说的是，从前一对老夫妇有三个儿子，但他们很穷，全部家产只有一只麦粉袋、一口铁锅和一只猫咪。父母去世后，两个哥哥拿走了麦粉袋和铁锅，留给小兄弟彼得的就只有这只猫咪了。小兄弟得不到实用的东西，心中很是懊恼。于是，猫咪就对他说："不要难过，你是会有好运的。"然后告诉他，"现在我去树林里，抓一只野味回来。你就带上这小礼物，去送给国王。国王问你是谁送的，你一定要说，'除了彼得勋爵，还会有谁呀？'"

不久，猫咪带着一头驯鹿回来了。它命令驯鹿说："径直到王宫去，要不然，别怪我会挖掉你的眼睛。"

彼得随着这头鹿进了王宫的厨房，说："这是献给国王的小礼物，请他不要嫌弃。"

这时候，国王正好来到厨房。他看到这头漂亮的驯鹿，感到很是高兴，便问是谁送的礼物。彼得记得猫咪跟他说的话，便回答说："除了彼得勋爵，还会有谁呀？"

随后，猫咪又以同样的手段，将一头红鹿、一头麋鹿带到王宫里，送给国王，使国王非常高兴。国王问是谁送的礼，回答都是："除了彼得勋爵，还会有谁呀？"

一次次的送礼，给国王留下很好的印象。于是，国王下令，让彼得勋爵来王宫见他。但是小兄弟听后，反而觉得进宫不免会使他陷入尴尬境地，因为像他这样的一个人，怎么可以去见国王呢，不知如何才好。猫咪安慰他，让他放心："不用怕，不用怕，三天之后，你会有一辆马车、几匹马和很多漂亮的服装，可以让你堂堂皇皇地去见国王。只不过进了王宫之后，你还是要说，不算什么，家里的远比这些多得多、好得多。"

三天后，彼得穿上猫带来的漂亮服装，乘一辆也是猫带来的好几匹马驾的车，堂堂皇皇地进了王宫去见国王，并且按照猫咪交代的，说这不算什么，家里的远比这些多得多、好得多。国王听了后，似乎不相信，说是他一定要去他家亲眼看看。这下子，小兄弟可担心了。

"别担心，"猫咪安慰他说，"你只要跟着我就是了。"

《穿靴子的猫》插图

彼得跟随猫咪，驾一辆漂亮的马车回他家去，国王和一些宫廷里的大官都跟在他后面，要去看个究竟。猫咪走在前头，见路上有一大群绵羊。猫咪交代牧羊人说："如果有人问起这一大群绵羊是谁的，你只要说，都是彼得勋爵的，我就送你这只银调羹。"这只贵重的银调羹是猫咪从王宫里弄来的。果然，国王路过时，夸耀说自己毕生从来没有看到过这么一大群好看的绵羊，并问都是谁的。牧羊人说："除了彼得勋爵，还会有谁呀？"后来，猫咪同样又以王宫里偷来的银汤勺和银酒杯送给牧牛人和牧马人，使国王在路过一大群牛和一大群马时，从这牧牛人和牧马人口中得知并相信，这一大群牛和一大群马都是彼得勋爵的。最后，猫咪、彼得和国王一行来到一座城堡前。这城堡雄伟又漂亮，而且是用银子建造起来的，城堡里的桌子、椅子等用具，全都是纯金的。猫咪向国王夸口，说这座城堡和里面的一切全都是彼得勋爵的。国王见后，十分惊羡，感到很惭愧："彼得勋爵的东西都比我的好。"

彼得请国王在这里用餐。

正巧这时，城堡主人山精回来了。

一听说山精来了，猫咪连忙跑到大门前，不等他进来，就对他说："等一等，等一等，先听我给你讲一个农夫种麦子的故事。"猫咪说，你瞧，农夫种麦子，先是耕地，随后是施肥，接着又耕地，又耙地，一直干到太阳升起。"现在快看，在你的身后，有一个多么漂亮的女子呀！"当山精转过身去，想看看这漂亮的女子时，一见到太阳，他的身子立即就爆裂了。（根据斯堪的纳维亚传说，山精是敌视人类的巨人、怪物，一旦曝于

《穿靴子的猫》插图

阳光之下，便会爆裂或化为岩石）

"如今，这一切全都是你的了，"猫咪对彼得勋爵说，"但现在你必须把我的脑袋割下来。"

"不，不，"彼得勋爵说，"我永远不做这种事。"

可是，猫咪坚持要他砍它的脑袋："你如果不肯砍，瞧我不把你的眼睛挖下来才怪呢！"

于是，彼得勋爵只好照猫咪说的做了，虽然违背他的意愿，心里感到非常的痛苦。但就在被砍下脑袋的那一刹那，猫咪立刻就变成一位他从来没有见到过的漂亮可爱的公主。看到这位公主，彼得勋爵立即就爱上了她。公主告诉彼得勋爵说，多少年前，是一个山精在彼得父母的家对她施了魔法，将她变成一只猫。"现在你可以如你所愿，不管你是不是把我当王后，你也已经是王宫里的国王了。"于是，他们两人结婚，婚礼热热闹闹地整整持续了八天。

意大利也流传有一个类似的猫咪助人的童话故事，为著名童话作家斯特拉帕罗拉所注意。

乔万尼·弗朗西斯科·斯特拉帕罗拉（约1480—约1557）是意大利最早和最重要的一位传说故事集作者，他的《欢乐之夜》仿效薄伽丘的《十日谈》，收集了七十五个民间传说，包括人所共知的童话《美女与野兽》和《穿靴子的猫》。此书于一五五三年在威尼斯出版，常被看作是欧洲第一部故事书。

《欢乐之夜》中的一个猫咪的故事，讲述一个叫索莉安娜的波西米亚女子，她有三个儿子：多索利诺、特斯弗纳和康斯坦基诺·福尔图纳托。因为她很穷，家里只有一只她用来揉粉做面包的木盆、一块木板和一只猫咪。索莉安娜死后，根据她的遗嘱，木盆

多雷作《穿靴子的猫》的插图

留给大儿子多索利诺,木板给了二儿子特斯弗纳,小儿子康斯坦基诺就只有这只猫咪了。

猫咪见康斯坦基诺什么也没有得到,很不高兴,就叫他不要沮丧,他会有办法让他高兴起来。然后,猫咪抓来一只兔子,放在一只袋子里,去了王宫,"以他主人康斯坦基诺的名义送给国王做礼物。"国王问康斯坦基诺是谁,猫咪回答说:"他是一个年轻人,他品行一等,相貌堂堂,却毫不高傲。"国王听后,友好地请它吃好酒好菜。酒醉饭饱之后,猫咪悄悄地偷了一袋王宫里的东西,回到康斯坦基诺那里。

虽然康斯坦基诺长相很好,但因一直生活贫困,整日忧愁烦闷,显得形容憔悴,脸上满是难看的污点。猫咪叫他去河边从头到脚细细洗一洗。这么一来,他就没有一点儿病容了。

猫咪继续给王宫送礼。一段时间后,他对康斯坦基诺说:"我的主人,只要你照我跟你说的做,短时期里你就会成为一个富人。"康斯坦基诺问他怎么做。猫咪告诉他,"跟着我,什么都不用担心,我已经有一个计划让你成为有钱人。"

猫咪和康斯坦基诺来到临近王宫的一条河边,脱下主人的衣服,然后开始大叫:"救命啊,救命啊,快来呀,快来呀,康斯坦基诺先生掉到水里去了。"国王听到是这只猫咪的叫声,想到得过康斯坦基诺的好处,便派人去救他。康斯坦基诺从水中被救起,穿上衣服来到国王面前。国王问是怎么回事,猫咪代他回答说:"您一定知道,有几个强盗得知我主人要送您大量的珠宝做礼物,就等在那里,要杀了他。他们把他推进水里,幸亏这些绅士的救助,才幸免于死。"国王听说之后,下令要好好待他;又看他生得这

大英博物馆收藏的古埃及猫的塑像

么英俊，相信他非常富有，把他的女儿伊丽塞塔嫁他为妻，并加上很多金银财宝和华丽的服装做嫁妆……

除了上面所说的这几个，类似的故事还有很多。

在东方的印度，公元十一世纪克什米尔湿婆派婆罗门和梵文作家苏摩提婆撰有一部故事集，书名就叫《故事海》。全书共一百二十四个章节，都是供克什米尔国王阿南塔提哇（1029—1064）的王后苏里雅麻提娱乐消遣的故事。其中一个故事与《穿靴子的猫》很相似，也讲述猫咪帮助主人获得高位和财宝。意大利小说家简巴蒂斯塔·巴西莱（1575—1632）一六七四年出版的《五十童话》里，除了一个类似灰姑娘故事的《猫姑娘》，还有一个类似《穿靴子的猫》的故事。这故事前一部分和佩罗的童话差不多，描写猫咪帮助他的主人，令一个叫加格留索的讨饭的男孩获得了幸运。但是结尾很特别：为表示感谢猫咪帮他改善了生活，加格留索许诺，在猫咪死后，要给它打造一具金棺材埋葬它。三天之后，猫咪决定假装自己死了，来试探主人是否真心对它。遗憾的是，主人以为猫咪真的死了，便跟他妻子说，快将这只死猫扔到窗外去。听了这话，猫咪立刻跳了起来，赶快逃走，让加格留索自己照顾自己的生活。

学者们相信，并且几乎可以肯定，佩罗完全不知道这些故事。如果佩罗确实不知道这些故事，而是完全根据他所收集的流传在法国的民间童话，那就更可以说明，猫咪帮助主人改变命运的故事，在世界各民族人民的心目中普遍存在。

Doctor Dolittle's Zoo

《杜立德医生的动物园》

抚慰战时孩子的心灵

  生活在英国维多利亚时代的医学博士约翰·杜立德，是世界上唯一一个能与动物通话的人。他从一只叫"波利尼西亚"的鹦鹉那里学会了各种动物的语言，后来在鱼食小贩的建议下转行做一名兽医。他因为懂得动物的语言，帮助了很多动物，在动物界拥有很高的声誉。他应非洲动物的邀请，历尽艰险前往遥远的非洲，治疗一种猴子的传染病，平息了这一在动物中传播的瘟疫；然后，他带着非洲动物赠送的双头动物返回英国，在英国各地展览，获取了不少钱财，并偿还了此前因帮助动物欠下的巨额债款。最后，他不但成为一位博物学家，利用自己和动物交流的能力，更好地发现和理解自然和它的历史，而且还多次远航各地，甚至去月球旅行……

  这当然是一个虚构的故事。事实上它确实是童话，是生于英国的美国作家洛夫廷创作的童话故事。

  休·洛夫廷（1886—1947）生于英格兰伯克郡的梅登黑德，父亲是爱尔兰人，母亲

青年洛夫廷

则是英格兰人。休·洛夫廷最早进的是德比郡的"舍菲尔德山",一所耶稣会的寄宿学校,在那里接受了古典教育。一九〇四年,十八岁时,洛夫廷怀着雄心和创意去美国麻省理工学院学习土木工程。后于一九〇七年从伦敦工业学院毕业,去世界各地旅游,来实现他的梦想。最初是一九〇八年在加拿大做一名建筑物鉴定人;一九一二年定居纽约,写出几篇短篇小说和旅游随笔,发表在几家杂志和报纸上。同年,他与弗洛拉·斯梅尔结婚,生了一女一男。第一次世界大战期间,洛夫廷作为一个英国人,仍然留在纽约,为"英国情报部"工作。一年后,他受命任爱尔兰卫队的一名中尉于一九一七至一九一八年去往荷兰、法国、比利时。战争中,他曾因严重受伤而退役。有关这段经历对他产生深刻的影响,是无须多言的,因为任何人对战争的恐惧都会有所反应。他曾说过:"多年来,它(指这段经历)一直是令我震惊的来源,让我在'未成年人'中间找到我的写作(目标)。"那就是摆脱恐惧的经历,怀着爱心给他的两个孩子伊丽莎白和科林讲述富有魅力的故事。也正是在这一动机的驱使下,休·洛夫廷创作出了他著名的儿童文学作品——童话《杜立德医生》。

《杜立德医生》叙述约翰·杜立德医生一行在经历了三年的冒险旅行之后,乘着大帝螺从大西洋海底回到了家乡泥塘镇,受到动物们的热烈欢迎。回来后,虽然有很多事情等着他去完成,但他最想做的是将他的理念付诸实践,创建一个动物园。这可不是人们平常见的动物园,它"不应该是动物的监狱,而应是动物的家园"。在这里,"动物之间相互爱护，不以任何方式奴役对方或剥夺对方的自由"。

　　这样一个新动物园自然有很大的诱惑力，何况技术高明的杜立德医生有一颗热爱动物的心并通晓动物的语言，乐于为动物治病。所以个个动物都一心希望进这个理想的动物家园。但如此一来，费用实在太大了，大得难以支撑下去，使大家不由得担忧这会使杜立德医生的家陷入破产的境地。谁知在杜立德医生给獾医治牙齿的时候，意外发现獾的牙齿上有一点点金子。从獾的回忆得知，这是它在"马草原"打洞时，被草原底下的金子磕破了牙齿才粘上的。这一条线索，让医生们找到和挖掘出大量的黄金；并根据法律，从这批金子中分到了一半，使快要解散的动物园恢复了生机。为了庆祝，镇长白老鼠决定组织一次大游行。有了钱，园里建起了免费图书馆。医生又发明了老鼠文字，出版了鼠类书籍，办起老鼠培训学校，等等。在老鼠们举行宴会之后，连续几个晚上，宾馆鼠、火山鼠、博物馆鼠、马厩鼠分别讲述了它们逃避天敌的一个个惊心动魄的故事。但马厩鼠的故事刚落，有一只老鼠来报告说："庄园着火了！"医生们奋不顾身前去救火，救出了老鼠的一家。但想不到的是，救了庄园的火，反而遭到庄园主的辱骂和威胁。这不免令人费解。后来在老鼠和"狗侦探"的协助下，从老鼠咬下的一小片羊皮纸和随后获得的全部纸片，拼凑成一份写在羊皮纸上的遗嘱，这才弄清，原来是蛮横无理的庄园主有意纵火，企图烧掉他富有爱心的父亲留下的遗嘱，非法获取遗产。那份遗嘱指定，不仅要"馈赠十万英镑"给"防止虐待动物协会……其余的遗产也赠予其他的一些慈善协会"。这是"动物园有史以来最重大的一个事件"，让动物们欣喜若狂。

　　研究者和传记作家认为，休·洛夫廷有一颗喜爱动物的心和创作童话的天赋，虽然这是在他成为著名童话作家之后追溯他过去的"后见之明"，但毕竟说得很对。

　　洛夫廷小时候就喜欢动物，并富有童话的想象力。他不但对大自然表现出无穷的兴趣，常将一些自然物带回家里，收藏到他个人的"自然史和动物园"，也就是他妈妈为他制作的麻布壁橱里，他还会虚构出这些自然物的故事，讲给他的兄弟姐妹听。尤其吸引少年洛夫廷的是一些小动物。有一次，洛夫廷跟他妈妈外出旅游，到伦敦时，在

洛夫廷一家

一家宠物商店面前,他是以怎样的眼神注视店里的那只幼犬啊。这种爱动物的天性在洛夫廷长大之后,仍旧不可阻挡地表现了出来,引发他创作《杜立德医生》的冲动。常被举出的事例是第一次世界大战中,洛夫廷目睹团队的战马在战火中受伤时表现出的痛苦感受。学者艾琳·史密斯在她的《纽伯瑞奖和考尔德科特奖史》中这样写道:"在一九二三年休·洛夫廷因他的《杜立德医生航海记》而接受纽伯瑞奖的会上,R.R.鲍克先生曾问他杜立德先生是如何产生的。洛夫廷说,在前线,他为马和驴在炮火中的遭遇而深受感动,便虚构出一个小医生去为它们做些在现实生活中没有做过也无法做到的事。"

英国诗人和小说家塞西尔·罗伯茨(1892—1976)在第一次世界大战期间曾以《利物浦邮报》记者的身份去往前线。洛夫廷"穿越大西洋"回美国时,和他乘的是同一班航船。罗伯茨后来回忆说:

在甲板上,我躺椅旁有一位邻座……每天傍晚六时左右,他都要离开去给杜立德医生朗读床头故事。我问,杜立德医生会是谁呀,他说是他的小儿子。第二天,甲板上出现一个扁鼻子的男孩和他母亲,于是,我就认识这个杜立德医生了。后来,休·洛夫廷根据我的要求,给我展示了几页原稿,他考虑要写成一本书。我立刻意识到这是一本高质量的书,热情将它推荐给我的出版商斯托克斯先生出版。此后我就没有见过休·洛夫廷了。但是第一本《杜立德医生》出版后,他给我寄来一册,还签了几句有趣的题词。

这段引文中的"一个扁鼻子的男孩和他母亲"是什么人尚不清楚,只好不去管它。但有一点是清楚的,就是传记材料说的:休·洛夫廷将他创作的杜立德医生的故事,写在一封又一封的家信上,来慰藉他的生活在战争年代的两个孩子伊丽莎白和科林,给他们时刻受炮火、死亡震荡的心灵带去快乐。

那么杜立德医生这个人物是休·洛夫廷在炮火连天的岁月里凭空想象出来的吗?

休·洛夫廷曾这样说到他笔下的杜立德医生:"他是一个古怪的乡村医生,他喜欢自然史,很爱宠物,最后决定放弃诊治人类,而转向更为困难、更为诚挚,对他说来也更有吸引力的为动物王国治病的业务。这项工作的难度对他是很大的挑战,因为做一个优秀的兽医需要有(首先他必须精通一切动物的语言和动物的生理)比医治少数疑难症病人都更敏锐的头脑。"

研究者相信,杜立德医生实际上是有原型的。这原型就是约翰·亨特。

约翰·亨特(1728—1793)是英国的外科医生,英国病理解剖学的奠基者。亨特没有受过正规的大学教育,他是在给他的讲授外科学和解剖学的哥哥威廉·亨特做了十一年助手、自学成才之后,才被圣乔治医院所接受,选为外科医生的。一七六三年起,他继续私人行医直至去世,期间因医术精湛,曾被聘担任国王乔治三世的御医。

约翰·亨特虽然在医学上有很大的成就,但在旁人看来,他的行为举止不免有些古怪。拉尔夫·梅杰在他一九五四年出版的《医学史》上说到,亨特主要因为受教育程度不够,不善言辞,风度和语言表述上都有严重的缺陷。"他非常神经质,每次讲课开始时,'都要喝鸦片酊',而且极难给人留下整洁、文雅的印象。一次在讲到枪伤时,他演示一颗子弹'击中人的腹部,用手把肚皮敲出令人厌恶的响声,使听讲者感到非常尴尬'。"

不过,约翰·亨特也像洛夫廷笔下的杜立德医生一样,有一颗热爱动物的心。

学者拉斯乔·马格雅发表在一九九四年第十五卷第四期《医学人文杂志》上的《亨

特和杜立德》一文中这样写道：

十八世纪末，有一位外科医生建起一座个人的自然博物馆和动物园，动物们在这里自由走动，它们实际上就生活在离伯克郡不远的梅登黑德的伯爵宅邸。这位外科医生就叫约翰·亨特，是当时最伟大的心理治疗师之一。他在一七六〇年租下这块地，他像杜立德医生的那种生活使邻里的居民感到异常诧异。亨特的传记作者詹姆斯·多布森这样写到他领地上的动物园：

"他这里有许多禽畜，鸭、鹅、鸽子、兔子、猪、负鼠、刺猬，一只胡狼，一只斑马，一只鸵鸟，还有水牛、豹、睡鼠、蝙蝠、蛇、猛禽、鹿、鱼、蛙、水蛭、鳗、蚌……"

著名的英国医学史家亨利·西格里斯特也写到这个独一无二的动物园和唯有亨特才有的对收养动物的热情：

他（约翰·亨特）在伯爵宅邸附近购置了一座乡间房舍，这伯爵宅邸在乡间已经有一百六十年了。这是一个非常独特的乡间房舍，若不细加注视，人是不会从这里经过的。一个乡村宅邸前的地面上，是从来看不到有如此多种类的动物的。它后面的草地上有许多不同种类的禽鸟在走来走去，特别是大量的鹅，亨特希望用它们的蛋做胚胎学研究。同时还有猪、山羊、刺猬、一只负鼠，还有水牛、斑马和一只鸵鸟。笼子里关了最危险的动物豹、胡狼和大蛇。许多鸟都是稀有品种。有一个池塘是为了研究淡水生物的。房舍里有解剖室、生理实验室和收藏室。

亨特还不断地继续搜集稀有动物。如果有一个吉普赛人带了一只会跳舞的黑熊经过，亨特就会去跟这人议价，在这动物死后将它交给他解剖……

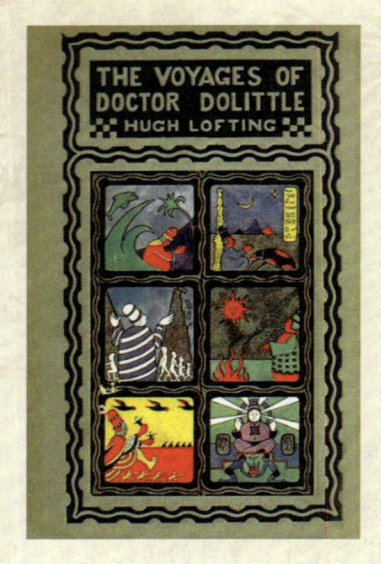

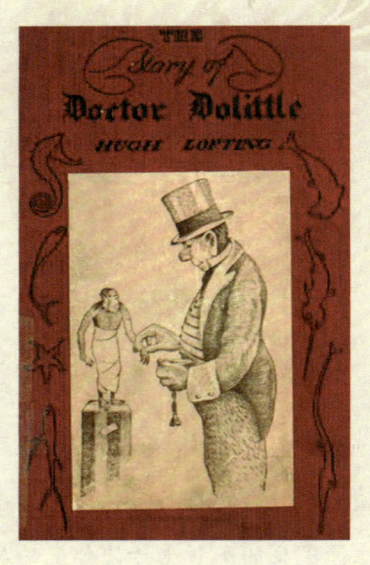

《杜立德医生航海记》书影　　　　　　　《杜立德医生》书影之一

　　休·洛夫廷本人无意做一名作家,是他的妻子弗洛拉建议他将写给孩子信中的故事写成书。于是,一九二〇年,洛夫廷据此写成了一部书名很长的童话——《杜立德医生的故事:此前从未发表过的他在家里的不寻常的故事和他在国外的难以置信的历险》,在纽约出版,两年后在伦敦出版,深受欢迎。美国和英国的读者都要求看到更多杜立德医生的冒险故事,有一些年龄很小的读者甚至给他提供建议,他们相信杜立德医生真的是现实中的一个人。洛夫廷似乎也乐于顺从他们的请求。一九二二年,《杜立德医生》多部续集的第一部《杜立德医生航海记》问世,洛夫廷在这里推出汤米·斯特宾斯这样一个人物,他是杜立德医生的徒弟,也是故事的叙述者。此书写得非常出色,获一九二三年的纽伯瑞奖。

　　后来,从一九二二年至一九二八年,洛夫廷每年都要写一本《杜立德医生》的故事:继《航海记》之后,有一九二三年的《杜立德医生的邮政局》、一九二四年的《杜立德医生的马戏团》、一九二五年的《杜立德医生的动物园》、一九二六年的《杜立德医生的大篷车》、一九二七年的《杜立德医生的花园》和一九二八年的《杜立德医生在月球》;与此同时,还写了一些别的作品。另外,洛夫廷还和小读者们通信。作家高度评价孩子们写的这些信,特别说到,孩子们是出于他们自己的激情才给他写信,而不是学校分配的任务。不过,洛夫廷不认为自己是一位"儿童的作家",后来他还强调:"我不承认

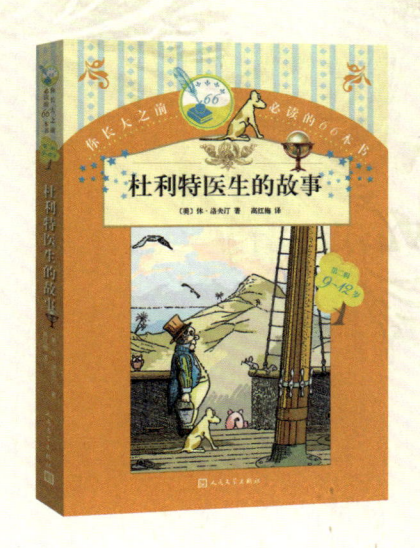

我是为儿童写作和插图的专家。事实上，我不过是能够以自己的方式写作和插图取得了成功。一直以来，都倾向于把儿童归入一个特别的类型。多年来持续的冲动使我在'少年'中找到我的写作目标。"不幸的是，一九二七年，弗洛拉·洛夫廷去世。连续的不幸是，他一九二八年和凯瑟琳·哈罗尔·彼得斯结婚，凯瑟琳在同年病逝。研究者看出在他这几年的作品中透露出他对人生的悲观情绪。"杜立德医生"系列的最后两部是在与创痛相隔多年之后才写出来的。

在一九三三年的《杜立德医生归来》之后两年，一九三五年，洛夫廷与德国裔的加拿大女子约瑟芬尼·弗里克结婚，第二年生了儿子克里斯托弗·克莱门特。他们全家迁往加利福尼亚，洛夫廷在这里创作"杜立德医生"系列的最后几部：《杜立德医生和秘密的湖》《杜立德医生和绿色的金丝雀》《杜立德医生的打滚沼泽冒险记》。《秘密的湖》是洛夫廷特地为克里斯托弗创作的。不过，这几部书都直到作家去世后的一九四八、一九五〇和一九五二年才先后出版。

"杜立德医生"系列童话，不少都已经被公认为经典，英国的主流媒体《每日电讯报》就曾评论说："我们的时代没有书堪与'杜立德医生系列'相媲美了——它令青少年朋友们在阅读时产生心与心的碰撞，发出咯咯咯的会心大笑！"其中一些还被改编成电影放映。

Dracula

《 德拉库拉 》

经典吸血鬼小说的创作

法国司汤达-格勒诺布尔第三大学英语教授让-马里尼在《吸血鬼暗夜里寻找生命》中说："英国人迷恋超自然现象和死亡场面，不是一天两天的事，而是这个有着悠久历史的民族向来的传统。英伦三岛一向是幽灵之乡，这里的人喜欢恐怖的故事。工业革命间接加强了这种传统。在追求物质享受但虚伪透顶的维多利亚时代，众人认可的价值只有工作、金钱和宗教，幻想作品于是成为理想的逃避方式。在骇人的故事里，失误的秩序受到嘲弄，既定的道德规范也受到质疑，所以阅读这类故事就成了一种发泄。"（吴岳添译文）

马里尼揭示了英国产生大批恐怖小说和吸血鬼小说的大环境。但同处在这一大环境之下的英国作家，也并不都喜欢写吸血鬼小说，而就是那些喜欢写吸血鬼小说的作家，各人也有不同的生活经历和不同的激发他们创作这类小说的灵感启示，如斯托克创作《德拉库拉》就不同于一八一六年初夏乔治·拜伦等四人被暴风雨困在迪奥达里山庄时起意

布拉姆·斯托克

创作恐怖小说和吸血鬼小说的情况。

爱尔兰作家布拉姆·斯托克(1847—1912)出生之后直到七岁，都因不知名的疾病而不得不长期卧床。这虽然使他只好独自沉入冥思幻想，也为他后来进行文学创作时能有奇特的想象打下了基础。从都柏林大学毕业后，在都柏林总统府工作的十年，同时为《都柏林晚邮报》撰写戏剧评论，又让他练就一手驾驭文字的技巧。不过，他没有立即从事创作。一八七六年十二月，斯托克写了一篇评论，赞扬名演员亨利·欧文在都柏林皇家剧院演出的《哈姆莱特》。欧文邀请他共进午餐，两人从而成了朋友。这段时间，斯托克开始创作，写出《水晶杯》《命运的锁链》等几个短篇小说。

一八七八年与奥斯卡·王尔德求婚不成的大美人弗罗伦斯·巴尔科姆结婚后，斯托克移居伦敦，任欧文经营的兰心剧院的舞台经理和业务经理，时间长达二十七年，直到兰心剧院业务衰败，趋于破产。斯托克后来几乎无事可做，便转而致力于写作，在一八九〇年出版了《蛇的足迹》，后来还有《海洋之谜》(1902)、《七星宝石》(1903)、《白衣女人》(1909)等小说。只是这些都无一能达到他于一八九七年出版的吸血鬼小说《德拉库拉》的水平，也没有像《德拉库拉》那样受欢迎。

斯托克的《德拉库拉》以书信、日记、电报、报纸通讯等形式，时空交错描写了一个吸血鬼施暴和灭亡的故事。公证人的年轻书记乔纳森·哈克被派去特兰西瓦尼亚处理德拉库拉伯爵的房产事宜。但来到伯爵的城堡后，即被伯爵幽禁。期间他从种种迹象看来，觉得这个伯爵可能是一具僵尸,一个夜晚从棺材里出来的吸血鬼。他暗暗监视德拉库拉的行踪,双方展开了一次次斗争。起初对方占了上风,得以去吸哈克未婚妻威廉·米娜的朋友露西·韦斯特拉的血,使她因血被吸干而死。最后,约翰·希瓦尔德医生请来他的老师,荷兰专门猎获吸血鬼的专家亚伯拉罕·范·黑尔辛教授和美国的吸血鬼猎人昆西·莫里斯,莫里斯用匕首刺穿德拉库拉的心脏,使他立刻化为灰烬,米娜也获得了解救。

《德拉库拉》的创作在斯托克的心中已经积淀很久。

血这一无比珍贵的液体,是生命的象征。一个人如果受伤失血过多,就会有生命危险。但若表面上看不出什么原因便像失血过多的人那样脸色惨白、形销骨立,在缺乏生理学知识的古代人看来,往往便认为是被鬼怪吸去了体内的血。于是存在吸血鬼的迷信传说也就随之产生,认为"这些吸血鬼是一些死人"。伏尔泰在《哲学词典》里这样介绍说:"夜间从坟墓出来吸活人的血,在脖子或肚子上吸完血后再回到墓穴。……在波兰、匈牙利、西里西亚、摩尔达维亚、奥地利以及洛林等地,都有这类事件。"(王燕生译文)数百年来,不但报刊上时有这方面的报道,有些作家还以吸血鬼为题材创作小说。

伴随他的冥思幻想,斯托克从小就喜欢阅读幻想故事,读过一些鬼怪小说和吸血鬼小说。拜伦的私人医生约翰·波利多里以拜伦未完成恐怖小说中的主要人物奥古斯都·达维尔为基础创作的《吸血鬼》,爱尔兰作家谢里登·勒法努的吸血鬼小说《卡米拉》和译自德文、出版于一八六〇年的《神秘的陌生人》等作品,他都十分熟悉。这些作品激发了斯托克创作的欲望,他希望自己也创作出一部吸血鬼小说,并为此开始了广泛的阅读,来收集产生吸血鬼土壤的欧洲民间传说和吸血鬼故事的材料,时间达七年之久。

苏格兰女作家艾米丽·杰拉德(1849—1905),在奥地利西部的蒂罗尔接受教育,后来嫁给驻奥匈帝国一个镇上的波兰骑兵军官,毕生的大部分时间都是在奥地利度过的。她爱好文学,是马克·吐温的朋友。杰拉德夫人对罗马尼亚中南部喀尔巴阡山地区特兰西瓦尼亚的民间故事和民间传说非常熟悉,写过一篇《特兰西瓦尼亚人的迷信》,发表在一八八五年的《十九世纪》杂志上。

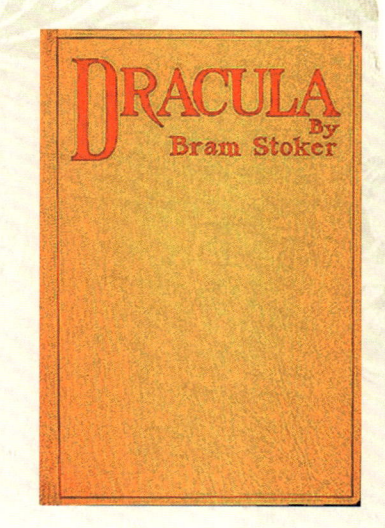

初版本《德拉库拉》

从古希腊时代直到十九世纪，许多西方国家，尤其是东欧的波兰、罗马尼亚、保加利亚等国的百姓，都迷信因病死亡的人会从坟墓里出来吸活人的血。因此，亲属都会挖出死者的心脏，焚烧尸体，甚至入葬之后，也要掘墓进行。艾米丽·杰拉德在她的这篇十六页的文章中，详细说了特兰西瓦尼亚一带的这类迷信。她写道，特兰西瓦尼亚人认为："那些叫 Strioi 的不安的幽灵，是没有恶意的，只是他们的体形很不雅观，被看作是疾病或灾难的预兆。但每个特兰西瓦尼亚农民都相信，吸血鬼确实是更凶恶的，就像坚信他本人总会不是上天堂就是下地狱一样。"

如果说《特兰西瓦尼亚人的迷信》让斯托克觉得特兰西瓦尼亚是产生吸血鬼故事的土壤，可以作为吸血鬼小说的背景，那么，两次旅行和两个历史人物，都有助于斯托克在未来小说中的场景描写和人物塑造。

一八九○年夏天，斯托克去惠特比度假。这是英格兰北约克郡斯卡伯勒区的一个堂区，濒临北海，地处埃斯克河口港湾东侧。幽美的景色令人流连忘返，还有那一片片红瓦屋顶，著名的惠特比修道院，以及几所教堂和旁边的墓碑，甚至绕着这些教堂飞旋的蝙蝠，都使斯托克对这个小镇十分迷恋。他很喜欢这里的环境和氛围。一八九五年，斯托克去苏格兰阿伯丁郡的一个小渔村科里斯顿旅行。科里斯顿地处克鲁登湾和纽堡之间，是北海海岸引人入胜的度假村。这里有一座十六世纪的古堡——斯莱恩斯堡，是第九世埃罗尔伯爵建造的，它一度被毁，于一八三○年代重建。斯托克来时，曾受第十九世埃罗尔伯爵之邀，在古堡待过。斯托克对科里斯顿四周的景色和古堡都很感兴趣，特别是

《德拉库拉》手稿

　　古堡内的一切，给他留下深刻的印象。研究者相信，惠特比和科里斯顿的环境气氛赋予斯托克创作的灵感，《德拉库拉》中的一些场景和伯爵城堡的内部就是依照这两地和斯莱恩斯堡来写的。

　　在惠特比的时候，斯托克从位于码头旁的惠特比图书馆中见到一册威廉·威尔金森一八二〇年出版的《瓦拉几亚和摩尔达维亚公国记》，看到书中有几条注释都谈到一个叫弗拉德三世的历史人物。

　　弗拉德三世（1431—1476）是从属罗马尼亚的瓦拉几亚公国的国君，他在统治期间，首先与外国结盟，通过征战消灭了反对派，巩固了自己的地位，并恢复了因连年战争而被破坏的社会秩序；他还一直致力于发展国家经济，并着力整顿军队，增强军事实力，使国家在奥斯曼帝国的阴影下保持独立。但他又是一个非常残暴的统治者。他频繁用刑，不管是抓到的外国间谍、战俘，还是国内的贪官、窃贼，都惯于将他们钉死在削尖的木桩上。有研究者相信，他共杀死了四万到十万名政治对手、罪犯和任何一个被认为"对人类没用"的人。于是，他就有了"特普"和"德拉库拉"两个外号，意思分别为"穿刺王"和"恶魔"。斯托克特别为弗拉德"这个富有异国情调的响亮名字所吸引，决定用它（德拉库拉）来作为未来小说的主人公"。为丰富这个人物形象，一次，当熟悉中欧民间传说的布达佩斯大学中欧史教授阿米尼乌斯·范贝里途经伦敦时，斯托克至少专门去找过他两次，从他那里听到许多弗拉德的故事和其他历史材料。另外还有一个历史

《卡米拉》插图

人物，匈牙利的贵族伊丽莎白·巴索里伯爵夫人（1560—1614），她是匈牙利历史上杀人最多的连环女杀手，她和四名合伙者在一五八五至一六一〇年间，杀了数百名少女，用她们的血来沐浴，认为只有浸泡在她们纯洁的血液中，吸取其中的精华，才会使她永葆青春。巴索里伯爵夫人的情况，对斯托克创造德拉库拉的形象也有一定的帮助。

在创作的时候，读过的吸血鬼小说也让斯托克获得一些艺术上的借鉴。

谢里登·勒法努（1814—1873）被认为是"英国鬼怪小说之父"，他一生创作的数十部小说，故事大多发生在鬼魂经常出没的暗室里，气氛阴森恐怖。他的《卡米拉》虽然不是他著名的小说，但作为第一部以女性吸血鬼为主角的哥特小说，被认为是描写吸血鬼的杰作。

《卡米拉》讲述年轻女孩劳拉和她丧妻的父亲孤零零地住在一座偏远的城堡里。一天，一辆马车在他们门前出了事。出于好心，劳拉把车上的母女请到家里来休养。那女孩叫卡米拉，劳拉对她的过去一无所知。但她们两人同年，都是十八岁，于是很快便成了好友。在其母亲离去之后，劳拉发觉卡米拉的行为非常古怪；她自己也连夜噩梦，觉得有像猫一样的动物在夜里来袭击她，咬她的胸口；随之她的健康状况日渐下降。后来，劳拉发现城堡墙上的家族画像中，有一幅米卡拉·卡恩斯坦伯爵夫人的肖像，是去世已两百年的祖先，却和卡米拉长得一模一样，甚感惊奇。劳拉将此告诉父亲后，父亲去了一处被毁弃的卡恩斯坦村。在那里，他遇到老友斯皮尔斯多夫将军。将军说，他死去的侄女生前也在遇到一个自称米拉卡的女孩之后，出现过和劳拉一样的症状。于是，他们明白了，卡米拉是一个吸血鬼，米卡拉不过是卡米拉的字母颠倒拼写而成的。最后，他们掘出伯爵夫人的棺木，毁掉她的尸体，制服了这个吸血鬼。

《卡米拉》对《德拉库拉》的影响十分明显。

《卡米拉》中的卡米拉和《德拉库拉》中的露西非常相似：两人都是修长纤细的身材、玫瑰色的脸颊、大大的眼睛、丰厚的嘴唇，两人都骨瘦如柴、神态倦怠、话语微弱，两人都梦游，两人也都是吸血鬼的猎物。

《德拉库拉》不但像《卡米拉》那样以第一人称叙述故事，它的猎获吸血鬼的专家范·赫尔辛教授也可以和《卡米拉》中的吸血鬼专家沃登伯格直接对应。

《德拉库拉》于一八九七年五月二十六日在英国出版。最初，斯托克想把小说的题目取为《不死的僵尸》，书稿出版前几个星期，手稿上所写的题目也是《不死的僵尸》。直到读了威尔金森的《瓦拉几亚和摩尔达维亚公国记》，才突然决定改用《德拉库拉》做书名。

小说出版后，并没有立刻畅销，虽然评论对它赞不绝口。小说出版后仅五天，六月一日的《每日邮报》就宣称它是哥特式恐怖小说的经典，说是和安·拉德克里夫的《尤道弗神秘事迹》、玛丽·雪莱的《弗兰肯斯坦》、爱伦·坡的《厄舍府的倒塌》、艾米莉·勃朗特的《呼啸山庄》等恐怖小说相比，"《德拉库拉》在幽暗的魅力上要比这类作品中的任何一部都更令人惊骇"。《福尔摩斯探案集》的作者柯南·道尔给斯托克写信说："我要写信告诉你，我读《德拉库拉》是多大的享受啊！我认为，它是我多年来读过的描写魔怪的最好的小说。"

如今，《德拉库拉》已被公认为一部经典，不但被翻译成多国文字，还多次被改编成舞台剧、电影及电视剧，影响了几代作家。以作者的姓名命名的布拉姆·斯托克奖，是恐怖小说的最高奖，美国当代著名作家史蒂芬·金等就曾获此奖。

Aschenputtel

《灰姑娘》

一千个"灰姑娘"

一个美丽又善良的小女孩,因亲生母亲不幸去世,遭后母的虐待和两个异母姐姐的嫉妒,被迫整天都在不停地干活,身上沾满了灰尘,可谓一个"灰姑娘"。但好心的她,有神灵的救助,在一个偶然的机会中,获得一位王子的爱,而且两人结了婚,有了一个幸福的未来。这差不多就是所有的孩子和许多成人都十分熟悉的"灰姑娘"的故事。

同情心是人类普遍具有的情感,好人有好报也是人们共有的愿望。所以,这类故事很早很早就在世界各地产生并一直传播下来,正如学者所指出的,"几乎每一种文化都有灰姑娘的文本"。德国学者奥古斯特·尼契克在《童话中反映的社会秩序》(1976—1977)中以及女学者海德·戈特纳－阿本德罗特在《女神和她的英雄》(1941)中指出,这类故事的口头传说,最早可以追溯到人类进化初期,杂交乱婚时代之后的母权制社会。加利福尼亚伯克利大学的人类学和民俗学教授阿伦·邓德斯在一九八二年出版的《灰姑娘:书面记录》中,已经收集到流传于埃及、中国、斯堪的纳维亚、非洲、欧洲以及美洲等

多雷的《灰姑娘》插图

地的一千多个"灰姑娘"故事，可能原始母权制社会的还不包括在内。《不列颠百科全书》"灰姑娘"条目说，仅仅在欧洲，"灰姑娘"的故事也就有五百个版本。

今天的孩子一般都是从法国童话作家夏尔·佩罗一六九七年的《鹅妈妈的故事》或十九世纪德国作家格林兄弟的童话集《儿童和家庭童话集》里读到"灰姑娘"的故事的。格林兄弟写出这个故事，则是受意大利小说家贾姆巴蒂斯塔·巴西莱的童话集《五十童话》（又译《五日谈》）中的童话《猫姑娘》的启发。

《五十童话》是贾姆巴蒂斯塔·巴西莱根据克里特岛和威尼斯一带民间的口头传说，用那不勒斯的方言改写的，由他的姐妹阿德里安娜在他死后的一六三四年和一六三六年以假名贾恩·阿雷西欧·阿巴图蒂斯分两卷出版。全书共分五个部分，每一部分都仿效薄伽丘的《十日谈》，以十天、每天讲一个童话故事的方式，讲述了十个童话故事；总计是五十个童话故事。《猫姑娘》属第一天的第六个故事，被认为是西方第一个有文字记载的"灰姑娘"故事。

《猫姑娘》的主人公泽左拉是一个年轻活泼的女子。她的后母心地恶毒，而她家的女家庭教师，表面看起来很是可爱，且又善解人意。泽左拉受她的骗，帮她杀死她的后母，使她能够与她父亲结婚，也使她自己得以摆脱可恨的后母。可实际上，这个温和的女教师是一个阴险的悍妇。为了抬高她亲生女儿的身价，她总是指派泽左拉去干女仆的重活和脏活；厨房里清洁洗涤的活便是她每天的日常工作。因为她家所养的猫都天天待在厨房里，因而泽左拉便有了"猫姑娘"的名号。一天，当泽左拉为自己的遭遇感到痛苦万

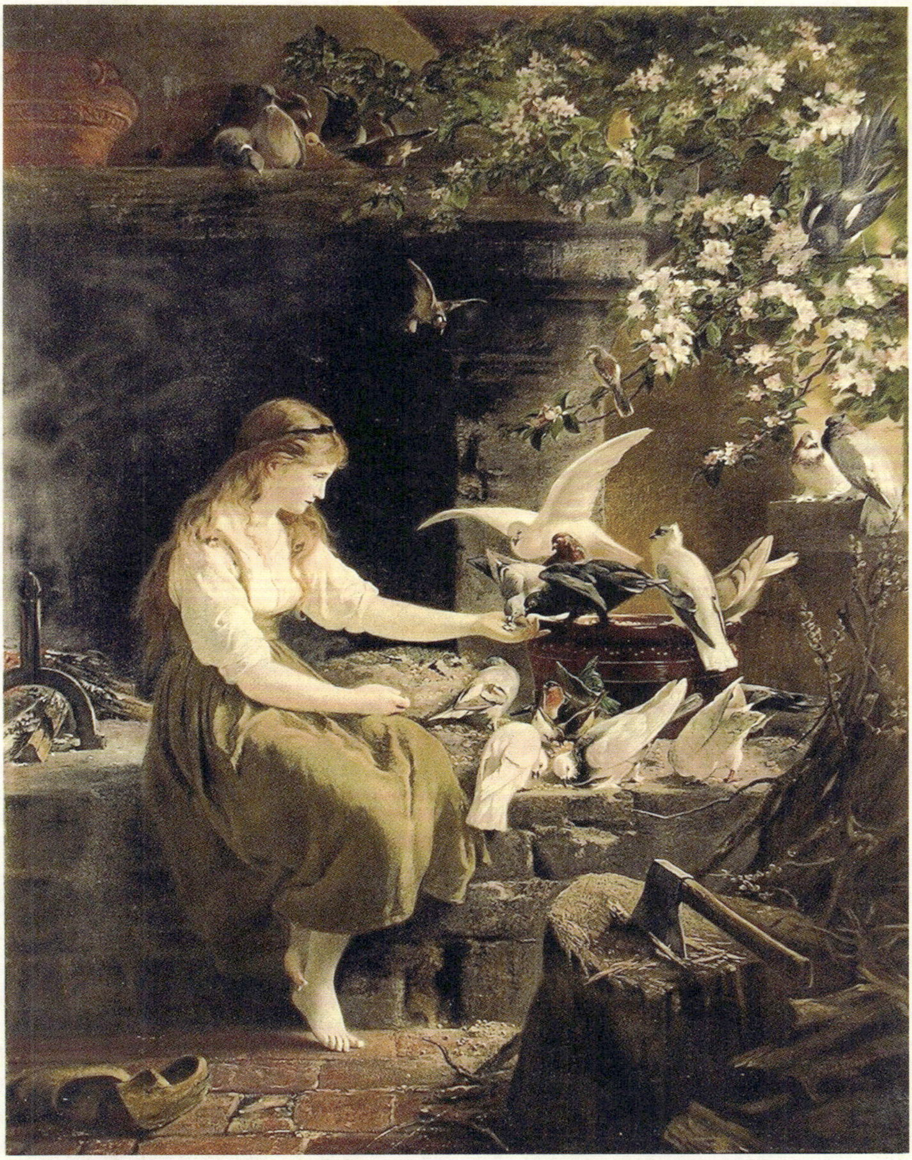

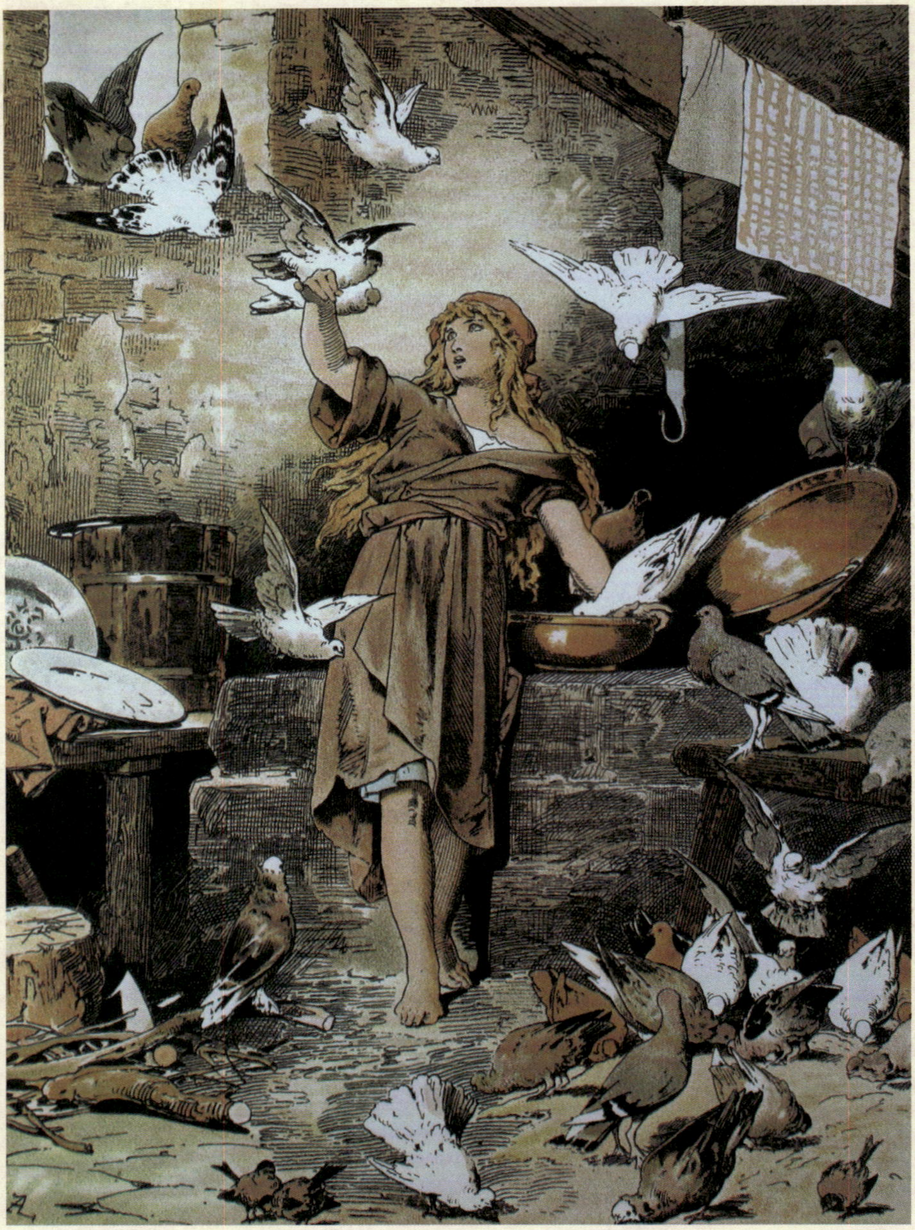

《灰姑娘》插图

分的时候，突然一只鸽子飞到她面前。故事说，这是撒丁岛上的鸽子小精灵，是泽左拉去世的生母的象征性代表。小精灵对泽左拉说，不要难过，她需要什么，它完全可以满足她，帮助她实现自己的愿望。说完后，小精灵送给泽左拉一棵无花果，这无花果具有非常神奇的力量，只要泽左拉向它念诵咒语，它就能满足她的心愿。于是，在小精灵的帮助下，泽左拉变成一位迷人的公主，穿上漂亮的服装，乘上马车，三次参加舞会，见到了国王。在一次舞会上，甚至国王都被她的美貌迷住了。国王两次让仆人去找她，她都逃跑了。只是在最后一次，因为她逃跑的时候慌慌张张中掉落了一只鞋子，国王通过这只鞋子终于找到了她。于是，泽左拉和国王结了婚，过上了幸福的生活。

追溯"灰姑娘"故事的文本起源，一般相信，最早的大概是源自于一个真人"灰姑娘"罗多皮斯神化了的故事。

斯特拉波（约前64或前63—23）是古希腊地理学家和历史学家，他著有《地理学》一书，书中引述了大量历史文献，记述希腊各城邦的地理面貌和历史情况，包括城邦建立的背景，相关的神话传说、相关知名人士的生活和轶闻等。在此书第十七卷写到一个名叫罗多皮斯的女奴的故事。史学家认为，这是历史上最早的"灰姑娘"故事。故事是这样的：

"在尼罗河绿色的水流注入蓝色的地中海中的古埃及大地上，有一个叫罗多皮斯的年轻女子。她原本生于希腊，但被强盗劫持到埃及之后，被卖身为奴。买主是一个仁慈的老人，只因他大部分时间都在一棵大树下睡觉，所以从来没有见到过她，更不知她因为相貌和别的女奴不同而受尽她们的戏弄和辱骂。别的女奴都是平直的黑发，她却生了

斯特拉波

一头金黄的卷发。她们的眼睛都是褐色的,她的眼睛却是绿色的。她们的皮肤像黄铜似的发光,她的白皙的皮肤在太阳下很容易被烧灼,所以她们都叫她红润罗多皮斯。她们天天呵斥她:'快到河边去洗衣服。把我的袍子补好。去花园把鹅赶回来。把面包烤出来。'

"罗多皮斯无法跟其他的女奴做朋友,只有与动物为友。她教会鸟儿在她手心上吃食,让猴子坐到她的肩上,一只老河马也悄悄地从泥潭里出来,上岸和她亲近。太阳快要下山的时候,如果她太累了,她会去河边跟她的动物朋友在一起;只要她白天干过重活之后还有一点儿力气,她都会跳舞给动物们看、唱歌给动物们听。

"一天晚上,罗多皮斯正在跳舞,她赤裸的两足碰击着地面,飞转得比空气还要轻盈的时候,年迈的主人从梦中醒过来了。看到她在跳舞,他非常欣赏她的舞姿。他觉得,一个如此有才华的女子,跳舞的时候怎么可以没有鞋子呢?于是,他给她订购了一双特制的鞋子。这是一双红鞋子,闪耀着黄金的光芒,鞋底是皮的。但如此一来,别的女仆又都因为妒忌她有这样漂亮的鞋子而从心底里恨她了。

"一天,有人前来,说是阿马西斯法老(前570—前526)要在孟菲斯宫廷举办庆典,邀请全城邦所有的人都去参加。阿马西斯法老可是统治上下埃及的第二十六王朝的国王啊。罗多皮斯是多么希望自己和其他的女仆都可以去呀,因为她知道,在那里,她可以跳舞、唱歌,而且还有大量精美的食品。可是,其他女仆穿好最漂亮的服装准备离开时,却转身交给她更多的活儿,要她在她们回来之前完成。这样交代过之后,她们便乘上木筏出门了，把这个可怜的女孩留在岸上。

"罗多皮斯只好在河边开始洗衣服，唱起伤心的小曲：'麻布洗洗净，园中草除尽，谷子磨成粉……'河马听着这催眠似的小曲听得困倦了，跳进了河里，激起的河水溅湿了她的鞋子。她立刻捡起鞋子，揩干净后放到太阳下去晒，随后再继续干她的活儿。这时，天开始暗下来了，她抬头一看，忽见一只鹰从天而降，冲了下来，叼起她的一只鞋就飞走了。罗多皮斯觉得太奇怪了，因为她知道，定是（形状像鹰的）荷露斯神取走了她这只鞋子。如今她就只有一只鞋了，她赶紧把它塞进她的长袍里。

"此刻，阿马西斯法老正坐在御座上看一场庆典，觉得有点厌烦了。他平时就喜欢坐上双轮敞篷马车，飞驰着穿越沙漠，去观赏各处的景物。忽然，一只鹰飞落了下来，把一只闪耀着黄金光芒的红鞋子扔在他的大腿上。阿马西斯法老觉得异常惊讶，但细细一想，认为这定是来自荷露斯神的征兆。于是，他立刻颁布法令，让全埃及的少女都来试穿这只鞋子，希望找寻鞋子的主人来做他的王后。

"再说，当罗多皮斯主人家的其他女仆赶到孟菲斯宫廷的时候，庆典已经结束，法老已经乘上双轮敞篷马车，找这只金光红鞋子的主人去了。

"可是，被差遣去的人找遍全国，都没有找到穿这只鞋子的人。法老于是派出他的游艇，登陆每个口岸，要让各地的少女都来试穿这鞋子。后来，游艇来到罗多皮斯家前面的那个港湾。每个人都听到敲锣和吹喇叭的声音，并看到几艘紫色丝绸装饰的船只。罗多皮斯主人家的女仆也都纷纷前去试穿鞋子，只有罗多皮斯没有去，躲进了灯芯草丛中。女仆们见到这鞋子，认出是罗多皮斯的，但她们故意什么都不说，只是尽力想把自己的脚塞进鞋子里去。最后，法老终于搜索到躲在灯芯草丛中的罗多皮斯了，请她试穿这鞋子。罗多皮斯的小脚一下子就滑进了鞋子里，接着从大袍里掏出另一只鞋子，和这一只完全一样。于是，法老正式宣布，她将成为他的王后。女仆们哭闹着说，她是一个奴隶，连埃及人都不是呢，怎么可以做法老的王后呀！法老做出的回应是：'她完全是个埃及人，因为她的眼睛像尼罗河水那么的蓝，她的形体像纸草那样的轻柔，她的脸孔像莲花那样

《灰姑娘》插图

的红润。'意思是，一切都符合埃及的地方特色，自然是名正言顺的埃及王后。"

研究者考证，斯特拉波书中所说的罗多皮斯、阿马西斯法老和他们的婚姻都是历史上实有之事。当然，鹰送鞋子是说故事的人的虚构。这是因为，像这种只是体现人们希望的事，必须要有一个具有传奇性的奇妙情节。

类似的"灰姑娘"故事也出现在其他各地各民族中。

在非洲，有叫钦耶和尼雅莎的"灰姑娘"；在美洲，有叫坎达斯、森德里朗和罗丝的"灰姑娘"。比如罗丝，她也是受尽后母格蒂及她的女儿安妮和丽萨·珍妮的欺侮，但得到一头猪的帮助，去参加一个大型聚会，获得"一个富有的小伙子"的爱。在欧洲，中欧或东欧，有叫米雷莉和雷瑟尔的"灰姑娘"；雷瑟尔是一著名拉比家的女仆，在喜庆的普珥节那天，被她家的厨师赶出了家门。由于她帮助了一个老妇人，老妇人给她三个愿望的回报，她得以穿上得体的服装去参加节日的活动。在那里，她与拉比的儿子一起跳舞，以她的智慧赢得了他的心。不列颠群岛的一个"灰姑娘"是受到后母欺负的男孩子。在亚洲，韩国的"灰姑娘"贡基也整天要替她的后母及其女儿干尽苦活，但得到野兽的帮助，穿上漂亮的服装去参加宫廷舞会，也掉了鞋子，最后与王子一起过上快乐幸福的生活。印度的"灰姑娘"辛杜里和越南的"灰姑娘"檀的故事也差不多。波斯的"灰姑娘"斯克塔奇的故事，开头有些像《一千零一夜》里的故事，她得到来自神瓶里的小精灵的帮助，穿上漂亮的衣服参加皇家的新年庆祝会。别的部分，也是王子见了她后，喜欢上了她；也是她的姐姐们想害她；也是丢失了物件，只不过不是鞋子，而是一只手镯。

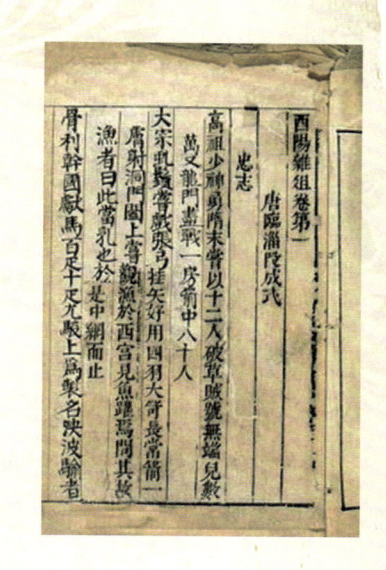

《酉阳杂俎》

故事最后讲到王子战胜了她邪恶的姐姐的阴谋，通过寻找手镯，找到了斯克塔奇。中东还有一个"灰姑娘"玛哈的类似的故事，等等。

在所有这些"灰姑娘"故事中，很早有文字记录的还有中国"南中怪事"中的"灰姑娘"。

这是唐代作家段成式（803—863）在他的笔记《酉阳杂俎》中记述他的"旧家人李士元"告诉他的故事，也就是李士元的家乡广西的"邕州洞中人多记得"的一个传说：

南人相传，秦汉前有洞主吴氏，……娶两妻，一妻卒，有女名叶限。少惠，善淘金，父爱之。末岁父卒，为后母所苦，常令樵险汲深。

时尝得一鳞，二寸余，赪鬐金目，遂潜养于盆水，日日长，易数器，大不能受，乃投于后池中。女所得余食，辄沉以食之。女至池，鱼必露首枕岸，他人至，不复出。其母知之，……因诈女曰："尔无劳乎，吾为尔新其襦。"乃易其弊衣。后令汲于他泉，计里数百也。母徐衣其女衣，袖利刃行向池呼鱼，鱼即出首，因斫杀之。……膳其肉，……藏其骨于郁栖之下。

逾日，女至向池，不复见鱼矣，乃哭于野。忽有人被发粗衣，自天而降，慰女曰："尔无哭，尔母杀尔鱼矣！骨在粪下，尔归，可取鱼骨藏于室，所须第祈之，当随尔也。"女用其言，金玑衣食随欲而具。

及洞节，母往，令女守庭果。女伺母行远，亦往，衣翠纺上衣，蹑金履。母所生女认之，谓母曰："此甚似姊也。"母亦疑之，女觉遽反，遂遗一只履，为洞人所得。母归，但见女抱庭树眠，亦不之虑。

其洞邻海岛，岛中有国名陀汗，兵强，王数十岛，水界数千里。洞人遂货其履于陀汗国，国主得之，命其左右履之，足小者履减一寸。乃令一国妇人履之，竟无一人称者。其轻如毛，履石无声。陀汗王意其洞人以非道得之，遂禁锢而拷掠之，竟不知所从来，乃以是履弃之于道旁，即遍历人家捕之，若有女履者，捕之以告。陀汗王怪之，乃搜其室，得叶限，令履之而信。叶限因衣翠纺衣，蹑履而进，色若天人也。始具事于王，载鱼骨与叶限俱还国。其母及女即为飞石击死，洞人哀之，埋于石坑，命曰懊女冢。洞人以为媒祀，求女必应。

陀汗王至国，以叶限为上妇。一年，王贪求，祈于鱼骨，宝玉无限。逾年，不复应。王乃葬鱼骨于海岸，用珠百斛藏之，以金为际，至征卒叛时，将发以赡军。一夕，为海潮所沦。

有意思的是，非洲也有这么一个故事，说南非祖鲁族的女孩子诺米养了一条鱼，但被她的后母杀了。只有诺米一人找到了鱼骨，结果获得好报，使她与酋长结了婚。

多么的奇怪，不仅是故事情节相似，甚至细节都这么接近，这不但表明人们普遍期望，善良人即使遭遇不幸，也终会有一个美好的未来；同时是否也可以认为人类早期就存在广泛的文化交流呢？如果进一步看，是否还可以猜测全球在某些问题上，有文明同源的关系呢？

The Call of the Wild

《荒野的呼唤》

摆脱"文明社会"的羁绊

加拿大第二大河育空河不仅因为它北部迷人的亚北极风光,而且还因其在加拿大支流克朗代克发现丰富的金矿而闻名。自从一八九六年在这一地区开采出金以及银、铅、石棉等矿石之后,几年间便掀起了一阵巨大的淘金潮,成千上万的人前往那里,坚信那里的地下有取之不尽的黄金。其中有一个来自美国加利福尼亚奥克兰的二十一岁的年轻人杰克·伦敦,他当时正因无业而处于绝望之中,也加入到了这个热潮之中。

杰克·伦敦(1876—1916)原名约翰·格利菲斯·伦敦,生于加利福尼亚的圣弗朗西斯科(又译旧金山)。他从小被父亲遗弃,由母亲和继父、退役老兵约翰·伦敦在加利福尼亚的奥克兰抚养长大。他随继父姓伦敦,并在这里读完小学。到了十四岁时,因为家贫,杰克·伦敦不能继续上学,便开始了一系列的冒险活动:乘单桅帆船在圣弗朗西斯科湾探险,充当水手去日本,作为无业游民蹭火车去美国各地流浪,还参加过一八九三年"大恐慌"中失业大军组成的抗议队伍,目睹了萧条的情景,并因流浪罪被捕入狱,最终于

杰克·伦敦在写作

一八九四年成为斗志旺盛的社会主义者。他进了公共图书馆学习达尔文、马克思和尼采的著作，形成了他自己的社会主义和"白人优越论"的混杂思想。十九岁时，在花了一年的时间学完中学四年的课程之后，杰克·伦敦考进了加利福尼亚大学伯克利分校，一年后退学。就在这时，他为疯狂的淘金潮所吸引。

一八九七年七月十二日，二十一岁的杰克·伦敦和他的姐夫詹姆斯·谢泼德上尉从加利福尼亚出发，来到阿拉斯加，加入淘金的行列。为寻找藏有金矿的地域，他们俩还有途中结识的两个伙伴，常常要背上四五十公斤的食物和装备，累得精疲力竭。地处今日加拿大北部北极圈内的克朗代克食品匮乏，使杰克·伦敦在第二年春便因缺乏新鲜的水果和蔬菜而患上了维生素C缺乏症，不但牙龈肿痛，甚至掉了前排的四颗牙齿。他在航海日志中还写道："坏血病使我的腰部以下几乎瘫痪了。右腿弯曲，无法再伸直。即使是步行，也得把身子的整个重量压在脚趾上。"于是，他决定返回加利福尼亚。他和同伴先是乘小筏子在育空河上漂流三千两百公里，然后雇了一艘小船，到达旧金山。

杰克·伦敦在克朗代克待了差不多一年，一八九七年秋到一八九八年春这段时间，他租居在克朗代克和育空河交汇处道森城的马歇尔·邦德兄弟家里。

马歇尔·邦德（1867—1941）生于弗吉尼亚的奥兰治，一八九七年三月，他不顾父亲的反对，和他兄弟路易斯从加利福尼亚来到阿拉斯加的斯卡圭，加入克朗代克的淘金

《荒野的呼唤》插图

潮。邦德兄弟来克朗代克时带了两只优良品种的狗,其中的一只,马歇尔·邦德说:"特别具有可以称得上是卓越的性格特点。它有胆量,虽不粗野却很顽强;柔情且有善良的本性,使温文有礼的人都会看到它是心甘情愿地干活,并不知疲倦地去完成。我深深感到,狗对我的忠诚和情感真是太深了,以致疑心它们大概都有人一样的心灵……"

杰克·伦敦很喜欢邦德兄弟的这两只狗,尤其喜欢马歇尔·邦德叫它"杰克"的那只。马歇尔·邦德回忆说:杰克·伦敦喜欢狗的方式和他认识的其他任何人都不一样,大多数的人,包括马歇尔自己,一般都只是轻轻地拍拍它、爱抚爱抚它,说几句"我的狗狗"之类的话。杰克·伦敦完全不是这样,邦德说:"他总是对狗说出或者以行动表示,他认识到它具有的高贵品质,他尊重它这品质,并表示原就应该这样对待它的。我总觉得,杰克·伦敦所给予狗的,比我要多得多,因为他理解它。他以赏识而急切的眼光,把一只狗当作一个人来尊重。"

邦德兄弟的家只是一个小木屋,没有什么装修,又缺用具,不过旁边有一个仓库,还盖有凉棚,在这里可以俯瞰整个道森城。杰克·伦敦的房间里也只有一张桌子和一把椅子,他在桌子上放一台打字机,椅子背后是达尔文和自称"达尔文斗犬"的赫胥黎的著作,还有倡导进化论的英国社会学家赫伯特·斯宾塞(1820—1903)等人的著作。杰克·伦敦曾向马歇尔·邦德解释说："我必须先读这些书，来获取写作的基本知识。"

回到加利福尼亚后，杰克·伦敦找不到工作，身无分文。他在五家职业介绍所登记求职无果，参加邮递员文职考试虽然成绩优异，但眼下没有空缺，仍旧不能就业。他只能靠打零工和写作来获取一点收入。他在《大陆月刊》等处发表了几篇东西，已经有点小名气，他于是给旧金山的《新闻简报》写去一封咨询信，提出要写一篇描写阿拉斯加冒险的小说，但遭拒绝，说是如今"对阿拉斯加兴趣的惊异程度已经消退"。后来，他写了一篇描写一只巴塔德狗的小说，题为《恶魔狗代阿布洛》，发表在一九〇二年六月号的《世界主义者杂志》上，小说的结尾是狗咬死了它的主人。伦敦的一位传记作者称，从巴塔德狗这一阴暗性格的表现可以看出，杰克·伦敦另一篇表现狗"回归（原始野性的）物种"的小说《荒野的呼唤》已经开始。

《荒野的呼唤》（胡春兰、赵苏苏译文）描写一只叫巴克的狗，它原来在圣克拉拉谷地米勒法官的宅子里过着养尊处优的日子。当淘金潮兴起时，贩卖雪橇狗的行业暗流涌动。巴克被人盗卖到北方，投入蛮荒之地，被迫在弱肉强食的环境中为生存而拼杀，使它作为"一条文明社会的，甚至可以说过于文明的社会的狗"的尊严荡然无存，原始的野性慢慢回归：它"祖祖辈辈被驯养的痕迹脱落了"；这"被遗忘的祖先的风格……激发了它内心古老的活力"。在遭受了惨重的折磨后，"它体内的生命火花摇曳，越来越微弱，马上就要熄灭"的时候，巴克被约翰·桑顿搭救，巴克从此感受到爱的温暖，对桑顿产生一种"如火热烈、如痴崇拜的爱"，并尽心图报。但是，在约翰·桑顿遇害后，巴克最终切断了与人类社会的纽带，在荒野声声呼唤的感召下，汇入狼群，"和荒野兄弟肩并着肩""亮开嗓子，高声唱着一首早年原始世界的歌"，重归于自然。

看得出来，杰克·伦敦是以邦德的狗为原型来写《荒野的呼唤》中的巴克的。杰克·伦敦在一九〇三年十二月十七日给马歇尔·邦德的信中就承认："是的，巴克是根据你在道森的狗来写的。"此外，可能还融有其他的狗的材料。传记材料说到，也是在克朗代克的那年冬天，杰克·伦敦还见过一条狗。狗的主人是个法裔加拿大人路易·萨瓦德。

世界名著背后的故事

90
·····
91

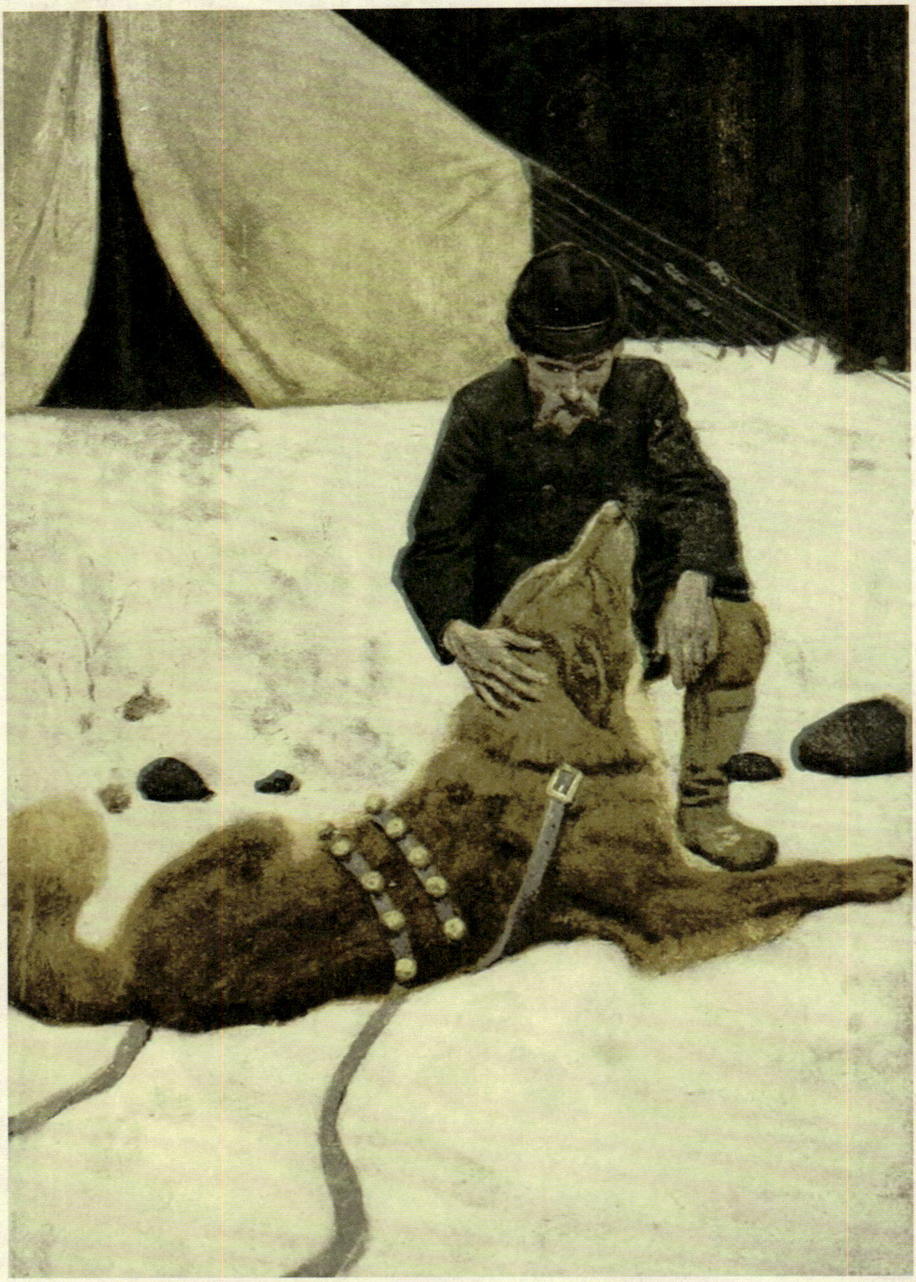

《荒野的呼唤》插图

狗的名字叫尼格。它是狼狗和纽芬兰狗的杂交种。尼格曾拉着萨瓦德的雪橇从上岛溯河而上,赶上三四十英里地。它见主人准备返回,就脱身跑开,回到帐篷里,让萨瓦德自己去拉。萨瓦德十分恼火,威胁要用枪把狗打死。

起初,杰克·伦敦只是想写篇短小说,但写到四千字的时候,他发现,四千字不过是刚刚给作品开了个头。于是,杰克·伦敦的传记作者英国人阿瑟·考尔德－马歇尔写道:

> 他怀着一个作者在被一个主题迷住了时所有的那种惊奇、激动和担心的心理,决定让小说发展到它所需要的篇幅。通常他是把每一段情节都事先构思好的,这一次他却随着那条狗进入一个陌生的天地。这篇小说的写作就像是一次发现新大陆的航程一样。

《荒野的呼唤》先是于一九〇三年以七百五十美元卖给《星期六晚邮报》,分四期连载发表。同年,麦克米伦公司以两千美元买下这部小说的全部版权。第一版于一九〇三年八月发行,配有查尔斯·胡珀设计的彩色封面,与菲利普·戈德温和查尔斯·利文斯顿作的十幅彩色插图,每册售价一点五美元。出版后,此书一次次重印,为出版公司获得二十五万美元的利润；甚至至今都从未绝版过。《荒野的呼唤》不但被公认为杰克·伦敦最好的小说，也是美国最好的小说之一。小说多次被改编为影视作品。最初是美国的电影导演先驱戴维·格里菲斯在一九〇八年的改编，第二部改编于一九二三年。随后重要的有一九三五年名演员克拉克·盖博主演和一九七二年查尔斯·赫斯顿主演的电影，还有一九八〇年代东映动画的动物影片，和一九九七年一部相当忠实于原著的影片《荒野的呼唤：育空的狗》，以及二〇〇〇年的电视系列片等。

  美国著名作家E.L. 多托罗夫在为"现代丛书"版《荒野的呼唤》所写的序言中指出，杰克·伦敦是根据达尔文的"适者生存"原理，将主人公巴克置于与人类的冲突、与其他狗的冲突和与环境的冲突之中，巴克必须面对所有这一切"挑战、生存和征服"，说得十分深刻。

  深受达尔文主义影响的杰克·伦敦，相信"适者生存、自然淘汰"。在小说中，他就遵循达尔文的这一原理，来表现巴克的"进化—退化"历程。虽然巴克的遗传基因使它在狗群中不断成长，最终通过竞争成长为狗中的霸主，但动物本身所具有的优越性使它更容易适应它原有的生态环境，终于使它最后回归荒野。

  阿瑟·考尔德－马歇尔指出：《荒野的呼唤》取得如此大的成功，如此感动读者，一个重要的原因是"每一个生活在文明社会，或者所谓的文明社会中的人都暗自希望像巴克那样摆脱羁绊，返回到野性的状态中，远离人类的残忍冷酷"。"在杰克·伦敦的想象中，他自己就是巴克。"这就是为什么杰克·伦敦会告诉朋友说："在克朗代克，我找到了自我。"也正是这一点，才给巴克逃进荒野之中的故事赋予了激情。

The Emperor's New Clothes

《皇帝的新装》

揶揄虚荣和自欺

二〇〇七年四月三十日的《参考消息》译载理查德·怀斯曼发表在英国《卫报》上的一篇长文：《说谎与笑的真相》，谈到一场"最有意思的实验"：研究人员把孩子领进实验室，让他面对墙壁，不要偷看在他后面几英尺的一个精致的玩具，然后离开。隐藏的摄像机则把孩子的动作拍摄下来。等研究人员回来问孩子有没有偷看时，几乎所有三岁的孩子都偷看，一半孩子却说自己没有看。到孩子长到五岁时，他们都偷看，却全都不说实话。文章作者认为，"这一结果表明，说谎从我们开始学说话的时候就开始了"。联系该文作者数年前在全国对成年人所进行的说谎研究，统计材料表明，"这些成年人只有百分之八声称从来没有说过谎""多数人每天大约撒两次大谎，三分之一的谈话中有某种形式的假话，五分之四的假话没有被人发现，百分之八十以上的人为了保住工作位置而说谎，百分之六十以上的人至少对他们的伴侣说过一次谎"。

要说这是一串惊人的比例数字，不如说是一串正常的统计数字。因为说谎话，除了出于爱护对方的善意的谎话，以及一些可以认为情有可原的说谎，无论是由于虚荣或实际的需要，在人们中间都十分常见。世界各国和各地区、各民族的许多民间故事也记录下了许多人类童年时代就流传下来的说谎故事。

磨坊工人的金拇指

在一八八四年出版的英国诗人威廉·哈兹里特（1778—1830）的《莎士比亚珍本再版笑话集》中，有一个叫《磨坊工人的金拇指》的英格兰民间故事，说是有个商人想要当着他同伴的面羞辱一个磨坊工人，就对磨坊工人说："先生，我听说每个诚实说真话的磨坊工人都长有一只金拇指。"磨坊工人回答说，真的，确是这样。于是，商人就说："那就求你让我瞧瞧你的拇指吧。"当磨坊工人伸出他的拇指时，商人说："我看不出你的拇指是金的，它跟别人的完全一个样。"磨坊工人回答说："先生，我的拇指的确是金的，只不过是你看不见罢了，因为这手指有一个特点，就是它始终不让戴绿帽子的人看见。"

国王和机灵女孩

印度民间故事《国王和机灵女孩》篇幅很长，收在一八九二年出版的《印度娱乐夜，或印度北部邦民间故事集》中，说从前有一个国王，白天通常都在宫廷审理案件，夜晚则习惯化装去街上寻求奇迹。一天晚上穿过一个公园时，见有四个小女孩坐在大树下真诚谈话。他好奇地停下脚步，听到一个女孩说："我觉得世界上最快活的事就是说谎。"这使国王很感兴趣，第二天他召她进宫，问她"怎么会觉得说谎很快活"。女孩不顾礼节回答说："哦，你不是也说谎吗！""你怎么能这么说？"国王说。女孩回答："如果你给我二十万卢比，让我有六个月的时间考虑，我就证明给你看。"

《皇帝的新装》插图

　　六个月后，国王又把她召来，让她记起自己的允诺。如今，女孩已经用国王给她的钱建起一座豪华的住宅，还以绘画、雕塑以及丝绸、缎带把房子布置得漂漂亮亮。于是，她对国王说："到我家去，你会看到真主。"

　　国王带着两位大臣去了。女孩对他们说："真主就住在这里。不过，只有一个人在场时才露面，若那人是非婚生子女，就不露面。所以你们须得依次进去。""那好吧，"国王说，"让我的大臣先进去，我最后。"

　　第一个大臣一进门就发现这是一个宏伟壮丽的大房间，但不见真主。他想："我怎么就看不见真主呢，莫非我是杂种？且这么个宽敞漂亮的地方，不正适合神明待吗？"他想尽办法，仍旧哪儿也不见真主。他于是自言自语："如果我现在回去说我见不到真主，国王和大臣都会笑我是杂种。所以我就只好说看见了。"

　　出来后，国王问："你见到真主了吗？"大臣马上回答："当然，我见到真主了。"国王又问："你真的见到了吗？"大臣再一次回答说："一点也不假。""那他跟你说了什么呢？"国王进一步要求。已经准备好的大臣回答说："他说的话嘛，真主令我不可泄露。"国王于是让另一个大臣进去。

　　第二个大臣立刻遵命。在踏上门槛时，他就想："我想知道，如果我是杂种怎么办？"进入这壮丽的厅堂后，他仔细注视四周，不见真主。他于是对自己说："很可能我是个杂种，因为我看不见真主。不过，承认却是一种永久的耻辱，最好就说我也已经看见真主了。"因此当国王问大臣"那么，你看到真主了吗？"时，他同样明确地回答，说他不但看见了，

汉斯·安徒生

真主还跟他说过话呢。

现在轮到国王自己了。他走进房间，自信他会特别受到真主的偏爱。但察看四周，他感到十分沮丧，因为他也觉察不到有任何代表全能的主的征象。于是，他想："无处不在的真主，我的两个大臣都已经看见了，所以不能否认他显然是存在的。或许我这个国王也是个杂种，所以才看不见真主？可这也太让人难堪了，我必须强迫自己，明确说我也已经看见真主了。"于是，他就这样说了。

见国王出来后，乖巧的女孩子问他："哦，国王，你也见到真主了吗？""是的，"他保证说，"我已经见到真主。""真的？"她又问。"真的。"国王明确回答。女孩三次问同样的问题，国王三次脸都不红说了谎话。于是，女孩说了："哎呀，国王啊，你不感到内疚吗？你怎么能够看见真主，真主是个精灵，你怎么会见到呢？"

听了这话，国王想起女孩上次说的，总有一天，他也会说谎话，于是只好苦笑着承认他根本没有见到真主；两位大臣也承认了事实。最后，女孩说："国王呀，我们穷人为了活命，偶尔会说句谎话，但你有什么可担心的？可见说谎话对许多人都有吸引力，对他们来说，说谎话至少是很有味的。"

由于女孩没有施用诡计伤害他的情感，使国王对她的聪明才智和冷静沉着留下很深的印象，便立即与她结婚，一段时期内他在所有的公务和私事上都和她商议。这个普通的小女孩获得了极大的尊重和荣誉，她的名声传遍了许多国家。

看不见的真丝礼袍

流传于斯里兰卡的民间故事《看不见的真丝礼袍》收在伦敦一九一四年出版的《万隆民间故事集》一书里。它叙述有七个人,在听过一位婆罗门写的七节赞美国王黄铜色礼袍的诗篇后,决定去欺骗一个外国的国王。来到那个城市后,他们对这国王说:"马哈拉加(大王),陛下穿的算什么礼袍呀?我等为鄙国国王缝制的一件黄铜色的真丝礼袍,像是来自天国的丝质轻柔礼袍。跟鄙国国王相比,您简直像是他的仆人。"

这番话使这国王很不好意思。怀着羞愧之心,寻思道:"我可也是一位国王呀,难道不能为我也缝制一件这样的礼袍吗?"于是,他问:"要缝制这样的礼袍,你们需要什么?"这七人回答说:"您得给我们上好的真丝,然后要在您的花园里为我们建一幢住宅,并提供吃喝。"随后他们又补充说,"我们缝制的真丝服装,出身微贱的人是看不见的,只有出身高贵的人才能看见。"

众人都去国王的花园看这黄铜色的真丝礼袍了。这七人都在干活。人们能见到的是他们裁剪、编织、缝制的动作,就是不见那真丝的礼袍。因此,他们各人心里都想:"我一定出身微贱,因为看不见这黄铜色的真丝礼袍。"只是每个人都把自己的想法放在心里,没有一个大声说出来。

国王派了一位使者去看礼袍做好了没有。他只看到那七人裁剪、编织、缝制的动作,就是不见礼袍。使者想:"如果我去禀报,说我没有看到礼袍,他们就会认为我是妓女生的。"于是,使者把他的羞愧之情埋在心里,回到皇宫对国王说:"那些人正在缝制一件珍贵无比的礼袍,只是尚未完成,等好了之后他们就会让您穿上这礼袍的。"

因为使者这样说了,许多人都去看这礼袍,尽管见工人们全都在干活,就是没有一个人看到礼袍。因为担心旁人会说自己是私生子,他们全都说:"我们看到了。的确是一件非常昂贵的礼袍。"随后,他们就回去了。

七天后,国王亲自来看这件"真丝礼袍"了。他看呀、看呀,就是不见有礼袍。但

《皇帝的新装》插图

他也没有大声说自己看不见。后来，那七人来到国王跟前，向他禀告："我们为您缝制的这件黄铜色的礼袍已经好了。"并说，"把您七代祖先传下来的服装都交出来。我们给您穿上这新礼袍之后，你一定得把所有的其他服装都给我们。"于是，国王把他祖先的祭祖礼服和所有别的服装都给了这七人。得到这些服装之后，这七人就围在国王周围，告诉他说，他们正在给他穿这黄铜色的真丝礼袍。他们摸摸他的头，说是已经给他戴上王冠了；他们摸摸他的两臂，说已经给他穿上外衣了。同样，他们摸摸他身体的各部位，说是全都给他穿好了。然后，他们把国王带到众人中间去，向市民宣布说："没有一位国王，我们行列中也没有一个人曾经穿戴和看到过这样的服装。为了庆贺国王的这套新礼袍，让他坐到喜庆的大象上去，穿过全城，然后回王宫。"说过之后，他们就驱使这只大象前行，裸体的国王就坐在大象上，随着人群穿越全城。而这七人，则从住房里带着所得的好处走了，只留下这个什么都没穿的愚蠢的国王。

还有一八八六年伦敦翻译出版的一本土耳其民间故事集，题为《四十高官的故事，或叫四十个晨昏的故事》，其中一个所谓"太太的第十二个故事"《国王的新包头巾》说，从前有一天，一个人来到一位国王跟前说："我的大王，我要为您编织一顶婚生之人才能看见、杂种看不见的包头巾。"国王觉得很惊奇，就下令让这编织工去编织。

编织工得到国王的酬劳后，过了一段时间，取来一张纸，这边一折，那边一折，就带去见国王，说："哦，国王，我已经把包头巾编织好了。"国王把这张纸展开来看，里面什么也没有；所有站在旁边的高官和贵族也只看到纸头，别的什么也没看见。国王对自己说："瞧，这么说来，我是个杂种吗？"他于是想："现在，挽救的办法，就是说的确是一顶漂亮的包头巾，我非常赏识；不然我就会在大伙儿面前丢丑。"他于是说："赞美真主！大师呀，这的确是顶漂亮的包头巾，我太喜欢了。"于是，这个年轻的编织工说："好吧，让他们把便帽脱下，我给国王缠上这包头巾。"随后，这个年轻的编织工就摊开纸头，伸出两手，将纸头按到国王的头上，像是给他缠包头巾的样子。所有站立在旁边的贵族都说："真主保佑！啊，国王，多合适、多漂亮的包头巾呀！"个个都齐心赞美这包头巾。可后来，国王脸红了，因为他带了两名高官进他的私人密室，对他们说："哎呀，维齐（高官），这么说来我是杂种了，我可没有看见包头巾啊。"两位高官也说："是呀，国王，我们也没看见。"最后，他们都确信，根本就没有什么包头巾，是那个编织工为了金钱耍了个花招。

类似的故事还可以举出一些，除了那个磨坊工人是为了报复，大多数人的说谎都是出于虚荣心。安徒生可能听说或看到过个别的这类故事。不过，研究者认为，他主要是读了西班牙作家胡安·曼努埃尔故事书中的一个故事。

胡安·曼努埃尔（1282—1348）是十四世纪西班牙最重要的一位散文家。他出身王族，是费迪南德三世国王的孙子和阿方索十世国王的侄子。这两位国王都是有学问的，阿方索还是一个知名学者。胡安·曼努埃尔最著名的作品是《实例书，或卢卡诺尔》。此书除了抄录少量的谚语和寓言外，主要的内容是以问答的形式，描写年轻的卢卡诺尔伯爵向他老师帕特洛尼奥请教人生问题，随后由老师用故事来回答，共写了五十个故事。

《实例书，或卢卡诺尔》于一八六八年译成英语，以《卢卡诺尔伯爵，或帕特洛尼奥的快乐故事五十则》之名出版。专家相信，安徒生是看了书中一个类似的故事，才写成了《皇帝的新装》。这故事说有几个裁缝师傅忽悠一位国王，说要给他制作一身私生子无法看见的服装。安徒生只是吸取这个故事的框架，将主题集中于表现国王的虚荣，让一个孩子说出一句石破天惊的话语："他身上可什么也没有穿啊！"

据说，《皇帝的新装》原来的结尾是描写皇帝如何十分欣赏他这"看不见"的新装，但最后在印刷商那里，安徒生突发灵感，改变这一结尾，让孩子大声说出这句话。学者相信，安徒生做这样的改动，是在他给一个孩子朗读过这童话原稿之后，或者在他回忆起童年时的一件类似的事之后。当时，他和母亲一起站在人群中等着看丹麦及挪威的国王腓特烈六世的到来。在这位国王出现的时候，少年安徒生大声叫道："啊，他什么也没有，就是一个人！"他母亲连忙让他闭嘴："你疯了吗，孩子？"

安徒生的童话，就其含义来说，远不是只供孩子们阅读的。在《皇帝的新装》中，孩子们也许只看到一个光屁股皇帝的可笑故事。但在成人的眼中，这里有统治者的愚蠢，有普遍存在于人们心中的虚荣和自欺，更有不知畏惧的真诚和勇气，让人领悟到最幼稚、最天真也是最深刻的哲理，就存在于没有受过世俗污染的孩子的心灵中。大人们不如孩子，就是因为他们为虚荣心所驱使，学会了说假话，不肯面对现实。

而所有关于说谎的故事中，最著名的可能算是克里斯蒂安·安徒生的《皇帝的新装》了。

Der goldne Topf

《金罐》

重温失去的爱情

童话是一种描写种种奇异事件的神奇故事，故事的主要因素，像阴暗的森林、晶莹的海底、幽闭的古堡，通常是主人公生活的背景，不时还会有精灵、鬼怪出没。这不是很像浪漫主义小说吗？的确，浪漫主义和童话有天然的联系，浪漫主义作家的幻想所热衷的，也正是这一些因素。因而也就不难理解，许多浪漫主义作家，如德国著名的浪漫主义作家恩斯特·泰奥多尔·阿玛德乌斯·霍夫曼（1776—1822）就爱创作童话。而对霍夫曼来说，他的生活经历也容易使他产生像童话那样内心世界和外在世界的对立状态，显示他心理和创作的吻合。他的童话代表作《金罐》就十分典型地表现出这一特点。

《金罐》是霍夫曼于一八一三年夏开始创作的。这年，霍夫曼在给一位朋友的信中曾经这样表述他对题材的兴趣：

霍夫曼

我一直极度忙着续写幻想作品，占全书大部分的主要是童话。好先生，不要认为《天方夜谭》——穆斯林头巾和土耳其裤目前已完全被禁。我要让童话故事步入日常生活中，取得风格的多样，既像童话，神奇美妙，同时又色彩鲜明。例如……那个年轻人无休止地疯狂爱上一条绿蛇。他……与她结婚，得到一只缀满钻石的金罐作为嫁妆。他第一次往金罐里撒尿，结果便变成一只猫鼬，等等。

《金罐》就描写这样一个故事。童话于一八一四年二月十五日完成，收集在他同年出版的小说集《卡洛式的幻想篇》中。这部小说集除《金罐》外，还收有《格鲁克骑士》《克莱斯勒言行录》《唐璜》《贝尔甘萨狗命运的新消息》《磁化》《除夕夜的冒险》等六篇。题名中的卡洛，系法国铜版画家雅克·卡洛（1592—1635），他的作品追求自然主义，人物刻画细致，手法简略，常呈现出怪诞的风格。霍夫曼在前言中说，他这本书是为了表达对这位版画家的人格和作品的称颂。

不过，尽管《金罐》的故事无比怪诞，但的确让童话步入了日常生活，深切地再现了霍夫曼本人的一段生活经历和情感经历。

霍夫曼生于普鲁士的柯尼斯堡，是一心想成为一位诗人和音乐家的克里斯托弗律师的小儿子。母亲原是他父亲的表妹，两人在一七六七年结婚，一七七八年离婚。霍夫曼随母亲在外祖父母家度过他的童年时代。他跟舅父学习音乐时，显示出对钢琴、写作和绘画都富有才华。十六岁入柯尼斯堡大学攻读法律，毕业后，被派驻波兰华沙任普鲁士的司法官员，直到一八〇六年普法战争中普鲁士被拿破仑战败、国家机器解体。失去职位之后，霍夫曼把主要兴趣转向音乐，先后在班贝格和德累斯顿任指挥、音乐评论家和剧院音乐指导，直至一八一四年。在此期间，大约一八一三年，他将自己名字中的施洗名"威廉"改为"阿玛德乌斯"，来向作曲家沃尔夫冈·阿玛德乌斯·莫扎特表示敬意。他又以意大利喜剧中著名侍从哈乐根的故事创作了芭蕾舞剧《哈乐根》，并据德国作家弗雷德里克·富凯描写水中仙女昂丁的小说《昂丁》创作了同名歌剧，还以《卡洛式的幻想篇》四卷奠定其作家的声誉。随后，他又创作出两部长篇小说和五十多部短篇小说。评论家认为他作品的最大特点是狂人、鬼怪和自动玩具的怪诞气氛同精确的现实主义叙事风格相掺杂。

霍夫曼在信件、日记和随笔中多次说到，其《金罐》是在他一生最不安定的时期写就的。那些年，他目睹了拿破仑和普鲁士、奥地利、俄罗斯联军之间的血腥战争造成的死亡、饥饿和疾病。丹麦批评家格奥尔格·勃兰兑斯在《十九世纪文学主流·德国的浪漫派》中解释说：一八〇六年华沙的普鲁士政府被推翻，霍夫曼先是看到俄罗斯部队的前驱——鞑靼人、哥萨克人等充斥着这个城市的街道，不久，奥斯曼的骑兵就冲进了华沙。他目击了拿破仑远征所引起的这个民族大迁徙。"一八一三年，他在德累斯顿又经历了多次小规模战斗和一次大会战；他亲临过战场，身受过饥荒和一次随着战争而来的瘟疫——一句话，这个时期所有的恐怖丰富了他的想象力……"（刘半九译文）是什么想象力呢？就是不仅在酒精的作用下，"他会突然看见黑暗中闪现着磷火，或者看见一个小妖精从地板缝里钻出来，或者看见他自己周围是些鬼怪和狞恶的形体，以各种古怪装扮出没无常"；甚至在平时，他也"经常为一种神秘的恐怖感所折磨，害怕自己的生活中出现鬼魂及各种狞恶形象。当他写到这些东西的时候，他总是惶恐不安地环顾左右"。

实在说，像这类将现实和幻想相混淆的"白日梦"心理，倒是创造性作家所具有的优势。

《金罐》插图

弗洛伊德在他的名篇《作家与白日梦》中写道："作家想象中世界的真实性，对他的艺术方法产生了十分重要的后果，因为有许多事情，加入它们是真实的，就不能产生乐趣，在虚构的戏剧中却能产生乐趣。"弗洛伊德特别强调"对这个幻想世界怀有极大的热情"是创造性作家的心理特征。

班贝克席勒广场二十六号的霍夫曼原住所，建于一七六二年，一八〇九年至一八一三年间霍夫曼曾与他妻子米莎再次居住。二楼是厨房和生活室，顶楼有一间卧室和书房。一楼在一九三〇年改为"霍夫曼博物馆"，一个个小房间，展示了作家生前的生活和创作状况。在这里，可以看到霍夫曼喜欢的维多利亚时代的自动玩具，他所用物件的复制品，他用铅笔写出的描写植物、昆虫和动物王国的奇妙故事。展品中有一件家具，它开关的环形拉手是一个铁铸的老太婆的脸。一次，霍夫曼注视拉手时，在他的幻想中，这个老太婆变成一个女巫，一个装扮成卖苹果的女巫。这激发出霍夫曼的灵感，从这幻想开始，展开他的《金罐》的创作。

《金罐》（朱雁冰译文）描写耶稣升天节那天，霍夫曼的化身，大学生安泽穆斯飞跑着穿过德累斯顿的西北门"黑门"时，将一个卖苹果的丑陋老太婆的装满苹果和糕饼的篮子撞翻了，篮子里的东西撒满一地。虽然将整个钱包都赔给了她，老太婆仍然朝着

《金罐》插图

安泽穆斯背后大声喊道:"好,跑吧,你尽管跑吧,撒旦养的!很快你就栽进水晶瓶!栽进水晶瓶!"

　　安泽穆斯一口气逃到林基浴场,歇了一会儿之后,踏上易北河滨的一条路,在一棵从围墙缝隙里长出来的接骨木树下的一片草地上坐下,自言自语地倾诉自己命运的不济。这时,他听到头顶上有铃铃的响声,接着传来一阵窃窃私语声:"小妹妹,小妹妹"。"好像清脆的水晶铃铛的三重和声似的。"安泽穆斯抬头仰视,见三条泛着金光的绿色小蛇,它们盘旋在树枝上;又传来窃窃私语声,重复着刚才说的那些话……

　　转瞬间那铃声又响起来了,他看见一条蛇正把头朝他伸过来。他全身像遭到电击一样,四肢战栗,心房突突跳着——他抬头呆呆地凝视着,一双富有诱惑力的深蓝色眼睛盯着他,流露出莫可名状的渴慕之情。于是,他胸中一股从未有过的极度幸福和深切痛苦交织在一起的感情油然而生……

　　而当小青蛇消失在易北河水中之后,安泽穆斯就像"精神失常"似的,叫个不停:

"啊,可爱的小金蛇呀……你那可爱的蓝眼睛再瞥我一眼吧!再瞥我一眼吧!不然,我就在痛苦和深切的思念中毁灭了!"

安泽穆斯深爱的这条浑身泛着金光的小青蛇,是图书馆长林德霍斯特的小女儿塞佩狄娜,但遭到女巫莉西·劳埃琳的干扰。女巫制作了一面魔镜,将安泽穆斯对塞佩狄娜的精神之爱转到副校长的女儿弗罗尼卡的身上,并被栽进了水晶瓶里。后来,安泽穆斯醒悟自己是受了女巫魔法的引诱,便选定自己的爱情归属。于是,女巫的魔法解除了,水晶瓶爆裂了。安泽穆斯重新获得了塞佩狄娜,他们相亲相爱地奔向理想的国度亚特兰蒂斯。弗罗尼卡也与相爱的人喜结良缘。

在一八一三年七月十三日给斯派尔的信中,霍夫曼曾这样写到他家的环境:

> 我住在德累斯顿——住在城郊!——就是说,在黑门外通往林基浴场的一条小巷中。从那被葡萄叶环绕的窗户看出去,我可以俯瞰这个萨克森瑞士、科尼斯坦和利里恩斯坦德尼等地的大部分地方。从门口只需走出去二十来米远,就像我戴着软帽,蹬着拖鞋,嘴里叼着烟斗,随意地这样走动的那样,德累斯顿及其圆形屋顶和塔楼的壮丽景色便呈现在我的眼前,越过它可以看到远山的岩石耸立。(刘文杰译文)

在《金罐》中,童话故事的环境和霍夫曼家的环境已经合为一体,安泽穆斯的幻觉和霍夫曼的幻觉也交织在一起了。在这现实和幻想的交织中,小金蛇就成了安泽穆斯,也是霍夫曼的美与爱的理想的化身。

霍夫曼有过多次的婚爱经历。一七九四年,他爱上一个叫朵拉·哈特的大学生,她比他大十岁,且已结婚,生有五个孩子。一七九五年,她生下了第六个孩子。到了一七九六年二月,朵拉的家庭坚决反对她和霍夫曼的婚姻关系,还去跟霍夫曼的舅舅交涉此事,让霍夫曼离开朵拉。这段婚姻就只能不欢而散。

一八〇二年七月二十六日,霍夫曼与年轻的米莎琳娜·罗勒尔结婚。米莎琳娜又名玛利亚·罗勒尔,爱称"米莎",是一个妩媚的波兰少女。她头脑简单,没有激情,也没有什么艺术品位。不过,她很忠于霍夫曼,二十年来,她一直伴随在霍夫曼的身边。尽管如此,也不难想象,这并不是作为艺术家的霍夫曼所追求的理想爱情。于是当霍夫曼从一八〇九年开始在班贝格剧院任舞台美术和剧作家、同时又私人教授音乐期间,便深深地迷恋上一位向他学习声乐的学生,十四岁的尤利娅·马尔科(约1795—1822以后)。

尤利娅不但年轻漂亮,还有一副优美的歌喉,极大地打动了霍夫曼。尤利娅虽然也愿常与霍夫曼在一起,但对霍夫曼的爱,却没有回报的表示。霍夫曼这一次的单恋同样也很不幸:尤利娅孀居的母亲发现女儿和霍夫曼的关系后,迅速为女儿另找了一个对象,汉堡一个姓格罗佩尔的男人,且匆匆于一八二二年结婚。此人虽然比较富有,年纪却要比尤利娅大得多,且是一个酒鬼,所以可以想象,没有几年,两人的婚姻就解体了。

尤利娅是霍夫曼用情最专的一位女子。霍夫曼很爱尤利娅。研究者发现,在两人相恋的这段日子里,霍夫曼在日记里几乎每天都记载有自己与尤利娅交往中的感情状态,如在一八一一年三月十七日尤利娅生日前一天的日记中,霍夫曼写道,那天上午在马尔科家,夜里真诚地写成一首十四行诗,准备在第二天连同一束玫瑰"献给十五岁生日的尤利娅·马尔科"。同时,他还创作了一部浪漫歌剧《奥罗拉》和声乐《怜悯我》献给她。

爱上尤利娅是霍夫曼毕生情感经历的最高峰。遗憾的是,这段爱情也没有达到理想的结果。

失去尤利娅之后,霍夫曼一直怀念这个他一生最爱的女子。几年后,从他创作的几部作品,如小说《雄猫穆尔的生活观》中的尤利娅,《最新消息》中的卡西尔,可以看出,作家都是以尤利娅·马尔科为原型来写的。特别是童话《金罐》,最能表现他对尤利娅·马尔科的深沉的爱。

《金罐》里的小青蛇，原是身为蝾螈的图书馆馆长林德霍斯特的小女儿塞佩狄娜。霍夫曼描写小青蛇／塞佩狄娜"那双妩媚可爱的蓝眼睛……那使他产生无限欢乐和痴狂的阵阵水晶铃声……那细长的躯体……"等等，全都是按照尤利娅·马尔科的眼睛、声音和躯体来描绘的。更主要的是，在童话中，霍夫曼通过主人公安泽穆斯对塞佩狄娜情感的描写，抒发了他自己对尤利娅的情感。安泽穆斯对塞佩狄娜的一次次呼唤，也是霍夫曼自己对尤利娅发出的心声。最后，霍夫曼描写蝾螈林德霍斯特击败巫婆莉西·劳埃琳，安泽穆斯终于和塞佩狄娜成亲，在亚特兰蒂斯过上幸福的生活，表达了作家希望排除干扰、获得尤利娅的爱。这是许多作家所常用的手法：在现实中得不到的幸福，通过作品，获得幻想中的满足。这也就是霍夫曼在一封信中说的，德累斯顿可怕的生活和自己恶劣的健康状况，使他能够"进入《金罐》的奇妙世界"：

  在这不幸的黑暗时代，一个人，一天天地活下来，活着就够幸福的了。写作对我是如此有诱惑力，它就像在我面前开辟出一个奇妙的王国，一个在我心中创建起来的王国，因有这个王国的形成，使我消除了外部事件的精神压力。

童话创作让E.T.A.霍夫曼在苦难的时代中保持了内心的平静，增加了生活的勇气，获得了精神愉悦。

Golden Key

《金钥匙》

苏俄的《木偶奇遇记》

说起托尔斯泰，多数人心中想到的是俄国作家列夫·托尔斯泰，因为他的《安娜·卡列宁娜》《复活》，尤其是《战争与和平》，为他带来世界性的声誉，被公认是从莎士比亚以来世界上最伟大的作家。其实，托尔斯泰作为俄罗斯人的一个姓氏，姓托尔斯泰的人不在少数。且不论别的职业，仅以姓托尔斯泰的作家来说，著名的至少有三位，除了列夫·托尔斯泰，还有十九世纪的诗人、小说家和剧作家阿列克赛·康斯坦丁诺维奇·托尔斯泰（1817—1875）和小说家阿·托尔斯泰（1882—1945），特别是后一位托尔斯泰，在苏维埃时代，他的鼎鼎大名可谓无人不知。而他的一位传记作家也叫托尔斯泰，是生于一九三五年的历史学家和作家尼古拉·德米特里耶维奇·托尔斯泰。

阿·托尔斯泰生于伏尔加河中游萨马拉的贵族家庭，父亲尼古拉·阿里克赛诺维奇·托尔斯泰是一位伯爵。因为阿列克赛·尼古拉耶维奇"背叛贵族家庭"、拥护苏维埃政权，常被人谑称为"伯爵同志"。

阿·托尔斯泰

　　托尔斯泰于一九〇一年入圣彼得堡工学院，后中途离校，在象征主义的影响下开始文学创作。对自己的第一部作品，一九〇七年出版的《抒情诗集》，他自认为是"颓废派"的作品。但第二本诗集《蓝色河流后面》（1911）和童话集《喜鹊的故事》（1910），表明他努力摆脱象征主义，希望继承俄罗斯民间文学和现实主义的传统。这段时期，他的两部长篇小说《怪人》（1911）和《跛老爷》（1912），都以果戈理式现实主义的诙谐笔调，描写俄罗斯贵族地主的经济破产和精神堕落，但并不成功。

　　托尔斯泰最初曾热衷于一九一七年的"二月革命"，但不理解随之而来的"十月社会主义革命"，曾在内战中支持反布尔什维克的白党。他于一九一八年携全家流亡法国，一九二一年又移居柏林。在这段时间里，他写出了怀念故乡的自传性作品《尼基塔的童年》。

　　一九二一年，托尔斯泰表示承认苏维埃政权。这时，他的许多朋友都开始回国。他也因思念祖国，于一九二二年初发表了《给恰科夫斯基的公开信》，宣布与白俄流亡集团决裂，并于次年回到苏联，受到苏维埃政权英雄般的欢迎。

　　回国之后，托尔斯泰接受苏维埃制度。从这时开始，他写了很多作品，不但创作出几部大部头的小说，还写过科幻小说、儿童故事、惊险小说、国际阴谋故事以及二十多个剧本，在苏联一直享有很高的声誉。他的长篇小说《彼得大帝》获一九四一年一级斯大林奖，他描写知识分子思想改造的三部曲《苦难历程》（包括《两姊妹》《一九一八年》

和《阴暗的早晨》）获一九四三年一级斯大林奖,他的剧本《伊凡雷帝》获一九四七年一级斯大林奖；此外,他还获"列宁勋章"(1938)、"劳动红旗勋章"(1943)和"荣誉勋章"(1939)。

阿·托尔斯泰不但创作这些大部头的书,也喜欢为孩子写一些小书。他曾专门为儿童编写过一部《俄罗斯民间故事》,他的童话故事《狼和小山羊》《金冠大公鸡》等多次被编入苏联的童书读本中。当然,托尔斯泰最著名的童书是童话《金钥匙》。

《金钥匙》的创作经历了一段传奇性的过程。

一八八一至一八八二年,意大利作家卡洛·洛伦齐尼(1826—1890)以卡洛·科洛迪的笔名先是在《儿童日报》上连载,随后出版单行本童话《匹诺曹历险记——一个木偶的故事》,得到读者的极大喜爱。这部不朽的童话至今已被翻译成多种文字出版,印行了不知多少版多少册,并被改编为多种艺术形式。此书的第一个俄译本译自第四八〇版的意大利原文,于一九〇六年由M.O.沃尔夫出版社出版。

研究者认为,托尔斯泰最早接触《匹诺曹历险记——一个木偶的故事》是在一九二二年。当时,他在柏林,俄国的象征派女诗人尼娜·伊万诺夫娜·彼得罗夫斯卡娅离开俄罗斯去意大利后,带回一部她翻译的《匹诺曹历险记》的稿子,请托尔斯泰帮助她校订。这部俄译本《匹诺曹历险记》由前夜出版社在一九二四年出版。这家出版社是一个俄罗斯侨民团体为即将归国和准备归国的俄罗斯侨民创办的。此书的封面上印有："尼娜·彼得罗夫斯卡娅译。阿·托尔斯泰修订加工。"

这次的"修订加工"启发和鼓舞了托尔斯泰决心要创作一部俄罗斯的木偶故事。他在后来创作出版的这部童话的前言中曾这样回忆:

> 小时候——那是很久很久以前了——我读过一本书,书名叫作《匹诺曹》,又名《木偶奇遇记》。
>
> 我常常给我的小同学讲这个木偶的有趣奇遇。可是书不见了,我于是讲起来每

《金钥匙》插图

回都不一样,还想出了一些奇遇,是书里根本没有的。

如今过了许多许多年,我又想起了我的这位老朋友木偶,并且决定把这个小木头人的奇遇讲给你们小朋友听。(任溶溶译文)

托尔斯泰对创作这个童话的兴趣是如此的浓厚,甚至在一九三四年春,决定推迟《阴暗的早晨》的创作,先来写这部童话。

最初,托尔斯泰是按照科洛迪的《匹诺曹》这个童话故事的思路来写的,而且和少年儿童出版社签订下了合同,只希望向苏联的小读者简要地转述这个意大利童话。但很快他明白了,这样的转述一定非常枯燥无味,没有多大意义。况且,他的朋友、诗人塞缪尔·马尔夏克也热烈主张他进行全盘改写。于是,在一九三五年春,托尔斯泰首次用上了俄国式的匹诺曹"布拉蒂诺"这个名字。

托尔斯泰这部童话于一九三五年八月完成,题为《金钥匙,或布拉蒂诺历险记》,先是在当年的《少先队员真理报》上连载,然后于一九三六年二月二十八日由少年儿童出版社在列宁格勒出版,印数五万册。书的首页上有一段题献:"谨以此书献给柳德米拉·伊林尼奇娜·克里斯汀斯卡娅";后来将柳德米拉的姓氏做了改动,写作"谨以此书献给柳德米拉·伊林尼奇娜·托尔斯泰雅",原因是起初托尔斯泰尚未和这位巴尔晓夫的前妻结婚;成为他的第四任妻子后,才让她随他自己的姓改为柳德米拉·托尔斯泰雅。

《金钥匙》叙述老木匠朱塞佩在用斧子砍一小段木头时,木头即会叫起来。这可把

《金钥匙》插图

　　他吓坏了，就将这段木头送给他的老朋友卡洛。卡洛用这木头做了个小木头人，取名布拉蒂诺，并给这木偶买了识字课本，让他去上学。可是，在上学的路上，布拉蒂诺却将课本卖掉，换钱去买票看木偶戏。在戏院里，木偶们认出了布拉蒂诺，大家围着他，又抱又亲，还一起唱歌。这让戏院老板卡拉巴斯·巴拉巴斯不高兴了。他大发脾气，把布拉蒂诺关进储藏室。谁知，在老板和他人交谈时说起的一个秘密被布拉蒂诺听到了。为了让布拉蒂诺守住这个秘密，卡拉巴斯·巴拉巴斯给他五个金币，放他回家。路上，布拉蒂诺遇见了瘸腿狐狸阿利萨和独眼猫巴西利奥。这两个坏家伙先是引诱布拉蒂诺到"傻瓜城"种金币，还用花言巧语把布拉蒂诺骗到三鱼饭馆。布拉蒂诺又急又气，连夜逃走。可是，半路遇上了两个强盗，他被凶恶的强盗倒吊在树上。危难之际，是一个天蓝色头发的小姑娘救了布拉蒂诺，她教他写字、数数。后来，在蝙蝠的诱骗下，布拉蒂诺离开小姑娘，来到了"傻瓜城"。在这里，他又遇到了瘸腿狐狸和独眼猫。两个坏家伙诬告布拉蒂诺，并叫来了喇叭狗警察。结果，布拉蒂诺被当作小偷抓起来，扔进了臭水沟。他的四个金币也被瘸腿狐狸和独眼猫瓜分了。

　　困顿当中，老乌龟托尔蒂拉向布拉蒂诺伸出了援助之手，送给他一把金钥匙。布拉蒂诺欣喜异常，收藏好金钥匙，连夜逃出了"傻瓜城"。在路上，他遇到了在马戏团认识的朋友皮埃罗，这时他才知道，卡拉巴斯·巴拉巴斯也在寻找金钥匙。情况紧急，两个好朋友立刻去找天蓝色头发的小姑娘马尔维娜。不久，他们又得到消息，卡拉巴斯·巴拉巴斯知道金钥匙在布拉蒂诺手里，正在往他们这里赶来呢。三个人吓得赶紧带着小狗阿尔台蒙逃走。就在这时，卡拉巴斯·巴拉巴斯牵着狗警察赶到了，一场恶战在林中空地上展开。在机智、勇敢的布拉蒂诺面前,卡拉巴斯·巴拉巴斯败下阵来,被牢牢粘在了树上。随后,布拉蒂诺又机智地从卡拉巴斯·巴拉巴斯的嘴里套出了金钥匙的秘密。故事结束时,布拉蒂诺和卡洛老爹、马尔维娜、皮埃罗一起回到了家,并用金钥匙打开了那扇神秘的小门,看到一座美丽无比的木偶剧场,木偶们自己开设了一家快乐的木偶戏院。

读过《金钥匙,或布拉蒂诺历险记》的故事,不难发现,它受《匹诺曹历险记》的启发是明显的。且不说布拉蒂诺这个名字 Буратино,即是意大利语 burattino(木偶)的音译,所以托尔斯泰的"布拉蒂诺历险记",也就是"木偶历险记"。另外,《金钥匙》的故事,前一部分,差不多有一半,和《匹诺曹历险记》几乎完全相同;但后面的部分就不一样了。作家以儿童的语言奇妙而生动地描写了布拉蒂诺和他的同伴们如何机智、勇敢、镇静、沉着地战胜了所有的敌人,探明了金钥匙和小门的秘密,进入门后的神奇世界,看到一座美丽的木偶剧场,并在这剧场首演讲述他们自己真实生活的木偶喜剧《金钥匙,又名小木偶布拉蒂诺和他的朋友们奇遇记》。

尽管《金钥匙》在前一部分和意大利的《匹诺曹历险记》很是相似,但这只是一个引子。读完全书,不难看出,托尔斯泰的这部童话完全是苏联风格的,这不仅表现在故事所着重描写的主人公战胜敌人、实现美好的愿望,符合苏联刚在一九三二至一九三四年确立的"社会主义现实主义"创作方法:"艺术描写的真实性和历史具体性必须与用社会主义精神从思想上改造和教育劳动人民的任务结合起来。"童话中的几个人物,也有苏联现实人物的原型。

近年,有俄罗斯学者写了一篇文章,题为《谁是布拉蒂诺的原型?》,认为托尔斯泰《金钥匙》中的人物塑造都不是随意写出的。文章写道:

> ……人们不知道,阿·托尔斯泰这部童话中起重要作用的人物,全都有真实的原型。借用卡洛·科洛迪的总体叙述梗概,托尔斯泰在童话中对当时一些文化界的著名活动家予以漫画化表现。例如(故事结束时)站在戏棚门口的流浪艺人卡洛

卡拉巴斯·巴拉巴斯

老爹，即是伟大的导演康斯坦丁·斯坦尼斯拉夫斯基。布拉蒂诺便是高尔基：他（被两个强盗）吊在一棵意大利的橡树上，危急之时大叫："救命啊！救命啊！"高尔基在"十月革命"之后也曾迁居意大利的卡普里岛。木偶学博士（傀儡学博士），木偶剧院老板卡拉巴斯·巴拉巴斯是另一位戏剧导演符塞伏洛德·迈耶霍德，傀儡学博士是其艺名。卡拉巴斯·巴拉巴斯拿一根七条尾巴做的鞭子逼他的木偶演员演戏，迈耶霍德也是以毛瑟枪督导演员用傀儡般的机械式方法进行表演。卡拉巴斯·巴拉巴斯的帮手杜雷马尔即是迈耶霍德的剧场和《三个橘子的爱情》杂志的助手，艺名叫"沃尔德马尔·留斯齐努斯"的弗拉基米尔·索洛维耶夫。诗人皮埃罗就是诗人亚历山大·勃洛克，即托尔斯泰讽刺过的那个人。托尔斯泰创作的《苦难历程》中就有勃洛克的讽刺性模拟形象诗人（阿列克谢·阿列克谢耶维奇·别索诺夫）。马尔维娜是高尔基的情妇，女演员玛利亚·安德列耶夫娜。她出身于演员家庭，和高尔基没有共同语言。爱挖苦人的托尔斯泰在童话中安排了这样一个插曲：皮埃罗把布拉蒂诺（高尔基）带到马尔维娜面前，说"我把他带来了，您教育教育他吧"……（译文个别处稍有改动或增加）

另外，《金钥匙》中的马尔维娜这个人物形象，特别引起研究者的重视，认为是托尔斯泰的创造。《匹诺曹历险记》里的蓝发女孩没有名字，托尔斯泰给这个浅蓝色头发的姑娘取名马尔维娜,可能是有深意的。"马尔维娜"是我相的一个伙伴和他失去的儿子奥斯卡的女友的名字。我相为古代英雄故事《芬尼亚故事》中的爱尔兰武士和诗人的名字。我相作品一度被认为是苏格兰诗人詹姆斯·麦克弗森的"发现",研究者查明,实际上,所谓《我相的诗》大部分是麦克弗森自己出版于一七六〇年代的作品。这些诗篇风靡一时,极大地影响了西欧的早期浪漫主义运动,许多俄罗斯诗人和作家也十分钟爱这部作品。据说茹科夫斯基青年时代和其他一些诗人的作品中都提到过它,在普希金的《叶甫盖尼·奥涅金》中,就有女主人公塔吉雅娜·拉林读我相诗篇的情节。所以,"这个名字一直是浪漫主义女主人公的标志"。不同于科洛迪笔下的蓝发女孩,马尔维娜不是仙女,而是一个普通女孩。如此说来,托尔斯泰在童话中描写她对皮埃罗的无私的爱,是否可以看作在托尔斯泰的社会主义现实主义童话中还存留着一丝浪漫主义的亮光呢?

《金钥匙,或布拉蒂诺历险记》的成功,已经使它被公认为一部经典童话。七八十年来,此书已经被译成四十七种语言,还被改编为其他的艺术形式。

一九五九年,苏联莫斯科的联合动画制片厂根据托尔斯泰的这部童话拍摄了动画片《布拉蒂诺历险记》。该片由有"俄罗斯动画教父"之称的伊凡·伊凡诺维奇·瓦诺导演。一九七五年,据托尔斯泰的这部作品,白俄罗斯拍出了一部儿童音乐片《布拉蒂诺历险记》,导演是列奥尼德·涅查耶夫,阿列克赛·雷勃尼科夫作曲,布莱特·奥库德扎娃和尤里·恩廷等作词。这两部作品,后来多次作为DVD和电视片发行。

二〇〇九年,爱沙尼亚出品了一部七十六分钟的音乐喜剧片《匹诺曹的儿子布拉蒂诺》,拉斯穆斯·梅里沃任导演兼编剧,还有一位编剧是克里斯汀·卡拉梅斯,有众多明星参与演出。

布拉蒂诺的童话故事及其影视片的发行,使布拉蒂诺这个名字十分普及,甚至有一种食品和一种重型火焰喷射器都借用了"布拉蒂诺"这个名字。

The Happy Prince

《快乐王子》

爱的颂歌

　　一九九五年，美国生物学家迪安·哈默宣称发现同性恋者基因的脱氧核糖核酸，与异性恋者有显著的差别，认为受同性吸引的男同性恋者染色体这个部位有一种形式，而异性恋的男子则有另一种形式，它会影响一个人的性取向，即会影响到一个男人最终是被女人吸引还是被其他男人吸引。另一位美国生理学家西蒙·列维在几年前也发现，同性恋者大脑下垂中有一个使人产生饥饿、口渴、性欲等基本欲望的部分，要比异性恋者的小三倍。这些研究成果，虽在某些细节上引起过争论，但对于存在"同性恋基因"的看法，总体上没有大的异议。它为同性恋的人权立法提供了依据，影响所及，使起始于十九世纪末、二十世纪五六十年代有较大发展的世界上争取同性恋者公民权利运动，获得有力的进展。如今，同性恋在一些国家已经成为一个政治问题，许多地方的司法部门已通过禁止歧视同性恋者的法律和法规，使同性恋者在求职、住房、公共措施等方面都得到平等的待遇；许多人对同性恋者的看法也有很大的改变，甚至不少基督教徒的父母

奥斯卡·王尔德

对同性恋子女和朋友的态度也有了很大的转变。

英国著名作家奥斯卡·王尔德（1854—1900）真是生不逢时！可惜他不是活在今天，而是活在了维多利亚时代（1837—1901）。

维多利亚时代是社会改革取得巨大进步的时代，是对未来充满美好梦想的时代。但在繁荣的同时，历史学家们也不能不令人遗憾地指出当时流行的另一种价值标准：岛国的狭隘性，实利主义，品头评足；特别是对青年男女在性方面的压制竟达到无比严酷的程度，成为当时最突出的特点之一，就如英国当代著名小说家约翰·福尔斯在他的《法国中尉的女人》中所写到的："在那个时代，在人类活动的其他方面都出现了长足的进步和解放，而唯独在最基本的个人情欲方面却受到苛刻的控制。"要是在今天，王尔德也就不会因为和昆斯伯里侯爵九世之子、年轻诗人艾尔弗雷德·道格拉斯勋爵的同性恋，而被判服劳役两年，以致出狱后三年在忧郁中死去。哪怕是提前半个多世纪，也不至于出现这种情况。据说有人曾经去问英国首相温斯顿·丘吉尔（1874—1965），来世愿同谁交谈、倾诉内心，他毫不犹豫地回答说："奥斯卡·王尔德。"啊，近年虽有诸多的传记、戏剧、电影、画册甚至纪念雕像，希图为他恢复名誉，但记者瓦尔德·基恩在一九九八年五月四日的一期美国《新闻周刊》上的报道认为，此类纪念还不过是最早的"王尔德热的春潮"，是早春的一只燕子，预言这春潮将会涨得更大。可是有什么用呢？一切都来得太晚了，谁能使天才王尔德复活呢！

第一版《快乐王子》插图

不要以为一说起同性恋，便定然认为此人无视家庭、不顾子女。王尔德完全不是这样的人。王尔德唯一的孙子、作家默林·霍兰曾多次谴责以往人们对他祖父的误解。为了纠正这种误解或片面认识，他曾利用家庭和私人档案，亲自编纂了一本带有评传性质的《王尔德相册》，于一九九八年由亨利·霍尔德公司出版，意在表明这位生活华丽的艺术家实际上是"一个内心恋家的人"。

王尔德是一八八四年与"年轻、庄重、神奇，有一双美妙的眼睛和一头棕黑色卷发"（王尔德致沃尔多·斯托里的信）的康斯坦斯·劳埃德（1857—1898）结婚成家的；婚后第二年，一八八五年生了儿子西里尔，一八八六年又生了第二个儿子维维安。一下子多了两个人，生活费用增加了。为了支持家庭，王尔德于一八八七至一八八九年接手主编了两年多《妇女世界》杂志。虽然后来与康斯坦斯的婚姻只保持柏拉图式的关系，但王尔德还是很爱他的两个孩子，一直不忘自己做父亲的责任，有时间就和他们一起玩。他外出时，即使没有事，也会给孩子们写信，如一八九一年三月三日在巴黎给西里尔写信，除了告诉他在巴黎的生活外，还加上一句："回家时，我会给你和维维安带回一些巧克力的。希望你精心照料妈妈。给她我的爱和吻，同时也给维维安和你带去我的爱和吻。"甚至被捕后，王尔德也惦记这两个孩子。出狱后，他立即设法给他们写信，但他们迫于压力，说是他的信将会被销毁；康斯坦斯也拒绝让他和儿子见面，令王尔德内心感到无比痛苦。王尔德写道："她说她本人每年将同我见两次面，但我要见我的两个儿子。这是一个可怕的惩罚。天哪！我真是活该如此。这使我觉得耻辱和罪过，但我不想有这种感觉。"

虽然直至父亲被捕的一八九五年，两个孩子都还很小，一个八岁，另一个也只有九岁，但维维安回忆说，他还是清楚记得父亲是个"笑眯眯的大个子，总是穿得很高雅，同我们一起在家里的地上爬，满身都是雪茄烟味和科隆酒味"。特别让他们记得的是父亲在伦敦家中给他们唱歌和读故事书。

王尔德不仅给两个儿子读其他作家的童书，作为诗人和作家的他，自己也为两个孩子创作童话。

王尔德的父亲威廉·王尔德是一位文物收藏家，颇具才华的作家，还是著名的眼科和耳科专家；他母亲简·弗朗西斯卡·埃尔基是一位诗人，又是研究凯尔特族神话和民间传说的权威。他们两人都喜欢并收集童话和民间故事。王尔德小时候一定从他的父母那里听过不少有趣的童话故事，并受到教益。这让作为作家的他曾这样对他的诗人朋友理查德·勒加利安纳宣称："每个父亲都有责任为他的孩子写童话。"维维安的儿子默林·霍兰在他的《王尔德的儿子》中回忆他父亲曾告诉他，说是在王尔德和孩子一起"做游戏感到疲倦了的时候，他便让我们安静下来，给我们讲童话故事或冒险故事，这些故事永远也说不完……他给我们讲了所有他自己写的适合我们年轻人心理的童话故事和许多其他的故事"。

王尔德的脑子里有很多童话和民间故事，只是大多都还没有写出来发表。他曾被自己后来写出的《自私的巨人》感动得流下了眼泪。传记作家说，王尔德本人就是一个善于讲故事的人，他出版于一八八八年的童话集《快乐王子和其他故事》只是其中的一部分。虽然有材料说，在西里尔还太小、听不懂的时候，王尔德在一次去访问剑桥时，曾对朋友讲过，《快乐王子》这个童话为剑桥的学生们所接受，回家后再写下来的。但一般研究者还是相信，他的童话是专为他的两个儿子创作的，尤其是《快乐王子》，被公认为他最优秀的一篇童话。

王尔德从结婚直至被捕，一直居住在伦敦泰特街十六号。在那么多年的生活中，王

世界名著背后的故事

122

123

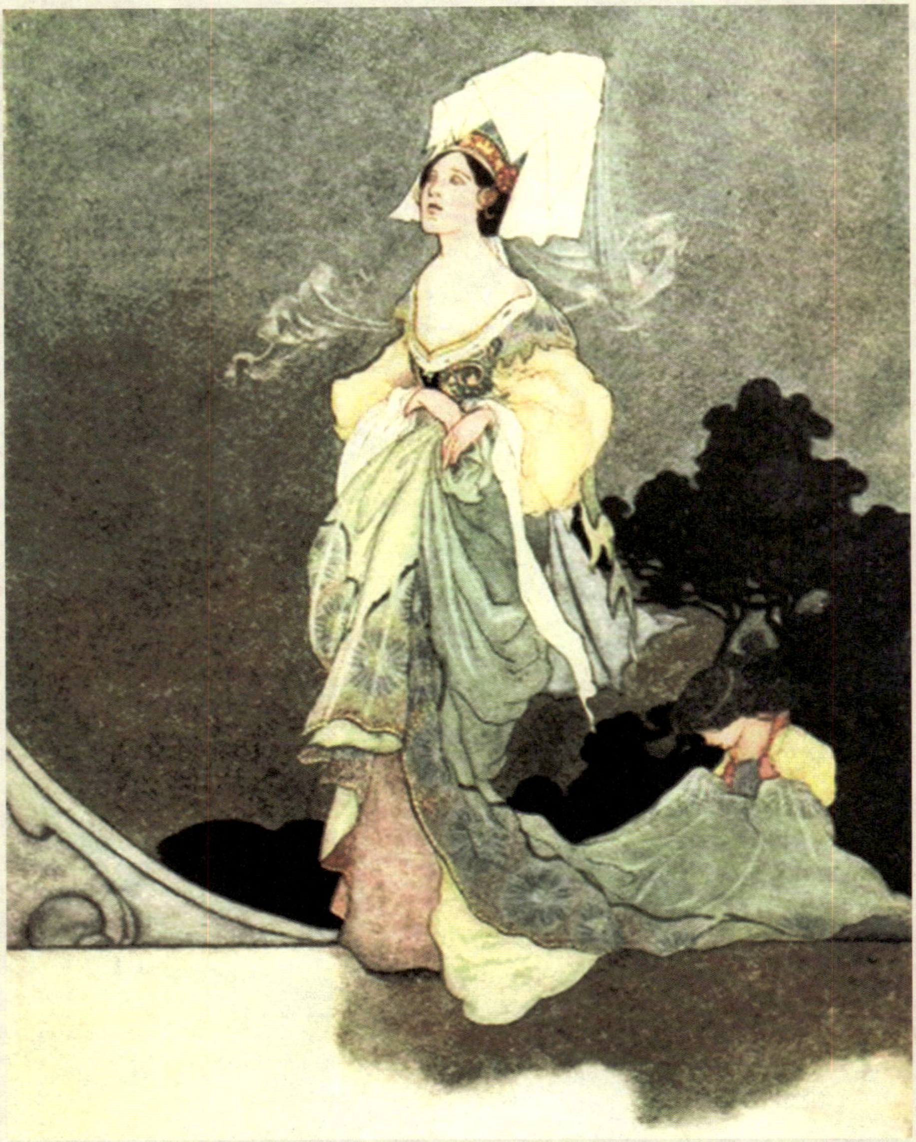

尔德对和自己生活在同一城市里的人的生活是十分了解的。当时伦敦大多数市民的生活是怎样的呢？

近代共产主义的奠基人之一，和王尔德生活在同时代的德国人弗里德里希·恩格斯（1820—1895）曾于一八四二至一八四四年在伦敦和曼彻斯特"相当详细地考察了英国城市工人的生活条件"之后，在他的名著《英国工人阶级状况》中写道："……工资少的工人，特别是如果他们还有一家人，那么即使在有工作的时候，也要常常挨饿。而这些工资少的工人，数目是很大的。特别在伦敦，工人的竞争随着人口的增加而日益激烈……在这种情况下，人们想尽了一切办法……就吃土豆、菜帮子和烂水果……这种生活方式自然会引起很多疾病……"

一般情况下，王尔德都坐在泰特街十六号那张临窗的书桌前写他不朽的著作，书房的窗口就朝向伦敦的街道。可以想象，《快乐王子》中小燕子"在这个大城市的上空飞着"的时候所看到的，即是作家自己所看到和所了解的伦敦人的生活：小燕子

> 看见有钱人在他们漂亮的住宅里作乐，乞丐们坐在大门外挨冻。它飞进阴暗的小巷里，看见那些挨饿小孩伸出苍白的瘦脸没精打采地望着污秽的街道。在一座桥的桥洞下面躺着两个小孩，他们紧紧地搂在一起，想使身体得到一点温暖。"我们真饿啊！"他们说。"你们不要躺在这儿！"看守人吼道。他们只好站起来走进雨中去了。（巴金译文）

沃尔夫·封·埃克达特等在《王尔德的伦敦：恶性和德行的剪贴簿，1800—1900》中写道："到《快乐王子》出版后三年和（另一部童话集）《石榴之家》出版的一八九一年，伦敦的穷人比（英国首相）本杰明·迪斯雷利宣称维多利亚的英国有两个国家——'富人和穷人'的一八四五年要多很多。"到一八九一年，在英国，中产阶级已经崛起，但农村和矿区移居到伦敦来的大量下层社会的病痛没有消除，还有许多为逃离祖国的糟糕

《快乐王子》插图

处境而从俄国和波兰来到伦敦贫民窟的犹太人……"伦敦的工作和住房状况比英国其他城市更糟,主要是因为那里的工人纵使有,也很少有工会。"卖火柴的女孩子,"年老的犹太人"在犹太村"做生意讲价钱",还有"穷人屋子"里的那个发热的小孩,王尔德在伦敦构架他的故事时,为描绘当代的卖火柴的女孩子,心里一定曾经想到过这些……总之,王尔德是在描绘当代文明的阴暗面——它的痛苦、恶习和它施虐狂的实利主义的同时,提倡一种忘我的爱。

作为基督教为国教的英格兰的子民,王尔德信奉主耶稣的教导:"施比受更为有福。"主把他的爱赐给我们,完完全全一无保留地奉献给我们;我们也当像主一样,做个奉献的人,做个荣神益人、合神心意的人,做到了,就是一个快乐的人。在《快乐王子》中,王尔德就以快乐王子为榜样,教人做一个这样有福的快乐人。王尔德让王子尽自己的一切所能,请小燕子把自己剑柄上的红宝石和眼睛上的两颗蓝宝石都给了那些可怜之人。王子的爱即是王尔德本人的爱。在小燕子替王子传递爱的过程中,他们两个之间也产生了爱的情谊。王子爱小燕子,只希望他不要离开他;小燕子也"太爱王子了",以至于直到冬天到来"仍然不肯离开王子"。读者不妨可以注意,童话里作者称小燕子时用的是与王子同性的"他",而称小燕子原来所爱的芦苇用的则是"她",可见,王尔德在这里也表现了他自己的同性恋倾向。

除了王尔德自己对现实生活的感悟和他本人的心理外,《快乐王子》的创作也受到其他作品的影响。不少研究者都提到,王尔德的《快乐王子和其他故事》和《石榴之家》

《快乐王子》插图

这两部童话曾受到安徒生、布莱克、卡莱尔等人的影响，而最主要的是受倡导唯美主义"为艺术而艺术"的英国批评家沃尔特·佩特（1839—1894）的影响。

在童话中，读者最初见到的快乐王子是一座美丽的雕像，"满身贴着薄薄的纯金叶子"，眼睛是"一对晶莹的蓝宝石"，他的剑柄上嵌了"一只大的红宝石"。他的位置，高高地耸立在城市的上空，象征他生前的那种无忧无虑的享乐生活，他所居住的"无愁宫"也是一件艺术品。每天晚上，他说："我在大厅里领头跳舞。"

沃尔特·佩特在《文艺复兴》的结论中劝说："能使一种宝石般的火焰炽热燃烧，且保持着这种心醉神迷的状态，乃是人生的成功……在这段时间里，有的人没精打采，有的人慷慨激昂，而那些最聪慧者，至少是'尘俗之子'中的最聪慧者，将其运用到了艺术和诗歌中……诗的激情，美的欲望，对艺术本身的热爱，是此类智慧之极。因为，当艺术降临你的面前，它会坦言：它除了在那稍纵即逝的时刻为你提供最高美感之外，不再给你什么。"（张岩冰译文）

快乐王子便是这样的一个审美家；追随"为艺术而艺术"的王尔德也是这样的一个审美家，他以诗的激情、美的欲望和对艺术的热爱，为读者提供"稍纵即逝的最高美感"。

在快乐王子死去、成为一座雕像之后，他渐渐认识到"这座城市里的一切丑恶和痛苦"，于是便"忍不住哭了"。他以基督教徒的同情和爱，舍弃他自己的美的荣耀去帮助他人，虽然最后身上什么美都丧失了，但终于达到基督教徒最高的理想境界，和他所爱的小燕子一起，同在上帝的天堂歌唱并赞美上帝。这是最高的美。

另外，王尔德在这篇童话里描写小燕子一次次地提到"要到埃及去"，研究者认为，小燕子的渴望埃及，典出法国诗人泰奥菲尔·戈蒂耶（1811—1872）的诗作《燕语呢喃：秋之歌》。

《燕语呢喃：秋之歌》开头描写了一派秋景：褐色的枯叶掉落在金色的草丛中；清晨和黄昏，风都很清新。可是，唉，去哪儿了呀，那灿烂的夏日？刚刚开出的金簪花戴起橘红的帽子，大丽花披上艳丽的发结，在秋日里是何等的珍贵。随后写阵雨搅动着水塘，群燕停到屋顶修整羽翼，从空中感到冬的气息。六只燕子聚在一起，诉说他们的心意。一个说，雅典的城垛上，如今是温暖如春！他要去那里，去高敞的帕台农神庙上小睡，在飞檐上建造他的巢穴；一个说，希望待在士麦那咖啡馆的顶棚上，听朝圣者讲述门槛上那琥珀珠子的故事；一个说，要在巴勒贝克太阳神庙灰白的平板上孵出他的小家庭；一个说，要在罗得岛骑士的幽暗柱廊的壁龛上，建起温暖舒适的家园；另一个宣称就栖在马耳他的阳台，蔚蓝的大海和蔚蓝的天空之间；再一个说，他的家在开罗，一座宣礼塔的僻静处：一两根细枝，一抹沃土，他的小屋便建成了……最后，诗人写道："我完全理解他们，因为诗人本是一只鸟，却是一只可怜的鸟，一无所有。展翅吧，去寻求青翠的春天，寻求金色的太阳！"

不难看出，诗中燕子们向往的那些地方：不论是雅典的城垛，雅典卫城的帕台农神庙，爱琴海士麦那的咖啡馆，还是古罗马遗址巴勒贝克（Baalbek，巴金译为"巴伯克"）的神庙，希腊罗得岛柱廊的壁龛，以及地中海马耳他岛的阳台和开罗的宣礼塔，都是那南方阳光灿烂、气候温和的处所，是燕子们向往的地方。可以想象，《快乐王子》里的小燕子一次次说要到埃及去，"朋友们在埃及等我"，说他们有的"正在巴伯克的太阳神庙里筑巢"，的确很可能受这首诗的启发，然后深入加以描述的。

当纪念主耶稣的话："施比受更为有福。"

我们不是要索取爱，而是要奉献爱。

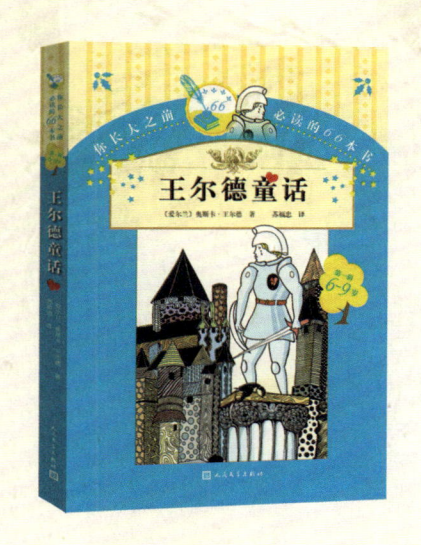

因为主把他的爱赐给我们，把他的爱留给我们，把他的爱完完全全地奉献给我们，一无保留。我们也当像主一样，做个奉献的人。做个对他人有益处的人。做个与人和睦的人。做个荣神益人的人。

做个上帝眼中看为美看为善的人。做个合神心意的人。

奉献的人比索取的人活得更快乐，更开心。

正如主耶稣所教导的：施比受更为有福。

Bluebeard

《 蓝胡子 》

惩治和警戒

  这也是一个很多孩子都听说过的故事。说的是从前有个富裕的贵族,因为相貌丑陋,留一脸蓝色的胡子,大家便叫他"蓝胡子",但同时又很怕他,对他避之唯恐不及。蓝胡子娶过多个妻子,但不知道她们后来都哪儿去了,人们都躲着不愿见他。于是,成为鳏夫的蓝胡子便不在当地,而去邻村向一家两姐妹求婚。两个女孩见到他后,起初都被吓坏了。后来,他邀请年纪小的那个女孩去他家,为她举办盛宴,说服她嫁给他。女孩答应了,就跟着他一起住到他的城堡里。

  不久,蓝胡子要外出,把城堡里所有的钥匙都交给他的新婚妻子,并告诉她,这些钥匙可以打开城堡里所有的房门,那些房间里藏有金银财宝,在他回来之前,房内的这些东西她都可以自由享用。但他特别嘱咐说,只是城堡底下的那个小房间,她在任何情况下都不能进去。妻子发誓说,她永远都不会进这个房间。蓝胡子于是离开了,把家交给了她。可女孩马上就克制不住要窥视这禁室的欲望,用钥匙打开地下的那个小房间。

拉瓦尔的吉尔斯画像

虽然她姐姐安妮来她家做客，警告她说，有宾客来访，女主人不该走开，她也不听。

进入这个小房间，妻子马上就发现了室内可怕的秘密：地面上满是斑斑的血迹，被她丈夫谋杀的几个前妻的尸体都被用钩子挂在墙上。她吓得浑身发抖，连钥匙都掉到血泊里了。她急忙逃离房间，却洗不掉沾在钥匙上的血迹。她向她姐姐透露了丈夫的这个秘密，两人于是商议，计划明天便逃离城堡。没想到的是，第二天一早，她丈夫就回家了。他注意到钥匙上的血迹，马上明白他妻子毁誓了。在不能自制的愤怒下，他威胁说要当场砍她的头。妻子恳求给她一刻钟时间祈祷。得到允许后，她把自己和姐姐锁在最高的塔楼上。当蓝胡子一手持剑想砸破房门时，姐妹俩在等她们的两个兄弟到来。最后一刻，在蓝胡子就要打破房门时，两兄弟及时赶到，破门进入城堡，在蓝胡子试图逃跑时，杀死了他。

蓝胡子没有留下子嗣，他妻子于是继承了他所有的财产。她把一部分财产分给她姐姐做陪嫁，一部分给她两个兄弟做佣金，自己带着剩余的部分嫁给一位可敬的绅士，是这位绅士使她忘却了她与蓝胡子的可怕遭遇。这原是广泛流传于法国的一个故事，后经作家夏尔·佩罗重写后，成为一个世界著名的童话故事。其实，德国格林兄弟的童话集《儿童和家庭童话集》初版本也曾收有蓝胡子的故事，但在第二版之后，因考虑到故事对阴暗地下室里嗜血杀人的场面描写得过于逼真，不适合给儿童看，因而删除。

可以肯定的是，无论是传说，还是佩罗的撰写，都不可能凭空虚构出这样的故事，而是社会上确有像"蓝胡子"这样的人，才为《蓝胡子》的创作提供了基础。研究者普遍认为，"蓝胡子"的主要原型是拉瓦尔的吉尔斯。

拉瓦尔的吉尔斯（1404—1440）生于法国外省布列塔尼。他以早年的行伍生涯而闻名。一四二〇年，他参加了继承布列塔尼领地的战争，一四二七年还参加了安茹女公爵抵御英国人入侵的战争；尤其是他被派任民族英雄贞德的卫士后，随贞德参加过几次战斗，包括"百年战争"中一四二九年在奥尔良打退英格兰人的著名战役。他还伴随贞德参加查理七世在兰斯的加冕典礼。在这次庆典上，查理国王封他为元帅。此后，他又继续任贞德的特别卫士，直至贞德被俘，才退隐回故乡布列塔尼。

在布列塔尼，吉尔斯从他父亲和他母系的祖父那里继承了大批领地，又娶了一位富有的女继承人为妻。但是，他把这些巨额财产都消耗在装饰他的城堡和雇用大批仆人、信使和牧师上，为的是要使他自己比国王都更气派。他还慷慨地赞助艺术、文学和选美比赛活动。直至一四三七年七月国王下令，制止他变卖或抵押他所剩下的土地之后，他才停止，转而从事炼金术。同时他还热衷于撒旦崇拜，希望借助于魔鬼，如同寻求著名的"哲人之石"，来获得知识、权力和财富。

吉尔斯暗地里却是一个无比残暴的罪犯。他在一四二〇年绑架了他未来的妻子和她祖父，在一四四〇年五月十五日又绑架了一名叫让－拉费龙的教士；他最严重的罪行是对儿童的性骚扰和杀害。一四四〇年，吉尔斯最终被送上宗教法庭，对他的四十七项指控大致可分三类："滥用神职人员特权""祈求魔鬼""对儿童的性变态行为"，其中遭他诱拐、折磨和杀戮的儿童多达一百四十多名。

在听取了一百一十份证词之后，法庭决定对吉尔斯和他的仆人们使用酷刑，以提取更多的罪证。吉尔斯的一名叫艾蒂安·科里莱德的仆人在详细叙述了吉尔斯如何奸淫男孩和女孩之后，还作证说：

……他很快意目睹儿童的脑袋从他们的躯体分离出去。他常常切开儿童的后脑勺，让他们慢慢死去，这时候，他就变得十分激动；而在他们流血至死的这段时间，

亨利八世

他往往会对他们进行手淫，有时他还会在他们死之后尚有体温的时候进行……有时，他会问，他们是什么时候死的，说他们这一时刻的头最好看。

法庭的证词记录说："他（吉尔斯）承认他喜欢沉湎于看他们（孩子们）温暖有弹性的肠子。他承认，他曾通过扒开伤口，像剥成熟的水果那样撕开他们的心脏。（此时）他以梦游者的眼睛看他手指上的血一点点滴下来。"

一四四〇年十月二十三日，法庭确认吉尔斯强奸、谋杀和对儿童的性骚扰三项罪名成立，宗教法庭决定革除吉尔斯的教籍，世俗法庭判处他死刑。十月二十六日，吉尔斯在南特郊外比塞的草地上被执行绞刑。

研究者认为，历史上的康诺梅和亨利八世大概也是"蓝胡子"的原型。

康诺梅有一个外号"可诅咒的康诺梅"，是公元五世纪的一位布列塔尼国王。康诺梅原是布列塔尼卡内兹-普罗格公国的伯爵，据说是谋杀了国王的继承人约纳斯而夺得王位的。随后，他像莎乐美故事中的希律和哈姆莱特故事中的克劳狄斯一样，娶先王的遗孀为妻。但婚后不久就杀了她，随后又在杀了两个妻子之后，想娶瓦纳公国瓦罗伯爵的女儿特列芬为妻。因为久闻他这臭名昭著的恶行，特列芬最初拒绝嫁给他，但在康诺梅威胁说要以武力侵扰她父亲的领地之后，为拯救父亲治下百姓的生命，特列芬只好同意。一次，康诺梅离家外出时，特列芬发现他的秘密房间里有他死去的妻子的遗骸，她于是为她们的亡魂祈祷。据说，夜间，这些死人的鬼魂来到特列芬的梦中，警告她康

多雷为《蓝胡子》作的插图

诺梅要在她怀孕的时候将她杀死；而且还有一则预言声称，康诺梅会被他的亲生儿子所杀。康诺梅回来后，发现特列芬已经怀孕。于是，特列芬借着亡魂神奇的助力得以逃脱，在一个大森林里生下了孩子，并在康诺梅抓住杀她之前，把孩子隐藏了起来。不过，公元六世纪的贤人圣吉尔达斯写的《康诺梅传》说，在特列芬死后，康诺梅仍然找到了她儿子特列缪尔，并杀了他。后来，特列芬和特列缪尔母子二人都被封为圣徒，人们为他们建有几座神殿。

亨利八世（1509—1547在位）是英格兰的国王，一位不爱夸张的外国使者称他是"一个我所未曾见过的最漂亮的君主"。虽然史学家评价说，在他的统治下，英格兰开始复兴并进行宗教改革，给国家建立起一个比较良好的政府。但与其美好的外表相反，他的心地乖戾而又残暴。刚接位的第二天，他便将亨利七世主要的两位税收官关进伦敦塔，十六个月后以莫须有的罪名将他们处决。随后他又处决了三位主教、一位公爵、许多伯爵和一位伯爵夫人，甚至处决了自己的两个妻子。

作为都铎王朝第一代国王亨利七世的次子，一五〇二年其兄阿瑟去世，亨利八世成为唯一继承人，一五〇九年即位，不久与寡嫂西班牙阿拉贡的凯瑟琳结婚。但后来，他以无男嗣为由强迫凯瑟琳离婚。他的第二个妻子安妮·博林是他先与她秘密结婚，然后再加冕为王后的。但由于她生下的是一个女儿，即未来的伊丽莎白女王，使他失望万分；从此便对安妮母女非常冷淡和厌弃。这时候，亨利又看中了王后的女侍，丰姿秀丽、秉

《蓝胡子》插图

性端庄、后来成为他第三任妻子的简·西摩。此事与宫廷派别斗争纠缠到一起后，安妮便被控与人通奸，被关进伦敦塔，随后被处决。亨利原是从政治上考虑要与第四任妻子、西德意志新教徒联盟领袖克利夫斯公爵威廉·克利夫斯的妹妹安妮结婚的，但见到安妮后，发现她不太漂亮，且两方的联盟也未结成，于是仅半年零一个星期，便解除了这个婚约。他与第五任妻子凯瑟琳·霍华德也是秘密结婚的，后来又怀疑她与人私通，便将她关进伦敦塔，两天后将她斩首。只有第三任妻子简·西摩，由于生了儿子爱德华后十二天死于产褥热或剖腹手术引起的感染，才未死于他手。

《蓝胡子》的故事表现嗜血的恶人最后得到应有的惩治，是很明显的；同时，它大概也包含一个潜在的警戒主题。

由于生理的原因，女性天生是一个弱者，在社会生活中容易受到欺侮。像《小红帽》提醒女孩要防止遭受男性性侵犯。从古时起，文学作品也常在警戒女子：避免做任何被禁止的事，好奇会带来危害。《蓝胡子》的故事似乎也有这种警戒的含义。

古希腊神话说到，在火神普罗米修斯从天上窃取火种给人类之后，众神之王宙斯就决定设法抵消这一福祉。因此他委托火神和锻冶之神赫淮斯托斯用水和泥土制作出一个妇女潘多拉。随后，诸神都把他们最精美的礼物送给她；礼物中有一个后来被称为"潘多拉的盒子"的，里面装有各种灾难和祸患。她得到警告，说在任何情况下都不能打开它。但潘多拉"为好奇心所驱使"，打开了盒子，于是，各种祸患便飞向了世界。

希腊神话中还有一个故事。普绪刻是一位公主，她是如此的貌美绝伦，人们把她看成是一位女神。普绪刻的美甚至连美神阿佛洛狄忒都感到嫉妒。于是，阿佛洛狄忒派她的儿子、爱神厄洛斯去挑逗她，让她去爱世上最可鄙的男人。谁知厄洛斯将普绪刻安置在遥远的宫中，以便自己可以同她幽会。不过，厄洛斯告诫普绪刻，她不能直面看他，他只会在深夜来与她相会。因此，普绪刻连他是什么样的人都不知道。

《蓝胡子》插图

这时，普绪刻听到她姐妹来自凡界的召唤。她于是就去了她们那里，跟她们说了她的新生活。出于嫉妒，她们力劝普绪刻看清她的丈夫是怎样一个人。普绪刻心中也产生好奇，怀疑他可能是一个妖怪。于是一天夜里偷偷点灯去看，发现原来身边所卧的竟然是爱神。但她把他吓坏了，以致撞翻了灯，火热的灯油烫伤了他。他离开了她，回到众神的世界。普绪刻各处寻找而不得，永远失去了他。

在《圣经》中，开头的《创世记》就写了两个警戒故事。一个说夏娃受蛇诱惑，吃了伊甸园中神禁止吃的智慧树上的果子，结果被逐出了乐园。另一个说两个天使来到罪恶之城所多玛，说是因为该城罪大恶极，受上帝之命要用燃烧的硫磺毁了它。天使告诉罗得，叫他的妻子、女儿、女婿等"一切属你的人"都离开，同时警告说，千万不可以回头看，也不要在平原上站住，要往山上跑。但罗得的妻子不听从警告，"在后边回头一看"，结果"就变成了一根盐柱"。

《蓝胡子》似乎也在继承对女子的警戒：违禁会带来危险，千万别干！

《蓝胡子》的故事作为一个原型，对文学艺术产生了很深的影响。许多大师级作家的创作都受过它的启发：获一九二一年诺贝尔文学奖的法国作家阿纳托尔·法朗士写过一部《蓝胡子的七个妻子》，把蓝胡子的最后一个妻子取名"让娜"；获一九一一年诺贝尔文学奖的比利时作家莫里斯·梅特林克写得更多，在他的剧作中，蓝胡子至少有五个前妻：《阿格拉凡和赛莉塞特》（1896）中的赛莉赛特，《阿拉丁和帕洛密德》（1894）中的帕洛密德，《丁达奇尔之死》（1894）中的伊格赖因和贝兰热，《佩莱阿斯和梅丽桑德》（1892）中的梅丽桑德和《阿里亚娜与蓝胡子》（1907）中的阿里亚娜。同年，法国作曲家保罗·杜卡斯将《阿里亚娜和蓝胡子》改编为歌剧，在巴黎喜剧院首演。匈牙利钢琴家贝拉·巴托克以多部管弦乐曲和钢琴曲而闻名，但他唯一的一部歌剧，题材就是蓝胡子杀妻的故事，题为《蓝胡子公爵的城堡》（1918）。直至今天，从蓝胡子的童话传说中获得灵感而创作的作品可以列出一大串，比如，法国作家阿尔弗雷德·萨沃伊的《蓝胡子的第八个妻子》（1920），加拿大作家玛格丽特·阿特伍德的《蓝胡子的蛋》（1998），英国作家安吉拉·卡特的《血腥的内室》（1979），美国作家库尔特·冯内古特的《蓝胡子》（1987）等小说十余部；海伦娜·贝尔的诗《蓝胡子的第三个妻子》（2006），朱莉·博登的诗《蓝胡子的妻子》（2007），罗兹·戈达德的诗《蓝胡子的剑》；以及加拿大出生的导演爱德华·德米特里克的《蓝胡子》（1972）等六部影片，等等。美国哈佛大学的德语和文学教授、"民间故事和神话学"学位委员会主任玛丽亚·塔特对《蓝胡子》的童话做过深入的研究，于二〇〇四年出版了一部专著《大门后面的秘密：蓝胡子和他妻子们的故事》。在这部迷人的著作中，玛丽亚·塔特分析了蓝胡子故事超越时代的多种形式，论证了蓝胡子和妻子及他们的婚姻在民间故事和小说、电影、歌剧中的表现，使蓝胡子的主题以特有的嬗变获得新生。她说，在有些作品中，蓝胡子的妻子是一个受蒙骗的人，而在另一些作品中，她又是一个清醒的"侦查员"。早期改编往往谴责她"不计后果的好奇"和"难以控制的欲望"，如今常转而描写她是一个以她的侦查手段和心理策略拯救了她自己和她婚姻的女英雄。作为一个文学原型，蓝胡子的故事此后也可能有更多的发展。

Le Roman de Renard

《列那狐》

传说和改编

在德国斯图加特和哥廷根 J.G. 科塔公司一八四六年出版的"儿童考尔巴哈"系列书中，有一册二百五十七页的童书，装帧精美，棕色皮革封皮，封面和书脊上的书名与作者名均豪华烫金。书中的三十六幅插图为德国浪漫主义画家威廉·封·考尔巴哈的精湛作品，专家评论说艺术家的这些插图充满活力的构思，巧妙地抓住了作品中动物的形态，且富有艺术的美感。这是大诗人约翰·沃尔夫冈·封·歌德的《列那狐》。歌德这部作品的创作，主要是根据有关列那狐的传统故事进行再创作的。这是一个在民间流传了很久、深受大众喜爱的故事和传说。

据说，早在公元七世纪弗兰克编年史家弗瑞德加尔的记载中，便可以看到这种动物传说已在德国流行，究其渊源，还可追溯到洛林、佛兰德和法国北部。公元九四〇年左右，都尔有一位教士写过狼出家当修士以及狼与狐狸为敌的故事。十二世纪时，佛兰德南部的一位教士用拉丁文写过一部动物叙事诗《伊桑格里姆》。随后在一一四八至一一五三

圣克鲁的皮埃尔的《列那狐传奇》

年间，佛兰德北部的诗人根特的尼瓦尔写出一部长达六千五百九十六行的拉丁文叙事诗《列那狐》。此外，公元十二至十四世纪之间还有布拉班女公爵、诗人玛丽·德·法兰西的寓言诗，以及犹太人佩德罗·阿尔封斯的东方故事集《教士戒律》。最后终于在法国阿尔萨斯－洛林的民间故事中，渐渐形成列那狐故事里"列那狐"这一中心人物形象。后来，从这里，这一列那狐的故事不仅传遍全法国，并传到德国和欧洲西北沿海地区的"低地国家"。到一一七〇年左右，诗人圣克鲁的皮埃尔用古代法语写出《列那狐传奇》，形成一个比较完整的列那狐故事，并集中对"列那"这个人物形象作了典型的描述。

作为故事的主角，具有两面性的列那狐这个人物形象，内涵十分丰富复杂。列那狐的身份是贵族男爵，和依桑格兰狼、布伦熊等都是国王诺布勒狮的廷臣。诺布勒狮国王横行霸道，独断专行；依桑格兰狼和布伦熊趋炎附势、为非作歹、强取豪夺。和它们一样，列那狐也肆意虐杀和残害代表下层劳动者的鸡、兔、鸟等弱小动物，将它们作为食物。故事主题主要围绕列那狐与依桑格里姆之间的斗争展开：依桑格里姆一次次遭到列那狐的暗算，落入它设计的陷阱。在被列那狐多次愚弄和算计之后，依桑格里姆便向国王诺布勒狮提起控诉。诺布勒狮为了息事宁人，原想把案件搁置起来，不加追究。但在商特克雷公鸡和班特母鸡的哭诉下，又不得不传列那狐到庭受审。列那狐以其特有的聪明才智在受审中作了巧妙的自辩，博得国王、王后及众多与会者的同情，最后竟获得胜诉。而另一方面，仿佛与其身份不符的是，列那狐又敢于用计戏弄国王、杀害大臣、嘲笑教会，不失为一个反封建的人物，至少也是一个朝廷的逆臣。它的胜利标志着市民的智慧战胜了封建的暴力。《列那狐》的故事通过列那狐的经历，借助兽类的生活和斗争，以兽喻人，影射人类生活，生动地反映出封建社会是一个充满欺诈、掠夺和弱肉强食的野蛮世界，为中世纪法国惨受剥削和压迫的广大劳动人民发出愤怒的抗议，因而数百年来一直得到广大受众的喜爱，影响之广泛，甚至使原来法语中的"goupil"（狐）这个词也被"renard"（列那）所取代，将"列那"作为普通名词"狐"来应用。

列那狐的故事吸引过英国大作家杰弗里·乔叟，据说他出版于十四世纪末的《坎特伯雷故事集》里，那篇"女尼的教士的故事"讲到的《驴哥波纳尔传》（方重译本），就借用这故事中的情节。英国第一个出版商、翻译家威廉·卡克斯顿把列那狐的故事从荷兰文版本译出，于一四八五年出版了《列那狐的故事》。一四九八年，吕贝克的古版书出版家汉斯·范·盖特兰用活字印刷，出版了最早的德语本《列那狐》。此书作用不小，被翻译成拉丁文和其他语言，使这个故事普及全欧洲。

歌德受《列那狐》故事启发而写的同名诗作普遍被认为是一部经典著作。

还在青年时代，歌德就听说过列那狐的故事。一七九二年，歌德目睹普鲁士－奥地利联军进攻法国之后社会上出现的一片混乱局面，深深感叹说："人类也采取实实在在的赤裸裸的禽兽姿态登场了。"他觉得这局面简直就像是不久前他所读的德国文学家约翰·克里斯托弗·戈特舍德翻译的《列那狐》里所描述的。这激发起歌德的创作灵感。他后来写道："……正当我把全世界宣布为毫无价值而要从这种惨祸之中挽救自己的时候，由于特别的巧合，《列那狐》到了我的手里。直到那时，我已把街头、市场上的

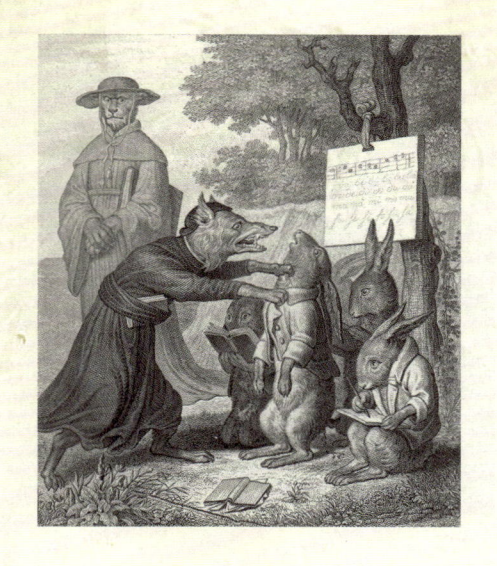

歌德的《列那狐》插图

愚民们的各种场合看得腻烦……"（钱春绮译文）歌德觉得：法国人入侵德国，"粗暴地中断了一种在长期的和平时期得到发展的文明形式"，以至于使"这个世界（变得）很荒谬，它不知道自己需要什么，也不知道在哪些事上应让人自便，不必过问"（关慧文等译文）。"现在，"歌德说，"一看到这面反映宫廷和君主的镜子，直觉得非常爽快。这里，人类虽也采取实实在在的赤裸裸的禽兽姿态登场，尽管不足以效法，可是，一切都愉快地进行，没有任何煞风景之处。为了全心欣赏这部动人的作品，我就开始忠实地模拟。"（钱春绮译文）从一七九三年一月至四月，歌德据戈特舍德的《列那狐》散文译本，以六脚韵诗体写出了这部长篇叙事诗。歌德的这部叙事诗，共分十二歌，故事内容大致如下：

狮王在朝会上受理了一宗狼、狗、豹和公鸡控告狐罪行的案件。狐不敢到庭，狮王便派熊去传唤。狡猾的狐骗熊去农家偷吃蜂蜜，使熊遭农民痛打逃回。另派去传唤的雄猫也同样受骗：它去神父家抓老鼠时被绳子套住，伤了眼睛。于是由獾去做第三次传唤。狐跟獾同行时，一边忏悔，一边又偷吃修道院的公鸡。

狐来到朝中，被判处死刑。但它在上绞架的阶梯时，谎称自己藏有一批财宝，是其父备下，为以后跟狼、熊、雄猫和獾一起造反之用。狮王信以为真，赦免了它，令它将财宝交出来，并囚禁了反对赦免狐的狼和熊。狐推说，它已被教皇驱逐出教，得先去罗马朝圣，洗刷自己的罪行。狮王同意。但狐不但没有前去忏悔，还咬死熊和狼，剥下它们的皮做行囊和皮靴；甚至猖狂地在让公羊和兔子送它回家时，吃了兔子，叫公羊拿兔

歌德的《列那狐》插图

子的头去献给大王。狮王见此不觉大怒,将狼和熊释放。

狐又被家兔和乌鸦控告。和獾一起入宫时,狐在路上对狮王和教会严加抨击,却在狮王面前撒谎为自己开脱了罪行,并胡说曾让公羊和兔子带宝石戒指献给狮王,带梳子和镜子献给王后。于是,狮王又宽恕了它,但仍要它找回失去的宝物。

狐又受到狼夫妇的控告,狐狡猾答辩。狼提出决斗,几个回合,狐转败为胜,不仅获得狮王的赦免,还受封为宰相。

歌德的《列那狐》在继承了中世纪狐的形象的同时,描写了一个公理倒错的社会现实,发展出一个颇具思想的列那狐形象,使这形象在世界文学史上更加完善和丰满。

一八七二年,卢森堡作家和诗人米歇尔·罗丹格也出版了一部《列那狐》。这是一部以传统荷兰语／低地德意志语言来改编"列那狐故事"的讽刺史诗。故事背景设在卢森堡,作品通过对列那狐及其同伴活动的描写,精辟地分析了卢森堡人民的独特的性格。

一九一五年,著名歌唱家、生于美国的巴黎艺术赞助人奥德蒙特·波里格纳斯夫人给俄国作曲家伊戈尔·斯特拉文斯基提供两千五百瑞士法郎,请他创作一部可以在她著名的沙龙上演的作品。斯特拉文斯基接受了这一条件,于一九一六年完成了一部"芭蕾舞带歌唱"作品《关于一只狐狸、一只公鸡、一只猫和一只羊的故事。歌唱和音乐剧》。这部独幕芭蕾舞剧由俄罗斯民俗学家亚历山大·阿方纳西耶夫根据传入俄罗斯的列那狐故事改编,俄罗斯芭蕾舞团于一九二二年五月十八日(也有说是六月三日)在巴黎

歌德的《列那狐》插图

歌剧院上演。斯特拉文斯基认为，表演列那狐"合乎我的想法……列那狐是一种真正的俄罗斯式的讽刺。动物们的行礼很像俄国的军队，它们的动作总是具有一种潜在的意义"。

一九二〇年，捷克作家鲁道夫·特斯诺里德克从四月七日至六月二十三日在他故乡布尔诺的一家报纸上连载他创作的小说《耳聪目明的雌狐》，附有画家斯丹尼斯拉夫·罗莱克的插图。研究者认为，特斯诺里德克在列那狐的历史中提供了一个雌性的列那狐。这是一个介于儿童的童话和成人的讽刺故事之间的寓言，一九二一年出版成书，一九二三年被作曲家里奥斯·扬诺谢克改编成歌剧《诡计多端的小雌狐》上演。

由于作者的思想观点不同，改编列那狐的传说会有不同的主题是很自然的，但也许很难想象，这个传统故事竟然会被写成是一部反对犹太人的作品。

书的作者罗贝尔·凡·詹尼登（1895—1945）一八九五年生于比利时安特卫普，并在这里研究法律，从事"弗莱芒民族主义运动"。第一次世界大战中弗莱芒活动人士被迫要与德国合作时，他逃亡中立的荷兰，但被缺席判处入狱八年。他在荷兰中部城市乌得勒支定居下来之后，与人一起办了一家法律事务所。一九三四年，他成为一个"国家社会主义运动"的成员，并任《新荷兰》杂志编辑。一九四〇年德国入侵荷兰时，他曾短时间入狱，德军投降后即被释放。"国家社会主义运动"任命他为海牙法庭总检察长之职，后来又任命他为社会经济文化培训和教育协会主管。

一九三七年，凡·詹尼登根据中世纪荷兰史诗创作了《列那狐》，发表在荷兰国家

芭蕾舞剧设计的列那狐

社会主义运动月刊上；一九四一年又以书的形式出版。

詹尼登的《列那狐》的故事发生在佛兰德斯，国王诺贝尔死后，出现权力争夺的斗争。国王的小儿子狮子莱昂内尔性格软弱忍让，又十分无能，无法保持父亲的王权，王位被猴子（也有说是驴）鲍德温所夺取。当动物们在争论鲍德温猴是不是合法的王位继承人的时候，"一只无人知道的古怪动物"——犀牛尤多库斯宣称它是合法继承人。荷兰语中的犀牛，字面意思是"尖鼻子"。据说，典型犹太人的鼻子就是这种尖鼻子。而尤多库斯在荷兰语里，意思是"犹太人"。犀牛尤多库斯请求鲍德温猴给它一块它王国里的土地。它说："我来自远方的国家，我到处漂泊，但到处都遭到压制，因为我要培植蒺藜。我培育的蒺藜，品种和成色都是人所不知的。但是，妒忌的人不愿承认我。请您在您的王国里给我一个不起眼的地方，可以让我的蒺藜在那里好好生长。"它说服了鲍德温，鲍德温同意了。

尤多库斯到来之后，诺贝尔国王的王国就消亡了。犀牛引进新思想，于是，原来的自然秩序发生急剧的变化。一个新的共和国宣布，这里存在自由、平等和博爱。结果是人们说话丧失理智，"无人遵从原有的法则。兔子悄悄地进了狐狸洞，鸡要在鹰巢里搭窝"，而这一切都是在自由的名义下发生的。最后，尤多库斯还推广让动物们混种生育下一代，公牛和山羊、兔子和鱼、鼬和野猪成为亲兄弟亲姐妹，却因互不认识，彼此发生交配，混淆对方的名称和习惯，甚至吃掉了自己的孩子也不知。

犀牛的权力迅速膨胀，动物们不得不向它缴税。尤多库斯还任命它的偷偷从东方过来的亲戚为收税官。这个王国正在走下坡路，到处布满荆棘。动物们开始不满了，特别是因为它们了解到荷兰东部阿克特霍克的比较优异的生活，列那和它全家都已移民到那个地区，"按照它们的方式"生活。

列那狐以集中聚藏税收之名，引诱犀牛来鲍德温的法庭。但当大家都集中起来后，却出现一场大屠杀，所有税收官和尤多库斯全被杀死。

"国家社会主义运动"的《祖国人民》周刊对罗贝尔·凡·詹尼登的这部作品发表了一篇热情赞扬的评论，说："可以认为，做宣传没有比引人发笑更好的方法了。凡·詹尼登赋予《列那狐》那么多的幽默……对于我们的政治宣传是一个很有价值的人。"

一年后，该书再次重印。

一部优秀的文学作品，除了字面所传达的意思之外，常常还有它的深层含义，甚至象征意义。但对一个孩子来说，只要看懂它字面的浅层意思也就够了。

目前流行的人们读到的《列那狐》，大多是根据法国玛德琳·季诺夫人（1880—1961）的本子。它是根据中世纪的"列那狐故事"改写的三十三篇既连贯又可以相互独立的故事，仅限于表达动物之间表面的战斗故事。

The Wizard of OZ

《绿野仙踪》

创造一个神奇国度

鲍姆先生天生是一个搞文学创作的人，尤其是创作最富幻想性的童话，其他任何比较实际的职业完全都不合他的个性。

莱曼·弗兰克·鲍姆（1856—1919）生于美国纽约州麦迪逊区的一个叫奇藤南哥的小镇，父亲原是桶匠，后来去宾夕法尼亚州开采油田，发了大财，成为一名殷实的商人，让弗兰克有条件在他那个叫"玫瑰坪"的辽阔的庄园里成长，过着天堂般的生活。之后，再回到家里，和他的兄弟姐妹一起，由家庭教师来授课。

弗兰克是一个有病的孩子，在他十二岁那年，父母送他入州东南的"皮克斯基尔军事学院"，希望学院严格的生活能使他的身体锻炼得健壮些。可过了两年，他突然出现心率衰弱。父母只好让他回家，听凭他自己发展兴趣。长大后，他演过戏，写过剧本，做过买卖，编过报纸，还干过繁殖家禽的工作。他一生虽然写过不少东西，其中只有《绿野仙踪》这部童话取得成功，但原来外出的经历和练笔，无疑大大帮助了他的创作。

弗兰克·鲍姆

鲍姆很早就开始写作，一心希望出版书籍。父亲给他购置了一架类似德国金匠约翰内斯·谷登堡在一四四〇年左右发明的简易印刷机。于是，在他弟弟亨利的协助下，他出版了一份《玫瑰坪家刊》。兄弟俩出了几期《家刊》，可能还推销过广告。到了十七岁，弗兰克·鲍姆出版了第二份非专业的刊物《集邮家》，一本只有十一页的小册子《鲍姆邮票交易名录》，并开始与朋友们做邮票交易。一八八〇年，他又创办一份商务月刊《家禽档案》。这些活动虽然未能让他取得多大的成功，但毕竟让他的文笔得到了磨炼。一八八六年到他三十岁的时候，他的第一本著作，一册关于经营汉堡包的书由出版社正式出版。

鲍姆实在不是经商的料，难以想象，他这种书会有什么卖点。挽救他的，是他先天的童心。

鲍姆从小就好幻想，好做白日梦，一天到晚脑子里尽盘旋着一个个幻想故事。他也爱读童话故事，甚至在他成人、结婚和有了孩子之后，仍然保持着这么一颗童心。他还喜欢把他自己虚构出来的这些奇幻的童话故事讲给自己的孩子和邻居的孩子们听。孩子们听得入迷，一次次要求他再讲。这样，他一边讲，一边编故事，讲了好几年。他的岳母鼓励他把这些故事写下来，送去出版。鲍姆照着做了。

《鹅妈妈的故事》手稿的水粉画插图

一八九七年,鲍姆出版了第一本童书,故事集《鹅妈妈的故事》,配有马克斯菲尔德·帕里什(1870—1966)作的插图。"鹅妈妈"是一个口头传说中流传下来的人物,著名的法国作家夏尔·佩罗在一六九五年把它整理成一个完整的故事;后来,德国童话作家格林兄弟也写过这故事。鲍姆的《鹅妈妈的故事》不是鲍姆自己独创性的作品,它明显受到格林兄弟的影响,不过还是取得适度的成功。这鼓励他在两年后与著名插图画家威廉·登斯洛(1856—1915)合作,出版了他的《鹅爸爸的书》,成为这年儿童读物中的畅销书。

格林兄弟和安徒生等的童话故事继续启发着鲍姆的思维,加上现实生活的启示,使他获得灵感,得以再次与插图画家登斯洛一起合作,在一九〇〇年完成了他最著名的童话《绿野仙踪》。

《绿野仙踪》原名《奥兹国的神奇术士(或魔法师)》,《绿野仙踪》是我国老辈儿童文学作家陈伯吹翻译此书时改用的书名。它的故事大致是这样的:

心地善良的小姑娘多萝西是个孤儿,跟亨利叔叔和爱姆婶婶住在堪萨斯大草原的中部。一天,突然刮起一阵威力强大的龙卷风,把她和她的小狗托托,连同房子抛到了半空中。等到风停下来,她已经落在一个陌生的神奇国度——奥兹国,迷失了回家的路。由于房子掉下来正好砸死东方恶女巫,使她在这孟奇金人的土地上被视为"最尊贵的女术士",

受到热烈的欢迎，并得到东方女巫的宝物：一双有魔力的银鞋。在多萝西提出要回到叔叔、婶婶身边时，深受国人爱戴的北方好女巫给她指引了通往翡翠城的路，并以一吻在她的额上留下一个闪光的印记，利于她去求助奥兹大术士。在沿着黄砖铺成通往翡翠城的路上，多萝西先后遇到没有脑子的稻草人、没有心脏的铁皮樵夫和没有胆量的小胆狮，和他们成了好朋友，并结伴而行，因为他们三个也希望让奥兹术士帮助他们获得头脑、心和胆量。最终，他们以自己非凡的智慧和顽强的毅力抵达翡翠城，并战胜东方恶女巫的妹妹西方恶女巫。奥兹满足了他们的愿望，给了稻草人会思考的头脑，给了铁皮樵夫健康的心，给了狮子勇气，使他成为百兽之王。不过，多萝西是在银鞋的帮助下回到了叔叔、婶婶身边的。

《绿野仙踪》的故事处处以传统童话和民间故事的模式来传达对儿童的益智效能。恶女巫的害人行径和好女巫的助人善举都给读者留下深刻的印象，让他们分辨美、丑、善、恶，认清什么是可憎的，什么是可爱的。稻草人、铁皮樵夫和小胆狮三个角色切求的头脑、心灵和胆量，也正是每个成长中的孩子所不可或缺的。而要得到这些，则需要在实际生活中经受磨炼，而不是轻易即可获得。这些都是通过童话和民间故事所常用的以"三"代"多"的情节来说明，如"搜寻恶女巫"中三次战胜恶女巫派出的大狼、野乌鸦和黑蜜蜂；飞猴是三次被恶女巫所使唤，又三次为主人公服务；多萝西去见奥兹时，见到的是头颅、野兽和火球三个替身；而好女巫为实现多萝西的愿望，使多萝西穿上银鞋，也"只要走三步"，一眨眼就能到达世界上的任何一个地方，"只要把（鞋）后跟敲三下"，就能被带到任何她想去的地方……因而为儿童们所乐于接受。童话还在这些引人入胜的故事中插进一两句格言式的话语，如多萝西去求奥兹帮助时，奥兹以那颗厚纸板做的头颅替身说的：你没有权利要求我送你回堪萨斯，除非你也为我做点事作为报答，"每个人都要为他得到的任何东西付出报酬"，显得自然而不牵强。

不错，《绿野仙踪》的故事是虚构的、非现实的，作家对故事背景的描写却并不凭空胡思乱想。"维基百科"在说到这部童话的意象和思想时，除了提到格林兄弟、安徒

多萝西遇到胆小狮

生和刘易斯·卡罗尔的《爱丽丝漫游奇境记》的影响外，特别说道：

> 以翡翠城而闻名的奥兹国是从密歇根贺兰附近城堡公园社区那个著名的城堡式建筑获得的灵感，鲍姆曾在公园的社区避暑度过假。黄砖铺成的路就脱胎于当时一条黄砖铺出的路。鲍姆学者们常认为一八九三年的芝加哥世界商品交易会（"白城"）是翡翠城的灵感来源。也有人提出，这灵感是来自于加利福尼亚圣迭戈附近的科罗纳多旅馆。鲍姆是这家旅馆的常客，并且在那里写过几部有关奥兹国的书。

"芝加哥世界商品交易会"即"哥伦布世界博览会"，是为纪念克里斯托弗·哥伦布发现新大陆四百周年而于一八九三年五月一日至十月三十日在芝加哥举办的一次著名的博览会。期间有四十六个国家参展，共吸引观众二百六十万人次，甚至海地都派著名的人权领袖、美国驻海地的公使兼总领事黑人弗里德里克·道格拉斯为代表参加。

博览会规模宏大，占地六百三十英亩，合二点五平方千米。博览会的多数展厅都是按古典建筑风格建造的。其中最著名的"荣誉厅"，全是用白色的拉毛灰泥粉刷，与芝加哥的照明相对照，显得格外明亮耀眼，有"白城"之称，尤其在夜晚的灯光照射下，

初版《绿野仙踪》插图

使各条道路和房舍都成为不夜之城。

科罗纳多旅馆从加利福尼亚州南部的圣迭戈跨越圣迭戈湾，矗立在科罗纳多岛上，占地六万五千平方英尺，是美国最漂亮的旅游胜地之一，在当年是属于世界上最大、最豪华的一家旅馆。像这样一个完全木结构的古老建筑，留至今日的已经极少。旅馆外围，由一条长长的游廊通向茂盛的热带森林花园和海滨草坪，供旅客悠闲散步；还有浓密的灌木丛和一块块花圃，那可远眺太平洋的高高塔亭也是休憩的好处所，一切都让人犹如置身在异国情调的环境里。

旅馆于一八八八年二月开张时，在美国首次采用电灯照明，第一天就吸引了一千四百多名圣迭戈旅客。历年来，曾接待过本杰明·哈里森、威廉·塔夫脱等多位总统，以及爱迪生、卓别林、林白等许多名人，如今已被列入美国《国家历史名录》。

城堡公园社区位于密歇根州贺兰城的郊外，是一个有大约八十座避暑别墅的村舍。因为处在密歇根湖之滨，景色秀丽，吸引游人，成为有钱人的消夏胜地。这里有一座充满传奇色彩的城堡。那是一个砖砌的大城堡，为富有的德国人米夏埃尔·施瓦尔兹按德国采邑城堡的式样于一八九〇年建成的。

施瓦尔兹系一退休德国侨民，因厌恶普鲁士军国主义统治下的生活，携带一船钱币，全家逃来芝加哥。在他和妻子享受着自由舒适的生活，成为美国社会的一分子之后，他发现这个社会到处充斥着腐败和不文明，于是想建造一个古代采邑式的庄园，可以使他们夫妇和他们的六个女儿、两个儿子在这块与外界隔离的土地上生活和成长。

这里的确有维多利亚式的幽美环境，许多房室和家具尽够这个大家庭享用。地段又紧靠湖边，使此处像是一个远离尘嚣的绿洲。但是，他的几个女儿，在穿着和生活方式等方面都一步步趋向于城市人的习惯，特别是其中的一个女儿，爱上了当地的一个荷兰裔的男孩。这在她的父亲看来，是绝对不能容许的。这对年轻人于是决定私奔。在一个月光皎洁的夜里，他们驾一辆小马车逃走了。父亲得知后，愤怒至极，立刻驱车前往追赶。虽然有人说，他们在被抓住前就已结婚，但多数的传说都认为两人未能成婚，米夏埃尔·施瓦尔兹抓住了他们，而且将这个伤透了心的女儿带回来，关进了城堡的塔楼里。有些人声称曾经看到这个被剥夺了爱情的可怜女孩的消瘦憔悴的脸在城堡的窗口露出，另有人甚至说曾经见到这个女孩的鬼魂在城堡周围游荡。在此种情形下，米夏埃尔·施瓦尔兹只得把家迁到贺兰附近的镇上，并决定把城堡卖掉。一八九三年，芝加哥预科学校校长，一位叫帕尔的牧师注意到这块地段和城堡，将它购置下来，当作儿童的夏令营。父母们来这里看望孩子时都爱上这个地方，于是，城堡周围的地段很快就成为以城堡公园而闻名的避暑胜地。

鲍姆喜欢外出旅游。他参观过"哥伦布世界博览会"，还多次去城堡公园度假消夏，多次入住科罗纳多旅馆。这些景点和传说自然给他留下深刻印象，并有意无意影响着他的创作。在童话中，作者描写多萝西和伙伴们通过黄砖铺成的路走近奥兹国时，先是见有一座"高大的城墙"："城墙又高又厚，涂着明亮的绿色"；随后见"一扇大门，镶嵌着绿宝石，在阳光下射出令人炫目的光泽"；最后踏上奥兹国的街道："街道两旁坐落着一排排美丽的房子，都是用绿色的大理石建造的，到处镶嵌着闪烁的翡翠。他们走在一条铺着同样的绿色大理石的人行道上，连接着街区的是一排排翡翠，紧紧地排列在一起，在明亮的阳光下晶莹闪烁。"（张建平译文）这些显然是按照"白城"的构式来写的。因来这里的人都必得戴一副绿色的眼镜，才使人在这"奇妙的奥兹国翡翠城"里看到的一切都变成绿色，连人的皮肤也是绿色的。再如多萝西和她的伙伴们在与西方恶女巫的斗争中，女巫让飞猴去抓他们，飞猴用结实的绳子把狮子绑住，关进女巫的"黄

城堡

色城堡"里,把多萝西也带入城堡,直到多萝西无意中把水泼在女巫身上,使她像一块方糖似的溶化,多萝西和朋友们才得以在这城堡里"愉快地生活了几天,他们找到了一切能使他们舒服的东西"。所有这些,也让人看到城堡公园的痕迹。

　　有些研究者往往把作家的创作看得过于神秘,以至于认为甚至连某些细微处似乎都有什么微言大义,如对《绿野仙踪》里的"奥兹国"这个名字,都曾有过多种猜测。有人认为,鲍姆像是大作家查尔斯·狄更斯。狄更斯刚入文坛时,曾将他为报刊撰写的故事和记叙性散文编辑成集,取名为《博兹特写集》的博兹(Boz)。鲍姆的Oz(奥兹)可能就是由此而来。另有人认为,奥兹(Oz)是来自于大诗人珀西·比希·雪莱一八一八年的诗题《奥祖曼迪阿斯》,这也是古埃及第十九王朝法老拉美西斯二世另一个名字中的两个首字母。又有人说,奥兹(Oz)是指《圣经·启示录》中"主神说,我是阿拉法,我是俄梅嘎,是昔在今在以后永在的全能者"里的"阿拉法"(A)和"俄梅嘎"(Ω)。A和Ω是希腊语的第一个字母和最后一个字母,也就等于英语的第一个字母和最后一个字母的AZ,而这AZ,读起来就是Oz。还有人说,鲍姆是喜欢读者在读他的这部童话时,会发出惊喜的感叹:"Ohs"或"Ahs",这"Ohs"或"Ahs"读起来就是Oz,等等等等,不一而足。但最可信的还是鲍姆本人的说法,这书名实际上完全是偶然定下来的。约瑟夫·哈斯在一九六五年四月十七日芝加哥《每日新闻》上的《奥兹国的神奇作家》一文中写到,鲍姆曾回忆,那天,他坐在写字台前考虑为这部童话取个什么书名时,突然,他的目光注意到桌上放置材料的抽屉,这三个抽屉分别以烫金字

的首字母 A－G、H－N 和 O－Z 分类。于是，他就决定用 OZ（奥兹）给这童话中的术士王国定名。鲍姆的两个儿子弗兰克·J. 鲍姆和哈里·尼尔·鲍姆也都说到他父亲当时的这一情况。

　　《绿野仙踪》是鲍姆为"献给我亲密的朋友和同伴，我的妻子"莫德·盖奇·鲍姆而写的，最初于一九〇〇年五月十七日由芝加哥的乔治·M. 希尔公司出版，第一版于一九〇一年一月印出，总数大概印了三万五千册；到一九五六年共售出五百万册。以后曾多次重印，不过书名均简化为《奥兹国的术士》。

　　由于读者对《绿野仙踪》是那么的喜爱，让鲍姆接受狂热的要求，从一九〇四年开起，至一九二〇年，又写出十三部有关奥兹国的系列童话，但都不如这第一部《绿野仙踪》。《绿野仙踪》不但在一九〇二年被搬上舞台，一九三九年，米高梅公司还据它改编成电影，十六岁的女演员朱迪·加兰因在影片中扮演又唱又舞的多萝西而获"青少年学院奖"。《绿野仙踪》如今已被认为是美国大众文化的一个代表。

Mary Poppins

《随风而来的玛丽·波平斯阿姨》

"玛丽是我的生活史"

二〇一二年,伦敦"第三十届夏季奥林匹克运动会"开幕式上,英国女王伊丽莎白二世的替身在"007"詹姆斯·邦德的"邀请"下空降来临之后,观众看到一个个缤纷多彩的节目,络绎不绝。其中吸引孩子们的,除了憨豆先生、哈利·波特、彼得·潘等之外,还有一个中年女子:她是如此神奇,令人难以置信,竟会撑着伞从天徐徐而降。不过在孩子们看来,这是真的,以至于他们大声呼唤她的名字:"玛丽阿姨!""玛丽阿姨!"

不错,这个人他们太熟悉了,因为这正是他们读过的P.L.特拉弗斯阿姨所写的故事书《随风而来的玛丽·波平斯阿姨》(任溶溶译文)中的那个"随风而来的玛丽·波平斯阿姨"。

玛丽·波平斯阿姨是巴克斯家的四个孩子在原先的保姆不告而别之后急需一个新保姆的时候,自己"拿着个手提袋"前来他们家的。"一进院子大门,好像就给一阵风吹起来,

伦敦奥运会开幕式上的一场景

直往房子门前送。"她的这只手提袋是用毯子缝起来的，里面空空，却可以从中取出肥皂、牙刷、发夹，甚至围裙、小折椅、睡衣、浴帽、折叠行军床等。晚上，她让孩子们喝他们不想喝的"药水"，可是大女儿简尝了一口，没想到是非常好喝的橙汁；第二个孩子迈克尔喝了一口，发现是冰冻草莓汁；最小的两个双胞胎喝的却是牛奶，都很让他们喜欢。玛丽阿姨真是个有魔法的保姆。她休假时，竟然会走进一幅美丽的绘画中游玩，还在里面喝茶、吃草莓果酱蛋糕。玛丽阿姨还爱带孩子们去一些奇妙的地方。一天，她带简和迈克尔到贾透法叔叔家，见这位叔叔因为肚子里装满笑气，正头顶天花板，翘着腿在半空中看报纸。孩子们觉得好笑，也全都飘上天花板，坐在空气里吃茶点。一次去购买食品时，在科里太太的铺子里，孩子们买到的姜饼上粘有金色的星星。回家后，孩子们把这些星星放好；到了深夜，他们见玛丽阿姨和科里太太悄悄地取走这些星星，架起长梯把它贴到天上。玛丽阿姨不但能听懂鸟儿的话，在挑选圣诞礼物的商店里，她还介绍孩子们认识小姑娘玛雅。玛雅是"七姐妹星团"的小星星，她一身轻纱，从天上下来为姐妹们购买圣诞玩具；购齐玩具后，孩子们看着她最后神奇地一步步登上天空……最后，"到时间了"！就如玛丽阿姨一开始说过的，乘着东风而来的她，只能"待到风向转了为止"。于是，真的在春天到来，刮起西风时，玛丽阿姨便"打开伞，撑在头顶上……风轻轻地带着她走……把她吹起来，向胡同里的樱桃树梢吹去……她一个劲地飞呀飞，飞到云间，最后飘过山头……什么也看不见了"。

《随风而来的玛丽·波平斯阿姨》的作者帕梅拉·林登·特拉弗斯（1899—1996），

林登·特拉弗斯

原名海伦·林登·戈夫，生于澳大利亚北昆士兰。

林登·戈夫的父亲特拉弗斯·罗伯特·戈夫的原出生地为英格兰南伦敦，是澳大利亚一家股份制银行的支行经理，后来被降职为职员后，他不顾银行的行规，大量酗酒。由于二十世纪经济的迅速发展已经结束，他本来已不稳的位置，就更加不稳定了。经济危机的威胁笼罩在每个银行职工，以及许多眼看自己的存款无法赎回的客户头上。特拉弗斯·戈夫的妻子，林登的母亲玛格丽特·莫尔黑德是昆士兰议长博伊德·莫尔黑德的姐姐，因她那任昆士兰国有银行总经理的叔叔已经破产，也继承不到他的大部分财产。一九〇七年一月，特拉弗斯·戈夫担心自己还会再次被降职，整天忧心忡忡，结果患了重病，发着高热，几天后就死了。瓦莱里·劳森在《帕·林·特拉弗斯传》中写到传主的父亲时说："他四十岁刚出头就去世了，一生不得志，家里一贫如洗。"

林登·特拉弗斯是家里三个孩子中最大的，父亲去世那年，她只有七岁。她母亲一直十分悲伤，一段时间后，在一个雷电交加的日子，她冲出家门，哭着要去附近的一条河里投水自杀。林登用一条床单把自己和两个妹妹裹起来，给她们讲神奇的白马没有翅膀也会飞的故事，来安慰她们。母亲最终在那天夜里回来了。一九〇七年，林登·戈夫和她母亲以及她妹妹搬到新南威尔士州东部的鲍勒尔，一直住到一九一七年。第一次世界大战期间，她进了悉尼的一家女子住宿学校。出来后，她先是给一位银行的高级职员做了一个短时期秘书，此后成为一名演员，以"帕梅拉·林登·特拉弗斯"作为艺名。后来，她随莎士比亚巡演剧团在澳大利亚、新西兰等地演出，并一九二四年前往英格兰。

一九二五年，特拉弗斯在爱尔兰遇见诗人乔治·威廉·拉瑟尔。拉瑟尔是"兔子彼得的故事"系列童书的作者海伦·比阿特丽克斯·波特的门徒，曾以艾的笔名出版过诗集《回家：途中之歌》《幻想之地》等作品，当时是《爱尔兰政治家》杂志的编辑。拉瑟尔帮助特拉弗斯发表了一些诗作，并介绍她与诗人威·巴·叶芝、作家奥利弗·圣约翰·戈加蒂以及其他几位爱尔兰诗人认识。在这些人的影响和鼓励下，特拉弗斯对世界神话产生了兴趣。这段时期，她还在美国女出版商和现代主义人士简·希普的手下研究亚美尼亚神秘哲学家格奥尔基·伊万诺维奇·古尔捷耶夫的思想。一九三六年三月，得到古尔捷耶夫的学生阿尔弗雷德·奥雷奇的女儿杰西·奥雷奇的帮助，见到了神秘的格奥尔基·古尔捷耶夫。十四年前，古尔捷耶夫定居在巴黎郊外的枫丹白露，继续创建他的"和谐启智会"，他坚信一般的人生犹如睡梦，若想超脱这睡梦状态，需得努力修炼，成功后就能达到高超的振奋觉醒水平。古尔捷耶夫的思想对特拉弗斯的整个一生，包括她的创作都有很大的影响。

在伦敦时，帕梅拉·林登·特拉弗斯和她的同性伴侣玛奇·伯南德合住一个公寓。一九三一年，她们搬离此处，两人一起在萨瑟克斯的一所茅屋定居下来。两年后，一九三三年冬，她决定将原来的艺名简化为"P.L.特拉弗斯"，作为笔名来进行创作。《随风而来的玛丽·波平斯阿姨》就是在这里写成的。

读过《随风而来的玛丽·波平斯阿姨》的人都知道，它所描写的玛丽阿姨带着巴克斯家的孩子所经历的种种奇迹，在现实生活中是不可能出现的。但它仍然不失为一部现实主义的童话。P.L.特拉弗斯曾经写道："你只要看我的自传，就可以发现，玛丽·波平斯是我的生活史。"她确实真实地写出了自己生活的时代和现实。

《随风而来的玛丽·波平斯阿姨》的故事是围绕"大萧条"时期的一个家庭展开的。

一九二九年十月纽约证券交易所股票灾难性暴跌，使银行和其他金融机构承受着巨大的压力，陷入资不抵债的境地，纷纷宣告破产。这所谓的"大萧条"（1929—1933）虽然是在美国开始，但由于第一次世界大战之后美国经济与欧洲各国经济之间的密切关系，

《随风而来的玛丽·波平斯阿姨》插图

它很快便成为世界性的经济萧条。德国和英国遭到的打击最为严重。在英国，直到第二次世界大战之前，其工业和出口一直衰退不前，对全民的经济和生活造成很大的影响。其他许多国家也深受其害。就职于银行的特拉弗斯·戈夫家的生活，明显受到这次经济危机的影响。

不错，《随风而来的玛丽·波平斯阿姨》中在银行就职的巴克斯先生没有失业，没有消沉酗酒，巴克斯太太也没有想要自杀。但是，P.L.特拉弗斯在书中揭示了一个和当年的她十分相似的童年。

巴克斯先生勤于职务，除了星期天和银行假日，他"每天进城……在那里，他坐在一张大桌子后面的一把大椅子上工作，忙着数钞票和硬币"。有时候回家，他会拿出几个零钱给大女儿简和第二个孩子迈克尔，让他们放到存钱罐里去。但"碰到他省不出一点儿钱来时，他会说'银行破产了'。大家一听，就知道他那一天没剩什么钱了"。

读者也许会觉得，有布里尔太太帮他们烧饭，埃伦帮他们开饭，罗伯逊·艾帮他们除草、洗刀子兼擦皮鞋，是难以想象的富裕。但对一个身为高级职员的中产阶级家庭来说，这不是一个特例。但在经济萧条的背景下，连中产阶级家庭的经济也陷入拮据，让这家主人很是郁闷。只要看看，不但他们住的"房子在整条胡同里最小"，而且房子的"墙粉剥落，需要粉刷了"，却没有条件换住一处更大的房子，甚至连"粉刷"一下都不允许，因为首先需要养家糊口："巴克斯先生对他太太说，她或者是要一座漂亮、干净、舒适的房子，或者是要四个孩子。两样都要，他可没这个条件。"后来，"巴克斯太太经过再三考虑，决定情愿要大女儿简、第二个孩子迈克尔，要最小的一对双胞胎——约翰和芭芭拉"，而放弃住房。

艾伦·桑德斯在二〇一〇年的《P.L.特拉弗斯和玛丽·波平斯》一文中写道：

> 瓦莱里·劳森的《P.L.特拉弗斯传》娴熟地描述了（P.L.特拉弗斯）这个女人在心灵的阴暗世界中找到了一处居所。特拉弗斯大概喜欢她那个时代的许多富于想象的澳大利亚人，感到她的情感处于背离她的出生地的不良状态。她显然把她出生在澳大利亚看成是一个错误。由于她的背景——一个有苏格兰亲属的无能的父亲，和一个其祖辈来自苏格兰的母亲——都不够详尽，她就为自己构建起一个凯尔特人超自然的童话和魔幻传统。

特拉弗斯在全书开头第一章将上述巴克斯家的生活作为背景交代，表明巴克斯的孩子简和迈克尔以及他们的双胞胎弟妹就生活在这样一个郁闷的家庭。随后，作品以整整十一章的篇幅，重点表现如转播奥运会开幕式的解说词说的，"仙女保姆玛丽·波平斯来到人间，帮助巴克斯家的四个小朋友重拾欢乐，教导他们如何克服生活中的困难，并且让终日汲汲于银行业务与女权运动的巴克斯夫妇体认到亲子温情的可贵"。作家通过这部童话的创作，填补她心灵中阴暗的角落，以获得幻想的满足。

玛丽·波平斯是同名童话的主角，是世界上最可爱的保姆。她来到樱桃树胡同十七号巴克斯夫妇的家，照顾他们的四个孩子，带领他们进入种种梦幻般的神奇世界，获得心灵的快乐。玛丽·波平斯只是展示她的神奇魔力，而从来没有承认自己有这超凡的神力；她既是玛丽阿姨，也就是玛丽阿姨，而不像许多童话中有种种魔力的神奇人物，什么都跟普通人不一样。从外表上看，玛丽阿姨完全是一个普普通通的保姆，一个普普通通的女人，就像爱德华时代的那些每个周末在肯辛顿公园推婴儿车的保姆。她瘦高的身材，一头发亮的乌发，站得挺直，"像个荷兰木偶"，跟一个家庭教师或富有素养的普通保姆没有两样。玛丽阿姨也像别的女人一样，爱漂亮，"爱时髦，要给人看到她最漂亮的样子"，连站在玻璃橱窗跟前，她也要对着欣赏自己映在上面的漂亮身姿，甚至出门时都不忘带上她那把柄上有漂亮鹦鹉头的伞。

同时，也像其他优秀的保姆一样，玛丽阿姨是一个好保姆。她神态高傲，有尊严，始终不苟言笑；工作尽职尽责，样样都想得周到、做得完美。对孩子，她既关怀备至，又要求严格，在他们心中具有无上的威信。在孩子面前，她不多说话，更没有严厉的批评、凶狠的责骂。但只要她一个眼神，一点暗示，一句反问，例如，"你们这是在干吗？""我跟你说什么了？"他们马上就意识到自己说的对不对、做的好不好，因而应该怎么样，从而达到教育的目的，帮助他们成长为好孩子。这样的保姆，孩子们怎么会不喜欢呢？当她给简和迈克尔留下礼物走后，迈克尔无限留恋地哭了："天底下我就要玛丽阿姨！"哇哇大叫，扑倒在地。不过，他没有失望，他相信她会回来的，因为"她一向说到做到"。

童话这样的结束留下一个"玛丽阿姨回来吗？"的悬念。

的确，《随风而来的玛丽·波平斯阿姨》不仅吸引孩子们，家长也喜欢，无怪乎有评论认为这是一部从七岁到七十岁的人都爱读的作品。

继《随风而来的玛丽·波平斯阿姨》在一九三四年出版之后，特拉弗斯还连续写了《玛丽·波平斯阿姨回来了》（1935）、《玛丽·波平斯阿姨打开虚幻的门》（1943）、《玛丽·波平斯阿姨在公园里》（1952）、《玛丽·波平斯阿姨的神怪故事》（1962）、《厨娘玛丽·波平斯》（1975）、《玛丽·波平斯阿姨在樱桃树胡同》（1982）、《玛丽·波平斯阿姨和隔壁房子》（1988）等七部有关玛丽·波平斯的系列童话。她的这些作品由著名艺术家、为《小熊维尼》和《柳林风声》作插图的欧内斯特·霍华德·谢泼德的女儿玛丽·谢泼德创作插图。玛丽·波平斯系列童话如今已被翻译成二十多种语言，在世界各地出版，售出上千万册。它们还多次被改编成其他艺术形式。先是一九六四年迪士

《随风而来的玛丽·波平斯阿姨》电影海报

尼公司的影片，著名影星朱莉·安德鲁斯在片中扮演年轻漂亮、气质高雅的玛丽·波平斯。一九八三年，莫斯科电影制片厂改编的俄语影片《再见，玛丽·波平斯》由演员娜塔亚·安德雷琴科和歌唱家塔基亚娜·沃龙尼娜分别演和唱玛丽·波平斯一角。二〇〇六年，纽约城的新阿姆斯特丹剧院演出了改编的歌剧《玛丽·波平斯》。这些童话还被改编为广播剧和电视剧，推广到英国国外，如美国的百老汇和女作家的故乡澳大利亚等国的剧院，都多次演出歌剧《玛丽·波平斯》。

现在，为了永久的纪念，二〇〇五年在帕·林·特拉弗斯的出生地马里伯勒里士满和肯特街角原股份制银行的旧址上，建起了一座真人大小的玛丽·波平斯阿姨的铜像；而"南部高地青年艺术委员会"于二〇一一年五月七日组织两千一百一十五人参与，在P.L.特拉弗斯的故乡鲍勒尔，用马赛克组成一幅世界上最大的玛丽阿姨的伞，以纪念女作家；直升机航拍的照片已被记入吉尼斯世界纪录。

玛丽·波平斯不朽，P.L.特拉弗斯永生。

La Belle et la Bête

《美女与野兽》

外表的美和心灵的美

在人类"万物皆有灵"的童年时代，普遍相信每一处山林、湖泊，甚至每一棵树、每一枝花，都藏有一个神祇、一个精灵。这种信念使他们创造出一个个神话故事，世代流传。自然，经一个个口述者数千年来一代代辗转流传，会因说故事者的个性、兴趣和美学观点的不同，同一个故事中的情节，特别是细节，也会渐渐地被一点点改变。

在西方众多的神话故事中，普绪刻的故事是常为人们津津乐道的。故事说，普绪刻是人间一位国王的小女儿，拥有美丽的容颜，甚至比阿佛洛狄忒还要美丽。由于她实在太漂亮了，以至于人们都去崇拜她，而不再去崇拜爱和美的女神阿佛洛狄忒了；也由于同样的原因，没有人相信她是有可能被追求的女孩。因此，普绪刻一直独身一人。普绪刻的父母非常沮丧，向阿波罗祈求办法。神谕宣称普绪刻将在一座山上嫁给一个可怕的怪物。她的父母决定遵照神谕的指示。于是，西风之神将普绪刻带到了一个山谷，这里有一座雄伟的宫殿，每到夜晚，她的情人都要来和她幽会，还告诉她，他只能在黑暗中

安妮·安德森的插图

与她相见。因此，普绪刻从来没有看到过他的面容。普绪刻把此事告诉了她的两个姐姐，出于嫉妒，她们骗她说，他一定是条丑陋的蛇，要她在他睡熟之后点灯偷看他的容貌。当天夜里，在灯光的照射下，普绪刻意外地发现，她的情人原来是一位俊美的男子，他就是爱神厄洛斯。厄洛斯被灯油溅着，惊醒之后，责备了普绪刻几句后立即逃走了。普绪刻后悔万分，为找回她的爱，历经磨难，形容衰老，最后被厄洛斯救出，从此两人一起过着幸福的日子。

有关这个故事最完整的记述，据说是定型于古罗马作家阿普列乌斯（约124—170以后）的《金驴记》，故事中的希腊爱神厄洛斯在这里成了罗马爱神丘比特。

阿普列乌斯希望通过这一故事表达灵魂在爱的引导下的历程，被拟人化了的Psyche（普绪刻），在希腊语中的意思即是"灵魂"。但到后来，故事传播者对故事内容的讲述重点慢慢转到了美丽的心灵和丑陋的外形之间的爱上面，最后变成了一个"美女"和"野兽"的童话。

如今广为人知的《美女与野兽》的故事大致是这样的：

富商有三个儿子，还有三个女儿，她们都很漂亮，尤其是那个叫"小美女"的小女儿。不像她的两个好忌妒又爱虚荣的姐姐，她朴实可爱，最喜欢待在父亲身边，跟父亲在一起。后来，富商不幸破产了，陷入贫困之中。小女儿和三个哥哥都一心帮助父亲，努力干活，使全家能够度过这一难关，开始新的生活。两个姐姐却感到非常厌烦。在这种情况下，父亲决定外出，希望重新获取财富。见父亲要出门，两个姐姐要他给她们带些贵重的服装回来，小女儿只希望带回一支玫瑰就够了。

父亲未能实现重获财富的目的，绝望地在森林中徘徊时，遭遇到一场暴风雪的袭击，来到一个地方躲避。他看见这里有食物，还有过夜的居所，却一片空寂，像是一座没有主人的房子，便住了下来。

第二天早晨，他漫步进入房前的那个花园时，看见园里开满了小女儿所要的美丽的玫瑰，他真是高兴极了。可是当他摘下玫瑰时，立即有一头丑陋的野兽出现在他面前。野兽跟他说，他因为未经主人允许便偷了他的玫瑰，所以必须被处死。父亲苦苦乞求野兽，无论如何留他一命，因为他得回一次家见他的女儿。野兽同意可以让他带着玫瑰回家，条件是必须有他的一个女儿来顶替他；如果一个女儿都不来，他仍得回到那里去受死。于是，野兽给了他一箱黄金送他回家。这些财宝正好可以给他的两个大女儿办入时的婚礼。

父亲回家后，将一箱黄金给了两个大女儿，但心事重重，不知如何对野兽交代。直至给小女儿玫瑰的时候，才跟她说了所发生的事。三个兄弟听说后，奋起要去跟野兽搏斗，杀死野兽。父亲知道，他们这样只能是去送死。小女儿坚持要代替父亲到野兽那里去。于是，父亲与她一起来到野兽的地方，然后无可奈何地回了家。

小女儿在一次睡梦中，见有一位漂亮的夫人来到她跟前，向她表示说，由于她做出如此的牺牲，特来感谢她，并告诉她，她是会得到回报的。

小女儿来到野兽家中后，野兽每天晚上都来见她；她还发现，野兽待她很好，她所有的愿望都能神奇地实现。后来，野兽每次来时，都要求她做他的妻子。小女儿拒绝了他的要求，但同意永不离开这里。

一天，小女儿在野兽家里的魔镜上看到她父亲因见不着她而万分悲愁，要求野兽让她回去看望父亲。野兽表示同意，但条件是七天之后一定要回来，不然，看不到她，他是会死的。

第二天早上，小女儿就已经神奇地回到家里了。父亲看到她大喜过望。两个姐姐得知她有这么优越的新生活，野兽对她又是这么的好，非常妒忌，便诱惑她在家多待些日子。到了第十天夜里，小女儿突然梦见野兽快要死了，渴望着她回到他身边去。于是，天一亮她就动身。等她回到野兽城堡时，见野兽正痛苦万分地处在垂死的边缘。小女儿意识到，她心中也渴望野兽的爱，于是告诉野兽说，她很高兴嫁给他。就在这一刹那，野兽立刻变成了一位王子，神父也来到宫中他们跟前；而两个姐姐则变成两座石像，直到她们认识到自己的错误。

从此，王子和小女儿一直快快乐乐地生活，因为"满足的基础是善"。

童话的版本

在阿普列乌斯之后，最早将故事概括为"美女"和"野兽"的是意大利作家吉安弗朗西斯科·斯特拉帕罗拉（约 1480—1557）。斯特拉帕罗拉在一五五〇年至一五五三年间编写的《欢乐之夜》，共收七十五篇情节紧凑的民间故事和其他小故事，有些后来被莎士比亚、莫里哀等人用作创作素材。《美女与野兽》以及后来在德国作家格林兄弟的童话集中读到的《穿靴子的猫》的最早版本，即是《欢乐之夜》中的两篇。

《美女与野兽》最早的法语版本是两河流域沿岸古代巴斯克人的童话，童话里的国王父亲是一条蛇。后来，法国童话作家夏尔·佩罗把这故事收集到他一六九七年出版的童话集《鹅妈妈的故事》中。法国才女作家加布里埃尔－苏珊·巴博·德·加隆·德·维尔纳夫夫人（约 1695—1755）是因创作映射作品不得不流亡海外的著名作家克劳德·德·克雷比永的密友，曾创作过长篇小说《樊尚的花坛》。她喜欢从古代文学和民间故事中汲取题材，写作童话，以娱乐她的沙龙朋友。她的这部出版于一七四〇年的童话《美女与野兽》长达近两百页，故事除美女和野兽这一条主线外，还写了很多从属的情节，且对于野兽，不仅详细描写了它的外形，还写了不少它的野性和兽性行为。

《美女与野兽》插图　　　　　　　　　　《美女与野兽》插图

　　珍妮·玛丽·勒普兰斯·德博蒙（1711—1780）生于法国诺曼底大区的鲁昂，大约一七四五年移居英国。第一次婚姻失败后，她给上层阶级的孩子做家庭教师；五十岁那年，她离开英国移居瑞士，并与法国谍报人员托马·皮雄（1700—1781）结婚，生有六个孩子。

　　珍妮·德博蒙的文学生涯起始于一七四八年出版的第一部作品说教小说《真理的胜利》。后来，她为刊物撰写儿童教育方面的文章。她最重要的工作是办刊物；最初是一份以年轻读者为对象的文化科学文摘。一七五〇至一七八〇年为她最活跃的时期，她先后出版作品四十卷，比较有名的是一七五七年的《儿童画报》、一七六〇年的《少年画报》和一七六八年的《穷人画报》，特别是一七五七年的《儿童画报》，经她删节、重写和改编的《美女与野兽》就刊载在上面。

　　珍妮·德博蒙的《美女与野兽》出版后，受到极大的欢迎。比利时旅居巴黎的作曲家安德烈·格雷特里在一七七一年将它改编成四幕芭蕾歌唱喜剧《泽米尔和阿佐尔》，脚本由法国诗人让－弗朗索瓦·马蒙泰尔创作。另外，法国剧作家、"流泪喜剧"的创始人比埃尔·拉肖塞还在一七四二年据此童话创作了歌剧《因爱而爱》。

　　如今所知的有关美女和野兽的故事，大多都依据珍妮·德博蒙的这一版本。

"美女"和"野兽"的普适性

德博蒙夫人的《美女与野兽》，集中表达了人们心目中的理想女性，人们企望于女子应有的美德：童话中的"美女"朴素大方，不求金银财宝，只要一朵可作纪念的玫瑰；为保全父亲，甘愿牺牲自己；特别是善于观察事物，不讲门第，珍重野兽对她的深情。这些都是具有普遍意义的，所以不难理解，许多国家的民间故事中都有与《美女与野兽》相类似的故事。

俄罗斯流传有《小红花》的故事，作家谢尔盖·季莫费耶维奇·阿克萨科夫（1791—1859）曾将它整理出来，编进他的《女管家佩拉盖雅故事集》中。故事里的"美女"没有名字；那"野兽"形象丑陋："手臂弯曲，手像是野兽的爪，腿是马的脚，胸背各有一个驼峰似的，而且从头到脚全是毛发。他的嘴里露出野猪的尖牙，鼻子像是老鹰的啄，还长了两只枭的眼睛。"但美女待在他豪华的城堡里，生活得十分舒适。野兽性情十分和善可亲，对她也彬彬有礼。只是在她回家看望患病的父亲时，由于姐姐特意设置的障碍，她无法按时回到野兽那里，使野兽因渴慕她而患了重病。最后，在美女来到他的跟前，并深情地对他说："起来吧，我亲爱的朋友，我爱你，我愿和你订婚！"于是，野兽立即就从垂死中苏醒过来，并且变成一位富有的王子。原来，在他小的时候，有一个巫婆为报复他父亲，把他偷走变为一头野兽。

在印度尼西亚的故事《蜥蜴丈夫》里，蜥蜴的母亲来美女家为儿子求婚，六个姐姐个个对她都粗暴无理，只有最小的美女卡帕皮托接受蜥蜴做她的丈夫，却遭到姐姐们的辱骂。最后，蜥蜴和他妻子一起努力干活，建起了自己的农舍；一次，蜥蜴在河里游泳时变成了一个英俊的男子。但妒忌的姐姐们准备将他从妹妹身边抢走。就在这天夜里，一座城堡拔地而立，阻挡住了姐姐们的行径，让他们从此过上了快乐的生活。

另外，还有土耳其的《公主和猪》的故事、英国的《小獒犬》的故事等。特别是在中国，大江南北，许多地方都流传着《蛇郎》的故事，说的也是父亲有两个或三个女儿，她们

世界名著

背后的

故事

168

169

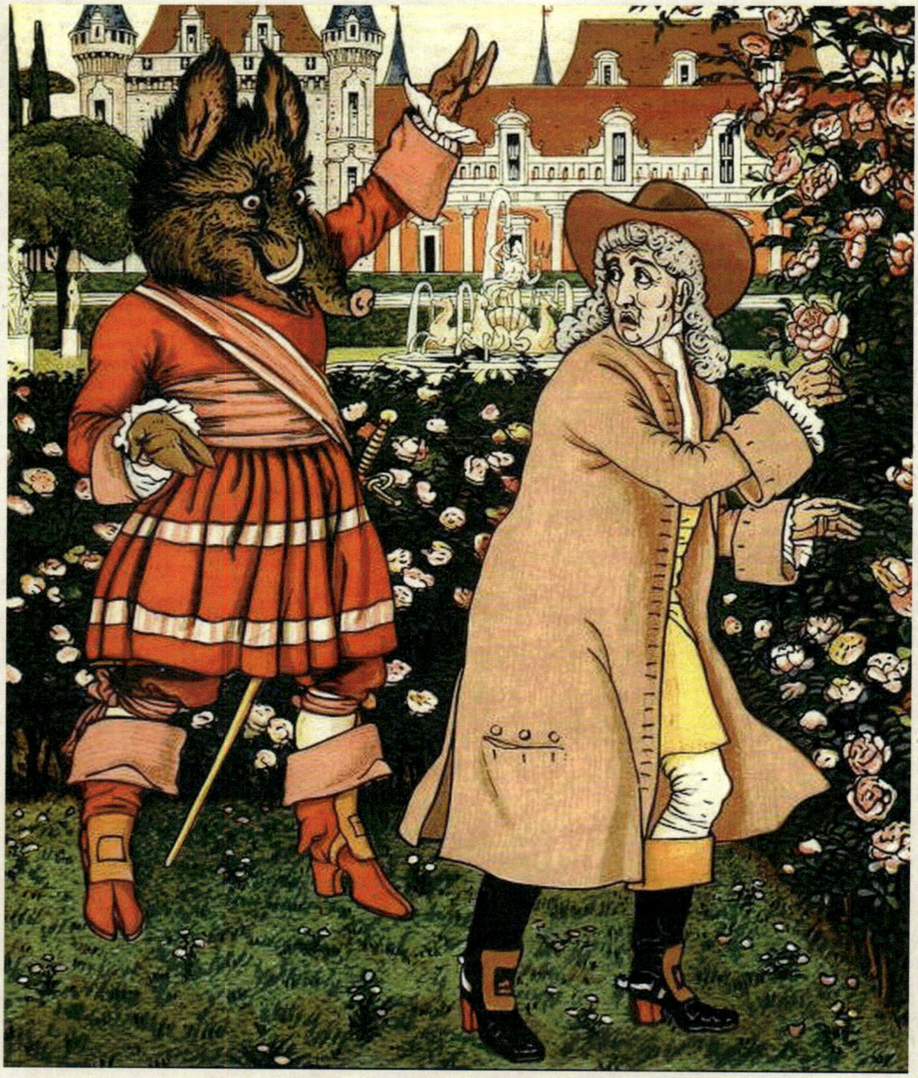

《美女与野兽》插图

喜欢花，父亲买不起，只好到有钱人的花园里偷摘，结果被主人——蛇郎发现了。蛇郎要求他必须有一个女儿做他的妻子，才肯放过他。后来的情况也很类似，只有一个女儿愿意接受命运的安排，去嫁给了蛇郎；但丈夫待她很好，引起姐姐的妒忌，等等。

这类"美女"和"野兽"的故事，它的中心思想就是不要被表面现象所蒙蔽，外表好不一定心地就好；相反，相貌丑陋的人，往往心灵美好；只有透过表面看到内心，才能找到理想的伴侣。这是人们在生活实践中通过观察得出的结论，所以这样的故事会被广泛接受和流行，甚至得到一些大作家的欣赏。

浪漫主义强调炽热的情感，在创作中往往喜欢把感情表现到极致，使它具有传奇色彩。英国浪漫主义诗人约翰·济慈就据《阿波罗尼奥斯传》写成著名长诗《拉弥亚》，描写年轻的迈尼普斯里修斯和蛇，也就是人与兽之间的爱情。

法国浪漫主义诗人和作家维克多·雨果在《悲惨世界》中让一个多次越狱的"罪犯"转变成为一个埋名、立德、皈依上帝的"圣人"。冉阿让的经历是一段从恶转向善、从欲望转向良心、从兽性转向人性的感人传奇。《巴黎圣母院》的传奇性质则是"美女"和"野兽"的强烈对比。

《巴黎圣母院》里的吉卜赛少女爱斯梅拉达美得像是山林中的仙女或是天上的女神，对她怀有爱慕之情的卡西莫多，"一只四面体的鼻子，一张马蹄形的嘴""小小的左眼为茅草似的棕红色眉毛所壅塞，右眼则完全消失在一个大瘤子之下，横七竖八的牙齿缺一块掉一块，就跟城墙垛子似的，长着老茧的嘴巴上有一颗大牙践踏着，伸出来好似大象的长牙，下巴劈裂……"（管震湖译文）像是丑陋的"野兽"，他却有一颗金子般的心。他与对爱斯梅拉达怀有邪念的圣母院副主教、仪表堂堂却心地险恶的克洛德·弗罗洛完全是两个极端。雨果就是以这样的对比来表现他在《克伦威尔序》中宣称的浪漫主义信条：让"庄严崇高和荒唐滑稽两种典型交叉会合"。

"美女"和"野兽"的故事以其对世上人心事物的深刻体察，几百年来一直深受读者的欢迎。一九四六年，第二次世界大战结束后，法国刚从痛苦和损耗中苏醒过来，著名作家和导演让·科克托接受他的门徒、当红电影演员让·马雷的建议，根据德博蒙夫人的《美女与野兽》拍摄了同名电影，成为当时风行一时的影片。自此之后，《美女与野兽》的故事被反复改编，最著名的是迪士尼公司多次拍摄的动画片，其中一九九一年的那部获奥斯卡六项提名，成为电影史上第一部提名"最佳影片"的动画片。还有一九九四年在百老汇上演的同名音乐剧也非常有名。此外，《美女与野兽》的故事还有它的几种变体，著名的如《金刚》《史莱克》，还有几年前在我国电视上获得极高收视率的《侠胆雄师》，其实都不外乎是"美女"和"野兽"故事所表述的"外表美"和"心灵美"这个模式。

Baron Münchhausen

《明希豪森男爵的冒险》

"向理性主义挑衅"

在英国小说中,有几部描写航海故事,本是为成人创作的,但也为儿童读者所喜爱。小读者可能只了解它的表层意思,它那曲折动人的冒险故事;成人则会理解它潜藏在表层下面的深刻含义。托马斯·莫尔的《乌托邦》(1516)对于"羊吃人"的社会提出严正的抗议,认为社会罪恶的原因在于私有制,废除了私有制才能实现社会的正义。丹尼尔·笛福的《鲁滨孙漂流记》(1719)描写主人公不怕艰难,用自己的双手创造出一个新天地,不失为资产阶级心目中的英雄人物。乔纳森·斯威夫特的《格列佛游记》(1726)写了主人公来到大人国、小人国的情景,特别是在最后一次所到的慧骃国里,马是有理性的、爱好和平的、统治全国的动物,人形的"耶胡"则是丑陋、贪婪、淫乱、好战的兽类。这三部作品的深层意义,体现了哲理性、教化性和讽刺性三种类型。到了十八世纪末,鲁道夫·埃里希·拉斯伯和戈特弗里德·奥古斯特·毕尔格的《明希豪森男爵的冒险》(又译《吹牛大王历险记》),以反理性主义描写一个个虚幻

明希豪森

不实的冒险故事,为哲理性的故事类型充实了新的现代意识。

《明希豪森男爵的冒险》中写的许多故事,如主人公明希豪森用眼睛里溅出来的火星引燃了猎枪,打下七只野鸭;在战斗中,骑半匹马冲进敌营,取得胜利;还说他坐着炮弹飞翔在敌我之间的上空,了解敌情;甚至借助豆藤爬上月球,飞上天去看月亮,观察火星等等,都是虚幻不实的。明希豪森男爵却不是虚构的人物,而是实有其人。

明希豪森男爵的全名为希罗尼穆斯·卡尔·弗里德里希·封·明希豪森(1720—1797),生于德国汉诺威地区的一个贵族家庭。他最初是不伦瑞克-沃尔芬比特尔公国安东尼·乌尔里希三世的小侍从,随后在一七三五至一七三九年"俄土战争"期间受雇于俄国皇帝。一七三九年,他被任命为俄国不伦瑞克"胸甲骑兵团"的一名旗手,第二年晋升为中尉。他被派驻里加,并参加了一七四〇至一七四一年对奥斯曼土耳其帝国的两次战争。一七五〇年升为骑兵上尉。

明希豪森于一七六〇年退伍回乡,作为一位有社会影响的乡绅,在下萨克森州博登湖畔的领地生活,直到一七九七年去世。在这里,尤其是在晚餐和类似于贵族的社交活动中,他机智幽默又高度夸张地讲述他当兵、狩猎运动期间的趣事轶闻,被看作是一个很擅长讲故事的人。

鲁道夫·埃里希·拉斯伯（1736—1794）是汉诺威一位会计师的儿子。他在哥廷根和莱比锡大学学习自然科学和语言学，毕业后先是任哥廷根大学的图书管理员（1762—1766），一七六七年任兰德格拉夫的图书、宝石和硬币收藏馆的管理员。他以对古英格兰诗歌的熟稔而获得学术声誉。一七六九年在出版了一篇有关大象等动物的头骨和牙齿的论文后，被选入皇家协会；一七七一年一篇有关玄武岩的论文被歌德看成是"德国科学的一个里程碑"。但是，他散漫不负责任的生活方式给他带来了很多麻烦。

一七七五年，拉斯伯开始偷盗兰德格拉夫的收藏品。张贴的逮捕令上描述他是"一个长脸的疯子，小眼睛、歪鼻子，步态颠簸"。他于是先逃往荷兰，再逃到英国。人们发现这位"殿下最卑微、最顺从、最忠诚的仆人"在出售他大约看管了五年的宝石和奖牌。

在英国，拉斯伯和詹姆斯·霍金斯主教成为朋友，霍金斯称他"比我记忆中的任何人都更有广泛的知识"。他的其他朋友还包括本杰明·富兰克林、霍拉斯·沃波尔等。出身显赫的沃波尔以他的中世纪恐怖小说《奥特朗托堡》开创了哥特小说的风气，还著有四卷《英国绘画轶事》。通过他的帮助，拉斯伯发表了《油画的起源》，实际上他对这个题目可能一无所知。沃波尔还曾将他从监狱里保释出来，而他是因欠费被捕入狱的。拉斯伯最后因疟疾而死于奥尔兰凯里郡的默克洛斯。

版本和译本

没有确切记载表明，好客的明希豪森男爵曾经款待过拉斯伯，并对拉斯伯讲述他的冒险故事。但男爵的二叔格拉赫·阿道夫·封·明希豪森男爵是汉诺威选帝侯乔治二世的选民，依仗这一地位，他于一七三四年在哥廷根创办了乔治·奥古斯特大学，任该校第一任校长，一七六五年还出任乔治三世的首相。拉斯伯曾就职于这所大学，研究者相信，这两人至少熟悉。

《吹牛大王历险记》多雷的漫画

  拉斯伯的《明希豪森男爵的冒险》最初是一七八一至一七八三年以十七个冗长的故事在柏林的一家杂志上连载，两年后，一七八五年在伦敦匿名出版。一七八六年，著名的德国浪漫主义诗人戈特弗里德·比尔格将它译成德文，以《奇妙的水陆之旅：明希豪森男爵的出征和滑稽冒险》之名问世。一七九四和一八〇〇年，一部《明希豪森男爵的出征和滑稽冒险》的篇幅冗长的德文续篇分三卷出版。一八一一年，另一部续篇在伦敦出版。一八六二年，一部法国风格装帧精美的法文译本在巴黎出版。伊梅尔曼出版社著名的四卷本小说《明希豪森男爵》一八四一年在杜塞尔多夫出版。一八四六年，莱比锡也出版了一部描写这个"吹牛冒险的男爵"的书。此外，该书还被翻译成荷兰语、丹麦语、马扎尔语、俄罗斯语、葡萄牙语、西班牙语和许多其他语言。光是在英国、德国和美国的译本就超过一百多种。中文《明希豪森男爵的冒险》也有多个译本，可能是因为明希豪森男爵有"Lügenbaron"（编瞎话的男爵）的称呼，书名称为《吹牛大王历险记》。

  《明希豪森男爵的冒险》还吸引了诸多优秀的艺术家为它创作插图。原来的匿名画家的木刻插图比较粗糙。一八〇九年，以创作风俗画而著名的英国艺术家托马斯·罗兰森插图的《明希豪森男爵的冒险》出版。在一八六九年的版本中，英国著名插图画家乔治·克鲁克香克奉献了富有特色的木刻插图和鸦羽管的装帧。一八七八年，一位姓里夏尔的法国艺术家完成了一部《明希豪森男爵的冒险》彩色的版本设计，德文版则有版画家约翰·里本豪森或弗兰茨·里本豪森兄弟和泰奥多尔·霍斯曼完成的不同本子。德国艺术家阿道夫·施罗德还创作出一幅著名的画作，表现这位男爵被他的听众所簇拥，听他讲冒险故事的场景，等等。不过，在所有这些译本中，要首推大诗人泰奥菲尔·戈蒂耶与他情妇生的儿子泰奥菲尔·戈蒂耶一八六二年的译本，译文非常优秀，著名插图画家古斯塔夫·多雷创作的插图也很出色。

故事的来源（一）

传说拉斯伯在俄国认识了明希豪森男爵，男爵向他讲述了一些诙谐幽默的故事。但研究者认为，实际上，书中的故事很少真正出自男爵之口。毕尔格翻译时，又增补进了一些故事。所以无法搞清，在拉斯伯的《明希豪森男爵的冒险》里，哪些材料是来自明希豪森男爵本人，哪些是毕尔格增补进去的。但学者研究认为，实际上，多数的故事，在明希豪森出生前几个世纪就已经在民间流传。一位专家这样评论：

从性格特点看，明希豪森比声言他已经活了一百多年的圣日耳曼伯爵（同时代的著名冒险家）要幽默得多。（明希豪森的）这些故事是来自于早期旅行家的讲述和轶事。从古希腊起，奥德修斯英雄事迹的传说可以归结出一个个冗长的故事，例证在老普林尼的《博物志》（公元1世纪）、卢奇安的《对话录》（约公元2世纪）、拉伯雷的《庞大固埃》（1532）和《卡冈都亚》（1534），还有伏尔泰的《老实人》（1759）中都可以找到。《明希豪森男爵的冒险》违背逻辑，背离物理定律或日常思维。"编瞎话的男爵"在鲸鱼的肚子里跳舞；骑在一颗射出的炮弹上；打枪没子弹，用一根通条打出，把七只松鸡串成一串。他的马的后半截身子已经被放下的门闸切断了，他还能骑着它跑。这故事在海因里希·倍倍尔的《倍倍尔诙谐故事集》一书中已经出现过。还有来自古代原始资料的故事，说暴风雪中，他把马拴在一个尖木桩上。第二天早晨，雪融化了，见这马就高高地挂在教堂尖塔的风信鸡上。

作者称赞此书中的故事看起来非常荒谬，却是"对启蒙运动理性主义的公然挑衅"。

故事的来源（二）

拉斯伯的《明希豪森男爵的冒险》中，的确有许多故事受惠于前人的作品。研究者曾经指出故事中的某些情节的最初来源。除了上述德国幽默作家海因里希·倍倍尔的《倍倍尔诙谐故事集》（1508），另外还如：

《明希豪森男爵的冒险》有一段描写明希豪森男爵从军队退伍，乘坐邮车回家乡。车子驶进一条狭隘的小路，因为两旁满是荆棘，不论多好的驾驶技术，都没法并排驶过两辆马车。男爵便让车夫吹响号角，提示迎面来的车子给他让路，以免相撞。但是，因为"那年的冬天格外寒冷，太阳就像是被冻坏了一样"，以致"车夫拿起号角，用尽全身力气，也吹不出半点声音，我们都感到特别奇怪"。直等到了最近的一家旅馆，车夫把号角挂在炉子边，"不一会儿，号角居然发出'嘟嘟嘟嘟'的声音，吓了我们一跳。"明希豪森男爵说，后来他才明白过来，因为"刚才天气太冷，号角被冻住了，所以吹不出声音来，现在在炉边暖和了一会儿，刚才被冻住的声音就被放了出来"。他们一整晚就都听着美妙的号角声进入梦乡。

研究者认为，明希豪森男爵或拉斯伯的这段故事，是受意大利卡斯蒂里奥内的《侍臣论》书中一个故事的启发。

巴达萨尔·卡斯蒂里奥内（1478—1529）是文艺复兴时期意大利的一名侍臣和外交官。他先后曾为曼图亚的弗朗西斯科·贡扎加侯爵、乌尔比诺的圭多巴尔多公爵供职，

《吹牛大王历险记》插图

又曾奉命前往英格兰替圭多巴尔多接受嘉德勋章；还不止一次跟随教皇的军队参加战争。他的由他后人于一五二八年在威尼斯出版的《侍臣论》，以对话体形式描绘了宫廷的生活，描写了理想的侍臣、贵妇人以及侍臣和王公之间的关系，在当时很有影响，被译成多种文字，使他被认为是文艺复兴时期贵族礼仪的权威。《侍臣论》的英译本出版于一五六一年，相信明希豪森男爵或拉斯伯都读过。

《侍臣论》（1528）里说到一个大意如下的故事：

> （意大利）卢卡的一个商人为置办皮衣远去波兰。因为当时波兰正在跟莫斯科人交战，卢卡商人便被告知从那个卖皮货的县去往两方交界的中间地带。他来到第聂伯河边的波利斯特尼斯。在一五一二年的这场"波利斯特尼斯战役"中，波兰军队在国王西格蒙德一世的统帅下在这里抵御八万名莫斯科军力。莫斯科商人仍留在河的一边，只希望听到对岸大声告知皮货的价格。可是，天气是那么的寒冷，以致他们的话在到达对岸之前，就在空气中结成了冰。波兰人在河中央点起一把火，于是结成冰的固体话语在一个小时里就被融化，一点点掉在河畔上，虽然莫斯科商人已经离开了。但是因要求的价格太高，卢卡商人什么都没有买成就回去了。

《吹牛大王历险记》插图

故事的来源（三）

  另一段故事，说明希豪森男爵一次外出狩猎时见有一只"全世界最神奇的公鹿""头上长着非常漂亮的犄角"。可惜他铅弹已经用光，袋子里只有一把他吃樱桃留下来的樱桃核。他于是突发奇想，在猎枪里装好火药，再加上满满一大把樱桃核。他一枪打出去，虽然正好击中公鹿两对犄角之间的前额上，但公鹿还是逃走了。一年后，明希豪森男爵又来到这座林子里打猎，在林子深处看见一头漂亮的公鹿，两对犄角之间长着一棵高一米多的茂盛的樱桃树。他想起来了：上次让它逃走了，这次它可没这么好运了。果然，他一枪击中了它，使他不但吃到了烤鹿肉，还有新鲜的樱桃。

  研究者发现，类似的故事，在民间传说中有很多。如美洲土著的一个故事说一个猎人在摘桃子吃的时候，见有一头肥大的鹿，便用桃核当子弹射击。几年后，他发现这只鹿背上长出一棵树。他一直追这头鹿到一个教堂的院子里才赶上它，从鹿背的树上摇下许多桃子给在身旁的孩子们吃。另有一个故事讲杰克见森林里树和圆木上都长有很多桃子。原来，四年前他和他的朋友曾用桃核猎鹿。杰克离开后，想不到桃核却在林间和一些鹿的身上发芽成长了，有的长在鹿肩上，有的长在鹿背上，有一棵还在两只鹿角中间长成六英尺的桃树。

书的影响

　　尽管鲁道夫·埃里希·拉斯伯和毕尔格实际上只不过是编选了许多民间传说和民间故事,但《明希豪森男爵的冒险》无疑是一部影响极大的书。如今不但有数以百计的外文译本,书里的故事还多次被改编。

　　早在二十世纪初,就有《攻占北极》(英国,1909)、《德克拉克男爵》(法国,1909)、《明希豪森男爵的冒险》(法国,1911;意大利,1914)、《明希豪森》(德国,1920)等影片拍摄发行。此后几十年里,明希豪森男爵的故事一直仍是德国、俄罗斯、加拿大、美国、捷克等国导演们所选中的电影题材,包括一九八三年法国的一部卡通片《月光石的秘密》。二〇一一年,布拉格的黑光剧院也上演了改编的戏剧《明希豪森男爵的冒险》。明希豪森男爵的故事还被改编为滑稽剧和游戏,他的形象甚至被印到人们常用的邮票上。在很多国家和地区,成人和儿童们几乎没有不知道明希豪森这个"编瞎话的男爵"或"吹牛大王"的诨名的。

　　正如他的一位同时代人所指出的,明希豪森的难以置信的叙事并不是要来蒙骗人,而是"为了讽刺他在某些熟人身上看到的这种不寻常的性格"。

Pinocchio

《木偶奇遇记》

真实的匹诺曹及其他

"说了谎,鼻子就会变长。"成年人自然不会相信这话,但毫无生活经验的孩子对大人说的任何话都会信以为真;而且,说了谎话后鼻子变长,让孩子羞得不敢出门,而不再撒谎之后,鼻子又能慢慢地缩回去,会觉得很好玩。所以,"鼻子会变长"的故事就容易吸引孩子了。

这不过是意大利作家科洛迪的童话《木偶奇遇记》中的一段情节,全书还有许多其他有趣的、吸引小读者的故事。

卡洛·科洛迪是意大利作家卡洛·洛伦齐尼(1826—1890)的笔名,科洛迪是他母亲出生地的名字,这是离托斯卡纳区皮斯托亚省省会皮斯托亚不远的一个小镇。

洛伦齐尼生于意大利的佛罗伦萨,是十个孩子中的老大,其中七个很早就死了。父亲米尼科·洛伦齐尼和母亲安吉拉·奥扎里都是洛伦佐·吉诺里·里斯奇侯爵家的仆人。侯爵夫人马凯萨·里斯奇很喜欢这个孩子,帮助他进了一家备受推崇的神学院。早

卡洛·科洛迪

熟的洛伦齐尼到十六岁时，转到一家著名的天主教学院，学习修辞学和哲学。一八四八年，他志愿加入托斯卡纳军队，参加"第一次意大利独立战争"。战后，他回到托斯卡纳，创办了一份讽刺性的政治报纸《街灯》，该报一八四九年被托斯卡纳大公封杀，至一八六〇年恢复出版。但洛伦齐尼对政治的热情始终不减，曾参加不下于两家报纸的工作，并开始文学批评、讽刺随笔和小说、舞台剧的创作，作品包括一八五六年在新剧院上演的三幕剧《家庭的朋友》和同年的《浪漫的幻想》。一八五九年，洛伦齐尼又志愿上前线参加"第二次意大利独立战争"。在北意大利和中意大利挣脱奥地利的统治获得解放之后，他回到托斯卡纳，找到做编纂词典和喜剧舞台监督的工作，并任一名地方官员。一八七〇年代，洛伦齐尼为自己所背负的赌债苦苦挣扎。这时，他的朋友、出版商菲利斯·佩奇因看到意大利全国的学校对教科书的需求急剧增长，便请他参照亚历山德罗·卢奇·帕拉维斯尼所编的那本著名教科书，写一本新书。佩奇看中洛伦齐尼是因为一年前，洛伦齐尼首次涉足儿童文学，曾将夏尔·佩罗、玛丽·凯瑟琳·奥尔努瓦夫人和珍妮·玛丽·博蒙夫人等几位法国童话作家的作品翻译成意大利文。这一工作不但启发洛伦齐尼想要自己来创作童话，也为他的童话创作在文字技巧方面打下了基础。洛伦齐尼从一八七五年开始童话创作，连续出版了《漫画》（1880）、《眼睛和鼻子》（1881）、《快乐的故事》（1887）以及三部《小手杖漫游意大利》（1880—1886）等作品。但这些作品最后都随着时间的流逝而消失，只有他的《木偶历险记》成为千古不朽的名著。

洛伦齐尼先是以科洛迪为笔名,从一八八一年七月起在《儿童日报》上连载一个讲述一段木头被雕刻成木偶之后所发生的神奇故事。这故事最初题为《一个木偶的故事》。故事的背景是意大利的托斯卡纳地区,故事的最后是主人公被两个强盗吊到一棵大橡树的树枝上,"气都喘不上来……昏过去了"。科洛迪原想到此结束,停止连载。

熟悉这木偶故事的读者都明白,匹诺曹虽因贪玩而逃学,因贪心而受骗,但毕竟是一个天真无邪的可爱孩子,他特别爱赋予他生命并卖掉自己唯一的衣服为他买识字课本的"爸爸"。不过,他头脑比较简单,自制力比较差。这是很多孩子的通病。不能想象,让主人公吊死,是不符合小读者的心愿的。他的名字匹诺曹(Pinocchio),在托斯卡纳,意思是"松果";在标准的意大利语中,pino是"松树",cchio是"眼睛",一个多好的名字啊,也很让孩子们喜欢。事实是,当时,成长中的小读者们读了他的故事后,无法接受这样一个悲惨的结局,报社编辑部收到的表示不满的信件堆积如山。

科洛迪创作《一个木偶的故事》等童话,虽是受法国作家童话的启发,但当时写作的其中一个目的是为了还清赌债。对自己的这篇童话,他本来就没有抱多大的自信。他在给《世界日报》社社长的信中曾谦卑地说:"我寄给您的这些材料,不过是幼稚可笑的小玩意儿罢了。您可以随意处理,如果采用,我可继续写下去。"后来,得知读者如此喜爱他的这篇作品,科洛迪自然万分高兴。于是,当报社社长费尔南多·马尔蒂尼根据读者的要求,建议科洛迪改变原来的结尾,续写《一个木偶的故事》时,科洛迪一口应承,乐意将故事从第十六章写到第三十六章,题目也改为《匹诺曹历险记》,还配了画家恩里科·曼德扎蒂的六十二幅插图。

《匹诺曹历险记》叙述穷苦的老人杰佩托将一段木头雕刻成一个木偶,把它看成自己的儿子,还当掉自己唯一的衣服为他买来识字课本。可是,小木偶一心贪玩,卖掉了识字课本,去买票看木偶戏。他在木偶戏班获得好心老板的五枚金币,却被狐狸和猫骗走了。他向法院起诉,结果猿猴法官让他蹲四个月的监狱,作为惩罚。出狱后,木偶因贪吃他人的葡萄又被捕兽器夹住,被迫当了看家狗。他后悔极了,心想:"我要像其他

《匹诺曹历险记》插图

孩子那样，做个好孩子。我如果愿意上学、干活，要是待在家里陪着可怜的爸爸，那么这么晚了我就不会待在这儿，不会成为村里农夫的看家狗了。"（陈志敏译文）

一天夜里，木偶因帮助主人抓住黄鼠狼而重获自由。他一心想成为一个用功读书的好孩子，可又经不住诱惑，在坏同学的怂恿下逃学到海边看鲨鱼，又被引诱去了"玩乐国"，并因疯狂地玩了五个月而变成一头驴子被驱赶上场演出马戏，结果瘸了腿。

最后，还是蓝发仙女搭救了他。他和爸爸杰佩托在鲨鱼腹中意外重逢，并设法逃了出来，在海边住下："整整五个多月里，每天天还黑着，他就去摇辘轳，换回一杯牛奶（给爸爸喝）……他又学会怎么编草筐，卖掉后赚的钱他总花得很节俭……他满怀希望地努力学习，辛勤劳动，就这么顽强地活着……"终于从木偶变成一个"聪明伶俐、很精神的小男孩"。

《匹诺曹历险记》表现了木偶匹诺曹从一个任性、淘气、懒惰、爱说谎、不关心他人、不爱学习、整天只想着玩的木偶，变成一个懂礼貌、爱学习、干活勤奋、孝敬长辈、关爱他人的好孩子的过程，以及他所经历的一连串奇遇，充满了想象和童趣。

大概连科洛迪自己都没有想到，可以说是，他一不小心创作出了一部伟大的童书。

从出版之日起，《匹诺曹历险记》就成为意大利儿童喜爱的童话。如今它作为一本畅销书，为全世界儿童和许多成人所爱读。此书已经以法语、俄语、汉语、德语、日语

《匹诺曹历险记》插图

等多种语言翻译出版，算不清印了多少次；还被改编为其他艺术形式。

最先被改编的是最适合童话作品的动画片。早在一九三六年，意大利就拍了一部《匹诺曹历险记》的动画片，但似乎未能完成。四年后，迪士尼公司于一九四〇年完成了一部动画片《匹诺曹》，虽然改编没有严格遵从科洛迪的童话。一九七二年，接受科洛迪两个孙子马里奥·洛伦齐尼和安东尼奥·洛伦齐尼的建议，西班牙拍摄出一部技术上和艺术上都取得极大成功的动画片《一个叫匹诺曹的木偶》。此外，日本在一九七六年改编过一部动画片，甚至到二〇一二年，还有由比利时、法国和意大利三国合拍的一部叫《匹诺曹》的动画片完成放映。

被改编为影视作品的也很多。特别值得一提的是，一九七二年意大利拍出一部优秀的高质量的电视片《匹诺曹历险记》，著名女明星，漂亮的吉娜·罗洛布里吉达在片中扮演蓝发仙女。还有一九九三年美国金牌电影公司的《匹诺曹》，一九九六年美国的《匹诺曹历险记》和二〇〇二年意大利的《匹诺曹》等。《匹诺曹历险记》还在一九五七年、一九六八年不止一次地被改编成音乐剧，甚至被改编成同名歌剧，于二〇〇七年十二月二十一日圣诞节前夕在英国利兹著名的大剧院首演。

此外，多年来，还出现过不少从《匹诺曹历险记》中获得灵感的作品。

先是在《匹诺曹历险记》的故乡，意大利作家卢奇·切鲁比尼在大约一九一一年写的一本《匹诺曹在非洲》。随后有苏联作家阿·托尔斯泰的童话《金钥匙》，以及美国作家罗伯特·库弗一九九一年续写《木偶奇遇记》的小说《匹诺曹在威尼斯》。另外，从本书获得启发还拍摄了几部影片，如美国新世界影业公司一九八七年的幻想惊险影片《匹诺曹和夜之王》、史蒂文·斯皮尔伯格二〇〇一年的《人工智能》和同年大家都很熟悉的《史莱克》等。《木偶奇遇记》的有趣故事已经以文学和多种艺术形式深入到儿童和许多成人的心中。

《木偶奇遇记》的故事描写一段木头最后成长为一个真正的人，不由得让人感佩作者的奇思妙想。自从问世以来，研究者们一直在思考：科洛迪是如何产生这创作灵感的。直到近年，才有了实质性的进展。

二〇〇五年前后，有几位美国考古学家在进行考古发掘工作的时候，在意大利佛罗伦萨圣米尼阿托山上科洛迪的坟墓附近，发现一座刻着"匹诺曹·桑切斯"之名的墓。科洛迪和桑切斯，一个作家和他的名作中的主人公，两个名字如此巧合地在一起，引起考古学家们的注意。于是，他们决定再深挖下去看个究竟，希望了解到这个被埋在科洛迪旁边的人有什么神秘的故事；他们甚至想要验尸检查。在得到有关方面的允许后，英国和意大利科学家合作从事这项发掘工作：他们打开坟墓，同时还查阅了一些档案记载，终于使一个前所未知的故事浮出了水面。

研究表明，确实有过匹诺曹这么一个人。他两手、两腿都装了木头假肢，还有，他的鼻子也装有一支木支管。其中一条假肢的商标上有"卡洛·贝斯图尔西"的字样。

档案查明，桑切斯家一七六〇年生了一个男孩。他是一个正常的孩子，只有一点跟别的孩子不同，就是他身体仅有一百三十公分高，在人们眼中就是一个小矮子。但这并没有阻止他与父亲一起参加意大利独立战争。只因匹诺曹作为一个士兵实在是太矮小了，于是便让他做了一名鼓手。匹诺曹是十八岁那年进军队的，过了十五年才回家。在这十五年里，他失去了双手、双腿和鼻子，返家时便是一个残疾人了。

匹诺曹·桑切斯认识当地的一个叫卡洛·贝斯图尔西的医生，对于此人，有些当地人说他简直是一个魔鬼。贝斯图尔西是一个魔术师。他为匹诺曹制作了一种特殊的假肢，给他装上木头制的手和脚，甚至给他的断鼻子也装了支管。随后，这个原是战时的鼓手便进了当地的一个剧院工作。因为他是一个侏儒，又都是木头的四肢，便能"供观众取乐"。这么一来，他还有了一点小名气，于是剧院成了他的新生活之地，直到去世，他一直干的都是这一种把戏。最后是匹诺曹跌了一跤，脑壳破损，连他的魔术师医生也修补不了。匹诺曹死后，被埋葬在那个墓地。不久之后，当时尚未出名的作家卡洛·科洛迪记起这个叫匹诺曹的可怜人，写出了这个童话。

另一位研究者是意大利的计算机专家亚历山德罗·维戈尼。维戈尼将童话与历史地图进行对照研究，并翻阅了有关的历史记述，认定《木偶奇遇记》所写的故事背景地是意大利托斯卡纳地区比萨省一个叫圣米尼阿托的小村子，它位于比萨和佛罗伦萨之间，边上有一条河，它原来的地名就叫"匹诺曹"；据记载，它是在一九二四年才改名为圣米尼阿托的。维戈尼相信，科洛迪肯定知道这个小村子，他的父亲，一个著名的厨师，曾在圣米尼阿托附近住过多年，直至科洛迪诞生一年多前的一九二四年才迁居佛罗伦萨，进里斯奇侯爵家干活。维戈尼认为，科洛迪不仅去过圣米尼阿托，而且还曾跟住在那里的几个居民见过面，跟他们熟悉，他非常喜欢从现实生活中真实的人取材来描写童话中的人物。维戈尼说，因为"居住在圣米尼阿托村里的人都叫匹诺曹或者匹诺奇尼"，所以科洛迪在他的《一个木偶的故事》或《匹诺曹历险记》中，会叙述说："在杰佩托给他的木偶命名的时候，他才会说'就叫匹诺曹吧。这个名字会带来好运的。我认识一家叫匹诺曹的：匹诺曹爸爸、匹诺曹妈妈，孩子都叫匹诺曹。全家都过得很好……'"

从圣米尼阿托开始，维戈尼通过研究，发现历史地图上有几个地方可以和童话《匹诺曹历险记》中所写的相类比。

《匹诺曹历险记》描写爸爸杰佩托的住处是一间很小的地下室，只有楼梯口投进来一丝光线，家具也极其简单。木偶进这屋不久，便听到一阵"唧——唧唧——唧唧！"

《匹诺曹历险记》插图

的声音。原来是一只大蟋蟀在叫。它自称"我是只会说话的蟋蟀",并扬言说"这屋子是我的",叫木偶马上离开它家。维戈尼发现,历史图上真的有一处"蟋蟀屋",这是一座乡村建筑物,科洛迪可能受此启发,写出"会说话的蟋蟀",说"这屋子是我的"。而且在这个村子里,当时开有一家"白净旅店",这家酒吧至今仍能看到,还矗立在那里。维戈尼相信,木偶与狐狸和猫在那里待了一夜的"红虾旅店",店名便是受这家"白净旅店"的启发。童话里狐狸和猫骗木偶说,大家在"红虾旅店"待一会儿,稍微吃一点东西,歇几个小时,"半夜再走,明天天亮,就到'神奇的土地'了"。并说到了那里后,挖一个小洞,把好心的老板送给他(木偶)的金币放进去,然后填上土,浇两桶泉水,撒一撮盐,"第二天早晨……你会看到长出一颗漂亮的树,上面长满金币"。维戈尼说,这"神奇的土地"也来源于历史图上一个叫"神奇之源"的地名。维戈尼说,有趣的是,甚至连狐狸和猫也可以在这份历史图上找到出处。因为图上有一处标着"狐狸泉"的名称,还有两座房子都叫"猫"。

《匹诺曹历险记》不但故事本身极富真实性,没有一般意义上的离奇情节,主人公在各种事件上,表现出一个孩子由缺陷走向完美的曲折历程,都十分符合儿童的个性。在这里,作家告诉小读者,只要有一颗正直、善良、同情的心,每个孩子,虽然可能因为幼稚、缺乏自制力,最后也都会像匹诺曹一样,成长为一个好孩子。作家从一份历史地图上获得启发,虚构出这样一个引人入胜的故事,表明一部优秀的童话并非可以随意

离开现实、海阔天空地胡说一起，一定有来自现实生活的启示。美国著名儿童文学批评家和编者阿妮塔·西尔维在她一九九五年的《童书及其创作者》一书中，对《匹诺曹历险记》作了恰如其分的总结评价，称这部童话的成功

  是由于它的普适性，其想象力和幽默感的融洽，其活泼的节奏和空灵的魅力。不过，它也有其阴暗的一面，就是它对于儿童的恐惧感所作的过于坦诚的描写。《匹诺曹》曾因它那十九世纪儿童文学所特有的说教而遭到批评，但也因它清新的现代性、它高度务实的伦理观念而受到赞扬。《匹诺曹》对幻想与现实及其伟大源泉做到了微妙的平衡。

  但是，意大利"匹诺曹协会"的詹尼·格列柯不同意维戈尼的结论。他评论说："（维戈尼的）这项研究是有意思的，但我不相信洛伦齐尼从圣米尼阿托及其周围获得灵感。"格列柯声称，他收藏有大批珍本《匹诺曹》童话，包括它的初版本。他认为故事发生的地址是在佛罗伦萨和卡斯特利奥之间，相信"他（科洛迪）是在卡斯特利奥他兄弟的别墅里写出这本书的，在卡斯特利奥，他还遇到乔万娜·拉基昂尼埃里，一位金发碧眼的女孩子，据说是她赋予蓝发仙女这个人物灵感"。

The Chronicles of Narnia

《纳尼亚传奇》

传奇的传奇

　　享有"克·斯·刘易斯"的称呼，而无须更具体地说出全名克莱夫·斯特普尔斯·刘易斯（1898—1963），便无人不知，因为这本身就是身份、地位和名誉的象征，就像与他死于同一天的肯尼迪总统，还有大作家史蒂文森，只要说约·菲·肯尼迪和罗·路·史蒂文森，人们一听便知，不必说明白是约翰·菲茨杰拉德·肯尼迪和罗伯特·路易斯·史蒂文森。克·斯·刘易斯也不会与许许多多其他姓刘易斯的人相混淆。确实，崇高的地位保证了克·斯·刘易斯享有这样的声誉：他是学者，中世纪史学家，文学批评家，随笔作家，在俗神学家，基督教辩惑学家和小说家，著有大约四十部作品，包括《斯克鲁塔普书简》等大部分辩惑学的著作；他的七部童话《纳尼亚传奇》更以其生动有趣的情节吸引了好几代读者，使几乎全世界的儿童和很多成人被它的魔力所吸引。

　　说来奇怪，这个为少年儿童创作出如此受欢迎的故事书的大男人，自己却从来没有孩子。他一生基本上都是单身，虽然曾在一九五六年五十八岁时与比他小十七岁的美国

刘易斯

女作家乔伊·格雷沙姆结婚，但几年之后，乔伊就患癌症去世了。不过，刘易斯并不拒绝去亲近孩子们，他甚至乐意向他们吐露自己内心的秘密，以博得他们的理解而深感愉快。他和孩子们平等相待，理解他们，信任他们。有一次，在饭店餐厅用餐，刘易斯听邻桌一个六岁的小男孩低声咕哝："我最讨厌吃梅干。"有人或许只是怀疑这孩子是怎么回事，竟不喜欢吃梅干？但刘易斯认为梅干的确令人讨厌，叫孩子不要怕，大声说出来。这似乎只是一件不值一提的小事，但传记作家喜欢引用它，作为刘易斯理解孩子、尊重孩子独立人格的一个实例。连那些他根本不认识的孩子，刘易斯对他们也都十分体贴。一九四〇年，伦敦遭希特勒大空袭的那段时间，刘易斯常让疏散离家的孩子到他位于牛津大学郊外的家中去跟他一起住。他不但招待他们吃喝，还"像一个陪童那样"，教孩子阅读，读拉丁文、希腊文，鼓励他们将来进剑桥大学深造。《狮子、女巫和魔衣柜》开头，四个孩子为躲避空袭被送到乡下，就像是对这一件事的重叙。

克·斯·刘易斯就是有这么一颗童心，这是刘易斯创作《纳尼亚传奇》的发酵剂。

一直从事学术研究的刘易斯，原本没有想到要写童话。据说当他发现伦敦空袭时疏散来他家的四个孩子几乎从未读过童话之类的故事书时，是他的童心萌发出了写本童话书给他们看的愿望。他最初想到的是与一位老教授住在一起的四个孩子，还有一幅小时候就在他脑际浮现的童话画面：白雪皑皑的树林中，一个半人羊打着雨伞，背着包裹，匆忙前行。正式创作时，刘易斯就从这个场景开始写。曾有过一段时间的中断，后来，

《纳尼亚传奇》插图

坐雪橇的女王、雄伟的狮子等形象充实进来了。刘易斯回忆说：阿斯兰的形象，也不知是怎么出现的，反正是他一出现，就带动了整个故事，于是便成了《狮子、女巫和魔衣柜》（1950），随后是《凯斯宾王子》（1951）、《黎明踏浪号》（1952）、《银椅》（1953）、《能言马与男孩》（1954）、《魔法师的外甥》（1955）、《最后一战》（1956）这么七部系列童话，由年轻女画家波琳·贝恩斯作插图，于一九五〇年十月至一九五六年三月间在伦敦出版。

可贵的童心不仅激发刘易斯萌发创作《纳尼亚传奇》的动机，在创作中，刘易斯还融进一些自己童年时代的生活。

刘易斯生于北爱尔兰首府贝尔法斯特。七岁时，他跟随父母迁入东贝尔法斯特斯特兰德顿地区一个叫"小牧地"的地方，住进一栋大楼。楼房里面有几条长长的通道，还有多个空房间，克莱夫和哥哥沃伦喜欢经常在长廊和各个空房间东查西看，在他的想象中常觉得在这里看到了一个别样的世界。研究者相信，《狮子、女巫和魔衣柜》开头，帕文希四兄妹在雨天里察看科克教授家的这栋房子时，发现一间只有一个巨大衣柜的空房间，露西走进衣柜，这段情节定然是受他童年经历的启发。

童年的刘易斯喜爱动物，常常喜欢把动物人格化。四岁那一年，刘易斯的狗杰克西被卡车轧死了，他便宣布自己从此叫这狗的名字杰克西，并得了个爱称杰克。在后来的一生中，他一直喜欢家人和朋友们叫他"杰克"。长大到能阅读之后，刘易斯便着迷于

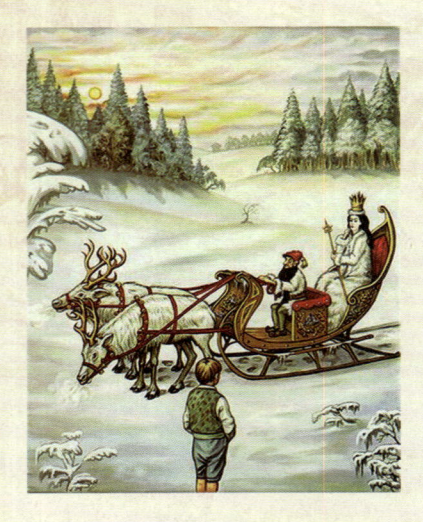

《纳尼亚传奇》插图　　　　　　　　　　　《纳尼亚传奇》插图

儿童文学女作家比阿特丽克斯·波特（1866—1943）作品中的动物。比阿特丽克斯·波特从一九〇二年出版她的第一本《兔子彼得的故事》，至一九三〇年，共创作出二十三部描写野兔、小鱼、小鸭、小老鼠的使她出名的童话故事；至一九二〇年，就出版了十六本配有最优秀的英国水彩画插图的童书。刘易斯读这些童话的时候，喜欢在那些书页中间加进几幅他自己画的插图，还喜欢和沃伦一起在想象中创造出一个他们称之为"博克欣"的动物居住和来往的岛屿。另外，他也特别重视在与他的挚友、和他一样享有殊荣的 J.R.R. 托尔金（1892—1973）相聚中的感受。拥有三等勋位爵士的诗人、作家、哲学家和牛津大学教授托尔金是《霍比特人》《指环王》《精灵宝钻》等无人不爱的童话作品的作者。二十世纪三十年代，刘易斯和他常在牛津大学附近的小酒馆聚会聊天，托尔金有关童话中的人物及其真实性等方面的思想，都对刘易斯的创作有相当的影响。

　　大自然和民间文学永远是童话的源泉。格林兄弟的童话，安徒生的一些童话，都是从大自然和民间文学中吸取营养乳汁的。刘易斯的《纳尼亚传奇》也从神话故事中获得了很多滋养。

　　刘易斯的父亲是一名律师，他的书房里到处是书。在那里，喜爱阅读的刘易斯很方便找书来读，他觉得，找一本新书读，就像在野外"发现一片未曾见过的叶片"那样让他惊喜。

　　一九一三年九月进入马尔文公学后，十五岁的刘易斯放弃了他童年时的基督教信仰，而成为一个无神论者。从这时起，他开始对神话和超自然现象产生兴趣，其中对保留在中世纪冰岛萨迦中他称之为"北国情绪"的民歌或传说感到极大的惊异。他说，这些传说使他的内心紧张得产生极度的渴望，他把这渴望称之为"狂喜"。他曾这样回顾他对那些传说的感受："是一种我只能说是'秋的意念'的情绪困扰着我……它听起来可以说是觉得为一个季节所迷恋，像是发生过什么事……这体验是一种强烈的欲望。回到书本之后，就不是满足这一欲望，而是再次引发这欲望。——因狂喜而深感惊异。"这种特异的情绪还增强了刘易斯对大自然的爱，大自然的美使他忆起北国的故事，北国的故事又使他忆起大自然的美，并如小时候想象"博克欣"岛那样，在像《埃达》等古诺尔斯，即古冰岛的传说和自然界中获取新的滋养。

一九一四至一九一七年，做律师的父亲请他的前委托人、北爱尔兰勒根公学的前校长威廉·柯克帕特里克（1848—1921）私人教授刘易斯。柯克帕特里克退休后，教过不少儿童，取得很大成绩。柯克帕特里克的教育帮助刘易斯培养起对希腊文学和希腊文化的兴趣，还提高了他的口才和论辩技巧。

研究者认为，所有这一切，都对刘易斯的《纳尼亚传奇》的创作产生了积极的影响。

希腊罗马神话中的法乌努斯，也就是半人羊，是一个和潘神相对应的神话人物：它上半身是人，人的手，人的脸，但长有山羊角，身上还有毛；下半身则全是山羊的脚和两趾的蹄。半人羊司掌乡村和森林，保护农牧各业生产。《狮子、女巫和魔衣柜》开始写露西从衣柜后面走进白雪覆盖的森林时见到的名字——和法乌努斯相仿的图姆纳斯，也是这么一个半人羊。他因为没有绑架露西交给白发女巫，反而放了她，结果被女巫施了魔法，变成石头。得到阿斯兰的救助之后，图姆纳斯和露西成了好朋友，是一个善良而有爱心的形象。

如同半人羊来自于希腊罗马神话，《纳尼亚传奇》中的小矮人则来自于德国神话。在古诺尔斯语中，dvergr（即 dwarf，小矮人）是指一类仙族。他们居住在深山老林或矿井底层，虽然身材矮小，有的只有两周岁婴儿的身高，且模样丑陋，但富有智慧和技艺，善采矿、打铁。小矮人可以为不同主人服务，可以做好事，也可以做坏事。《白雪公主》里的七个小矮人为白雪公主做了不少好事，在《狮子、女巫和魔衣柜》中，刘易斯安排小矮人做白发女巫的仆人，伺候她，在她的带领下坐雪橇去找孩子们，成为女巫的帮凶。

刘易斯描写图姆纳斯的朋友彼沃先生说要带孩子们去见阿斯兰时，听到"阿斯兰"这个名字时，孩子们有的反应奇怪，有的觉得兴奋异常，而有的则感到十分恐惧，"都有一种奇特的感觉"。作家这样写，目的是要强调这个阿斯兰是何等的不寻常。的确，阿斯兰不是寻常之人，他不是人类，而是兽中之王的狮子。

刘易斯将这兽中之王的狮子取名为阿斯兰可不是随心所想，而是有其来源。据说，土耳其将狮子称为阿斯兰；更主要的是，阿斯兰是对十一至十四世纪统治中亚和中东地区的土耳其－波斯穆斯林王朝统治者大帝的称谓。所以这是一个非同一般的名称。在刘易斯的这部童话中，彼沃告诉孩子们，阿斯兰不但是兽中之王，还是一头"伟大的狮子"，是纳尼亚的合法国王，只要他在纳尼亚，假女王白发女巫就无法让纳尼亚终年陷于冰雪世界，而一切都会恢复正常，圣诞节也会到来。果然，彼沃先生把孩子们介绍给圣诞老人，并最终将他们带到石桌，见到阿斯兰。在与白发女巫的斗争中，阿斯兰虽曾牺牲了自己的生命，但第二天获得重生后，最终彻底打败了白发女巫。在这里，作为基督教学者的刘易斯是将阿斯兰作为基督的代表而存在的：他像基督一样为他人而死，又像基督一样复活，最后战胜了撒旦。

实际上，刘易斯的基督教思想不但贯穿《纳尼亚传奇》全书，甚至还表现在形式上。如牛津大学圣彼得学院的特遣牧师迈克尔·沃德在他二〇〇八年出版的《星体纳尼亚》一书中所解释的，七册《纳尼亚传奇》，每一册都跟中世纪熟悉的托勒密或宇宙学"地心说"的七个移动"星球"有关。在中世纪，每个天体都有各自的归属，每个归属都被刘易斯蓄意却是暗暗地引入各册书中。

最后，读者往往会问，刘易斯怎么想到"纳尼亚"这个名字呢？很多人可能都知道，意大利有个城镇以前叫 Narnia（纳尼亚），如今叫 Narni，拉丁文是 Narnia。但谙熟

古籍的刘易斯是否另有所指，或有别的来源呢？刘易斯的朋友、秘书和遗嘱执行人瓦尔特·霍珀在刘易斯去世前不久曾向他提过这个问题。罗杰·格林在他的《克·斯·刘易斯和瓦尔特·霍珀》中写道："当瓦尔特·霍珀问（克·斯·刘易斯）哪儿找来纳尼亚这个词时，刘易斯给他看一册格伦迪所编的《穆里古典小地图》（1904），这地图是刘易斯一九一四至一九一九年在萨里郡的大布克哈姆跟柯克帕特里克先生研读古典著作时得到的。地图册的第八图是一幅古意大利图。刘易斯在这幅地图的一个叫纳尼亚的小镇处划有一条线，仅仅是因为喜欢它的发音：Narnia 或者意大利的 Narni"，才选用"纳尼亚"这个名字。

《纳尼亚传奇》被认为是二十世纪最优秀的儿童文学作品之一。据统计，至二〇〇六年，该书已被译成四十一种语言，销量达到一亿册；且多次或是全部七册，或是一册册被改编为广播剧、舞台剧、电视剧和电影，甚至芭蕾舞剧。

《纳尼亚传奇》的创作表明，一部成功的童话，不但蕴含着作家先天的悟性和后天的生活积累，内中还包含着许多历史知识，有些知识甚至是任何一个缺乏深厚造诣的学者所根本无法掌握的。没有先天的悟性，仅凭努力，可能只会是一场徒劳，光有悟性而生活积累和知识积累不足，也难以获得巨大的成功。

The Wonderful Adventures of Nils

《尼尔斯骑鹅旅行记》

展示祖国的河山和顽儿的成长

英国历史学家尼尔·肯特为"剑桥国别简史系列丛书"所写的《瑞典史》中，说到二十世纪初瑞典开始发生的一大变化时写道："伴随更多的中产阶级在瑞典的崛起——这是与欧洲其他国家及美国的发展相一致的，对儿童和他们的福利的关注越来越普遍，随之而来的是要求不仅从个人修养方面而且从公民责任方面对他们进行教育。"（吴英译文）并指出，也"与欧洲其他国家及美国的发展相一致"，与此同时出现的强大的自由主义势力，力求对瑞典社会进行改革；而从长远的眼光来看，教育被认为是改革社会的基础。瑞典著名的社会改革家爱伦·凯伊在一九〇九年出版的《儿童的世纪》中抨击说，不良的教育是"一个国家的灾难"。她指责瑞典的教育，不仅在教学方法上存在种种诸多的缺点，就是教科书也问题多多，如教材的内容缺乏想象力，语言也不能吸引儿童，激发不起学生的学习兴趣，等等。爱伦·凯伊特别强调教育在推进未来社会方面起的重要作用。

塞尔玛·拉格洛夫

社会上的批评起了作用。"瑞典小学教师协会"成立了一个"学校教材委员会"，研究是否有可能编写出在教育法和文学价值上都超过以往的新的教科书和地理书。委员会的一位成员阿尔弗雷德·达林建议，请女作家塞尔玛·拉格洛夫撰写新课本。他说，塞尔玛·拉格洛夫的语言很适合教科书的写作，而且她又做过教师，还曾在斯德哥尔摩的教师进修学院进修过，这就表明她在教育方法上有必要的知识。

达林说得不错，塞尔玛·拉格洛夫确是编写学生教科书的一个合适人选。

塞尔玛·拉格洛夫（1858—1940）是陆军中尉埃里克·古斯塔夫六个孩子中的第五个。她生下来就髋部残疾，双腿行走有点瘸，虽然后来有所恢复。这使她小时候不得不在家由家庭教师陪伴，在父亲幽美的庄园里度过她的童年，把读书作为主要的消遣，最后养成深爱阅读的习惯。

拉格洛夫很早就立志将来做一个作家。然而最初选择的职业是既能深造又能自立的教师工作。一八八五至一八九五年，拉格洛夫在兰德克罗纳的女子中学任了十年的乡村教师。在这期间，她磨炼出了讲故事的技巧，特别是讲述自己小时候熟知的民间传说。与此同时，她开始创作第一部小说《古斯泰·贝林的故事》。她将此书的开头几章提交给《伊顿》杂志举办的短篇小说比赛，并获了奖。这成为她作为作家的首次亮相，也让她得以使这部两卷本小说于一八九一年出版。《古斯泰·贝林的故事》以去职牧师古斯泰·贝林为中心，记述十九世纪二十年代寄居瑞典乡间地主庄园的食客的生活。作品采用抒情的笔触，充满悲怆的情调，在十九世纪九十年代瑞典浪漫主义复兴中起了一定的

《尼尔斯骑鹅旅行记》插图

作用。作品的成功，使女作家得到女慈善家弗里德丽卡·林内尔的经济支持，希望她专心从事写作。塞尔玛·拉格洛夫没有辜负人们的期望，后来陆续写出了《无形的锁链》《假基督的奇迹》《一座贵族庄园的传说》和以细腻的笔法回忆她童年生活的"三部曲"等多部作品，特别是一九〇〇年访问耶路撒冷美国人群体时获得灵感创作的两卷《耶路撒冷》（1901—1902），使她成为瑞典最优秀的小说家。

达林的举荐成为"教材委员会"的共识。拉格洛夫也像瑞典当时的许多先进知识分子一样鼓吹改革，乐于接受这一任务，不认为为孩子写作会委屈她的才华。那么要请她写一本什么书呢？

这段时期，瑞典王国正处于十分危急的时刻。

瑞典和挪威原是一个"君合国"，由挪威议会选出瑞典国王卡尔十三世为挪威国王，同时也为两个王国的共同国王。但长期以来，两个王国由一个君主统治，关系紧张不可避免。终于到了一九〇五年，挪威宣布独立，两国的联盟解体。另外，历年来，瑞典作为斯堪的纳维亚半岛上的一个岛国，国内的上层人士对自己的民族和民族文化都存在一种鄙视心理，而崇尚外来的西欧文化，就连中小学生也都被教育成认为瑞典一切美好的东西都来自国外。在这双重的形势下，大量的瑞典人纷纷移民美国，另一个新的移民潮还在兴起。于是，许多作家、艺术家认为，他们有责任为重建瑞典的荣誉、发扬祖国的文化做出贡献。瑞典小学教师协会希望拉格洛夫为学生写一本地理课外读物，展示祖国的锦绣河山，作为对孩子进行爱国主义教育的材料。

《尼尔斯骑鹅旅行记》插图

  任务要求塞尔玛·拉格洛夫书中所写的事必须正确无误。对这一要求，女作家是完全可以达到的。除了教材委员会给予她最好的帮助，为她找来所有有关瑞典的材料：地理书、历史书和自然史等等，塞尔玛本人的经历和勤奋更起到关键性的作用。

  塞尔玛·拉格洛夫生于瑞典中部韦姆兰省的莫尔巴卡，她的多数小说均在这里创作；她又在瑞典南部的海港城市兰德克罗纳长期任教，写作《尼尔斯骑鹅旅行记》期间又待在瑞典中部的达拉纳，对这些省份的自然环境和人文景观，她都有自己亲身的体验和感受。同时，为了搜集其他各省的直接素材，据女作家的美国译者维尔玛·斯旺森·霍华德（1868—1937）在《尼尔斯骑鹅旅行记》英译本的序言中所说："她花了三年时间献身于大自然，去研究和熟悉动物和鸟类的生活"，期间又做了两次全国性的游览：先是一九〇三年前往瑞典的南方，随后又于一九〇四年去了北部的诺尔兰区。同时，霍华德说："她还去搜求此前未曾发表过的（瑞典）各省的民间故事和传说。她把这些都编织进她的小说里。"

  《尼尔斯骑鹅旅行记》描写一个不爱学习、喜欢搞恶作剧的小男孩尼尔斯·霍尔耶松的历险故事。

  星期天，父母亲都上教堂去了，尼尔斯独自待在家里，因为闲得无聊，开始捉弄一个小精灵，结果被小精灵施了魔法，变成一个像拇指那么大的小人。他为此非常懊恼，一直许愿，"只要让他再恢复原形，他一定做一个非常善良、恭顺的少年"（吴朗西等译文），却毫无用处。正在这时，一群大雁从空中飞过，家里的一只雄鹅见到大雁，也想跟随它们一起展翅飞翔。为了不让雄鹅飞走，尼尔斯紧紧抱住鹅的脖子，被雄鹅带上高空。从此，他就骑在鹅背上，随着大雁从南方一直飞到最北部的拉普兰省，做了一次历时一年的奇异旅行。在鹅背上，尼尔斯虽然一次次经历风险和苦难，却饱览了祖国的锦绣山河和旖旎风光，学习了地理历史，结识了许多朋友，听到了许多故事和传说，还从旅伴和其他动物身上学到不少优点，逐渐改正了自己淘气调皮的缺点，培养出了勇于舍己、助人为乐的优秀品德。等到重返家乡，尼尔斯恢复了原形，成为一个温柔、善良、勤劳而又乐于助人的英俊男子汉了。

作为一本地理课外阅读书，《尼尔斯骑鹅旅行记》写了瑞典数十上百的城乡村镇，但是故事的基点放在斯科讷（吴朗西等译作"南雄"）。少年尼尔斯·霍尔耶松的家"是住在南雄南的下部，西韦门赫格村里"。故事就从这里开始：他抱住想离开地面飞走的雄鹅，却"完全忘记了他是弱小无力的"拇指大的小人，于是便"不得不跟着升上天空"，并做了一次收获极大的飞行；最后又飞回到西韦门赫格地区，回到斯科讷的家，想想"真奇怪，这儿没有一点儿改变，我觉得好像就是昨天似的"。

塞尔玛·拉格洛夫将斯科讷做这样的安排，是因为她对此地怀有深厚的情感。

斯科讷是瑞典最南边的一个行政县，位于瑞典半岛的南端，中世纪的教堂、十六和十七世纪的古城堡及庄园使该地区别具一格；还是素有"瑞典粮仓"之称的一个县。除了与国内各地四通八达之外，此地与丹麦、德国和波兰都有轮船相接。传记材料说，塞尔玛·拉格洛夫很喜欢斯科讷，她在斯科讷有很多朋友，她给他们写过许多信，她甚至把这里看成是她的第二故乡。研究者认为，女作家将这里作为童话起始的地点，是选择了全省"一个最漂亮、最有趣的地方"。

另外，塞尔玛·拉格洛夫让她的小主人公骑一只雄鹅去游览祖国大地，与她本人的生活经历也有关系。家鹅是塞尔玛小时候常见的禽鸟，她一定很喜欢鹅。不妨想一想，她曾在一八九四年写过一篇题为《灰鹅》的小说，描写一只家鹅敢于跟一群野鹅争斗，她写的是斗鹅，而不是像常见的故事那样写斗鸡。有研究者认为，塞尔玛·拉格洛夫创作这部《尼尔斯骑鹅旅行记》的最初构思可能就起始于斯科讷和家鹅，最后延伸出全部的故事。而尼尔斯在骑鹅的旅行中成长则可能是从英国作家鲁德亚德·吉卜林一八九五年的《丛林故事》获得启发，该书以印度丛林为背景，写"狼孩"莫格里在动物中经历种种磨难，终于走出丛林，生活在人类社会中，逐渐恢复了人性。尼尔斯也是在与动物为伴的生活中走出野性，恢复人性。

《尼尔斯骑鹅旅行记》插图

女作家描写骑鹅在上空俯视大地，这可能具有特殊的意义。获一九八〇年诺贝尔文学奖的波兰裔美国作家切斯瓦夫·米沃什（1911—2004）在受奖演讲中特别提到塞尔玛·拉格洛夫。他说："我相信，我童年时读一位获诺贝尔文学奖作家的作品，大大影响了我对诗的理解。那就是塞尔玛·拉格洛夫。她的《尼尔斯骑鹅旅行记》，我喜爱的一本书，让主人公起了双重的作用。他一方面飞翔在地球之上从上空俯瞰地球，另一方面又看清地面上的每一个局部。这双重的视觉或许就是诗人创作方式的隐喻。"米沃什的意思是，作家、艺术家应该像鸟儿一样，既有宏观的视觉，又有微观的眼光这种或许可以称之为"鸟瞰"的特征。

《尼尔斯骑鹅旅行记》完成后，原来计划全书出版，只因时间过于仓促，于一九〇六年十二月在斯德哥尔摩先出版前一部分，其余的部分则是延至一九〇七年出版的。开始时，作家曾受到批评，认为作品对动物和乡村的描写失真，还有故事的童话性也不被理解。同时，用童话和想象作为教育材料这种独特的风格在当时也不被一些人看好，认为以中小学生为阅读对象的教科书不应该有不严肃的东西，在课堂上取乐和白日梦的阅读不应受到鼓励，而应该防止。学生的书本应该明白易懂、条理清楚，不要写什么中了魔咒的男孩骑在会说话的鹅背上这种幻想的故事，等等。

但作品很快就获得了广泛的好评，并成为斯德哥尔摩该年度最流行的书。一位评论者说："从汉斯·安徒生时代以来，在斯堪的纳维亚的少年文学中，还没有过可与这本非凡的书相比的。"另一位评论者称"拉格洛夫小姐已经具有鲁德亚德·吉卜林那样深入动物心理学的敏锐洞察力"。*Sydsvenska Dagbladet* 晨报写道：

> 此书最有意义的是：随着场景的转换和冒险的不断，读者情绪紧张又兴趣盎然，不知不觉中会学到许多东西……在一个个新的千变万化的冒险活动中，作者的想象力展示出的是无穷无尽的细节，几乎完全令人信服……作为青年的娱乐读物，此书是一个确定无疑的收获。虚构和真实结合得是如此的密切和不易觉察，令人难以区别从何处结束、何处开始。这是一部经典。……一部大师之作。

瑞典学者雅马尔·阿尔文和古德马尔合著的《瑞典文学史》从史的高度评价塞尔玛·拉格洛夫和她的《尼尔斯骑鹅旅行记》：

> 尽管塞尔玛·拉格洛夫不是一个以描写爱国主义为宗旨的作家，但她也绝对不是对九十年代的民族潮流无动于衷的人，她用自己的创作为祖国的教育事业服务，其效果比海登斯塔姆（获一九一六年诺贝尔文学奖的瑞典作家）更好。一九〇六年至一九〇七年，人们把《尼尔斯骑鹅旅行记》当作教科书出版就是一例。让男孩尼尔斯·霍尔耶松生活在动物中间，从而被教育成一个忠诚和富有责任感的孩子，这个想法来源于吉卜林《丛林故事》中的莫格里。以尼尔斯·霍尔耶松骑鹅旅行为线索，作者绘出了一派极为新颖的、气象万千的瑞典景色。大自然和动物生活占主导

地位，也有历史古迹和各种传统的记述，但最主要的是塞尔玛·拉格洛夫成功地再现了人们在农业区的生活和荒野大地。这部著作在某种程度上还带有一九〇五年与挪威联盟解体后出现的民族进步的信念这一标志，海登斯塔姆的《一天》也有这个内容。塞尔玛·拉格洛夫热情地描述了工业的发展、农业的改革，她处处看见幸福和劳动的愉快。（李之义译文）

在它出版五十周年之际，《尼尔斯骑鹅旅行记》被确定为瑞典中等学校的地理读物，并远超过创作的初衷，成为初等教育史最优秀的课本之一。因此，可以说，没有一个瑞典的学生未曾读过此书的，人们甚至往往通过阅读此书来学习瑞典的地理。同时，此书也是最常被翻译的一部著作，它先是被译成法语、荷兰语、俄语、芬兰语，至今，包括中国在内，已有数十个国家和地区都出版了此书的译本。另外，它还一次次被改编为影视作品，其中最著名的有一九五五年苏联出品的动画片《入魔的小男孩》，一九六二年瑞典的《尼尔斯骑鹅旅行记》，一九八〇年日本的动画片《尼尔斯骑鹅旅行记》等。

Tarzan

《人猿泰山》

"泰山"的原型

从一九一八年的两部默片到一九九九年的迪士尼动画电影,大约有数十部作品都在讲述着同一个奇特的故事:一个英国贵族的儿子"泰山"如何被遗弃在非洲丛林里,被一群类人猿抚养长大,又在一系列的冒险活动过程中学会了英语,和一位美国科学家的女儿珍妮相遇,并产生了爱情,最后重新获得贵族的称号。这故事是根据美国作家埃德加·赖斯·巴勒斯(1875—1950)一九一二年的一部像是童话故事那样的小说《人猿泰山》改编的。但是谁会想到,巴勒斯笔下的这个奇特故事竟然不是他的虚构,而大体上来自于一个真实的事件:确实曾有一个英国贵族之子,第十四代斯特雷特姆伯爵威廉·查尔斯·米尔丁,他从一八六八至一八八三年的十五年中的生活,大致上就如巴勒斯在《人猿泰山》中所描写的一样。只是,米尔丁家族的律师一直都在竭力掩盖他的这段经历,直至一九五七年,媒体和公众才首次注意到整个事件的前因后果。

先是一九三七年九月,第十五代米尔丁家族的埃德温·乔治·米尔丁伯爵离世。由

埃德加·赖斯·巴勒斯

于他的贵族身份没有继承人，他家的巨额遗产大部分都得捐赠给慈善机构。但他的遗嘱中有一条附文要求，所有与他有关的文件，均需在他死后保密二十年。因为许多人都不希望家族的历史出现什么纠纷。等过了二十年后，一则通告宣布，将启封米尔丁家族的文件，向各界所有感兴趣的人士开放。

那天，一张大桌子上摆了几个装有各种收藏品的箱子。上午十一点整，律师埃德蒙·班纳特先生和两个办事人员来到现场。班纳特拿起遗嘱的核证副本，读过其中有关的段落后，他提问对条款是否有异议。在确信无人应答后，便开启封条，打开箱子。只见箱子里整整齐齐地叠放着许多国王、王后、公爵、伯爵的信件，证明了主人生前的显赫身份。还有一本本簿册，记录的日期可以追溯到亨利八世（1509—1547在位）的时代。正当大家都在议论纷纷，说没有发现什么特别有价值的材料，因此是否该将这些东西送给博物馆的时候，一位工作人员突然吃惊地大声叫了起来："好啊！瞧这个！"他提出一包像是手稿的文件，指着最上面一页所印的文字念道："第十四代斯特雷特姆伯爵，威廉·查尔斯·米尔丁勋爵难以置信的冒险生涯记述：他在非洲丛林的猿猴和猛兽中差不多生活了十五年。"

看到这几行字，办案人员都感到十分震惊，拿起手稿，开始仔细阅读。他们共花去三个多小时，因为这部字迹细小秀丽的手稿超过一千五百页。

"天哪！"一个叫亨利·兰多夫的嘟囔说，"我现在想起有关埃德温勋爵父亲的故事了。几年前，我还是小孩子的时候，就曾经听到过一些稀奇古怪的事。"

《人猿泰山》插图

  故事的奇特再一次证明，真实常比虚构更加离奇。

  "在我只有十一岁，还是一个好抱怨的孩子时，"斯特雷特姆伯爵家的父亲米尔丁勋爵写道，"我就离家出走，在开往非洲和好望角的四桅帆船'安蒂拉号'上找到一个服务员的职务。"接着，威廉·米尔丁勋爵十分细致地开始描述那次从英格兰到非洲海岸的航行，并说到一场肆虐超过七十二小时的猛烈风暴在几内亚湾袭击了"安蒂拉号"，摧毁了这艘航船。

  "等到风暴消退，我发现，我已是唯一的一个幸存者了。我独自在海湾水域抱着一片船舶的残骸。幸亏我漂到岸边……"

  研究者查阅了著名的《劳埃德船舶年鉴》，见上面确有记载说，"安蒂拉号"曾于一八六八年从英格兰的布里斯托起航，并于这年十月在非洲海岸失踪。

  班纳特律师据手中的文件所示说，年轻的威廉·米尔丁可能被冲到今日刚果的黑角和法属赤道非洲的利伯维尔之间的岸上。那个年代，这一带基本上是一个无人居住的地区，只有重重叠叠、纵横交错的丛林。这个孩子当时被冲到这里之后，就躺在沙地上，筋疲力尽，担惊受怕。

  "我不敢找土著，因为我一直听说，他们都是野蛮人，是猎头部落和食人部落，"

《人猿泰山》插图

威廉·米尔丁写道,"我希望我能重新恢复精力,直接进丛林去找食物和水……"这一尝试的结果,让他跌跌撞撞地进入一个猿猴的群体。他们显然是白人此前从来没有见到过的灵长类动物。他们向他走了过来,异常激动,怀着极大的兴趣说个不停。自然,威廉什么都听不懂。

"出于某种奇特的原因,我并不害怕这些古怪的生物,"威廉继续说,"他们虽然面目丑陋,但看起来似乎都很温柔,对我毫无恶意。"

对于威廉的出现,最初,他们似乎很是惊讶,随后便给他带来树上掉落下来的坚果,还有昆虫和树根。他们用长得奇特的手把这些食物送给威廉,给他充饥。因为太饿了,年轻人感激地笑了,接过食物胡乱地吃起来。

威廉接着说,由于在水中浸泡得太久,"后来我病得很厉害,这些猿猴好像明白这一点。一位母性猿猴弯下身子,把我抱在她的怀里"。

事实上,威廉就是由这些猿猴"抚育成长"的。在他的健康得到恢复之后,他们留给他一块空地,他就在这空地上居住。

"我在这个年龄,身体异常强壮,动作也敏捷,"威廉·米尔丁接着写道,"没有遇到多大困难,我就收集了树枝和小树,为自己搭建起一所简陋的树上小屋。"他还通过袭击两三英里外的土著村,得到一把刀,以及矛和弓箭。他声称,拥有这些简单的武器,使他有了安全感和自信心;还让他有足够的信心使自己在猴群中具有新的姿态和力量。凭借这些武器,威廉月夜外出狩猎,获得食物。

威廉·米尔丁从来没有放弃过获救的希望。他经常去海滩瞭望地平线上是否有过往的船只出现。据他推算，这样做了差不多八个月，都毫无结果。到了一八六九年，法属赤道西非的几个部族之间发生了一场长达三年的毁灭性的野蛮战争，丛林中洒满了交战双方的鲜血。

"在这过程中，我的猿猴'朋友们'和我被迫逃亡，"威廉写道，"我知道，只要近旁有狂暴的黑人在，我就不敢在丛林中露面，否则我会立即被他们杀死。"他只和他的猿猴朋友们待在一起。他们也接受了他，允许他在他们中间生活。不过，研究者认为，威廉·米尔丁并没有像巴勒斯在小说中所写的："学会了猿猴的语言。"他只是努力要和这些动物建立起原始的沟通方式。

"过了一段时间，"威廉·米尔丁写道，"我学会了一些从喉间发出的声音，最后甚至学会了呼叫和特别的讯号。这声音和'Okhugh'最相近，但不能译成英语。这是我的讯号，或者不如说是我在猴群中的'姓名'。"

人类吃肉要先经过火烧，让这些大型的猿类感到很惊讶。在他们看来，火无疑是超自然的闪烁的光，最初使他们非常害怕，最后才懂得从火中享受温暖，但仍不用火来烹烧食物。

"我从土著村偷来燧石和铁取火，"威廉勋爵承认，"这些野人并不把我看成是首领，因为无论力量和耐心我都没有与之相配的功绩，但可以作为一个不说话的有用的顾问。我发现用锋利的枝条这一简易的新方法在烂木下面翻寻小虫子，比他们类人猿的手更容易挖掘树根。当猿猴中的某个成员偶然或在经常发生的战斗中受了伤时，我便给他清洗伤口，尽我所能用凉爽的苔藓或湿泥敷在伤口上，来减轻他的痛苦。这时，这些动物便有点伤感地感谢我对他们的帮助，还会欢乐地歌唱，在我面前上上下下地跳舞，表示赞赏……"

聪慧而勤勉的威廉·米尔丁学会使用弓箭之后，便敢于公开在空地上生活，并能凭借他敏锐的感觉看出动物最微弱的脚印，然后沿着这脚印到数公里外的丛林中去追踪猎物。

黑人之间的内讧斗争于一八七二年平息下来时，威廉大约十五岁，已是一个清瘦结实而又健康的青年。他穿上兽皮，自信地在丛林中悠闲走动，就像漫步在伦敦中心那条著名的皮卡迪利街上。

"这正是我放弃获救希望的时候，自觉要留在非洲，"威廉写道，"我不知道如何和在哪里可以联系到白人。我意识到非洲大陆很大，纵深异常辽阔。我在心中甚至把它的面积夸张了三四倍。"

到了一八七四年，威廉六年多来第一次面对面邂逅人类。当时他正想要去袭击一个土著。但当他走进这个村子时，这个斗士村里的人的行为让他感到十分吃惊。"让我惊讶的是，他们对我非常友好，而且表示欢迎我，"威廉勋爵写道，"那天我和他们待在一起，最后满载礼物而归。大约一个月后，我重新回到那个村子，在那里留了下来，从此差不多待了五年。"

威廉勋爵讲述的故事令人惊奇。他留下来，作为黑人的一员而生活，并按照这个部族的习俗和他们中的五个女人结婚，与其中的四个生儿育女。

"使我深感悲痛的是，头人呐顿达通知我说，根据他们深受尊重的古老传统，我那个不孕的妻子要被部族长老处死。"威廉勋爵这样透露道。随后，他的这个妻子就在野外的一次仪式中被用矛刺死，作为对她不育的惩罚。

"在这个部族生活期间，我常去看望此前救过我命并成为我朋友的猿猴。他们也常走近我们这个村子，以叫唤和大声吼叫来宣布他们的存在。我马上听出这是曾经很好地收养过我的部族的语言。我将自己的故事从头到尾告诉了长老。他们从这故事中看到了某种神奇的含义，下令今后部族成员都不可杀害猿猴。"

沉船事件过去十二年后的一八八〇年，土著部族之间的另一场战争爆发了。威廉以他欧洲人灵敏的头脑发明了一种战术，使他们在对敌斗争中能够取得决定性的胜利。他写道："我教他们如何悄悄地突然袭击，而不要穿过浓密的灌木林尖叫着冲击。

土耳其安卡拉娱乐公园里的泰山像

我还向他们演示如何以佯攻来牵制敌人。"后来，他对战斗感到厌倦了，便决定离开他们。此后不久，他在东北二百五十英里处遇到一个部落，他们说的方言跟他学过的有些相似。他询问这些土著是否见过其他的白人，在得到否定的回答后，他决定跟他们待在一起。

"这是重复我以前的经验。这个部落叫Lunugalas，甚至比第一次遇到的那个还更友好、更好客。我又'结婚'了。不过，这次我只有两个妻子，都是漂亮、轻佻的处女，咖啡色的皮肤，坚挺的乳房。一年中，两个都怀孕了。"

一八八四年，他终于得知在非洲中北部的沙里河有一家白人经营的贸易站。"一听说有白人在附近，我就迫不及待地离开我的妻子和孩子，经过二十二天的长途跋涉，最后到达位于拉密堡五十英里的这个贸易站。"

令威廉惊奇的是，他发现到达那里的时候，他竟然几乎记不起英语了！那些掌控这个贸易站的法国人不相信地看着这个皮肤晒成深棕色的年轻人张口结舌、结结巴巴的，似乎不知道自己的语言。最后总算勉强明白过来了。在拖延了三个月之后，他被送回英属苏丹海岸，并从那里回到了英国。当时，英国的戈登将军正在和苏丹马赫迪的数千起义军在喀士穆奋战，威廉·米尔丁的个人故事便退居幕后，没有引起多数人的注意。直

《人猿泰山》原书封面

至若干年后，一些通俗刊物开始叙述他的这段传奇。

威廉·米尔丁回到家后，得知父亲已在几年前去世。他继承了他的爵位和财产。他在祖先的宅邸住下，与一个出身良好的女子结婚，并于一八八九年生了一个儿子埃德温·乔治。威廉勋爵死于一九一九年，他儿子从未结婚，一直单独一个人活到一九三七年。

作家埃德加·巴勒斯生于芝加哥，父亲是一个富商。他先后进过几所私立学校；后来进了马萨诸塞州一所有名望的学校，但被开除；还进过密歇根的军官学校。从一八九七年至一九一一年，他从事过多种工作，也经过商，但都不成功。一九〇〇年，他与爱玛·赫尔伯特结婚（一九三四年离婚）。他三十五岁开始给庸俗的杂志写稿。至于为什么会想要从事这一他从来没有尝试过的写作时，他后来在《我如何写泰山故事》（发表于一九二九年十月二十七日《华盛顿邮报》）中坦率地说："最好的回答是我需要钱。""当时，"他说，"我的儿子赫尔伯特刚刚出生。我没有工作，又没有钱。我不得不当掉巴勒斯夫人的珠宝和我的手表以购买食品。"后来，他开始写广告的文字材料，然后转向"开始写我的第一篇小说"。他相信："我很有理由把我写的故事卖出去。我翻遍文学刊物，确信既然人们都肯为我所读过的这么烂的作品掏钱，我也写得出这么烂的小说。虽然我从未写过一篇小说。我绝对知道，我能够写出可以娱乐人的小说，可能比我偶尔在这些刊物上读过的更有娱乐性。"

果然，巴勒斯写出了第一篇作品《火星的月亮下》，以"诺曼·比恩"的笔名在一九一二年二月至七月的《故事集锦》杂志上连载。这一成果鼓舞巴勒斯开始全力从事创作。

有关米尔丁的奇特经历，自从他回到伦敦之后，大体上就为当时的英国公众所知晓，虽然许多细节不很清楚。《伦敦时报》曾经发表过几篇有关他的文章，他的一些浪漫冒险故事还被刊登在十九世纪晚期的几家英国画报和杂志上。威尔士作家托马斯·卢埃林·琼斯在一九五九年三月第一期的《冒险家》杂志上介绍威廉·米尔丁的故事时指出："埃德加·赖斯·巴勒斯有充分的机会研究（米尔丁的）这些故事，来创造他的人物。"确实如此，巴勒斯据他对这些材料的了解，在一九一二年创作了小说《人猿泰山》，并于同年十月出版，成为他此类小说中的第一部。随后，他继续创作泰山系列小说，从一九一三年的《泰山归来》、一九一四年的《泰山之子》等，到一九四七年的《泰山和外籍军团》以及他去世后出版的《泰山和双胞胎泰山》《泰山和现代罗宾逊》等，共计二十六部。巴勒斯所塑造的这一形象马上获得读者的喜爱，被翻译成近六十种语言，并以其他的艺术形式流行。一九一八年斯科特·西德尼导演的电影《人猿泰山》被认为是小说改编电影最成功的典范之作。随后还有一九三二年、一九九九年和二〇一三年的改编电影。其他还有被改编成连环画、电视、广播剧甚至电脑游戏等，不胜枚举。

A Christmas Carol

《圣诞欢歌》

提醒人过和谐、慈善的日子

"圣诞节"（Christmas）一词，在古英语中是 Crīstesmæsse，乃 Christ's Mass（基督弥撒）的缩写。这是纪念耶稣基督诞生的一个节日，时间定在十二月二十五日；因为正好与时值仲冬的农节和太阳节这两个非基督教的节日巧合，同时也成为普遍庆祝的世俗节日；在传统上又被认为是家庭和儿童的节日，在许多国家，人们以儿童的主保圣人圣诞老人圣尼古拉的名义互赠礼物。

圣诞节的历史已很久远。几个世纪中，每逢这个传统节日，大部分天主教教堂都会在前一天的圣诞夜，也就是节日的凌晨举行弥撒，演唱圣诞歌曲，进行圣诞活动，交换礼物，寄赠圣诞卡，特别是要向儿童发送糖果和巧克力，活动的隆重和热闹程度大大超过新年，时间会从十二月二十四日夜一直持续到一月六日的"主显节"。这是一个人人欢乐、人人企盼的日子。

但是，随着十六世纪末至十七世纪前半期"新教改革"的兴起，到了十七世纪末，

狄更斯

　　许多清教徒团体强烈谴责圣诞节的庆祝活动，认为它只是天主教的发明，是"天主教礼仪的标志"，称它为"兽类的破旗"。到了奥利弗·克伦威尔（1599—1658）任英格兰、苏格兰、爱尔兰共和政体护国公之后，他一意要将国家建成一个清教徒教会。十七世纪四十年代，清教占统治地位的议会开始打击圣诞活动，到一六四七年，圣诞节在英国被禁止。这立刻激起天主教徒的强烈反抗：多个城市出现骚乱，伦敦著名的坎特伯雷大教堂被骚乱者控制了好几个星期，他们呼喊口号，以圣诞节惯用的常青树枝装饰大门口。一六六〇年，在清教徒共和国时期亡命国外的查理二世复辟，这禁令才得以终止，但许多神职人员仍不赞成圣诞节的庆祝活动。在苏格兰，从一六四〇年宣称"废除当年所有的迷信习俗"之后，直到一六五八年，圣诞节才重新成为一个公众的假日。只是尽管在遭禁期间不准奉行圣诞节的礼俗，人们心里仍然记着这个欢乐的日子，特别在十九世纪中叶，人们对圣诞节的怀念之情尤为强烈。

　　一八二二年，作家戴维斯·吉尔伯特（1767—1839）编出一册《古圣诞欢歌集，附此前唱遍英格兰西部的曲调》；一八二三年，伦敦的约翰·尼科尔斯父子公司发行了该书的第二版。尽管此书篇幅不长，还不到八十页，仅收二十一首圣歌，但大大激发了读者对圣诞节的兴味。十年后，事务律师威廉·B.桑兹编的《古今圣诞节》于一八三三年出版；一八三六年，诗人和批评家托马斯·K.哈维又出版了《圣诞手册》。这些作品引发出对克伦威尔时代前圣诞节的怀念之情，席卷了整个维多利亚时代的英国。更有一八四一年，维多利亚女王的丈夫阿尔伯特亲王，从他的祖国德国带了一棵圣诞树来伦敦，并把它种在王家居住地的温莎城堡。一家报纸报道了此事，并刊载一幅图片：女王和亲王这对刚在上年二月十日结婚的王家夫妇，就站在这棵德国圣诞树前，身旁还有他们的几个孩子——一八四〇年十一月二十一日出生的维多利亚公主和一八四一年十一月九日出生的阿尔伯特·爱德华王子等。王家的范例使国人感到无比的亲昵。于是很快，装点一棵圣诞树的传统风行起来了，并成为时尚。一八四三年五月一日，伦敦的学院派画家约翰·考尔科特·霍斯利设计出第一批圣诞贺卡：卡上的图画是一个七个人的家庭，正在给小女孩喝葡萄酒，画面上写有"圣诞节快乐"和"新年快乐"字样。这圣诞贺卡当时两批共印制了两千零五十张，每张卖一先令。

就在这样一个怀旧的时代和社会背景下，作家查尔斯·狄更斯（1812—1870）于一八四三年创作出了他的小说《圣诞欢歌》。

狄更斯并不是第一个以圣诞节为主题创作文学作品的作家。美国作家华盛顿·欧文（1783—1859）曾以"杰弗里·克雷永耶稣会长"的笔名，于一八二〇年一月一日发表了三篇散文。

在英格兰伯明翰的阿斯顿，有一座詹姆斯一世时期风格的宅邸，原属托马斯·霍尔特一世从男爵（约1571—1654）的产业。一六四三年清教徒统治时期，议会军曾多次袭击该宅，使它遭受严重破坏，但还是留存了下来。宅邸中的大厅常举办庆祝圣诞节的活动。一七九五年的《绅士》杂志上曾记述"阿斯顿大厅的一次圣诞夜"说："仆人们喝酒、跳舞、唱歌，然后高高兴兴地去睡觉，有充分的自由。"欧文曾去过那里，当时霍尔特家属最后一位成员的丈夫还在世。欧文饶有兴致地看他们的庆祝活动，可能还曾参与，留下深刻的印象。于是，他以"霍尔特大厅"为原型，描绘了在"亚伯拉罕·布雷斯布里奇宅邸"的"布雷斯布里奇大厅"的圣诞活动。他的三篇随笔，《圣诞夜》写了克雷永在布雷斯布里奇家中的庆祝圣诞节，《圣诞日》写他在布雷斯布里奇大厅继续庆祝圣诞这一已有多年的老传统，《圣诞餐》描写克雷永在布雷斯布里奇的圣诞餐桌上享用烤鹅、葡萄酒等传统英格兰美餐。这三篇散文，与《睡谷的传说》《李伯大梦》等

首版《圣诞欢歌》插图

名篇，一并收进他的文集《杰弗里·克雷永的见闻札记》（通称《见闻札记》）中。

欧文散文中对早年英格兰和谐的温暖人心的圣诞节的描写，让狄更斯深受感动。这两位作家的心里，都对圣诞节怀着思念之情，并相信，重现英格兰的圣诞节，会有助于恢复已在现代社会中丧失的家庭和社会的和谐。著名的传记作家，法国的安德烈·莫洛亚写道：

> 没有任何东西比英国圣诞节的传统习俗更能吸引狄更斯。他伟大的思想，几乎是他唯一的思想，就是人与人之间必须有更多的信任和爱。他似乎觉得，这种爱在接近圣诞节时表现得更充分。他喜欢欢乐，没有欢乐，他想不到怜悯。圣诞节的晚宴，有槲寄生、火鸡、布丁和潘趣酒，这就是一个大家庭中的圣诞节聚会在心目中的景象。（朱延生译文）

还在狄更斯早期，也就是一八三四至一八三五年间以"博兹"为笔名发表的特写和故事《博兹特写集》中，他就有一篇《圣诞晚餐》，详细称颂圣诞节的美好快乐。狄更斯写道：

> ……一次圣诞节家宴！人世间再也没有比它使人更愉快的事了！圣诞节这个词

一八四三年版《圣诞欢歌》插图

的本身似乎就具有魔力。偏狭的猜忌与不和忘怀了；合群的感情在对之久已陌生了的内心被唤醒；父子和兄妹几个月以来，每次相遇都是避开对方的目光或者冷淡地招呼而过，此刻则伸出双臂，报以亲切的拥抱，把他们之间过去的敌意埋葬在当前的幸福之中。过去彼此怀念的和蔼的心，曾经由于傲慢和自尊的谬误见解的阻碍，如今又结合了，到处洋溢着友善和仁慈！……（陈漪、西海译文）

在文章的后面部分，狄更斯还绘声绘色地描写了一家圣诞晚宴的情景，如何切鸡鸭、喝葡萄酒、讲故事、开玩笑，等等。作家期望："但愿圣诞节从年首延迟到年末（应当如此——原文如此），使损坏了我们较好方面的性格和那些偏见与怒气，永久不对那些理应与之无缘的人起作用。"

在一八三六年出版的第一部长篇小说《匹克威克外传》中，狄更斯也写到圣诞节。狄更斯称赞圣诞节"是那么纯洁那么完美的愉悦的源泉，这种纯洁的幸福……无论按照最开化的民族的宗教信仰或是最粗鲁的野蛮人的低劣传统，都应该算作为上帝所保佑的幸运儿的天国里头等的乐事"！同时他还描写了一场庆祝这个节日的欢乐场景：人们在亲密和友善的快乐心情之下捉迷藏、喝香酒、吃丰盛的晚餐，在槲寄生树枝下热烈狂吻，还唱起"圣诞讴歌"："歌唱真诚、实在和勇敢……庆祝这古老的圣诞。""因为它是一

切季节之王。"（蒋天佐译文）

确实，在西方人看来，人世间没有比圣诞节使人更愉快的事了。但是，并非人人都能享有这愉快的节日。狄更斯在童年时代就有深切的体会。

一八二四年，因为慷慨大方的父亲和一帮朋友寻欢作乐，欠下一大笔债，无法偿还，被捕进了"债务人拘留所"；后又被解送到位于大伦敦萨瑟克的"马夏西债务人监狱"。这一来，一家人，不但住房，连吃饭也成了问题。于是，全家另外搬到一处租金低廉、简陋破旧的房子里。作为长子的查尔斯也不得不中途辍学，日日奔走于父亲和心烦意乱的家人之间；还得出入当铺，变卖他喜爱的书籍以及瓷器、绘画、家具等物，并进了一家黑鞋油作坊去做工，虽然他当时还只有十二岁。

家庭的这一变故，对狄更斯是一次极沉重的打击，心灵遭受的严重挫折竟使他的神经都受到损伤，成为他以后精神犯病的最初起因。但这也让狄更斯对贫困的生活有了深刻的感受。英国传记作家赫斯基思·皮尔逊在他一九四九年出版的《狄更斯传》中写道："在黑鞋油作坊里度过的六个月，是一段伤心和耻辱的日子。他（查尔斯·狄更斯）感到出乖露丑，被人遗弃，感到与一切使生活尚能挨过去的东西完全断绝了联系，感到无依无靠和毫无希望。"同时，他也目睹了穷人悲惨的生活状况。皮尔逊说：

> 伦敦（东区的）大菜市和河滨路也是他爱去之处，他常常接连几个小时伫立街头，或者探头窥视阴沉沉的庭院，或者凝神注视阴暗发臭的小巷里的居民。不过，最奇妙的还是一个叫作"七岔口"的地方。他有一次惊呼："那个地方在我的脑海中呈现出邪恶、贫困和乞讨的杂乱景象，真是可怕！"对于一个体弱多病、备受痉挛折磨、个子矮小、过分敏感的孩子来说，这些景象是可怕的……不知不觉地，他记住了这些地方的所见所闻和自己的感受，这些地方和那里的部分居民后来成了他几个故事中的背景和人物。（谢天振等译文）

二十年后,狄更斯已经因《匹克威克外传》《奥列弗·退斯特》《尼古拉斯·尼克尔贝》《老古玩店》等作品而成为一位名作家了。这时,有几件事给他留下了极其深刻的印象。一八四三年初,他去英格兰西南部的康沃尔旅行,在那里参观了一个开采锡矿已有三千年历史的著名矿区。狄更斯看到大批的儿童在极为恶劣的条件下干那种连成人都感到十分繁重的活。差不多同时,他还访问过伦敦的一所为首都街头挨饿的文盲孩子创办的"向场贫民免费学校",更加深了他对儿童的恶劣生活条件的印象。

一八四三年二月,议会发表了《儿童就业委员会的第二份报告》,列举英国儿童悲惨的生活状况:他们一直在干农业的活——照料农场的牲口,驱赶成群结队的鸟类。小小的年纪,就要学会帮家里纺织,准备羊毛纺纱和养蚕。随着工业化的到来,孩子们被雇用进了工厂。他们纤小的身体对于某些工作,像爬行在机械下面修理断线、攀上纺纱机、织布机清洗机器等,都是"很可贵的"。儿童的工资又低廉,大约只有他们父辈的四分之一,等等。报告还谈到当时城市贫民和工人家庭悲惨的住房条件,如利物浦,竟有五分之一的居民都生活在地窖里。

这个报告使狄更斯深感震惊,并想到,因贫困而不得不干繁重体力活的儿童不止是他所看到的个别现象,而是全国性的,这些儿童连饭也吃不饱,还有什么快乐的圣诞节。于是,狄更斯计划在一八四三年五月出版一本暂名"代表穷人的孩子向英国人民呼吁"的廉价的政治小册子。但这本小册子要到年底才能出版,他于是改变计划。他给负责第二次报告的儿童就业委员会二十四位委员之一的索斯伍德·史密斯医生写信说:"您定然感到,一个大锤已经以二十倍、甚至两万倍的重力打下来了——我会为坚持我的初衷尽一切力量。"于是,他把出版小册子改为创作《圣诞欢歌》,来对抗那个"猛击穷人的大锤"。

莫洛亚解释说:"狄更斯写关于圣诞节的书有两个目的。其一是他自己的乐趣,他喜欢描写匆匆忙忙的人冒雪在伦敦他喜爱的街上赶路,他们鼻尖微红,双手拿大包小包的东西,他们想到将要得到的快乐,心里就热乎乎的。第二个目的是提醒那些富有和半富有的人，圣诞节不仅仅是一个有块菇火鸡和带葡萄干糕点的日子，还是一个和谐的、慈善的日子。倘使不能与穷人和解，就不能恰如其分地庆祝这个节日。"狄更斯本人也表达过同样的意思——继《圣诞欢歌》之后，狄更斯又另写过几篇圣诞故事。在一八五二年这些圣诞故事结集的时候，他在《序言》中说到他的创作动机："我的意图是想采用那个时节人们快活的情绪能赞许的怪诞的假面舞剧似的方式，唤醒人们喜爱的、持久的思考，这在基督教世界是绝不至于格格不入的。"（蒋天佐译文）

狄更斯就是怀着这样的期望创作《圣诞欢歌》的。构思的时候，近十年里他内心中对"招魂术"的沉迷，可能影响他在故事中安排幽灵的出现。作品是从一八四三年九月开始动笔的，两个月的时间里，创作完全主宰了他的情感，他说自己"一会儿痛哭流涕，一会儿哈哈大笑，一会儿又痛哭流涕，反复无常"；为这个题材所激动，"好多个夜晚，当理智的人们都已进入梦乡时，我却在漆黑的伦敦街道上游荡，往往一夜走上十五或二十英里"。到十二月初，他写完最后的几页，完成全书。

《圣诞欢歌》里的埃伯尼泽·斯克拨奇是一家商号的老板。这个古怪的老人，"是一个死不松手的吝啬鬼！一个巧取豪夺、能搜善刮、贪得无厌的老黑心"。在风雨交加、阴冷潮湿的圣诞节前夜，他商号办事员的火炉里只燃着一块煤，他把煤放在自己的房间里，不允许再加一点。他认为，穷人想过圣诞节是胡闹，穷人们死了倒好，可以减少"过剩的人口"（汪倜然译文）。

斯克拨奇原来有一个合伙人老雅各·马利，但已经死去七年了，斯克拨奇也很长时间没有想起他了。可在这个不平常的圣诞节，他回到家，把钥匙插入门上的锁孔时，"看见的却不是门环，而竟是马利的脸"。他以为是自己的幻觉，可是一会儿后，他真的看到马利的幽灵，浑身都被"一些银箱、钥匙、挂锁、账簿、契据和钢制的钱袋等组成"的链条缠住。幽灵对斯克拨奇说，自己这七年里，一直在不断的悔恨中受尽苦难；现在是要来挽救他，给他最后一个赎罪的机会。他告诉斯克拨奇，将会有三个幽灵来拜访他，望他能珍惜这机会。

画作《狄更斯的梦》

　　三个幽灵终于在斯克掳奇不安的等待中先后到来。它们分别是"过去圣诞节之灵"、"现在圣诞节之灵"和"未来圣诞节之灵"。在它们的带领下，斯克掳奇看到了圣诞节的美好，也看到自己以往对他人的冷酷和残忍，而他人对自己却相当的宽容。最后，"未来圣诞节之灵"还让他看到他自己的坟墓。斯克掳奇终于觉悟了，他向幽灵保证，"今后重新做人""把你显现给我看的影像改变过来"。原来这些故事都是梦。醒来之后，斯克掳奇的确变了，做了不少好事。狄更斯最后告诉读者："斯克掳奇不但实现了自己的诺言，而且超过了诺言。""后来人们常常谈到他，说如果现在世上有什么人懂得怎样过圣诞节，那就要算他了。"

　　《圣诞欢歌》于一八四三年十二月十九日由查普曼－霍尔公司出版，首印六千册，售价五先令，相当于今日的二十点七九镑，在圣诞节前全部售出，持续销售到新年。一八四四年五月销售第十七次印刷，共计印到二十四版。

　　作品受到批评家的高度评价。伦敦的文学刊物《雅典娜》杂志宣称此书是"一个既使读者哭、也使读者笑，使他们开启心田、伸出两手，以仁爱对待冷酷的童话……一道摆放在一位国王面前的精致的菜肴"。著名诗人和编辑托马斯·胡德写道："如果说圣诞节已经因其古老的好客习俗和其奉行仁爱的社会交谊而处于衰落的危机之中，那么，这就是一册会使这些习俗新生的著作。作者的名字本身就很容易诱发人产生仁慈的情感。"四年后，以《名利场》蜚声文坛的大作家威廉·萨克雷在一八四四年二月号的《弗雷泽》杂志上撰文称：《圣诞欢歌》的出版"是一件全国的幸事，是献给每位男女读者

的个人的善心"。权威的《不列颠百科全书》做了历史性的评价：

> 狄更斯突然想到并在几周内写成的《圣诞欢歌》……是一项不同寻常的成就——是现代文学中一部伟大的圣诞神话。他对生活的态度后来被称为或被斥为"圣诞节哲学"，而他自己也把"欢歌"哲学说成构思一部作品的基础。他的哲学从来就不很复杂，其中的内容不仅仅是希望圣诞节精神能在全年得到发扬，而且他（在家庭生活以及创作中）对圣诞节的喜爱的确很重要，并且使他赢得了大众的欢迎。一八七〇年伦敦一位小贩的女儿吃惊地问道："狄更斯死啦？圣诞老人是不是也会死呢？"——这对于狄更斯与圣诞节的关系以及他本人及其作品神话般的地位，都是一种赞美。《圣诞欢歌》很快便家喻户晓……

《圣诞欢歌》中斯克拉奇的形象，已经如此深入人心。二〇一二年，为迎接狄更斯二百周年诞辰，经读者投票，企鹅书局公布了最深入人心的狄更斯小说排行榜，列入榜首的就是《圣诞欢歌》。

Twelve Colors Fairy Tales

《十二色童话》

收集数十年的"老童话"

　　童话是一些充满奇异事件的神奇故事；故事里的主要人物是人和会说话的动物，以及精灵、仙女、巫婆等等。童话的故事大多都是来自民间传说和民间故事，传说和故事中有的情节纵使跟某段历史事实相接近，表明它起源于某个时代某个人物的事件，在流传中也往往被加工和神化。许多创作的童话，也常吸收了民间传说和民间故事的养分，所以它往往有一个"很久很久以前……"的开头。从童话的这些特征就不难看出它和神话、民俗、历史的亲缘关系，从而想象得到，像安德鲁·朗这样一位作家和神话学家、民俗学家、人类学家、历史学家、宗教学家，很自然同时也会是一位童话作家了。

　　虽然安德鲁·朗还是一位传记作家，但他不希望别人为他写传记。这当然不由他说，如童书作家罗杰·格林就写了他和刘易斯·卡罗尔、J.M.巴里等几位童话作家的传记。人物的生平对于了解人物的个性、爱好和成就是不可或缺的，不了解安德鲁·朗的生平，也就无法理解他的创作和作品。

安德鲁·朗

  安德鲁·朗（1844—1912）生于苏格兰的塞尔扣克郡，一个饱含苏格兰历史和神话的家庭。他的一位祖先贝西·朗在一七一四年被教会法庭判刑。他的祖父做过大诗人和小说家瓦尔特·司各特爵士的簿记员，后来安德鲁·朗很愿意为司各特的每一部"威弗利小说"系列写导言，可能缘于他祖父的关系。他的母亲珍妮·塞勒是萨瑟兰公爵的地产管理人帕特里克·塞勒的女儿。

  安德鲁童年时喜欢从塞尔扣克边境地穿越荒野和森林，去那里的溪流边钓鱼。他那时就爱读格林兄弟的童话、威廉·莎士比亚和法国著名童话作家奥尔诺瓦夫人的作品；司各特的《苏格兰边区歌谣集》和他那些浪漫主义色彩的小说，激励安德鲁爱上了神话、民间传说和神奇的魔幻故事。这种从小就产生的爱好，让他后来会说："一个五岁的孩子总是更愿意待在童话王国的家园，而不是他的家乡。"研究者认为，这可以为他后来从事童话写作作注释。

  从文法学校出来之后，朗先是进了圣安德鲁大学。在这里，除了数学，他所有的功课都很突出，还写过一些快乐的诗篇。随后在格拉斯哥待了不愉快的一年之后，转入牛津大学的巴利奥尔学院，最后成为当时最具多方面才能的作家之一，一位著名的诗人、批评家和历史学家。

  还在进入牛津大学之前，朗就开始研读苏格兰人种学家约翰·麦克伦南的著作。随后，他读英国最杰出的人类学家、文化人类学创始人泰勒爵士的书，特别是他的经典著作《原始文化》，深受他的影响。一八八四年的《风俗和神话》是朗在这方面的最早的著作，内容通过对古希腊克洛诺斯神话、芬兰民族史诗《卡勒瓦拉》、非洲霍屯督人神话、星辰神话，以及厄洛斯和普绪刻的故事、阿波罗和老鼠的故事、黄花苍葱和曼陀罗的故事等，来探讨研究民间故事的方法。在一八八七年的《神话、典礼和宗教》中，他提出，神话学中的"非理性"成分是原始"野蛮人"的残存形态。

就像他在《宗教的产生》中所表达的，朗相信"野蛮的"原始民族中存在极高的心灵世界。他还研究"通灵"，写过《梦境与鬼魂》《巫术和宗教》《图腾的秘密》等著作，是通灵研究的奠基人之一，一九一一年被选任"通灵研究协会"主席。

此外，朗又翻译和研究荷马的文本，收集民间歌谣，撰写苏格兰史和玛丽·斯图亚特的传记等历史著作。他所写的史学随笔，颇有精到的见解，如他曾写到为什么英格兰的伊丽莎白一世始终不结婚，为什么她秘密潜入苏格兰，乔装成一个男人，去刺探她的表姐妹苏格兰的玛丽女王的情报，最后囚禁并杀了玛丽的第二个丈夫，后又杀了玛丽，等等。

安德鲁·朗一生创作专著达二百四十九部，还有其他作品数以千计。包括诸多学科的如此之多的著作，让有些人怀疑，根本没有一个叫什么安德鲁·朗的作家，这名字不过是某个集中许多不同专业的团体的化名。不过，在朗的所有著作中，最为人知的则是他的童话作品。而上述的学术经历，不论在思想上还是在学术上，都有助于他的童话写作。

从牛津大学出来后，安德鲁·朗就定居伦敦。一八七五年四月十七日，他与莱奥诺拉·布朗歇·爱莱恩（1851—1933）结婚。莱奥诺拉是大学者C.T.爱莱恩先生的小女儿，她不仅富有语言天才，且有良好的创作才干，曾与著名的英国古典学者伊夫林·艾博特一起翻译著名的德国史学家马克西米利安·沃尔夫冈·东克尔的多卷本《希腊史》和德国哲学家爱德华·戈特洛布·策勒的《哲学史》。

安德鲁·朗和莱奥诺拉夫妇没有孩子，但都喜爱孩子们喜爱的童话，于是两人开始广泛地收集英国、欧洲乃至世界各地的童话和民间故事。那些非英语的文字，如法文、德文、

《十二色童话》插图

葡萄牙文、意大利文、西班牙文、加泰隆语等故事,就主要由莱奥诺拉翻译和整理成英文,然后编写成书。

一八八九年,安德鲁·朗的童话集由伦敦朗曼父子和格林公司出版,题名《蓝色童话》,成为此后的十二册《十二色童话》的第一部。《蓝色童话》印刷五千册,附有H.J.福特和G.P.杰科姆·胡德的插图,售价六先令。该书共收有三十七篇"古老的童话故事",如《太阳在东,月亮在西》《小红帽》《森林中的睡美人》《灰姑娘,或水晶鞋》《阿拉丁和神灯》《美女与野兽》《猫先生,或穿靴子的猫》《四十大盗》《汉瑟和格蕾蒂尔》《开膛手杰克》《雪白和玫瑰红》等都选自夏尔·佩罗的童话、格林兄弟的童话和《一千零一夜》等重写的。

《蓝色童话》出版后,受到孩子们的热烈欢迎,许多成人读过之后,也觉得非常吸引人。这时,朗从世界各地收集到的童话和民间故事也越来越多了。于是,在他妻子的帮助下,安德鲁·朗就先后连续写出了另外十一部童话,计:

《红色童话》以《十二位舞蹈的公主》开始,收有《黑帽大盗与峡谷骑士》《三个小矮人》等童话三十八篇,并配有尼鲁特·普特皮帕特的精美插图,于一八九〇年圣诞节出版,首印一万册。

《绿色童话》于一八九二年出版,共收《狼和狐狸的战争》《渔夫和他妻子的故事》等童话四十三篇。在本书的"序言"中,朗曾表示此书可能是这一系列童话的"最后一册"。但由于大众的要求,他后来才继续编写了下去。

《绿色童话》插图

　　三集童话出版后，不仅在本国深受追捧，还被翻译成多种文字，受到许多国家读者的欢迎，而且一代代的，持久不衰。这不仅是因为安德鲁·朗夫妇的长期努力，也得益于世界各地喜爱童话的广大读者的协助，他们纷纷把手头的作品和资料寄给安德鲁·朗，极大地鼓舞了他，使他满怀信心地继续编写下去。

　　《金色童话》收有《皇帝的新衣的故事》《七头蛇》《大克劳斯和小克劳斯》《隐身王子》等童话，共四十八篇，于一八九四年出版。

　　《粉色童话》收有《雪皇后》《幸运的唐·乔万尼》和《没有心的人》等四十一篇童话，于一八九七年出版。

　　《银色童话》收有《中了魔法的四个儿子》《白狼》《狗和麻雀》等三十五篇童话，于一九〇〇年出版。

　　《紫色童话》共收《特洛伊国王的山羊耳朵》《蛋里出来的孩子》《隐藏在地下的公主》等三十五篇童话，出版于一九〇一年。

　　《深红色童话》收有《小王子与火龙》《守秘密的男孩》《有魔力的水壶》等三十八篇童话，于一九〇三年出版。

　　《棕色童话》内收《少年与美人鱼》《王子与三个注定的命运》《狮子和猫》等三十三篇童话，于一九〇四年出版。

　　《橙色童话》收有《青蛙仙女与狮子仙女》《魔镜》《丑小鸭》等三十二篇童话，于一九〇六年出版。

《橄榄色童话》内收《蛇王子》《森林中的王子和公主》《绿骑士》等二十九篇童话，于一九〇七年出版。

《淡紫色童话》收有《真假王子》《富兄弟和穷兄弟》《海王的礼物》等三十四篇童话，于一九一〇年出版。

如今，人们都已普遍认识到儿童对于童话的喜爱和需要。专家研究指出，童话之所以为儿童所喜爱，是因为它合乎规律、合乎目的地暗合了儿童与生俱来的集体无意识。童话不仅因为它的娱乐功能为儿童的天性所需要，更在于优秀的童话在培养儿童的道德感、生活情操和思想情感等方面，都有其他教育方式所无法取代的优势。但在保守的英国维多利亚时代（1837—1901），如专家指出的，批评家荒谬地指责传统的童话作品"虚幻不实，暴虐残忍，有害年轻的读者，坚持认为此类故事不适合成长中的青少年"。因此，在那个时代，尽管文学艺术方面和经济等其他领域一样的繁荣，童话创作却是十分萎缩，只有女诗人和小说家黛娜·克雷克一八六九年出版的一册《童话书》。

在这样的社会背景下，安德鲁·朗出于对他家乡地区和英格兰、苏格兰边界一带的热情和爱好，收集那些地段的民间故事和童话，可想而知需要多大的勇气，并得跟那些保守、近视、偏执的批评家和教育家做不屈的斗争。安德鲁·朗尽管不承认自己是一位童话作家，但他数十年如一日地坚持收集和出版童话作品，是基于他怀有一种可贵的理念。他承认，他所收集的那些童话都古已有之，并不止一次地解释说，它们都是老的童话，不是他创作的；但他也曾搜集到数百篇"新"的童话。他清醒地认识到，这些"新"的童话远不如那些"老"童话，如他在一册童话集的"序言"中说的：

可是，那些试图创作新童话的三百六十五位作者很是烦人。他们的童话开头总是一个小男孩或者小女孩，外出时在花园和苹果园遇见水仙仙女。"鲜花和水果，以及别的什么有翼的生物。"这些仙女一向放肆，于是便失败了；她们一开始说教，于是就成功了。真正的童话故事从不说教，或讲粗鲁话。最后，这个小男孩或者小女孩醒过来了，发现原来他们是在做梦。

这些新童话故事就是这样。莫非这类童话我们都得保留下来吗？

试读朗所收集的那些"老童话"，尽管故事各种各样，情节跌宕起伏，总的都是，凡是青春美貌、善良而富有爱心、拥有勇气的人，尽管都会遭遇挑战，最后都会获胜。而那些丑陋不堪、心地邪恶、行为残忍的巨人、女巫，可能一时得胜，最后总是遭受失败。这就合乎儿童先天的心理，是经过民间和文人以及年轻读者代代相传，一直为他们所接受、所喜爱的作品，是那些虚假造作的"新童话"所无法比拟的。

虽然安德鲁·朗始终不承认他是一位童话作家，而不过是收集、编写了这数百篇童话。但他编写这些作品，也并非只是一味地依照传说照抄照录，其中也投入了他自己的创意。如他编写的《美女与野兽》，这是广大儿童和许多家长都非常熟悉的一个童话。与常见的版本作一比较，便可看出，朗在写作这个故事的时候，不是平庸地叙述故事情节，而十分重视对女主人公的心理刻画。他的这篇《美女与野兽》细腻地描写了美女贝拉如何从开始害怕野兽，到渐渐不再怕它，然后体会到野兽的善良，而自己却冷漠对待，进而对它产生怜悯之情，最后爱上这野兽。朗将贝拉这一感情变化的过程写得真实、自然、可信。故事越到后来，读者越是会超越观赏的客观态度，慢慢开始同情野兽，喜欢上了它。特别是在读了贝拉梦中对王子说，"如果我不关心这只善良的野兽，我就是忘恩负义！我愿意以死来将它从痛苦中解救出来。"之后，贝拉发现野兽快要死去，悔恨地哭泣说："它死了，这都是我的错。""哦！野兽，你吓死我了！直到刚刚，当我害怕我不能挽救你生命的时候，我才知道我有多爱你！"没有人会不为之感动的。再如《睡美人》，安德鲁·朗删去以往故事中"摘到爱情的果子"和烧死后母等性和暴力的情节。故事强调王子是"在爱和荣誉的驱使下"，要去查看沉睡一百年的睡美人，但没有采用随着他的猎鹰来到她身边的说法，而描写他在走向城堡的时候，仙女安排使任何人兽都难以进入的树木、灌木丛和荆棘"都自动让出了一条道路"，极富传统童话故事的风格。还有《小

创作中的安德鲁·朗

红帽》，安德鲁·朗给女主人公小姑娘用了一个英国女孩常用的名字布兰奇的爱称布兰奇特，同时还把小姑娘外出的日子安排在"主日"，即以基督教为国教的英国人必须参与礼拜、祈祷仪式的星期天。这一切都表明，朗在编写童话的时候，充分发挥他作家的创作艺术，使童话能够更好地为读者所接受。

回顾安德鲁·朗勤奋一生的业绩，用"创作等身"来表述则太无力了。像他有这么多的著作，恐怕历史上也很少有几个人能与他相比的。从十九世纪末到二十世纪初，安德鲁·朗可谓是这段时间里最著名的文人之一了。批评家和诗人西奥多尔·瓦茨－邓顿（1832—1914）说："我从来没有见到过一个不喜欢朗的人。"著名剧作家萧伯纳甚至说："没有朗的文章，这一天就很空虚了。"

随着岁月的流逝，朗所研究过的论题越来越深入，他的那些著作也被掩盖在时间的尘埃中。但是，他的《十二色童话》一直充满活力，不但在当时影响了多位作家学着他做：如出生于澳大利亚、后来移居伦敦的民俗学者和批评家约瑟夫·雅克布斯在一八九〇和一八九四年编撰了两集《英国童话》，美国的克利夫顿·约翰逊在一九〇五年编出了《橡树童话书》，诺拉·史密斯和凯特·威金两姐妹合作编写童话等等，而且时至今日，安德鲁·朗的这些《十二色童话》，仍然经久不衰，为全世界儿童和许多成人所喜爱。

The Water Babies

《水孩子》

达尔文学说的恩惠

　　一八三一年，英国博物学家查尔斯·罗伯特·达尔文（1809—1882）搭乘"贝格尔号"双桅帆船，进行了长达五年的环球考察，详细记下大量笔记，又寄回许多地质标本和生物标本；然后经过二十多年的思考和研究，于一八五九年十一月出版了他的划时代巨著《论依据自然选择即在生存斗争中保存优良种族的物种起源》，即通常简称的《物种起源》。在这部书中，达尔文指出，物种就是在生存斗争的过程中，经过自然选择的历史作用，逐渐产生新的类型和物种，实现着生物的进化；他明确宣称，一切生物都不是特殊的创造物，而是少数几种生物的直系后代。这所谓不是"特殊的创造物"，含义即是并非基督教会的传统所宣扬的，世界上的一切事物都是上帝创造出来的。

　　此书首印一千两百五十册，一上市即销售一空，随后又陆续多次再版；书中的理论也迅速为大多数的科学界人士所接受，除了作者的老同事，如地质学家亚当·塞奇威克这样的坚持旧观点的人，和对作者进行人身攻击的生物学家理查德·欧文那样的人。主

查尔斯·金斯利

要的反对来自牧师,他们认为,进化论违背了《圣经·创世记》中教导的,上帝不但创造了天地,创造了动植物,并"照着自己的形象造人……";他们深感,达尔文的学说没有为神灵的干预留下一席之地,这是对他们的威胁。为排除这些干扰,使进化学说获得广泛的接受,达尔文的朋友,地质学家查韦斯·赖尔和植物学家约瑟夫·胡克等人,希望在神职人士中发现一位支持者,使达尔文的学说在公众中有更强大的说服力。最后,他们找到了查尔斯·金斯利。

查尔斯·金斯利(1819—1875)出身于英格兰德文郡霍尔内教区的一个牧师家庭。他从小在农村长大,喜欢研究自然和地质。在一八三六年全家迁居伦敦之后,他在一八三八年进剑桥大学的马格达伦学院,于一八四二年毕业。他选择的职业是将来成为一名教会的牧师。两年后,一八四四年,他如愿以偿,担任了埃弗斯利的副牧师。这年一月,金斯利与一位出身于成功家庭的女儿,但比他大好几岁的弗朗西丝·伊莱扎·格伦费尔结婚,同年生下第一个孩子,女儿露丝。一八四六年,金斯利任埃弗斯利的堂区牧师。随后,一八四七年和一八五二年,生了儿子莫里斯和后来成为女作家卢卡斯·马利特的玛丽等。夫妻共育四个孩子。

赖尔和胡克等选中查尔斯·金斯利,首先是因为金斯利是一位牧师,特别是,他刚在半年多前,复活节前的那个星期天,受命任维多利亚女王的牧师。另外,他还是一位有成就的作家,写过《阿尔顿·洛克》《希帕蒂亚》《向西方》等多部有影响的小说。同时,他还是基督教社会主义运动在英国的创始人之一,不但曾用笔名"帕森·洛特"在基督教社会主义者办的杂志《为人民的政治》和《基督教社会主义者》上发表过几篇文章,还在一八五四年协助创办了"工人协会"。

《物种起源》是在一八五九年十一月二十四日出版和公开发售的。在此之前,达尔文经过慎重选择,曾送给金斯利等几位学者各一册,认为他们是最值得接受他这个长期孕育的"孩子"的。金斯利收到书后,狂喜不已。在十一月十八日的回信中,金斯利坦陈,说他原来是"一步步地认识世界是神的崇高的构想,深信他最初创造的原始物种,能够自行繁殖出一切需要单数或者复数繁殖的物种",但是,"长久以来,看到驯化和杂交的动植物,使我认识到物种不变这一信条的不可信"。现在,他以恭维的语气赞赏《物种起源》的作者说:"所有我所看到的,还有大量的事实和您大名的威望,以及我清晰的直觉,都令我感到敬畏;因此,只要您是对的,很多我曾经相信和曾经写出过的,都必须弃绝。"他还表示,说他现在就会摆脱上帝一定有一条创造每一种生物的创造性法则的"迷信"。

达尔文接到这样的信,心中非常高兴,在两个月后出版的第二版《物种起源》中,在书的最后一章提到"一位驰名作家和神职人士写信给我说……"时,引了金斯利信中的这些话。达尔文在书中虽然没有正式提出金斯利的名字,后来,人们都慢慢地猜到这"驰名作家和神职人士"是谁了。先是自称"我是达尔文的斗犬"的托马斯·赫胥黎。为捍卫达尔文的学说,赫胥黎于一八六〇年六月三十日在"英国科学促进协会"的牛津会议上,曾与理查德·欧文的后台,牛津主教塞缪尔·威尔伯福斯做过面对面的斗争。在这年二月二十九日给朋友的信中,赫胥黎称颂金斯利"是一位杰出的达尔文主义者"。一八六七年六月七月,金斯利两次向皇家学会作题为《科学与圣经》的演讲中,自己也公开宣称,他相信人是从猿猴进化过来的。一八六三年由麦克米伦公司出版的童话《水孩子》也明显地表现了,此书是金斯利受达尔文进化学说的启示创作出来的。

《水孩子》插图

  一九一四年，金斯利的《水孩子》和他一八五五年的另一部童话《海神格劳科斯》合并在一起再版时，作家的大女儿露丝·乔治娜·金斯利为此书写了一篇《导言》。在这篇《导言》中，露丝这样说到她父亲当时创作《水孩子》的起因：

  《水孩子》的写作缘由，有一段温馨的回忆，那是一个春天的早晨用餐时原来答应过的，因为三个大孩子都有他们的《古希腊英雄传》的书了，当时只有四岁的小弟弟，"也应该有"。我父亲没有答话，"但立即起身进他的书房，把门锁上"。一个小时后回来时，手上拿的是《水孩子》的第一章。整本书就是这样轻松写成的。

  《水孩子》描写一个叫汤姆的扫烟囱的男孩子。他不识字，也不会写字；还不知道他的爸爸、妈妈是谁。他只是天天跟着师傅葛林去干活，遭师傅打骂，全身沾满肮脏的烟灰。一天，他去一个大户人家扫烟囱，不小心撞翻了东西，吓得到处乱跑；最后，在仙人的引导下，他跳进水里，变成一个身体只有四英寸长的水孩子，喉咙两边耳下腺的部位长出一对外鳍，变成一个水陆两栖的动物，竟然将以前所遇到的一切全都忘掉了。

《水孩子》插图

　　汤姆原来总是一副顽皮的习性，喜欢耍弄水中的生物，如"向水里那些可怜的动物扔石子，叫骂着赶走它们，弄得那些小东西非常惨"，被它们看成是"可恶的坏孩子"（周熙良译文）。后来在仙女的帮助下，他逐渐成长，慢慢懂得并做到了，一个人如果想成功，就不能只做自己喜欢做的事。最后，汤姆战胜了自己，鼓起勇气，甚至去帮助因自己的罪行正在受到惩罚的师傅葛林。故事最后表明，汤姆在勇闯世界、经历了各种奇遇，经受住了种种考验之后，克服了性格上的弱点，成为一个善良的令人喜爱的孩子，如仙女说的，已经"算得上是一个男子汉"。

　　《水孩子》中不但出现汤姆这样可以在水下生活的陆地孩子，也就是两栖类的动物，还明确写道，没有人有资格说，像人的灵魂或者水孩子等，只要是没有见过的，就是不存在的：

　　　　你怎么知道的呢？你看到过吗？如果你没有去看，而且什么也没有看到过，那就不能证明什么也不存在……没有人在没有看到水孩子不存在之前，就有权说水孩子是不存在的……

《水孩子》插图

　　书中有一段这样的情节：

　　小姑娘爱丽和老教授一起在海边散步。爱丽说，海边什么各种美丽的东西，她都不喜欢，"如果现在水里有水孩子的话，就像古时候那样，而且我能够看得见，那我就喜欢了"。老教授觉得这想法很"古怪"。但爱丽深信，"我知道从前水里就有孩子，还有美人鱼，还有男人鱼……"并且诘问，"可是为什么世界上没有水孩子呢？"但是，老教授仍然不同意，尽管说不出理由，回答不了爱丽的问题，仍然坚持说："就因为没有。"就在这个时候，老教授把渔网放在海藻里一捞，竟然把小汤姆捞着了。爱丽认定，这就"是一个水孩子"。老教授"无法否认这是一个水孩子，但是，他刚才说过没有，所以怎么下台呢"？接着，作者这样写道：

　　　　当然，他很想把汤姆放在一只木箱里带回去……他会把汤姆养着，抚弄着玩，而且写一本书叙述他，而且给他取一个多长多长的名字……
　　　　其实，如果老教授跟爱丽说："对了，乖乖，是一个水孩子啊，而且真是新奇的东西呢。这显得我对自然界的神奇知道得太少了……"如果老教授肯这样说，小爱丽一定比以前更加钦佩他……可是，老教授不这样想……

就在老教授用指头捣了汤姆一下的时候，被汤姆咬了一口，咬得血流了出来，他就把汤姆扔进了海里，让汤姆得以逃脱。

从这些看来，很容易让人相信确实存在"水孩子"这种两栖类动物，尤其对孩子们来说，更会深信不疑。

一八八五年，麦克米伦公司再版金斯利的《水孩子》时，书中首次配上一百幅插图，作者爱德华·林利·桑伯恩（1844—1910）是一位经常在著名的《笨拙》杂志上创作漫画的画家。其中一幅插图描写托马斯·赫胥黎和理查德·欧文在检验一个被关在瓶子里的水孩子。一八九二年，赫胥黎的孙子，当时年仅五岁的朱利安看到这幅插图，给爷爷写了一封信，问："亲爱的爷爷：你见过水孩子吗？是你把他放到瓶子里的吗？有没有想过他会逃走？我什么时候能看到他？——你喜爱的朱利安。"托马斯·赫胥黎给孙子回了信，说：

> 亲爱的朱利安——我无法肯定有没有水孩子。
>
> 我看到过孩子在水里，也看到过孩子在瓶子里……我的朋友写过水孩子的故事，他是一个非常慈爱、非常聪颖的人。或许他以为我也像他那样见过很多水里的东西。同样的事物，有些人见得很多，有些人见得很少。
>
> 我敢说，等你长大之后，你会成为一个非常了不起的观察者，会在一般的人什么也看不到的时候，看到许多比水孩子还要奇妙的东西。

问题是，在现实生活中，真的是没有谁见过，有既能在陆地生活、又能在水中生活的"水孩子"。他只是金斯利在童话中创造出来的人物。那么，金斯利为什么要塑造这样一个水孩子的形象呢？

当《水孩子》写到汤姆跳进水里，变成一个长出一对外鳍的水孩子后，他就已经是一个水陆两栖类脊椎动物。在进化的历史上，像青蛙、蟾蜍类和蝾螈这些两栖类动物，介于鱼类和爬行类之间，处在进化的低级阶段。但是最后，汤姆终于成为一个"男子汉"，上升到了进化的最高阶段——"人属"中的佼佼者。当然，《水孩子》并不是一部解释生物进化的自然科学著作，它是一部童话。金斯利在这里不是要从生物学的角度来表现两栖类动物汤姆的进化过程，他主要是要表现，汤姆如何在仙人的帮助下，摆脱人类从动物进化过来时残留下来的某些动物性，最后在人性、社会性上获得升华，成为一个真正的人。

童话中的女后是一个慈祥的女性，象征了"大地之母"或"自然之母"，她的信念是，如一首老歌唱的："使这世界转动的／是爱啊，爱啊，爱。"她就是怀着这爱心，不仅仅"我去弄平病人的枕头，把甜蜜的梦境低声灌进他们的耳朵。我打开村舍的窗户，把窒息的空气放出去。我劝诱小孩子离开阴沟和传染疾病的臭池塘边上。我拦住女人走进酒店的门，并且阻止那些男人打自己的老婆，我尽我的力量去帮助那些不肯帮助自己的人。"更重要的是，她要和其他的仙女、仙人一起，"把野兽变成人"："不管他们的祖先是谁……我要劝他们就要像个人，照人那样做事。"就这样，出于爱的目的，"福善仙人"和"罚恶仙人"从正反两方面处置了善行和恶行。在他们的安排下，汤姆也直接受到了教训，如偷吃了糖果，尽管不受惩罚，自己却会感到这糖果很难吃，而且勉强吃下之后，身上会长刺，直到主动认错之后，这刺才会消退。最后，"汤姆做起好孩子来。从此以后他不再虐待海里动物，一生都不再虐待"。

金斯利是一个自然之子。他热爱大自然，平日里，他喜欢带他的孩子们去海边的沙滩或礁石间散步，捕捉海葵和其他海中的生物，尤其在春天退潮的时候，去捡拾活的海贝，还常常一个人去找，如果发现新品种的珊瑚、海绵或罕见的贝类，他激动的心情难以形容。因而不难设想，对自然的关怀、对人的关爱是金斯利的本性。在《水孩子》中，读者还看出，书的主题除了汤姆所体现的维多利亚时代穷人的工作状况，还涉及环境卫生、公共卫生、河流污染等问题。

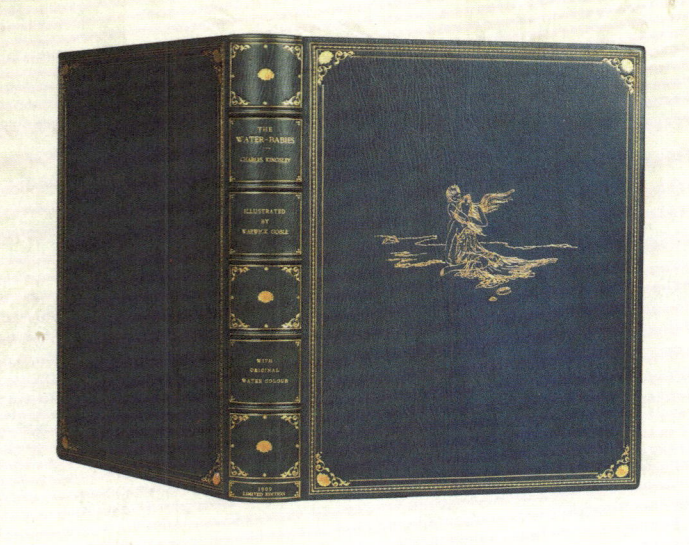

初版《水孩子》

不过，《水孩子》也暴露了金斯利的"拉马克主义"的观点。

让-巴蒂斯特·拉马克（1744—1829）是法国生物学家的先驱，以"获得性遗传"的观点而闻名。拉马克在代表作《动物学哲学》中提出两个定律：1. 器官是"用进废退"的；2. 器官的这种进展或退化，由环境所决定，并可以"通过生殖留存到后代中"。这就是"拉马克主义"。大部分遗传学家已证明拉马克主义是没有根据的。

金斯利在《水孩子》中借仙人的话说："什么事都有它的两面。有进化，就可以有退化。如果我能把野兽变成人，我也就可以把人变成野兽。"他描写一个叫"为所欲为之人"的群体，因为只肯做他们喜欢的事，不喜欢的就不做，最后渐渐丧失了说话能力，退化成大猩猩，全被法裔美国籍的旅行家和人类学家保罗·杜夏耶（1831—1903）一个个射杀。如今通行的删节本《水孩子》已经没有这一情节，但是第六章描写"逍遥国"的历史，表现的也是因为只肯做他们喜欢的事，才退化成猿猴的。

露丝·金斯利在为《水孩子和海神格劳科斯》写的序言中写道：

《水孩子》以十九世纪科学进展的伟大成就，温和而又无所畏惧地展示出作者，一位自然科学家的充分力度。因为一八五四年至一八六三年这九年间，科学界取得了划时代的发展。用我父亲的话来说："达尔文以更为有力的真理和事实，像一场洪水似的猛烈，征服了每一处。我与赖尔、赫胥黎、（艾尔弗莱德·）华莱士、（乔治·）罗尔斯顿、阿萨·格雷、（马斯顿·）贝特斯和更多发现和探索的巨人们一起，向整个自然科学的观点发起了挑战。"

《水孩子》的创作，也是金斯利对传统的违反进化原理的"神创论"进行挑战的一部分。

《水孩子》，原题《水孩子，写给一个陆地孩子的童话》，从一八六二年开始撰写，于一八六三年完成，最初在《麦克米伦》杂志上连载，同年出版单行本，配有画家诺伊尔·佩顿的两幅插图，是当时极受欢迎的书，数十年里都被看成是英国儿童文学中的顶梁柱；现在经受住历史检验，被认为是一部经典。此书已经被重版过不知多少次，其中很多是经过压缩的删节版，但二〇〇八年也出过一次未作删节的完整版。

《水孩子》不仅被翻译为多种语言在英国之外出版，还多次被改编为其他艺术形式，最著名的有：一九〇二年被改编成音乐剧，在伦敦著名的加里克剧院演出；一九七八年被改编成动画电影；一九九八年，BBC（英国广播公司）还将它改编成一部广播剧；甚至直到最近的二〇〇三年，《水孩子》还被改编为话剧上演。

Sleeping Beauty

《睡美人》

从冰岛神话到格林的文本

英俊的王子以他深沉的一吻,唤醒一直沉睡着的美丽公主,优美的故事,纯洁的爱情,千百年来,使多少人陶醉,直至现在,还有多少人迷恋着以这故事为原本的音乐、芭蕾、戏剧、影视啊。

这是一个古老的故事,一个传统的美丽童话,从它最早的雏形冰岛神话,到如今人们熟知的格林兄弟的改编,主要经历了三个版本,使故事最终表现得比较完美。

像许多其他童话一样,如今读者们读到和听到的《睡美人》的童话,都是根据十七世纪法国诗人和童话故事作家夏尔·佩罗或十九世纪德国作家雅各布·格林和威廉·格林兄弟的作品缩写的。佩罗的《森林中的睡美人》是他的《鹅妈妈的故事》一书里八篇童话故事的第一篇。有人认为格林兄弟的童话集《儿童和家庭童话集》里的《野蔷薇》的故事也来源于佩罗,但两兄弟否认两者之间有这关系。另外,意大利小说家简巴蒂斯塔·巴西莱出版于一六七四年的《五十童话》里的《太阳、月亮和塔莉亚》也讲到

名画《布伦希尔德》

睡美人的故事。专家相信，不论是佩罗的还是巴西莱的故事，都可以追溯到一三三○至一三四四年间形成的《佩尔西森林传奇》里的泽兰丁娜的故事，和古冰岛神话《沃松迦萨迦》中布伦希尔德的故事。

布伦希尔德是古斯堪的纳维亚神话中主神奥丁的女儿。她是一个女武神，因故被贬到人间，要以一个普通人的身份去与人结婚。但她非常害怕会嫁给一个懦弱的人。为此，奥丁将她安置在一座四周有烈火作屏障的城堡里，然后又用一根刺触她一下，让她陷入深沉的睡眠中，以保持她的青春美貌。一次，曾经杀死巨龙法弗纳的英雄西古尔德，勇敢地穿过烈火进了城堡，见到她后，立刻就爱上了她。他取下她的头盔，砍开她的铠甲，两人坠入爱河，西古尔德并以魔法戒指向她求婚，许诺回来娶她为妻。

《佩尔西森林传奇》主要有四个版本：两个藏于巴黎的国家图书馆，一个藏于巴黎的军火库图书馆，一个藏于伦敦不列颠博物馆。《佩尔西森林传奇》里有一个"王子特洛伊勒斯和泽兰丁娜公主"的故事，其中说到"睡美人"，情节大致如下：

在泽兰丁娜公主出生的那天，爱情女神维纳斯、生育女神路喀娜和正义女神忒弥斯三位女神前来祝贺。盛宴时，忒弥斯觉得主人忘了给她放一把餐刀，是对她的不敬，十分生气；便暗中诅咒公主在以后某一天纺纱时，会被刺痛手指，然后沉入深睡，且只要仍有一丝亚麻碎屑留在她手指上，她都会一直沉睡下去。在此之前，王子特洛伊勒斯见到过泽兰丁娜，并爱上了她；泽兰丁娜也爱他。但特洛伊勒斯注定须得经历多重冒险，才能再次见到她。此刻，在特洛伊勒斯再次来到泽兰德的宫廷，想要再见泽兰丁娜时，才知道他所爱的公主的情况。原来，忒弥斯的诅咒生效后，泽兰丁娜的父亲，泽兰德国王为保护女儿，让她完全裸体留在一座塔里，这塔十分严实，只有一个窗子。不过，特洛伊勒斯得到仁慈的精灵泽菲尔的帮助，使他能够通过这窗子进入泽兰丁娜沉睡的房间里。在那里，由于维纳斯的怂恿，他屈服于自己的欲望，与泽兰丁娜发生性交，并与她交换了戒指后才离开。九个月后，泽兰丁娜产下一个婴儿。一次，婴儿错将泽兰丁娜的手指当成了乳头，吮出留在她指头上的一丝亚麻碎片，使她从沉睡中苏醒过来。泽兰丁娜醒来后，发现自己已经失去童贞，感到悲痛异常。不久，一个鸟形的生物进来，偷走了泽兰丁娜的孩子，使她再度陷入了悲痛。但到春天来到的时候，她的情绪很快就恢复了，她想起了特洛伊勒斯。当她看到手上的这只戒指时，她认识到是特洛伊勒斯跟她睡过觉。一段时间之后，特洛伊勒斯经历冒险后回来，把他所爱的泽兰丁娜带回到他的王国。

不难看出，上述的布伦希尔德的故事和泽兰丁娜的故事，都已具备如今所知的有关"睡美人"的故事的雏形。二三百年之后，到了意大利小说家简巴蒂斯塔·巴西莱的笔下，故事就得到进一步的丰富。

巴西莱生于那不勒斯的一个中产阶级家庭，长大后当过兵，也做过朝臣，一生广游各地，阅历丰富。但他最为人们记得的是诗人和作家的身份。《五十童话》是他根据克里特岛和威尼斯一带的民间口头传说，用那不勒斯方言改写的。此书原名《给小孩子娱乐的优秀童话》，由他的姐妹阿德里安娜在他死后的一六三四年和一六三六年在那不勒斯以假名贾恩·阿雷西欧·阿巴图蒂斯分两卷出版。

在巴西莱的童话集《五十童话》中，第五天的第五个故事叫《太阳、月亮和塔莉亚》。故事说的是：

有一个大领主生了一个女儿，叫塔莉亚。众贤人和占星家推算了孩子的星象，预测过她未来的命运后，告诉大领主说：她以后将会因一片亚麻屑招来险情。为了保护女儿，

《睡美人》插图

大领主下令，绝不允许有人把亚麻带进他家。

几年后，塔莉亚长大了。一次，她看到有一个老妇人在用纺锤纺纱。她可从来没有见过这么有趣的东西，也很想来玩一下，便要求这老妇人让她也来纺纺看。谁知，纺锤刚一转动，一片亚麻屑就嵌进她的指甲缝里。塔莉亚立刻瘫倒在地上，垂死了过去。大领主见他亲爱的女儿真的死了，但因实在太爱她了，无法想象把她埋葬，再也见不到她的情景。于是，他决定将她安置在他乡村的一个庄园里。

不知过了多少年月之后，有一位国王来大领主附近的林中狩猎时，跟随他的猎鹰进了大领主的那座房子，看到美丽的塔莉亚，一下子便喜欢上了她。虽然一动也不动，但见她面容，就像活着刚刚睡去一样。他想尽办法，希望让她苏醒过来，却无论如何没能做到。后来，在塔莉亚无意识中，用巴西莱的话说，他"在她那里摘到了爱情的果子"。之后，他就离开这个女孩，回到自己的城市去了。

塔莉亚仍旧陷入深沉的睡眠中，并生下一对双胞胎，一个男孩和一个女孩。一天，这个男孩想要吃奶，找不到母亲的乳头，就开始吮吸母亲的手指头，无意中，把母亲指甲缝里的那片亚麻屑吮了出来。于是，塔莉亚立即苏醒了过来，并给两个孩子取了名字，一个叫"太阳"，一个叫"月亮"，让他们和她一起住在这房子里。

《睡美人》插图

　　后来，那个国王又回来了，见塔莉亚不但已经醒了过来，而且已经是一对双生孩子的母亲。但是，他是一个已婚之人。他在睡梦中曾呼唤过塔莉亚，还有太阳、月亮的名字，但都被他的妻子皇后听到了。她强迫国王把他所有的秘密都说出来。于是，王后就派人用假冒的手法将塔莉亚的两个孩子带进宫廷，并命令厨师杀了这两个孩子，做成美味的菜肴给他们的生父国王吃。但厨师不愿做这样的事，便偷偷将孩子藏了起来，端上两只羊羔的肉，来代替王后吩咐的美餐。王后看着国王吃这美餐的时候尽情嘲笑他。同时，她又设法将塔莉亚抓到宫廷，下令在院子里烧起一堆巨火，想将塔莉亚推进火中烧死。塔莉亚要求，先让她脱去她漂亮的衣服，然后甘愿赴死。王后允许了。于是，塔莉亚开始脱衣，她每脱一件，都发出悲伤的呼喊。她这惨痛的呼声终于让国王听到了。皇后讽刺他说，这喊声是因为塔莉亚就要被烧死了，而他，却还不知道已经吃了他自己的两个孩子。

　　国王愤怒极了，立即下令将他妻子、他的管事以及厨师投入火堆。厨师解释说，他已经把太阳和月亮这两个孩子救出来了。最终，国王和塔莉亚成婚，厨师因为有功，被

《睡美人》插图

提升为皇家大内侍。

　　童话最后写了这么一句箴言:"有福气的人,光躺在床上,好运也会从天而降。"

　　研究者认为,布伦希尔德故事的产生,至迟可以追溯到人类进化蒙昧时代中级阶段的初期。因为人类学研究证明,从这个时候开始,此前曾经容许的"纵向内婚制",即长幼辈之间的交合已被禁止;而"横向内婚制",即同代人之间,包括嫡亲兄弟姐妹之间的性关系仍然存在,而且更加普遍。由此可以看出,《太阳、月亮和塔莉亚》故事的形成无疑要比《佩尔西森林传奇》晚得多,因为它使人想起古希腊悲剧作家欧里庇得斯的著名作品《美狄亚》:美狄亚为了报复丈夫伊阿宋与科林斯国王克瑞翁的女儿相爱,杀死她自己和伊阿宋生的两个儿子。历史上也有米底帝国的国王阿斯提亚格斯(公元前五八五年继承王位),曾设计请武将哈尔帕戈斯来赴宴吃下他自己儿子的肉。但这两个童话都带着人类初期强奸和同类残食的野蛮行径。巴西莱的童话对于闯进塔莉亚房内的国王,就有这样的一段描述:

　　　　国王命令他的一个随从去敲门……敲了很久之后,国王就派仆人去找一把通常是葡萄园里用的梯子,让他可以爬上去,看里面是不是有人。爬进去了之后,他走遍各处,连个幽灵的影子都没见到。最后,他来到被施过魔法的塔莉亚坐着的那个房间。国王刚看到她时,以为她睡着了。于是,他叫她,而且无论怎么碰她、大声喊叫,她都没有醒来。但是,她的美使他着迷,他于是将她抱到床上,在她那里摘到了爱情的果子,随后就让她睡在这床上。最后,他回自己的王国去了,很长时间都不记得自己所做的这一切。

是佩罗和格林兄弟,以现代的精神剔除了这类原始烙印,以纯洁的爱情气息使这篇童话显露出一种新的健康的生气。佩罗的文本是这样结尾的:

王子走近公主,激动得颤抖,跪倒在她身旁,羡艳地注视着她。就在这时,魔法开始消失,公主苏醒过来,比第一次更为温柔地看了他一眼。
"是你吗,我的王子?"她说,"我已经等了你很久了。"

格林兄弟的原文结尾是这样的:

最后,他(指国王)来到塔前,打开通往野蔷薇睡的小房间的窗子。她躺在那里,她的美是如此的神奇,使他的眼睛根本无法离开她。随后,他俯下身子去吻她。当他的唇碰到她的唇时,野蔷薇睁开了眼睛,苏醒了过来,深情地注视着他。

美国学者杰克·齐佩斯在他二〇〇三年重版的《格林兄弟:施过魔法的森林到现代社会》中对睡美人故事的发展作了精当的评论:

"正是有佩罗一六九七年文本中的一个男子,才破了魔法,使公主苏醒了过来。格林兄弟在一八一二年加上一个吻,使她得以复生。佩罗和格林兄弟的王子可都是高尚的人!是他们让我们忘掉了十四世纪的《佩尔西森林传奇》和简巴蒂斯塔·巴西莱的《五十童话》这两部受到佩罗和格林兄弟修改的童话故事里的文学原型。"

From the Mixed-up Files of
Mrs. Basil E. Frankweiler

《天使雕像》

一则新闻的启示

一九六五年十月二十五日，星期一，美国的大报《纽约时报》报道了一则新闻：说是在上周五，即十月二十二日，大都会艺术博物馆在纽约的拍卖场上收购到一座雕像。第二天，该报继续报道说，著名的艺术史专家，历史悠久、全世界最广受阅读的艺术刊物《艺术新闻》的编辑米尔顿·埃斯特罗称：这座"二百二十五美元的雕像可能是一位大师的作品，价值五十万美元"；多位专家猜测：可能是文艺复兴时期最著名的艺术大师达·芬奇创作的小天使。

达·芬奇的作品，无价之宝，却定锤在区区的二百二十五美元上。这大概可算是百年不遇的大新闻，在古玩界会引发轰动效应，认为捡了一个"大漏"；也会让一般的读者注意，作为茶余饭后的有趣谈资。

一位叫伊莱恩·洛布·柯尼斯伯格的女性也被这则新闻吸引住了。不过，她没有读过之后就不再想它了。像巴尔扎克善于从报章新闻吸取题材那样，作家的敏锐性，让柯

柯尼斯伯格夫人一九八六年在迈阿密国际图书展销会上

尼斯伯格夫人从这则新闻中获得了灵感：据此不是可以给孩子们写个有趣的故事吗？她果然从这则新闻获得灵感，创作出一部童书，而且得了奖。

柯尼斯伯格夫人原名伊莱恩·洛布（1930— ）。她生于纽约城，在宾夕法尼亚州的一个小镇长大。伊莱恩从小就酷爱阅读，虽然只能读她父母允许的书籍。在宾夕法尼亚的法雷尔读完中学后，因为不知道有奖学金之类的资助，为筹钱上大学，她去一家肉类加工厂任一名记账员。随后，她进了匹兹堡的卡内基技术学院，主修化学。从这里毕业后，她与在加工厂认识的厂主之一的兄弟、心理学研究生戴维·柯尼斯伯格结婚。一九五二年到一九五四年，伊莱恩·柯尼斯伯格就读匹兹堡大学的化学专业研究生。在取得学位之后，她把家搬到佛罗里达的杰克逊维尔，在巴特拉姆女子学校担任化学教师至一九五五年。一九五五年、一九五六年，她先后生了儿子保罗和女儿劳莉。为了帮助孩子健康成长，她开始绘画和创作，供孩子阅读。

伊莱恩·柯尼斯伯格对绘画的兴趣越来越浓厚。于是，在一九六二年，她第三个孩子、小儿子罗斯四岁时，全家迁往纽约西切斯特县的切斯特港村之后，伊莱恩加入"艺术学生联盟"，专门学习美术。与此同时，她每天早上还在三个孩子去学校后，开始文学创作。

伊莱恩·柯尼斯伯格不但创作儿童小说，并为自己写的书创作插图，并取得了极好的效果。她的第一部小说，以劳莉的生活为原型的《小巫婆求仙记》在一九六七年出版。

大都会艺术博物馆

　　同年，她又出版了《天使雕像》。此后，她又创作不断，至二〇〇七年，她已完成二十多部作品，其中的一些不但获奖，还被改编为其他艺术形式。

　　伊莱恩·柯尼斯伯格的《天使雕像》的创作，灵感的萌发，用伊莱恩本人的话来说，是"起始于一片蓝色丝绒椅子上的爆米花"。她曾这样详细回忆：

　　　　我的三个孩子和我去参观博物馆。漫步在底楼家具展览室的时候，我注意到，在一把蓝色椅子上，有一颗爆玉米花。一条丝绒绳从这里通向展览室的大门（拦住观众）。这颗孤零零的爆玉米花，如何会来到那把蓝椅子上呢？是不是有某个人偷偷地在这里待了一个晚上？可能在那天，他溜到拦绳的后面，坐在那把椅子上，吃爆玉米花当点心？那天在博物馆逗留了很长一段时间之后，我就在想蓝椅子上的那颗爆玉米花，想它是怎么搁在那儿的。

　　　　同年十月，我在《纽约时报》上读到，大都会艺术博物馆在拍卖会上以二百二十五美元购到一座雕像。这雕像原来属于 A. 哈密尔顿·赖斯女士的遗产（不是芭瑟·伊·法兰克威尔夫人的）。报纸报道说，博物馆的官员们都不肯定他们所购得的是什么，但他们知道，他们捡了一个漏。

　　　　第二年夏天，我读理查德·休斯的《牙买加飓风》。此书讲述的是几个孩子的冒险，（因为刮飓风，）他们从岛上的家被送回英格兰时，被海盗俘获。在公海上，与这些海盗为伴，孩子们丧失了那层薄薄的文明的外衣，他们也变得像海盗一样。

读这部小说之后不久，我们全家去黄石国家公园度假。一天，我们去野餐。我们买来萨拉米香肠、面包、巧克力牛奶和纸杯、纸碟，还有餐巾、炸薯条、泡菜，然后驾车跑呀跑，但找不到餐桌。当我们来到一处林间空地时，我提出就在这里吃。我们都蹲坐在地上，把食物铺开来。这么一来，抱怨就开始了。巧克力牛奶正在保温，但每样东西上面全是蚂蚁，且太阳晒得纸杯蛋糕渐渐融化。可不能粗暴处理此事，后来，我们这个小团体也没有多想什么，只是觉得不适应。

不像我所读的这本小说（指《牙买加飓风》）里的孩子，我的孩子们即使被海盗俘获，也永远不会成为野蛮人。对于他们来说，文明不是一层外衣，而是一个坚壳。如果他们想逃跑，他们会逃到哪儿去呢？

他们大概永远不会认为他们郊外的家是一个缺少文明的地方。他们想要的就是所有这些简易用具，外加少量奢侈品。可能他们不会认为除了大都会艺术博物馆之外，还有更精美的地方了。

于是，我就开始想，他们会躲进这个博物馆。他们会躲在那里，只要找到一条逃避门卫的路，不留下痕迹，椅子上没有爆玉米花，一点点痕迹都不留下。

小说的主题定下来了，伊莱恩·柯尼斯伯格的思维也随之活跃起来了："博物馆什么都有。那是多么的奇妙啊！国王的御床！王后的床！"她想到，那里有一张床，伊丽莎白女王的宠臣罗伯特·达德利的第一个妻子艾米·罗布萨特伯爵夫人（1532—1560）就被杀死在这张床上。她想象孩子们进去看到后，会在这张床上睡一晚，"只要他们把床铺得仔细和整齐，就没有人会知道他们曾在那里睡过"。她又想，餐厅有一个喷水池，他们会在那边洗个澡。尤其让她高兴的是，她觉得，"他们一进入馆里之后，他们就是'知情人'了，他们会发现博物馆以二百二十五美元购得的这座神奇雕像的秘密"。所以她相信，"在他们离家之后，他们还会了解到更有价值的神秘事物"。

如此一想，小说创作的方方面面都在她的脑子里明朗化了。随后，她和孩子们一起去设想中的故事发生地博物馆做调查研究。"我们去了博物馆很多次，很多很多次。"她写生画下很多图画，还得到允许，用拍立得相机拍下实物，只不过不许闪光拍摄。拍摄的时候，劳莉和罗斯就站在展品面前摆姿势，尽可能靠近实物。她还画下餐厅的喷水池，不过，孩子没有像《天使雕像》里写的，在喷水池里洗澡。

最后，伊莱恩·柯尼斯伯格决定将故事的重点放在描写两个孩子探求雕像的秘密和女收藏家的秘密档案上。

故事叙述克劳迪娅·金凯德厌倦了家里千篇一律的生活：每天都是洗碗碟、清理垃圾箱这一类琐事。她希望能做些出人意料的事。于是，她精心策划出一场离家出走的"冒险"。她选择的去处是纽约大都会艺术博物馆，物色的同伴是她的既"富有"又小气的弟弟杰米。第一步成功了，他们终于悄无人知地离开了家。在戒备森严的大都会艺术博物馆神奇度过的一个星期中，他们看到大批的观众都蜂拥而来参观一座雕像的展出，因为这雕像可能是文艺复兴时期的艺术大师米开朗琪罗的作品。但只是"可能"。克劳迪娅立刻被它吸引住了，决意要查明它到底出自哪一位艺术家之手，以达到"出人意料"的效果。可是眼下，他们没有丝毫线索，而且钱也快用完了。克劳迪娅不甘心就这样"平庸"地回家去。她和弟弟去图书馆查找资料，研究了米开朗琪罗的生平和创作，最后找到雕像原来的所有者，芭瑟·伊·法兰克威尔夫人，才弄清是怎么回事。

伊莱恩·柯尼斯伯格不但撰写文字，还亲手创作插图。她以自己的两个孩子劳莉和罗斯分别作为克劳迪娅·金凯德和杰米·金凯德的人物原型和绘画模特儿,创作出了《天使雕像》这部小说。

克劳迪娅·金凯德是金凯德家四个孩子中唯一的女孩。她十二岁,是六年级的学生。她不喜欢每天那种单调乏味、千篇一律的生活;甚至生活中的一些不舒服,如野餐时的脏乱和不方便,都不愿忍受。但她很懂得计划办事,她设想和弟弟杰米"一起去从事这辈子最伟大的冒险",最后在大都会艺术博物馆发现了一个神奇而令她着迷的艺术世界。

杰米九岁,是金凯德家的第三个孩子,读小学三年级。他充满冒险精神,用一副纸牌游戏骗同学的钱,积攒了二十四元四角三分钱,成为一个小富翁,但对钱又非常斤斤计较。

书中最后出场的芭瑟·伊·法兰克威尔夫人,聪明、有见地而又富有,已达八十二岁高龄。她是克劳迪娅和杰米这个故事的叙述者。她仅以二百二十五美元卖掉一座非同寻常的雕像,引发出一个神奇的探险故事。

像克劳迪娅和杰米一样,法兰克威尔夫人这个人物也有原型。她的原型是奥尔加·普拉特小姐。普拉特小姐是伊莱恩·柯尼斯伯格在佛罗里达杰克逊维尔任化学教师的巴特拉姆女子学校校长。女作家在一次访谈中说:"普拉特小姐并不富有,但她是一个很实在的人,坚定而仁慈。"做法兰克威尔夫人的插图人物的模特儿则是另一位女士安妮塔·布鲁尼姆小姐。布鲁尼姆小姐和伊莱恩·柯尼斯伯格住同一个楼房。一天在电梯上,女作家邀请她做她小说中的模特儿,布鲁尼姆小姐欣然同意。小说得了纽伯瑞奖后,一天从楼房回家时,作家的一位同样住在同一个楼房的朋友在电梯上见到布鲁尼姆小姐时问她,出名了,感觉怎样。布鲁尼姆小姐回答说:"我为柯尼斯伯格夫人感到高兴。"

和其他的多数作家不同,伊莱恩·柯尼斯伯格创作这部《天使雕像》,是先根据她两个孩子的模样来绘制出一个个画面,然后才用文字来写他们的故事。虽然她对全书的故事胸有成竹，而且对一个个人物的形象和性格，也都了然于心，有些情节却是在写的时候临时冒出来的，事先完全没有想到。如写克劳迪娅到了法兰克威尔夫人家里时，开始并没有想到要写她洗澡，直至看到她一副灰头土面的样子，才想到，该让女仆带她去浴室洗个澡。于是细细地描写这女孩子如何向往洗这个澡，自言自语地说："你永远也不会有比这次更好的机会了。克劳迪娅女士，去吧，去洗吧！"

伊莱恩·柯尼斯伯格声称，除了个别细节，书中绝大部分的情节都是她两个孩子的真实经历，如劳莉欣赏博物馆里古埃及的青铜猫，姐弟二人一起阅读有关米开朗琪罗和雕像的材料等，作家还都拍摄下了照片。

伊莱恩·柯尼斯伯格的《天使雕像》原名《芭瑟·伊·法兰克威尔夫人的混乱档案》，于一九六七年由美国雅典公司出版。该书获一九六八年的纽伯瑞金奖；另外，她的《小巫婆求仙记》于同年获纽伯瑞银奖。尽管由美国图书馆学会的分支机构美国图书馆儿童服务学会于一九二二年首次将纽伯瑞奖颁发给亨德里克·房龙的《人类的故事》以来，在美国获得这一奖项的童书作家不在少数，但像伊莱恩·柯尼斯伯格这样在同一年里囊括金奖和银奖的作家，在纽伯瑞奖的历史上是绝无仅有的。如今，《天使雕像》已经被译成多国文字出版；还多次被改编为其他艺术形式，如在一九七三年被改编成影片《巴兹尔·弗兰维勒太太的混乱档案》，由瑞典女演员、漂亮的英格丽·褒曼扮演法兰克威尔夫人。直到最近，《天使雕像》仍被读者看成最受欢迎的童书之一。二〇〇五年，美国儿童文学评论家安妮塔·西尔维将它列入《给孩子一百本最棒的书》；二〇〇七年，美国国家教育学会在网上所做的民调也将此书列入"教师给儿童看的一百本最棒的书"；在二〇一二年《学校图书》杂志的一次民调中，此书被看作有史以来一百本最棒的书之一。

伊莱恩·柯尼斯伯格声称，虽然她在《天使雕像》中写的绝大部分内容都是他们的亲身经历，但在书出版之后，有些事已经发生变化。如克劳迪娅和杰米睡过的、被认为是艾米·罗布萨特伯爵夫人死的那张床，已经移出博物馆了。因为据史学家研究，这位

女作家的孩子在博物馆

伯爵夫人实际上是死于癌症，而不是传言所说的谋杀。又如《天使雕像》里写到博物馆里那家餐厅外有一个巨大的喷水池，泉水从几个铜雕的海豚口里喷出，海豚的背上骑着象征艺术的人形，样子很像水精灵。但此书出版后，餐厅外已不再有此一景了。这海豚铜雕上的水精灵被迁到南卡罗莱纳州默雷尔斯水湾的布洛克格林花园大门外了。但最重要的还是《纽约时报》和小说一再提到的那座小雕像。

大都会艺术博物馆二十二日购得雕像后，第二天一早，雕像就被从拍卖场运至博物馆，并由一个小组进行验收。小组的成员除博物馆馆长詹姆斯·J.罗里默外，还有行政管理约瑟夫·V.诺贝尔、文物保管部的凯特·C.莱弗茨和西欧艺术部主任约翰·G.菲利普斯以及该部的另一个人员奥尔加·拉吉欧。但验收很仓促，仅花了十五到二十分钟，记者、摄影师、电台、电视台的人就成群结队蜂拥而至。约翰·G.菲利普斯后来回忆说："我们当时对许多问题都没能清楚回答。我们新购的藏品有什么故事？它是用什么材料打造的？是一件艺术真品，还是如许多人所怀疑的，是一件赝品？如果是真品，它和佛罗伦萨雕刻家韦罗基奥的大理石作品（指他的《怀抱花束的夫人》——引者注）有什么关系？会是韦罗基奥或者韦罗基奥的学生达·芬奇的作品吗？达·芬奇的名字一经宣布，故事就更加复杂了。虽然缺乏材料，我们都为购得这件藏品而高兴。"

大都会艺术博物馆购得的这座《天使雕像》和韦罗基奥的《怀抱花束的夫人》非常相似。那是怎么回事呢？几年后，伊莱恩·柯尼斯伯格感叹说：

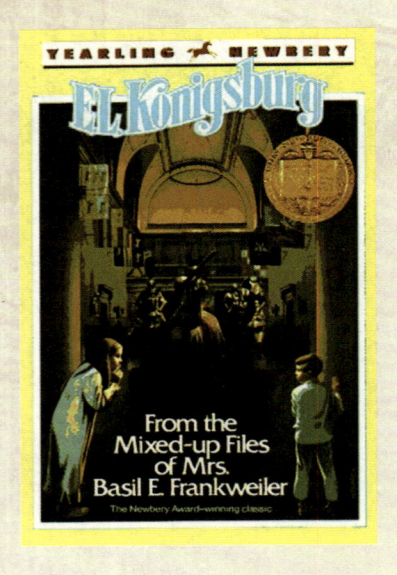

初版《天使雕像》

　　《天使雕像》写成后，这座雕像是一个"漏"的秘密被揭开了。馆长们相信，它实际上是意大利佛罗伦萨一座雕像的古旧铸件，名为《怀抱花束的夫人》；是石膏铸件，而不是大理石雕像，更不是米开朗琪罗的作品。

　　这在艺术收藏史上也许有点遗憾，但对儿童文学史，却是一件幸事：要不是有这不确切的报道，伊莱恩·柯尼斯伯格哪会想到创作这部《天使雕像》，儿童文学史上哪会有这么一部经典？

Peter Rabbit

《兔子彼得的故事》

家里的兔子和书中的兔子

很久以前,有四只小兔子,它们的名字叫弗洛普塞、莫普塞、库特泰尔和彼得。它们和它们的妈妈一起,住在一棵大枞树树根下面的沙洞里。

很多孩子看了这段话,马上就能够猜出,这不就是《兔子彼得的故事》吗,并且他们也能把下面的故事一直讲下去。不过,他们可能不记得这故事是谁写的了。很多孩子都不习惯记住作者的名字。其实,这不是一个好习惯,特别是对于写出这个《兔子彼得的故事》的作家比阿特丽克斯·波特,因为她本人的故事也很有趣。

比阿特丽克斯·波特(1866—1943)的家位于伦敦南肯辛顿博尔顿公园二号。来自英格兰西北兰开夏郡的棉花收入,使她的家境十分富有。父亲鲁珀特·波特交往非常广泛,像住在附近的拉斐尔前派画家约翰·埃弗雷特·密莱司、摄影师麦肯齐等,都是他的朋友。密莱司很喜欢比阿特丽克斯,常常逗这个怕羞的小女孩玩,对她喜爱涂涂画画

女作家比阿特丽克斯·波特

的"艺术创作"很感兴趣。比阿特丽克斯也很喜欢密莱司的作品，称颂他画的莎士比亚笔下的奥菲莉亚，"可能是世界上最神奇的画作之一"。

父亲不但自己对艺术一直保持兴趣，有时还会带比阿特丽克斯去参观博物馆或者在皇家学院举办的展览，允许她带回几只小动物做她的唯一的伴侣，直到六年之后她的弟弟伯特伦出生。母亲海伦·里奇很爱这两个孩子，但她太过于小心谨慎了，她担心两个孩子会受到外头病菌的感染，绝不让他们外出去跟别家的孩子一起玩耍。所以，比阿特丽克斯唯一的玩伴就是弟弟伯特伦。姐弟两人一起玩也很好，他们喜欢拿湖区的景物和自然史博物馆里的蝴蝶、昆虫的标本做样本，来画速写。湖区是英格兰西北部坎布里亚郡的著名景点，他们全家每年都要去那里避暑三个月。姐弟两人都喜欢小动物，他们的读书室里有小兔子，有叫"笨拙"的绿青蛙，还有蜥蜴、水蝾螈、乌龟、老鼠、蝙蝠、小鸟、豚鼠、刺猬等小动物。比阿特丽克斯后来曾说起过，她曾经从谢泼德野地的埃克斯布里奇路买过一只比利时兔，她给它取名为彼得·派珀；当时它非常羸弱，价格却不菲。肯辛顿博物馆（即今天的维多利亚和阿尔伯特博物馆）和自然史博物馆离她家都只有散散步的路程，稍稍长大一些之后，比阿特丽克斯就常常步行去那里观察植物，并把样本速写下来。与此同时，她从十五岁开始写日记，来记述自己对事物的感受。

比阿特丽克斯从来没有进过学校，都是由家庭教师在家里教她。她阅读的兴趣非常广泛：《圣经·旧约》、《伊索寓言》、格林兄弟和安徒生的童话、查尔斯·金斯利的《水孩子》、刘易斯·卡罗尔的《爱丽丝漫游奇境记》，还有约翰·班扬的《天路历程》、斯托夫人的《汤

哈德威克·罗恩斯利

　　姆叔叔的小屋》、苏格兰作家瓦尔特·司各特的小说、爱尔兰女作家玛丽娅·埃奇沃思的童话，甚至莎士比亚的作品，都是她所喜欢读的。十岁生日那天，父亲送给比阿特丽克斯一本画册《大自然的鸟》，书中的水彩画让她非常喜爱，"我将它放进画室的柜子里，只有在将我的小手洗干净之后才去取它"，并学着画。在后来她自己开始画插图之后，她一般是挑选《灰姑娘》《睡美人》《阿里巴巴和四十大盗》《穿靴子的猫》《小红帽》等传统的童话和故事，并以家里的宠物做样子，来画故事里的动物。在一八八三年进修了十二节油画课之后，她的绘画技术得到很大的提高，最后甚至能以熟练的徒手画、模型画、直线透视和花草画，获得教育委员会科学艺术部的大学生证书，即是说，达到了大学的程度。

　　虽然比阿特丽克斯小时候就开始速写和绘画，但是真正进行绘画创作，则开始于一八九〇年代，且是因为受罗恩斯利的鼓励。

　　哈德威克·德拉蒙德·罗恩斯利（1851—1920）是兰开夏郡雷村的司铎，又是一位诗人和歌词作者。他很爱湖区，在湖区待了三十年之久，憎恨有人侵犯这美好的自然，包括把铁路建到这里。他以保护自然环境而闻名，是"全国名胜或自然美组织"的创始人之一。一八八二年，比阿特丽克斯和父母一起去湖区度假时，一天去参观一八四〇年建造的仿哥特式风格的建筑——雷堡。当时前来参观的还有其他许多著名贵宾，其中包括哈德威克·罗恩斯利。罗恩斯利就在这次与比阿特丽克斯一家认识，之后甚至成了他们全家的朋友。罗恩斯利很喜欢比阿特丽克斯的动物画，还经常送给她一笼笼或一盒盒

《兔子彼得的故事》插图

的小动物，鼓励比阿特丽克斯绘画创作。

一八九〇年，受罗恩斯利的鼓励，比阿特丽克斯将她创作的圣诞贺卡寄了六份样品给德国人阿尔贝特·希尔德施默和 C.W. 福克纳开设在伦敦的一家公司。本来比阿特丽克斯并没有抱多大的希望，结果却出乎她的意料，这六张贺卡不但卖了六英镑，公司还要她多多给他们创作。随后，希尔德施默和福克纳公司为比阿特丽克斯出版了她的第一部作品，她以"H.B.P"作笔名的小书《快乐的一对》，是一册描写小兔子和其他动物的故事，由英格兰的歌词作者弗雷德里克·威瑟利配上歌词《小男孩丹尼》和《巴黎盆地的玫瑰》。

在比阿特丽克斯的成长过程中，父母共为她请过三位家庭教师，最后一位叫安妮·穆尔，只比她大三岁，教她德语，兼任她母亲波特夫人的女伴。安妮·穆尔离开后，比阿特丽克斯仍一直跟她联系，和她保持了终生的友情，并经常给安妮的孩子写信。

一八九三年九月四日，安妮五岁的女儿诺埃尔·穆尔发猩红热，生病了。比阿特丽克斯给她写信讲故事，在她孤独地躺在病床上的时候，帮助她度过这一艰难的时刻，鼓励她振作起来，和病魔抗争。比阿特丽克斯在每封信上都画下一些孩子们喜爱的画。

"亲爱的诺埃尔，我不知道怎么给你写，"比阿特丽克斯在给诺埃尔的信中写道，"那么我就给你讲讲四只小兔子的故事吧，它们的名字叫弗洛普塞、莫普塞、库特泰尔和彼得。"同时还配上几幅她创作的精致小画。

比阿特丽克斯的故事讲的是她原来所养的那只兔子，这只兔子叫彼得，它"有点胖"，"喜欢地毯"，又"非常淘气"；它"总是像一只小猫那样躺在地毯中央的壁炉前"。比

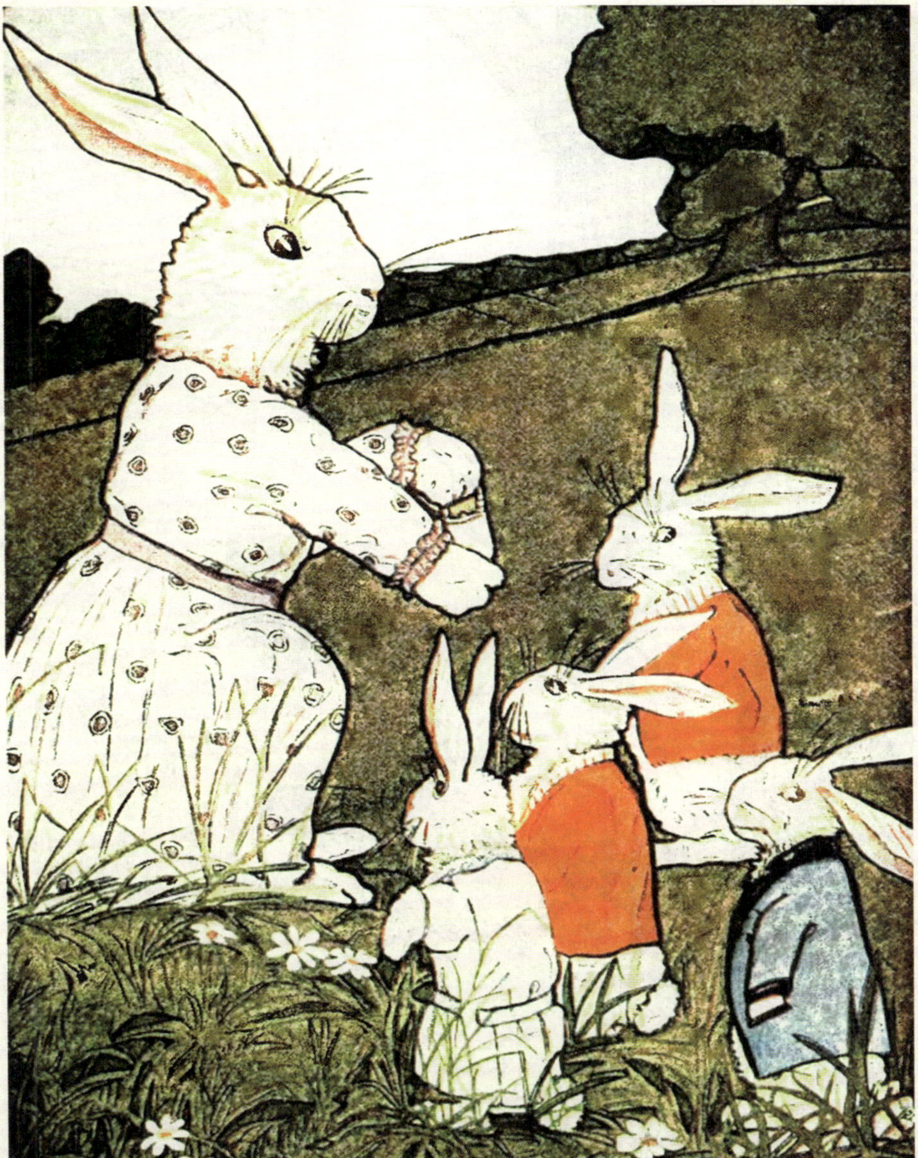

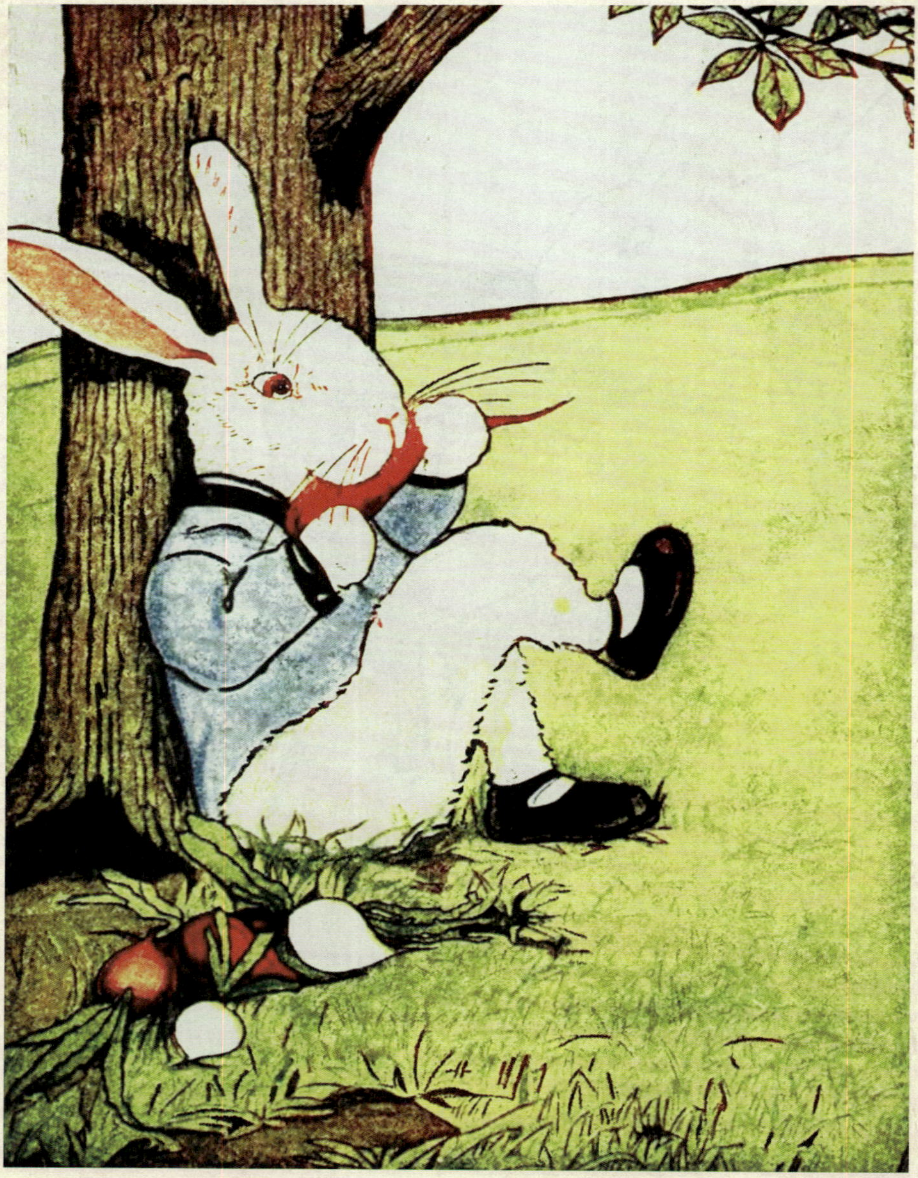

《兔子彼得的故事》插图

阿特丽克斯做小姑娘的时候,要把它赶出门外,用一根小小的皮带系住它。但写出之后,有些词句描述得像是比阿特丽克斯家的这只彼得,又像比阿特丽克斯想象出来的童话角色了:"它调皮又淘气,爱蹦蹦跳跳钻大铁环,按门铃,敲手鼓……"

以后的几年,比阿特丽克斯还给诺埃尔和她的兄弟姐妹另外写了一些带有图画的信,内容包括一个叫纳特金的"过于没有礼貌"的小松鼠的故事和一个叫杰里米先生的忧郁的渔夫的故事等。

一九〇〇年,安妮从比阿特丽克斯给她孩子的信中看到潜在的商机,便向比阿特丽克斯建议说,她的这些带有图画的信,内容真是太丰富了,孩子们都很喜欢,足够可以写好几本图画书出版卖钱。安妮的提醒让比阿特丽克斯想到:可不是!好在这些信孩子们都还保存得很完整。不过,比阿特丽克斯乐意将这些故事写成书,主要的动机是希望通过创作来抚慰自己孤独的心灵。不妨设想一下:一个女子,已经三四十岁了,还没有成婚,而一直跟父母待在一起,怎么会不感到孤独呢?

同年,比阿特丽克斯向诺埃尔借回所有她写给他们的信,希望对原来的这些带画的故事进行重写、重画,并设法把它卖给出版商。

比阿特丽克斯设想:这书应该是小开本的,纸张质地要好,这样,孩子们才能够自己拿起来读,而且经得起他们小手的磨损;书的特色是每一页都要有黑白插图,这样才能让最小的孩子也能从头到尾保持兴趣。六家出版社包括弗雷德里克·沃恩兄弟公司都拒绝了这个故事,他们希望出版价格比较高的、彩色插图的大开本。比阿特丽克斯坚持

《兔子彼得的故事》插图

自己的信念,因为"小兔子们(指小读者)买不起六先令的一本书"。银行里还有点存款,比阿特丽克斯便决心自费来出版这本书,每册一先令六便士。只是,比阿特丽克斯的传记作者琳达·里尔在她获二〇〇七年"莱克兰年度图书奖"的《比阿特丽克斯·波特:本真的一生》中解释说:"原信太短,做不成一本像样的书,因此(比阿特丽克斯·波特)增加了一些正文,又新画了黑白插图……这就使它更有吸引力了。这些改变减慢了叙事的速度,增强了读者的好奇心,并让时空有了较大的跨度。"

一九〇一年十二月十六日,斯特兰奇韦父子公司出版了二百五十册《兔子彼得的故事》,每册的扉页上都有版画家卡尔·亨兹奇尔作的彩色画。第一版立即获得了成功,连侦探作家柯南·道尔也买了一册给他的孩子读。不到两个月,一九〇二年二月,此书又增印了二百册。一九〇二年印出的《兔子彼得的故事》,定价一先令,相当于今日的五便士。在比阿特丽克斯自留的一册上,有这样一段题词:"深情怀念可怜的老彼得兔,它是在一九〇一年一月二十六日活到九岁时死去的……不管它的智能多么有限,或者它的皮毛、耳朵和脚趾表面有些什么缺陷,它的性格始终是和蔼可亲的,它的脾气永远是亲切可爱的,是一位深情的伴侣和一位温柔的朋友。"这两版《兔子彼得的故事》已经成为有史以来最著名的童书之一,以重视稀有童书而著名的"斯泰拉和罗斯书店"也对这两版的《兔子彼得的故事》做出极高的评价。

虽然波特小姐对自己的书具有信心,但这部《兔子彼得的故事》竟突然之间一夜成功,并如此为小读者所喜爱,仍使她感到吃惊。但她谦虚地把这成功归之于她的故事本来就是为现实中一个真实的儿童写的,而不是作家凭空虚构出来的。

看到比阿特丽克斯庆祝这本自费出版的书后,她家的老朋友哈德威克·罗恩斯利鼓励弗雷德里克兄弟公司重新考虑出版比阿特丽克斯的故事。于是,弗雷德里克·沃恩给比阿特丽克斯写信,表示要在明年出版她的"兔子书",条件是她对故事稍稍做些修改,并创作彩色的插图。比阿特丽克斯对此表示同意。

罗恩斯利确实喜欢比阿特丽克斯的画,但他认为自己是一位诗人,自信自己的文字会比比阿特丽克斯的好,希望由他来代替比阿特丽克斯写这书。不过,比阿特丽克斯还是喜欢她自己的风格,于是画和文字仍由她自己创作。

兔子彼得可爱又淘气,它悄悄地闯进麦戈雷格先生的菜园,偷吃了菜园里的胡萝卜。不巧刚好被麦戈雷格先生瞧见,他拼命前来追捕,这简直把彼得吓坏了。它满园子地乱跑,可是记不得出去的路了,不知怎么办才好。后来经过千难万险,彼得才回到它在森林里的家……女作家还亲自手绘插图,生动地表现了小兔子的复杂心态,她还给小兔子穿上衣服,让它们看上去和孩子一样可爱。

比阿特丽克斯对出版书的方方面面都非常感兴趣,不论是出版社提供的文字和插图样稿,还是他们推荐的衬页和封皮等等,都细心进行校阅。

新版《兔子彼得的故事》于一九〇二年十月印行,首印八千册,十一月加印一万二千册,十二月又加印八千二百二十册。一年内重印了六次。比阿特丽克斯非常吃惊:"公众一定非常喜欢这只兔子!一个何等惊人的数目啊!"

一九〇一年的《兔子彼得的故事》,咖啡色的封面上蹲坐着四只可爱的小兔子。一九〇二年版重印了四次,封面都是灰色背景中一只正在行走的小兔子,这一版的《兔子彼得的故事》共有九十七页,一九〇三年重印时,删去四幅插图,减为八十五页。随后,一九〇三年八月,比阿特丽克斯的《小松鼠纳特金的故事》和《格洛斯特的裁缝》出版,一九〇四年她又出版了《小兔本杰明的故事》和《两只坏老鼠的故事》。

在工作中,比阿特丽克斯·波特和弗雷德里克·沃恩兄弟公司最小的弟弟诺尔

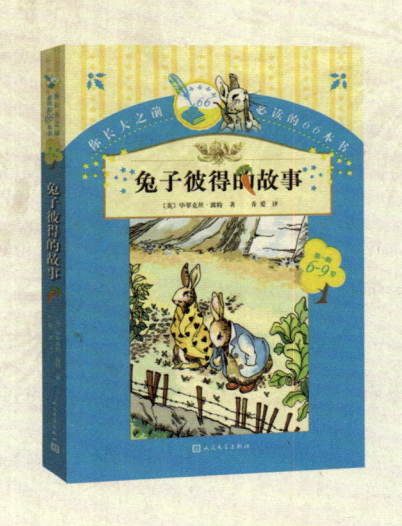

曼·沃恩彼此情趣相投、互相尊重、十分融洽。诺尔曼鼓励她创造自己的风格，并富有见地地帮助她编辑书稿。一九〇五年夏，比阿特丽克斯和父母一起去避暑时，仍和诺尔曼每天通信。七月二十五日，她接到诺尔曼的求婚信，马上表示接受。但不到一个月，诺尔曼就因白血病于八月二十五日去世，年仅三十七岁。虽然这样，该公司仍然继续出版比阿特丽克斯·波特的童书：一九〇六年七月出版了她的《渔夫杰若米先生的故事》，一九一一年出版了她的《蹑手蹑脚的杰米和兔子彼得的图画书的故事》。

一九〇五年十一月，比阿特丽克斯在坎布里亚郡湖区的索里村附近购置了一片山顶农场，一九〇九年、一九二三年又在附近分别新买了两处农庄，饲养赫德维克绵羊。期间，这个四十七岁的女作家在一九一三年十月与历史学家威廉·希里斯结婚，之后就渐渐停止了创作；她雇了一个女人帮助，把主要的兴趣转到管理农庄上了。但她留给儿童们的二十三本书，被认为是童书史上的不朽之作。一九三〇年，这二十三本书都按照作家当年出版《兔子彼得的故事》时的式样重印。二十世纪四十年代，经比阿特丽克斯·波特同意，这些书出版成一套袖珍本。二〇〇二年，在《兔子彼得的故事》出版一百周年之际，出版社以比阿特丽克斯当时所无法做到的现代技术，重新设计和装帧，出版了这二十三本童书。

比阿特丽克斯·波特的"兔子彼得系列"故事如今已经在一百多个国家和地区出版，印数突破一亿五千万册，被认为是有史以来最受欢迎的童书之一。淘气的小兔彼得、没有礼貌的小松鼠纳特金、钓不到鱼的青蛙杰里米、一心想自己孵蛋的水鸭杰迈玛、助人为乐的刺猬夫人、捣蛋的小猫汤姆等故事都留在了千千万万孩子的心里。

The Prince and the Pauper

《王子与贫儿》

真实的和虚构的

其真名塞缪尔·朗荷·克列门斯几乎已经被人忘却的著名美国作家马克·吐温（1835—1910），主要是以《哈克贝利·费恩历险记》及另一部《汤姆·索亚历险记》等描写男童历险故事的作品而赢得文学地位的，曾获诺贝尔文学奖的美国小说家欧内斯特·海明威甚至认为："全部美国文学起源于马克·吐温的一本叫作《哈克贝利·费恩历险记》的书。"《剑桥马克·吐温伴读》补充道，除了"马克·吐温，据海明威看来，还有另外两位优秀作家：亨利·詹姆斯和斯蒂芬·克莱恩"。此话是否言过其实，有待研究，但马克·吐温作为美国最孚众望的作家之一，则是不虚的事实。

马克·吐温于一八八一年出版的、也带有男童历险性质的小说《王子与贫儿》或许算不上是他最优秀的作品，但无疑是他最富有解读性的小说之一。马克·吐温的女儿苏茜·克列门斯在她十三岁时写的一篇《爸爸：一位亲人写的马克·吐温传》中，以她儿童的感受写道：

马克·吐温

……《王子与贫儿》是他（马克·吐温）最新出版的著作之一，它无疑是他所曾写出的最好的书……我曾希望爸爸写一本展现他仁慈同情心的书，《王子与贫儿》部分地做到了这一点，整本书都充满高尚迷人的思想。哦，还有他的语言！我觉得它完美无瑕。

《王子与贫儿》以十六世纪英国的生活为背景，描写贫儿汤姆和王子爱德华因为误会而引起一连串有趣的故事。这两个孩子在外形，甚至面容、神情上都非常相似。一次，两人偶然相遇，为了好玩，他们交换了服装，于是在他人看来，王子就成了贫儿，贫儿也就成了王子。对于建立在这误会上的故事，马克·吐温在书的"小引"中一面说，它"也许曾经发生过，也许没有发生过"；同时又声称，它"也许只是无稽的传说"，却"是可能发生过的""也许是历史上的事实"。

马克·吐温这么一说，读者虽然认定整个故事的大框架是作家的虚构，如两人不但如此相似，甚至互换身份，贫儿登上皇帝的宝座，显然有些荒诞，但有人不免设想：书中有些描写，是否真的"是历史上的事实"呢？于是引发人们产生一探究竟的好奇心。

如果对英国的历史做一番认真仔细的考察，就会发现，在马克·吐温创作的《王子与贫儿》中，在虚构的框架下面，潜藏着许多无比真实的事件。

爱德华六世（1537—1553），也就是英格兰都铎王朝的第三代国王爱德华·都铎，是亨利八世和他第三个妻子简·西摩（1508—1537）的儿子。亨利八世先后结婚六次，爱德华和亨利第二个妻子安妮·博林的女儿伊丽莎白（1533—1603）是姐弟关系，而和亨利的外甥女，他妹妹玛丽·都铎的女儿简·格雷（1537—1554）是表兄妹。马克·吐温在小说第三章《汤姆和王子的会见》中写到爱德华向汤姆讲述自己的身世时这样说："我姐姐伊丽莎白公主十四岁，我表姐简·格雷公主和我一样年纪，秀丽且又温文有礼。但我姐姐玛丽公主（指伊丽莎白）总是一副阴沉不快的样子。"作家对他们的亲属关系说得非常确切，虽然只有简要的几句，却完全真实地交代了这几个历史人物的真实年龄，特别是其性格特点。

亨利八世是一个有争议的国王。有些历史学家认为就历史地位来说，他无论如何都算不上是一个伟大人物，另有一些历史学家则肯定他是英格兰有史以来最伟大的国王。不过，他的性格乖戾而残忍，是史学家们共同一致的认定。亨利八世以无男嗣为由，强迫与第一个妻子西班牙阿拉贡的凯瑟琳离婚；又以"通奸罪"处死第二个妻子安妮·博林；他原想要与第四任妻子安妮结婚，在发现她不够漂亮后，便解除原定的婚约；他与第五任妻子凯瑟琳·霍华德是秘密结婚的，后来又怀疑她与人私通，便下令将她斩首……可以看出，他是一位十分暴虐的君主。只有简·西摩，亨利八世说她是他唯一的"真正的妻子"，因为她给他生了他最希望得到的男性继承人。但简·西摩生下爱德华十二天后就去世了，死因可能是产褥热，也可能是由于剖腹手术引起的感染。对她的死，据说亨利八世是真心感到沮丧的，对她生的这个儿子也特别喜爱。亨利八世亲自细心照料这个失去母亲的孩子，甚至亲自擦地板、洗碗碟，吩咐让孩子离开人多的地方，尤其是有人生病的地方，怕他被传染上疾病。简·西摩的兄长爱德华·西摩（约1500—1552）也特别受到亨利八世的恩宠，他先是任爱德华六世的摄政，称"护国公"，不久又受封为萨默塞特公爵，有两年半时间实际上为代理国王。

阅读《王子与贫儿》时，可以看到，所有这一切，在书中也都有相当真实的影射。

《王子与贫儿》插图

在 James Osgood & Co. 一八八一年第一版《王子与贫儿》的第五章"汤姆当了王子"中，马克·吐温描写，说汤姆在宫中见到

> 一个个子很大又很胖的人，宽阔的脸上全都是肉，表情严肃。他硕大的脑袋上，头发灰白，灰白的络腮胡子像一个画框，架在他的脸孔周围。他的穿着非常臃肿，已经旧了，处处都有点儿磨损。他的一条腿肿了，被绷带包裹起来，搁在一只枕头下面。……这个面容严厉的久病之人便是令人畏惧的亨利八世。

马克·吐温对亨利八世的这些描述与后人在他众多的肖像上所看到的形象相吻合。只要对照当时在世的德国大画家汉斯·荷尔拜因画的亨利八世像，就可以看出是多么的真实。特别是马克·吐温对他"腿肿"的描述，更是细致入微。因为直到近年的研究才认定，亨利八世是一个梅毒患者，同时大概也是因为梅毒，在小说里作为背景的爱德华十岁时，即一五四七年病逝；这"腿肿"正是梅毒的典型性症状。以往，因为考虑到会影响国王的声誉，亨利八世的病症常被史学家所隐瞒；传记著作也因缺乏资料依据而基本上不提及。由此可见马克·吐温如何从稀有的历史材料中寻觅细节的真实。

与此同时，小说第十二章《王子和他的救星》中写到，爱德华听到"国王驾崩"后，"意识到他的损失有多大，充满苦涩的悲恸，因为这个使他人如此恐惧的严厉暴君，对他一直是温柔慈祥的"。

小说中还多次提到的历史人物，除了亨利国王口口声声对儿子说到的"你舅舅赫特福德"，也就是他生母简·西摩的兄长，即早先的赫特福德勋爵，后来的赫特福德伯爵爱德华·西摩，还有一个显要人物诺福克勋爵或诺福克公爵托马斯·霍华德（1473—1554）。

托马斯·霍华德在一四九五年与爱德华四世的女儿安妮结婚。安妮在一五一二年去世后，他又在九年后与因叛逆罪被处决的白金汉第三任公爵爱德华·斯特福德的女儿伊丽莎白结婚。托马斯·霍华德官至海军大臣和国王驻爱尔兰的代表，还受命主持对安妮·博林的审判和处决。但在一五四二年他的侄女、亨利八世的第五个妻子凯瑟琳·霍华德被处死后，亨利八世对托马斯·霍华德的忠诚产生怀疑，将他投入监狱；一五四六年十二月，托马斯·霍华德又被控与他儿子萨里伯爵亨利·霍华德同谋叛国。结果，亨利·霍华德于一五四七年被处死，托马斯·霍华德坐牢，长期关在伦敦塔，直到一五五三年爱德华六世去世、玛丽一世在这年的八月继位后才获释，一年后就去世了。

《王子与贫儿》中对这一过程也有大致而真实的叙述：先是在第五章《汤姆当了王子》的第一段写到，在五六个星期前，汤姆·康蒂"曾经看到一位高贵的官员以行礼的方式，把诺福克和萨里两勋爵交给那位伦敦塔的官员关押"；同在这一章又写到亨利八世下令让一贵族"告知国会，在太阳升起之前把诺福克的死讯带给我，不然，他们将因此而受到严厉的处置"！在第八章《御玺的问题》中又多次说到，亨利八世感觉自己将不久于人世，念念不忘要处决托马斯·霍华德，说"他不死在我之前，我是不愿死的"，甚至声言要"亲自去议会，亲手在死刑执行令上加盖国玺"。但最后在第十一章《市会厅的盛会》中，则做了这样的交代，说是被当成国王的汤姆宣布："从今天起，国王的法律将是仁慈的法律，再也不会是血腥的法律了！你们都起来！到（伦敦）塔里去，说是国王命令，不要处死诺福克。"等等。

这里只提到汤姆宣布"不要处死诺福克"显得有些荒诞，但不会有读者把这当真，

一八八二年版《王子与贫儿》　　　　　一八八二年版《王子与贫儿》

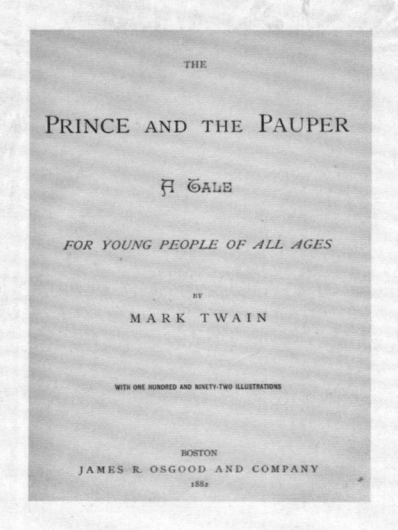

其他都是真实的；何况对于诺福克公爵托马斯·霍华德一案，马克·吐温加有两条注释：

一、诺福克公爵死刑的宣布：国王很快就要死了；他唯恐诺福克得以逃脱，便下谕众议院，要他们赶快通过议案，借口诺福克享有世袭的皇室官员之尊，必须另外任命一人主持他威尔士王子继位的盛典。——休谟《英国史》第三卷第三〇七页

二、诺福克公爵死里逃生：亨利八世若能再活几个小时，他处死这位公爵的命令就会生效了。但有消息传到伦敦塔，说国王已于昨晚去世，那官员推迟了这道命令的执行；议会认为，新政一开始，就处死王国中这个被专横而不公正地判刑的最大的贵族，是不明智的。——休谟《英国史》第三卷第三〇七页

马克·吐温的这两条摘自著名史书的注释不但把事情说得清清楚楚，而且还表明他所写的这段故事有切实的历史依据。

另外，《王子与贫儿》第九章《河上的盛况》里对有关人士的服装穿戴的描写，极富时代感，不少字句还特地加了引号，无疑也是作家从史书中摘录下来的，表明是有据可查。

《王子与贫儿》全书共有十多条注释，加上一些脚注，涉及爱德华·西摩的性格、对犯人实施的酷刑、王子的"代鞭童"、使用爱杯喝酒的习俗、著名的"穿袜案"，甚

托马斯·霍华德

至基督教教养院的服装，不一而足。看得出，马克·吐温在写这些的时候，查阅了大量的历史文献，引用过的文献除了休谟的《英国史》，还有廷伯斯的《伦敦奇闻》、哈蒙德·特伦布尔的《蓝色法律：真实和虚妄》，甚至有利·亨特（1784—1859）的《城镇》和出版于一六六五年的《英格兰的流氓无赖》等。

大卫·休谟（1711—1776）是著名的苏格兰经验论哲学家和历史学家，曾任爱丁堡律师图书馆馆长，以"三万册书之主人"的身份在书籍的海洋遨游，写出了大量著作；他这六卷巨著《英国史》，全名《自恺撒入侵到1688年革命的英国史》，被公认为在麦考莱（1800—1859）的五卷本《英国史》出版之前的标准《英国史》。约翰·廷伯斯（1801—1875）是古文物研究家，他的《伦敦奇闻》出版于一八五五年。詹姆斯·哈蒙德·特伦布尔（1821—1897）曾任美国康涅狄格州秘书和沃特金森参考图书馆图书馆员，使他能获得一些秘闻，写出了《蓝色法律》一书，等等。

历史题材的创作有真述和假述，或叫"真说"和"胡说"，也即是所谓的"戏说"之分。戏说和胡说是很容易的，不需要认真阅读史书，更不必对历史人物和历史事件做严谨的学术研究和考证，只要知道，哪怕只是道听途说某一个历史人物或某一件历史事件，也许再加一点想当然的什么东西，乱加敷衍，即可凑成一个故事，甚至许多故事。但仔细想想，作品中除了几个曾经出现过的历史人物，实际上几乎无一处是真实的，往往连这些历史人物也是为了他的故事而被编造得面目全非。这类东西真是害人匪浅，不但会"气死历史学家"，更让青年人误认为历史上真的有这样一个人，真的有那么一回事，把读者搞得不辨真假、不分是非。

但像《王子与贫儿》这种"真述""真说"的作品就不容易写了。要研究那么多有根有据的史料，作家在注释中提到的可能还不是他所曾阅读过的史书的全部。马克·吐温在他的《自传》中写道："……一八七六年左右……我当时在进行广泛的阅读，以便创作一篇我一直想写的故事——《王子与贫儿》。我阅读古代英国的作品，目的是使自己泡在古英语的世界里，毫不费劲地加以模仿。"作家还详细地写到自己如何据此"所学的古代语言""设计了一个伊丽莎白密室里显要人物见面的场景"和他们的"言行举止"（谭惠娟等译文）。马克·吐温真算得上是一个"学者化的作家"。根据书中所涉及的历史题材，马克·吐温在《王子与贫儿》中所做的处理，不但是被容许的，而且是必要的：因为没有真实，就没有可信度；但《王子与贫儿》既是一部小说，也就多少要有一些虚构，没有虚构，也就不成其为小说了。

其实，"学者化的作家"也不是可望而不可即的，虽然有很大的难度。试看马克·吐温的生平：他十一岁时丧父，十三岁辍学，基本上没有受过正规的教育。但由于他的勤奋好学，时刻抓紧时间阅读，加上他在印刷厂做学徒和外出旅行时处处留意见闻，从而获得大量书本上的和现实生活中的知识。就从《王子与贫儿》来看，也可以得知，他的知识已经达到了足够的程度。一个有力的证明是，到了晚年，他被著名的耶鲁大学、密苏里大学和牛津大学分别授予了名誉学位。

Charlotte's Web

《夏洛的网》

有感于一只猪的死

厄休拉·诺德斯特龙（1910—1988）一九三六年进哈珀-罗公司工作不到四年，即于一九四〇年被提升为"少男少女书籍部"的主编，到一九六〇年竟成为该公司第一位女性副总裁。厄休拉完全是凭自己卓越的业绩才赢得这些职位的。经她之手编出的童书，如怀特的《斯图尔特·利特尔》（1945）和《夏洛的网》（1952）、玛格丽特·怀斯·布朗的《晚安，月亮》（1947）、克罗克特·约翰逊的《哈罗德与紫色蜡笔》（1955）、西德·霍夫的《丹尼与恐龙》（1958）、莫里斯·森达克的《荒野之地》（1963）和谢尔·希尔弗斯坦的《人行道的终点》（1974）等，一部部都成为儿童文学的里程碑，彰显了她敏锐的眼光。

读者非常熟悉的《精灵鼠小弟》，也就是《斯图尔特·利特尔》，还有《夏洛的网》，是很多孩子和大人爱不释手的两本书。其作者埃尔文·布鲁克斯·怀特（1899—1985）是钢琴生产商的儿子，一九二一年从康奈尔大学文科毕业后，任《康奈尔太阳报》的编辑，同时沿用康奈尔男学生们都用笔名的传统，以"安迪"之名给《西雅图时报》等撰

写作中的怀特

稿。一九二四年回到他的出生地纽约，一九二五年在著名的《纽约客》上发表了第一篇文章之后，于一九二七年成为该刊的编辑。在这里，他遇到了他未来的妻子、当时任一家杂志文学编辑的凯瑟琳·萨金特·安吉尔。之后，他写出了大量的散文、诗歌和其他类型的文章。但是，直到他和詹姆斯·瑟伯合写的讽喻弗洛伊德主义的《性是必须的吗？》，才引起文坛的注意。此后又陆续发表和出版了大量作品，其中《女士是冷酷的》（1928）、《每天都是星期日》（1934）、《我们往何处去？》（1939）、《斯图尔特·利特尔》（1945）、《这里是纽约》（1949）、《夏洛的网》（1952）、《我罗盘的方位》（1962）、《天鹅的喇叭》（1970）都产生过很大的影响。他的随笔和批评曾三次获奖，包括一九七八年的普利策特别文艺奖。但为他留下巨大名声的却是三册童书：《斯图尔特·利特尔》《夏洛的网》《天鹅的喇叭》，特别是《夏洛的网》。

怀特把兴趣转向童书创作是在他一九四三年出现神经衰弱之后，此病一步步发展，直至他最后成为一名阿尔茨海默病患者。但疾病也让怀特获得许多健康时感受不到的体验。

生于荷兰的美国生命伦理学家S.凯·图姆斯基于她自己罹患多发性硬化症的体验和现象学的哲学思考，在她的名著《病患的意义：医生和病人不同观点的现象学探讨》中写道："生病时，过去、现在和将来的意义可能以其他方式发生改变。"任何久病之人肯定也曾感受过，生病之时往往会体验到一个平时体会不到的世界。病后的怀特便有不同于此前的特殊体验。他曾经这样讲到他患病时的感觉："好像是老鹰在啄我的手和脚""我的意识深处有许多老鼠在爬动"……怀特的这种感觉并非穴来风，而是有它的现实根基的。平日里，怀特就喜欢动物，十四岁那年，他因为写了一首有关动物的诗而得过学校的奖；成年后，他常喜欢去他在缅因州海滨的养殖场与动物为伴。病后的这种感觉和对动物的爱，使怀特觉得自己适合创作童书，尤其是写动物生活的童话，写出来也正好可以给他的侄女贾妮丝·哈特·怀特（1918—2002）读。他的三部童话，不论是地点、人物和事件，全都来自于他自己的生活。

怀特第一本童书《斯图尔特·利特尔》的同名主人公斯图尔特是利特尔家的第二个孩子，他生下来只有两英寸高，像一只小老鼠，事实上是一只"羞怯的、模样让人喜爱的"真正的老鼠。小说表现的是这只老鼠和他在人类家庭中与人相处的故事。此书被评为"二十世纪读者最多、最受爱戴的童话之一"。一九九九年，哥伦比亚公司根据此书改编的电影，获得儿童和成人的普遍喜爱。这部影片在中国以《精灵鼠小弟》的译名放映，同样深受中国儿童的喜爱。

在《天鹅的喇叭》里，天鹅家的所有成员都是小号手，但路易斯不像他的四个兄弟姐妹，因为他丧失了嗓音，不能快快乐乐地吹小号，更不能用小号来表达他的情感。因此，美丽的雌天鹅塞雷纳绝对不会注意到他。路易斯努力做了他认为能够赢得塞雷纳感情的所有事，他甚至进学校去学习读写，但都不成功。后来，一个不平常的男孩萨姆帮助了路易斯，使他学会了读和写，并最终赢得了塞雷纳的爱。

一九四八年，怀特在《大西洋月刊》一月号上发表了一篇散文《一只猪的死》，说的正是他自己的一段感情经历：

> 九月中，我有好几个昼夜都是与一只病猪在一起度过的。我感到要努力把这段时间记录下来，特别是最后，这只猪死了，而我还活着。情况会如此轻易地发生逆转，却没有人想到要去记录。就是如今，我仍对那段时间感到亲切，不愿清晰地去回想那几个小时的情形，也不准备去说，死亡是午夜三时还是四时到来的。这说不清的困扰使我深感人性的退化，万分的痛苦……

怀特以如此伤感的字句来开始这篇散文之后，接着写道：计划在春日时分买一只猪，喂养一个夏天和一个秋天，到寒冬时宰杀，是他所熟悉的自古以来就有的惯例。多数农舍都在上演着这样的悲剧，完全符合剧本的原创。这种事先就策划好的谋杀，进行得快速又熟练；到节日末尾提供健壮的熏肉和火腿，一般是不会有什么问题的。但哪怕有一个演员上台时有一忽儿出错，整个演出就无法进行，只能停止下来。如今，"只因我的猪不能成为食物，人们的忧心就扩散开来了。经典的悲剧梗概已经丧失。我突然发现自己在扮演猪的朋友和医生"这么一个"荒唐角色"。午后，怀特说，他产生一种预感，这戏再也不会恢复平衡了，因为"现在我的同情完全站在了猪的一边"。他觉得，他已经很珍惜和这只猪的关系了，并不是因为他失去了"他可以作为我饥饿时的营养品，而是因为他在一个苦难的世界中经受了痛苦的折磨"。

"动物权利""动物保护主义"等概念，还只是近几十年来的事。在六十多年前，怀特可能还不会有"动物保护主义"的浓厚理念。但他对这只猪的同情，是完全可以明显感受到的，在文中他甚至用"他"而不是"它"来指代"我的猪"，并为自己未能救活这只猪而深感内疚。这种内疚的情感很快就成为他创作另一部童书的动力。

作家没有行政权力，也没有经济财力，他唯一的手段就只有一支笔，他唯一能做的也就只有用他的这支笔，让他这位死去的朋友死而复生，并为他带上一顶桂冠。他在心里承诺，要为此做他作为一个作家所能做的一切。这就是他的创作。

怀特创作了一部多么温馨的童话啊！

一只叫威尔伯的小猪和一只叫夏洛的蜘蛛成了朋友。可是，等到天冷了，威尔伯就要被杀，成为圣诞节餐桌上的一道食品。夏洛对朋友未来的不幸命运感到万分的悲凉，他愤愤地说："这是我听到过的最肮脏的勾当。有什么事人想不出来啊！"但他的友情不是只停留在口头上，他下定决心要用行动来帮助朋友。他认真地向威尔伯承诺："让我来帮你。"为了实践自己的诺言，夏洛绞尽脑汁，最后，在猪圈上方织了个网，并在

《夏洛的网》插图

网上织出"王牌猪""名猪"等字样，让农场的人认为是出现了奇迹。终于，威尔伯的命运发生了逆转，不但没有被宰，且获得了名猪比赛的特别奖，这使他的主人决定要"很好地照顾威尔伯的一生"。此时夏洛的生命却走到了尽头。不过，夏洛是乐观的。他虽然明知自己不久即将死去，仍以平静的语气对威尔伯说："一只蜘蛛，一生只忙着捕捉和吃苍蝇是毫无意义的，通过帮助你，也许可以提升一点我生命的价值。谁都知道，人活着该做一点有意义的事情。"何况他已经知道他的五百四十个未来的子女都会"平安无事"（任溶溶译文）。

这是一篇爱的颂歌，歌颂了友谊和承诺的伟大，它们会提升生命的价值。因此，这虽然是一部为儿童而创作的童话，但其普适价值会让各个民族的儿童和成人都感兴趣。

怀特除了对小猪有这么一段经历，对蜘蛛和它的织网也见得很多，并做过细心的观察。不错，就像许多人见了蜘蛛的丑陋模样会产生厌恶之情，怀特最开始也是不喜欢蜘蛛的。可后来，美国学者迈克尔·西姆斯在他二〇一一年出版的《〈夏洛的网〉的故事：怀特和一部经典童书的诞生》里引用作者在一封给小读者的信中的话说："后来我开始对一只蜘蛛进行观察，发现她是多么了不起的生物，多么熟练的职工。我叫她夏洛。"怀特甚至连续几周在他布鲁克林北部的农场细心观察蜘蛛精心织网、生下子囊，最后在秋日过后死去的全过程。就是这只属于圆蛛科的蜘蛛给了怀特以灵感，让他把它写进书里，

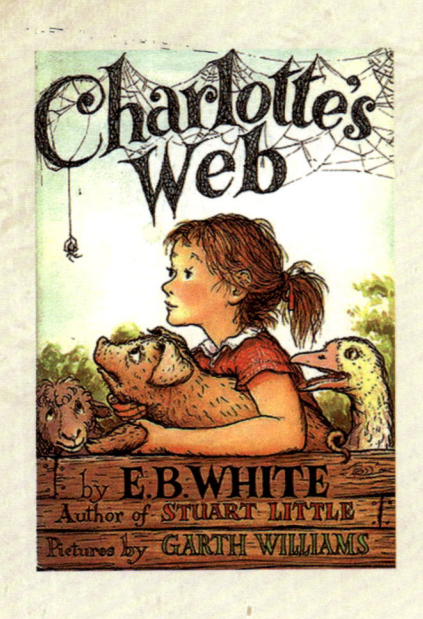

《夏洛的网》封面

并赋予它一个正式的名字"夏洛·阿·卡瓦蒂卡"。

怀特对自然科学方面的知识，例如昆虫学，知之甚少。为弥补这方面的不足，他研读了一些有关蜘蛛的书籍，如美国昆虫学家威利斯·格什（1906—1998）的《美国昆虫》和约翰·康斯托克（1849—1931）的《昆虫读本》。这使他对有关蜘蛛的解剖学知识有了相当的了解，能够写出蜘蛛的每条腿都有七个节：基节、转节、腿节、吸跗节、胫节、跖节和跗节，还能详细地描写蜘蛛不但会吐出粗细不同的好几种丝，而且会运用它的八只脚来织网，还有一个个小蜘蛛如何用头倒立吐出气球飞走……

于是，"一九五二年初春的一天，我坐在哈珀－罗公司的办公室里"，厄休拉·诺德斯特龙在一篇回忆文章里说。接待员来告诉她，说埃·布·怀特等在那里。厄休拉立刻离座，乘上电梯去迎接他。怀特告诉厄休拉，他给她带来一部新作。厄休拉说，她没有想到他的第二本书这么快就完成了，感到自己被他的才华征服了。她马上觉得要让此前给《斯图尔特·利特尔》配过插图的画家加思·威廉姆斯为他创作插图出版，不然就赶不上秋季的书目了。

"你有复本吗？"厄休拉问，"我可以把它交给加思。"

"不，这是唯一的本子，"怀特说，"我没有抄复本。"他将《夏洛的网》这唯一的一个本子交给厄休拉后，就乘电梯离开了。

"一个编辑在办公室里是很少有充裕时间来阅读手稿的。"厄休拉接着写道。当时还没有复印机。著名的施乐牌静电复印机要等十年之后，第一批才于一九六〇年上市。厄休拉担心在回家的车上会把手稿弄丢，或者出什么差错，使手稿遭受损失。于是，她说，"我决定在那天午后让自己有这种奢侈的享受"。

读了手稿后，厄休拉的心灵受到深深的震动：

> 我无法相信它写得这么出色！我想到有一章，小猪威尔伯在猪圈里很孤单，正忧心忡忡的时候，听到"一个威尔伯从没听到过的细小的声音……这声音听上去很细，但是很好听。'你要一个朋友吗，威尔伯？我可以做你的朋友。我观察你一整天了，我喜欢你。'"随后的一章是在第二天早晨，威尔伯"用坚定的口气大声说，'昨天夜里对我说话的那位先生或女士，能够好心地给我点什么指示或者信号，让我知道他或者她是谁吗？'"……我知道，这是一部伟大的作品，我就去给《纽约客》的怀特先生打电话……

根据厄休拉·诺德斯特龙的经验，通常情况下，书籍推销员都不愿意听书中的详细故事情节。但在一九五二年六月的那次推销员会上，她发现，与会者是真诚地想听《夏洛的网》的故事，希望厄休拉说得越详细越好。他们还传阅插图，对《夏洛的网》表示出极大的热情，像是真的被感动了。

《夏洛的网》就在一九五二年按期出版了。著名女作家尤多拉·韦尔蒂（1909—2001）在《纽约时报》上的书评称此书"可以说是一部完美得近乎奇妙的作品"。英国插画家亨利·科尔爵士（1808—1882）还称赞威廉姆斯的插图，不论是人物，还是故事，都具有浓厚的童趣，洋溢着"体贴、热情、幽默和智慧"。此书立即于第二年获得儿童文学的最高奖"纽伯瑞荣誉奖"。

《夏洛的网》至今已有二十多种译文，发行近一千万册，其精装本在有史以来畅销书的排名中列第七十八位。故事还不止一次被改编成电影，深受儿童欢迎。

Rotkäppchen

《小红帽》

以往的故事和现今的故事

戴小红帽的女孩子—外婆—野狼。有这三个名词，孩子们就会记起整个的故事，结局是野狼被杀死，剖开狼的肚子，救出了被它吞进肚子里的外婆和可爱的小红帽。

这是一个非常古老的童话。不过，最初的故事和今日所知的不完全一样，是经一代代人的口述和书面流传，才成为如今的模样。

此前普遍认为，这个叫《小红帽》的童话，起始于十四世纪法国、意大利和德国农夫的口头述说，后经法国的夏尔·佩罗和德国的格林兄弟的文字记录和润色才基本定型，成为广被采用的文本；它虽然经历了数百年之久，但故事流传的地点也只限于欧洲。二〇〇九年，美国达拉姆大学文化人类学家杰米·特拉尼博士研究了世界各地三十五个"小红帽"的文本，得出的结论大大提前了这个童话故事起源的时间。

特拉尼博士声称，实际上，当流传在欧洲的故事说有一个小女孩被冒充外婆的野狼欺骗的时候，流传在中国的文本中也有类似的故事，只不过不是野狼，而是老虎；在伊朗，人们可能认为，让一个小女孩独自一人在野外行走是不正常的，所以在他们的这类故事里，就说不是一个小女孩，而是小男孩。

特拉尼博士的研究认为，这些故事的不同文本都有一个共同的原型，故事甚至可以上溯到两千六百多年前，最古老的如公元前六世纪《伊索寓言》中的《狼和七只小羊》。这个寓言说：狡猾的狼通过伪装自己，骗取了善良幼稚的小羊的信任，最终袭击并吃掉了大部分的小羊，只有一只小羊幸免于死。他同羊妈妈一起，惩治了狼，救出了自己的兄弟姐妹们。特拉尼博士还发现一个被格林兄弟收进他们童话集中的类似的故事《狼和七只小山羊》：狼趁羊妈妈外出找吃食的时候，三次伪装，骗过了小羊，进门吃了他们，只剩一只藏在钟后面的小羊得以幸存。羊妈妈回来后，明白发生了什么事。她和小羊一起，找到了正在睡觉的狼，剪开狼的肚子，救出六只小羊，又把石头塞进狼的肚子里。等狼醒来去井边喝水时，沉重的石头使狼坠落井里，被淹死了。特拉尼博士进一步指出，不但在非洲，就是在日本、朝鲜、中国、缅甸，乃至伊朗、尼日利亚，都有类似欧洲"小红帽"这样的故事。他写道："随着时间的推移，这些民间故事像一个生物体，已经慢慢发生变化，以新的形式出现。因为其中的许多故事，直到很久之后都没有被写下来，它们还会被遗忘，或者一代传一代，传至数百代之后，才以新的形象出现。"另外有学者也谈道，十四世纪法国和意大利农夫口述的故事、匈牙利的民间故事《皮洛斯卡和狼》，以及东方早期的《老虎外婆》等故事，都可能是法国作家佩罗所写的《小红帽》版本的前身。

不同时代、不同地区产生出如此大致相同而又略有差异的故事，是很有意味的，如特拉尼博士所说："留意这些民间故事的流传和变化，可以让我们看到人类的心理变化和一些值得注意的东西。"

即使撇开早期的这类故事，仅仅从十七世纪对"小红帽"故事开始有比较完整的文字记录说起，也能生动地窥探到故事在不同时代的特点。

美国学者凯瑟琳·奥兰斯汀二〇〇二年出版了一本书：《揭秘小红帽：性、伦理和

《狼和七只小山羊》插图

一篇童话的演变》。书中揭示,《小红帽》原是"写给凡尔赛(宫廷)夫人们娱乐的故事之一,一个首次可能出现在德·塞维尼夫人一六七七年写给她女儿信中的童话"。

塞维尼侯爵夫人(1626—1696)出身于贵族家庭,父亲是一位男爵。一六四四年和昂利·德·塞维尼侯爵结婚后,进入宫廷社会。丈夫去世后,她和婚后移居普罗旺斯的女儿分处两地,孤独中以给女儿写信自娱。她的信描述了当时的新闻、上层社会的奇闻轶事和她自己的日常生活,包括一些宫廷中的秘闻。

塞维尼侯爵夫人所生活的路易十四(1638—1715)时代,是法国历史上最辉煌的时代,也是最奢靡的时代。当时,大作家伏尔泰在《路易十四时代》中说:"宫廷成了娱乐的中心和其他宫廷的榜样。……大自然似乎乐意在法国产生各个艺术领域里的最伟大的人物,并在宫廷聚集最漂亮、身材最美的男女……"伏尔泰强调,当时"所有国王举办的公共娱乐消遣无一不是向他的情妇表达的敬意"(吴模信等译文)。有关材料说道,凡尔赛宫内专门建有一个个馆室,方便王室人员淫乐。在这种生活中,人们闲暇时,自然会讲些猥亵的故事。在塞维尼侯爵夫人的信中,就经常描述凡尔赛宫中的娱乐之事和"为取悦仕女而说的故事"。此种讲述淫乐故事的习俗,后来从沙龙延伸到宫廷,又从宫廷扩大到沙龙,互相影响,形成一种风气。这就使《小红帽》作为一个被讲述的故事,也带有一些淫秽的性的意味。

在法国,玛丽·凯瑟琳·奥尔努瓦男爵夫人(1650 或 1651—1705)是第一个创作和出版童话的作家。她除了写有《希波吕托斯·道格拉斯伯爵》和《西班牙宫廷故事》

塞维尼侯爵夫人

等几部宫廷阴谋小说外,还有两部童话集:出版于一六九七年的《童话集》,收有十六篇童话故事;一六九八年出版的第二部童话集《新故事,又名时髦的仙女》,计收七篇童话,但都没有《小红帽》。《小红帽》第一次作为童话正式出版,是被收在另一位法国诗人夏尔·佩罗的《鹅妈妈的故事》中。

夏尔·佩罗曾任皇家营造局的官员,还被任命为国王路易十四时期的财政总监让－巴蒂斯特·柯尔贝尔的秘书。他一生的伟大业绩,一是作为法兰西学院的成员,在文学史上著名的"古今之争"论战中不赞成文坛泰斗尼古拉·布瓦洛·德普雷奥的古典主义准则,认为文明在进步,古代文学不可避免地会比现代文学粗糙而不规范。他的这一立场突破了传统的束缚,成功地立下了一个新的里程碑。不过,今天人们对佩罗的了解,主要还在于他是一位童话作家。

佩罗在一六九五年失去秘书职位之后,决定以他卓越的文学才华把自己的余生献给孩子,开始写作童话。他于一六七二年结婚,和妻子玛丽·吉尚有四个孩子,但妻子在婚后六年就去世了。他的童话最先是写给自己的孩子们看的。他最著名的童话是《以往有寓意的童话和故事:鹅妈妈的故事》。从这个题目也不难看出,它的故事是"以往"就已有流传的。但作者佩罗也功不可没,因为他以简练的文笔来重述这些故事,开启了"童话"这一新的文学类型,作品本身也成为现代文学的范本。此书在一六九七年一出版,立刻以《鹅妈妈的故事》之名广泛传播也便是情理中的事了。只是,可能因担心会有论敌古典派方面的批评,佩罗在出版这部童话时,用的是他小儿子"阿芒库的佩罗"这个

多雷插图

名字，阿芒库是佩罗购给这个儿子的地产之名。

《鹅妈妈的故事》收入《睡美人》《小红帽》《蓝胡子》《穿靴子的猫》《美女与野兽》《灰姑娘》《林中小鹿》《小拇指》等多篇童话，说是全部根据十八世纪的法国民间故事写成的，但无疑还掺杂了宫廷和沙龙文人的文笔。

佩罗的《小红帽》描写野狼骗过小红帽吞吃了外婆之后，"躲在床单下面"，小红帽进来后，问它为什么它的手臂好粗，它的大腿好壮，它的耳朵好大，它的眼睛好大，最后问到"外婆，为什么你的牙齿也好大"时，野狼回答说："这样才容易吃掉你！"于是，野狼"就转身扑向小红帽，将她吞噬了"。故事里没有写到猎人或樵夫来救小红帽，小红帽也没有能自救。凯瑟琳·奥兰斯汀认为，基于当时的淫秽风尚，佩罗写作《小红帽》时，在这篇童话里"出现性暗示和道德警告"，使读者注意"贞操的重要"。像在其他的童话末尾都附有几句短评一样，佩罗在《小红帽》的短评中说："……诚如人人都看见的，孩子，／尤其是受过良好教养和熏陶的／漂亮年轻女孩，／不会听任何陌生人的话，／这是毫不奇怪的事：／狼会吞噬她们。／我说狼，因为所有的狼／并不同种，有些狼相当迷人，／不会咆哮，也不粗鄙。／甜言蜜语，舌灿莲花的人，／跟随年轻女孩／进入她们的屋子，／直到床边。／但注意啊！众人皆知，／这就是圆滑的狼，／最危险的一种狼！"（杨淑智译文）

世界名著

背后的

故事

288

289

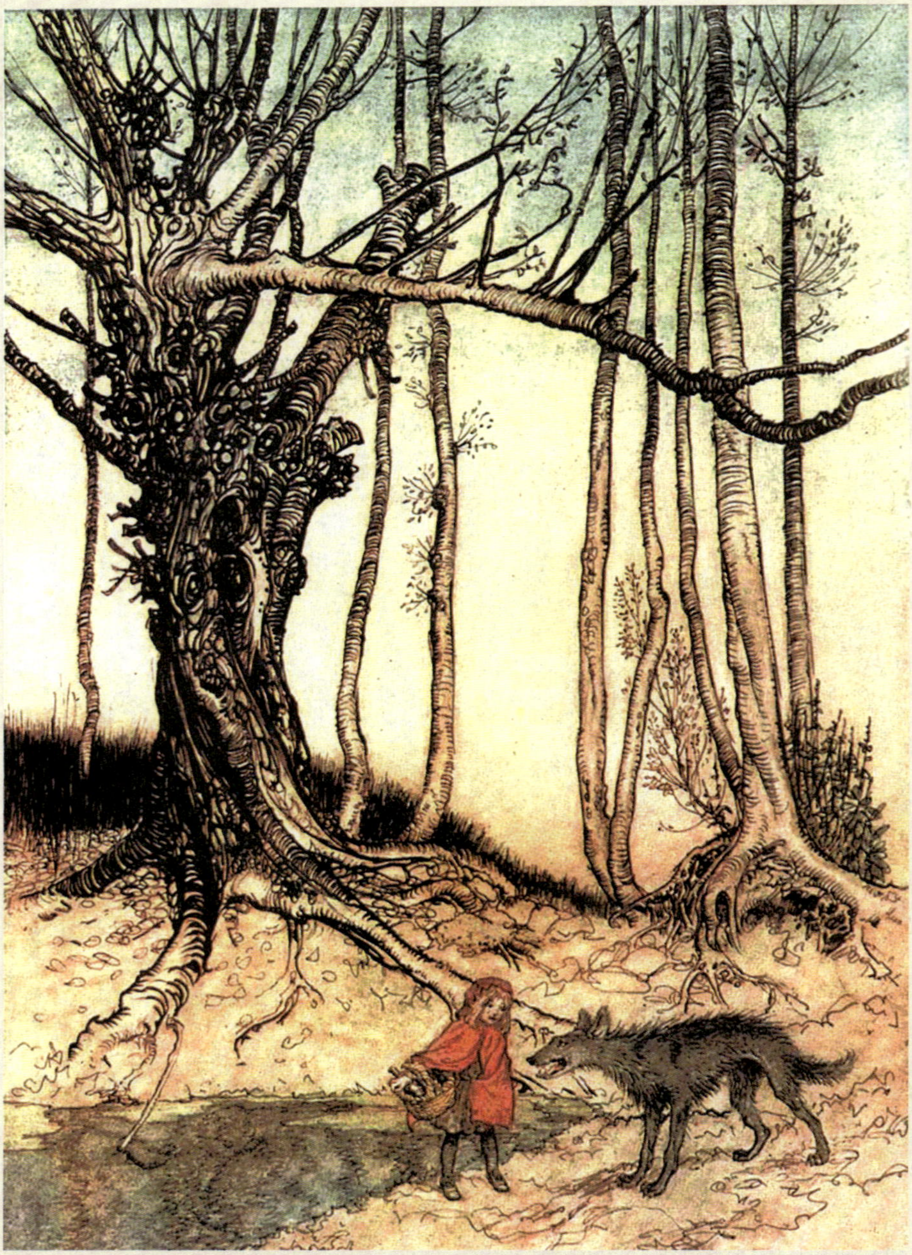

像《小红帽》这篇童话，是根据在沙龙和宫廷里讲的故事记录下来的，是讲给成人听、写给成人看的，而不是写给孩子们的童话故事。但在当时，许多年龄很小的少女实际上都已经被看成是成人了。英格兰可怜的简·格雷（1537—1554），十六岁时就被推上王位，只做了九天的女王，便被"血腥玛丽"送上断头台。另一个可怜的女子，奥地利公主玛丽·安托瓦内特（1755—1793），在一七七〇年十五岁时就嫁给法国国王路易十六，开始肩负起加强奥地利哈布斯堡王朝和法国波旁王朝和解这一重大的政治使命。由此可以想象，《小红帽》的警示，不仅针对成年女子，也包括小女孩：警示她们防止受男性的性侵犯。

继佩罗的《小红帽》问世一百多年之后，第二篇划时代的《小红帽》文本出版了，那是著名的德国童话作家格林兄弟写的。格林兄弟，即雅各布·格林（1785—1863）和威廉·格林（1786—1859），他们两人虽然是语言学家，并声言自己所写的童话都是根据乡下农夫村妇的口头传说记录下来的，但其实，他们的童话大多是根据熟悉民间故事的中产阶级朋友和邻人讲的故事撰写的。学者已经研究出，他们的《小红帽》有七个来源，主要是雅各布和威廉分别听了珍妮特·哈森弗勒格（1791—1860）和玛丽·哈森弗勒格（1788—1856）两人所讲的故事，自然也受到佩罗的《小红帽》的影响。

格林兄弟的《小红帽》收在他们的《儿童和家庭童话集》里。故事前一部分大致与佩罗的《小红帽》相同；在后一部分，他们描写狼吞吃了外婆和小红帽之后，躺在床上睡觉，正巧有一个猎人从屋前经过，听到房子里的老太太打鼾声如此之响，便进去看是不是出了什么事。结果看见是一只狼，他正准备开枪，又想，老人可能被狼吞进肚子里了，也许还活着。于是，他操起一把剪刀，将正在酣睡的狼的肚子剪开，救出了小红帽和她外婆。格林兄弟还续写了这样一个情节：猎人杀死狼、剥下狼皮回家去了；外婆吃了小红帽带来的蛋糕和葡萄酒，精神好多了；而小红帽却想：以后"我再也不独自离开大路，跑进森林了"。果然，后来小红帽又一次送蛋糕给外婆时，在路上又碰到一只狼跟她搭话，想骗她离开大路。小红帽这次提高了警惕，头也不回地向前走。到了外婆家后，这只狼还是来了，并说自己是小红帽，叫外婆开门。但小红帽和外婆两人都不搭理，也不开门。狡猾的狼在房子周围转了几圈，最后跳上屋顶，想等小红帽回家时跟在她后面，趁天黑把她吃掉。外婆看穿了狼的坏心思，设计使狼掉进房前盛满热水的一个石头槽里淹死了。于是，小红帽高高兴兴地回了家，从此再也没有谁伤害过她。

研究者认为，格林兄弟在故事中所增加的内容，既说到小红帽接受了教训，又说到外婆的聪慧能干，十分符合维多利亚时代读者和批评家的口味，尤其赢得家长们的喜爱。

继佩罗和格林兄弟之后，在维多利亚时代的英国，也产生过一篇有历史意义的"小红帽"的故事。

安德鲁·朗是苏格兰的诗人、小说家和批评家，以收集和写作童话故事而闻名。他著作等身，所编的十二卷以彩色命名的童话集获得盛赞，其第一卷《蓝色童话》收有三十七篇童话，他的"小红帽"故事题为《小金帽的真实故事》收在本卷中。

在安德鲁·朗写的这篇童话中，小姑娘布兰奇特总是穿一件像火一样的金色连帽披肩。一天，母亲说，明天就是主日了，让小金帽给外婆送蛋糕去，并交代她不要在路上停留，跟不认识的人说个没完，还再三叮嘱："你都知道了吗？"小金帽回答说："都知道了。"但外婆住在另一个村子，隔着一个大森林。在大路转弯的大树下，有一只狼正等在那里，装得像一只活泼可爱的小狗，它向小金帽招呼："是你呀！我可爱的小金帽。"于是，小女孩就停下来和狼说起话来了。

"那么，你是认得我的。可你叫什么名字呢？"小金帽问。狼告诉她说自己的名字叫"狼朋友"。通过交谈，狼得知明天是主日，小姑娘要给她外婆送蛋糕；它还详细问清了她外婆的住址。

狼来到小金帽的外婆家，敲了三下门，都没有应声。狼用前脚拉开插销，打开大门，见房内空空的，床都没有铺好，睡帽还留在枕头上。原来，外婆一早起来后，就急忙上镇里卖草药去了。于是，狼把门关上，躺在外婆的床上，并将她的睡帽戴得遮住它的眼睛。

小金帽走在路上，一路采雏菊玩，看小鸟筑巢，追飞舞的蝴蝶，最后到了外婆家。

瓦茨所作插图

因为外婆不在家，她敲门时，狼尽量用温和的声音问："是谁呀？"小金帽回答说："是我呀，外婆，你的小金帽，我给你带主日的蛋糕来了。"小金帽从窗口见"外婆"躺在床上，便问她是不是感冒了。狼故意咳嗽一声，说有一点儿，然后叫小金帽拉开门的插销进来，把篮子放在桌子上，脱去衣服，躺在它旁边休息一会儿。小金帽看外婆躺在床上的样子好生古怪，大声问道："哦，外婆，你怎么像是狼朋友！""那是因为我戴了睡帽呀，孩子。""哦，外婆，你手臂上为什么有毛？""是为了更好地抱抱你。""哦，外婆，为什么你的舌头这么大？""那是为了回答你的话。""哦，外婆，为什么你一口又大又白的牙齿？""那是为了把小孩子咬碎了吃。"说过，就伸开前腿，要去吞吃小金帽。小金帽垂下头哭了："妈妈！妈妈！"使狼只能够抓到她的风帽。这时，狼突然拼命向后退，像是吞下一块烧红的煤。原来，小金帽的帽子是一顶有魔力的帽子，此刻，狼的喉咙和舌头就是被这金帽烧痛了，使它连忙后退，从床上离开，号叫着夺门奔跑。恰巧这时，外婆背着一只大大的空袋子从镇上回来了。"哦，有强盗！"她大骂一声，迅速在门口把口袋张开，使狼一头钻进这只口袋里。勇敢的老太太收紧口袋，随后转过身去，把口袋里的狼倒进水井里。狼在井里不断地号叫，最后被淹死了。外婆说："唔，好一个无赖，你以为你可以吃掉我的外孙女吗？！好，明天我会拿你的皮给她做一副皮手筒。你自己才会被吃掉呢，因为我要把你的肉拿去喂狗。"

随后,外婆赶紧去给可怜的小金帽穿衣服,小女孩还在床上怕得发抖呢。"好啦,"她对小金帽说,"要是没有我这小披肩帽,你现在会在哪里呀,亲爱的?"于是,她给外孙女揉揉胸,摸摸腿,再给她蛋糕吃,给她酒喝,亲自送她回家。妈妈知道发生的事后,批评了女儿。小金帽一次又一次答应,再也不会停下听狼说什么了。小金帽布兰奇特说到做到。故事最后用幽默的口吻写道:不过,天气好的时候,在野外仍然会看到小姑娘那漂亮的像太阳颜色一样的连帽披肩。当然,要想看到她,你须得早早起来。

　　在安德鲁·朗的这篇童话中,女主人公,小姑娘名字中的布兰奇是英国女孩常用的名字,而词尾的"特"又有习惯表示爱的意思。同时,故事里特别提到的主日,即星期日,是很有意味的。为纪念耶稣被钉死在十字架上之后下一周的第一日复活,在以基督教为国教的英国人的家庭,这一天,礼拜、祈祷是必不可少的一项仪式,其中的领圣餐尤其重要,面包象征了"耶稣的肉"。另外,采雏菊玩,看小鸟筑巢,追飞舞的蝴蝶,在英国女孩子的玩耍中也具有代表性。安德鲁·朗所写的这篇童话,是具有英国的特征性的。

　　另外,美国作家詹姆斯·巴克(1784—1858)也写过一篇《小红帽》,这是一首长达一百五十二行的诗,但显然不是来自民间的,语言全是说教的口气,而没有故事的叙述。

　　小红帽的故事有极强的生命力,到了二十世纪,根据小红帽的故事改编的歌曲、卡通、电影、电视等很多,无法一一说到。

The Little Mermaid

《小人鱼》

温婷娜故事的创新

在很远很远地方的海里，水是那样的蓝，就像是最美丽的麦子花的花瓣一般；又是那么明亮，就像是最圣洁的玻璃。可是，它很深很深，深得不管多么长的锚链都够不到底，得有好多座教堂钟楼垒起来才能从海底达到水面。在那底下居住着海国的人……（林桦译文）

克里斯蒂安·安徒生写的这段话，不仅是他本人的想象，也揭示出人类自古以来对深不见底的大海下面的想象。古代的人无法下入海底探视，了解不到大海下面有些什么，便容易产生猜测和幻想，越想越神奇。只因任何的猜测和想象都离不开现实的基础，所以便认为海底最神奇的动物，既会像海里数量最多的鱼，又会像人类自己，因此便相信海底定然有这种既是鱼又是人的动物：人鱼。于是，一个个有关人鱼的神话传说和故事就产生了，并且一代代流传下来，饶有兴趣地被传颂。事实上，有关"人鱼"的神话和

哥本哈根的小人鱼雕像

传说大多确实都说它是像鱼一样在水中生活的人形动物，有鱼一样的身段。

人鱼的故事，最早可以追溯到古代亚述人的民间传说。

亚述是公元前两千年美索不达米亚北部的一个王国。亚述神话传说中的主要女神阿塔迦蒂斯是一个丰产女神，被看成是"北亚述大地的伟大情人"。穿说她因为无意中杀死了她的情人，感到羞愧难忍，便让自己变形，成为一个上身是人体、下身拖一条鱼尾的人鱼。变形后的阿塔迦蒂斯，因为它那奇特的形体，常被人们认为它和山洪、风暴、海难、溺水等灾祸有关。

威尔士和法国西北部布列塔尼神话中的摩根，是水中的一个精灵族。其中的一种永远年轻，容颜不衰。传说她总是坐在水面上，梳理她那修长的秀发，以妖冶的美诱惑来往的船夫，带他们去看她用黄金和水晶建造起来的水下花园。最后，这些船夫都死在她的手中。所以传说中的摩根总是跟洪水和村庄、作物遭受破坏联系在一起。

斯拉夫民族神话中有个叫露扎尔卡的，是生活在水底的人鱼，也叫水仙女或女妖。传说这类水仙女或女妖大多都是年轻女子死在湖中或湖边，或者被她们的情人杀死后的魂灵变的。她们经常出没在湖边，尤其会在夜深人静之际来到堤岸，在草地上翩翩起舞。只要看到英俊的男子，她便用美妙的歌声和舞姿诱惑他、麻醉他，然后把他带往河底，最后，这男子便在她的怀中死去。

还有欧洲民间传说中的梅露西娜,一个像鱼或者像蛇一样的山泉或河里的女精灵。尤其是德国的温婷娜等等此类的人鱼传说,在各民族都具有很广泛的普遍性。人鱼的传说甚至被写入大作家威廉·莎士比亚的剧作。在莎士比亚的著名喜剧《仲夏夜之梦》第二幕第一场中,精灵之王奥布朗告诉好人罗宾说:"你记不记得有一次我坐在一个海岬上,望见一个美人鱼骑在海豚的背上,她的歌声是这样婉转而谐美,镇静了狂暴的怒海,好几个星星都疯狂地跳出了它们的轨道,为了听这海女的音乐?"(朱生豪译文)

德籍瑞士医师帕拉塞尔苏斯(1493—1541)在广泛的阅读中,发现一首一四八○年在斯特拉斯堡出版的诗《封·施陶芬贝格骑士》,描写了一个十分动人的德国传说。后来,他在著作《自由的水神、风神、火神和其他精灵》中,转述了这个传说。

帕拉塞尔苏斯描述了土、气、火、水四种外貌和功能都像人类却没有魂灵的精灵,其中的宁芙是一大类水神仙女,他称她们为温婷娜(Undinae,或 Ondines)。显然,这个名字来自于拉丁文中的"unda"(波浪)一词,意味着她是水中族类。

故事说,在浩渺的莱茵河上游,两岸全是神秘的古老森林,生活在水中的温婷娜,对人类竟能生活在空气中感到十分好奇。有一个温婷娜和她的姐姐们在胡德勃兰特·封·施陶芬贝格属地的湖泊游玩时,非常向往人间,总想从水中出来,看看陆地上各种古怪而美丽的动物。一天,她看到一个最古怪、最美丽的动物,他是正在林中打猎的年轻英俊的施陶芬贝格领主。看过几次后,她便爱上他了。于是,她使自己拥有一副人的躯体,全身洋溢着美感,在林间等待。施陶芬贝格领主来了。她的美和风度使他倾倒,他提出,要她去他的城堡。她同意了,但在到达目的地后,她流泪向他告别,说她一定得回到水中去。施陶芬贝格请求跟她结婚,并发誓永远爱她。温婷娜告诫他说:"如果你发的是伪誓,将有可怕的事发生!"领主说:"我永不会背弃你。"保证和她像夫妻一样生活。

三年过去了。一次,在富有的邻族马格瑞夫主持的马上武术比赛中,胡德勃兰特迎战一位远方来的骑士,取得了胜利。这给马格瑞夫和他女儿留下深刻的印象,她似乎也十分喜欢他。于是,他在心中开始将这个女人与温婷娜进行比较,觉得她也许没有水神那么漂亮、那样有才气，但她有金银财宝和大片土地做嫁妆。回到家后，他便向温婷娜宣称，他要与马格瑞夫的千金结婚，而她必须回她的水中去。

温婷娜悲痛万分，哭泣着求他别忘了自己的誓言。但胡德勃兰特毫不理睬，把她拖到河边，不顾她的乞求、辩解、劝说和啼哭，硬是将她推向河中："回你的水里去吧！我再也不要跟水和你交往了！"

温婷娜先是不情愿地迟疑了一会儿，随后接受了他的决定："听从你的命令，我的主人。"到了河里后，她回过头来警告他说，"不过，由于你诅咒过水了，所以可得小心，水不再是你的朋友了。"胡德勃兰特听到温婷娜分手时的话，决心再也不与水沾边。

一个月后，又举行了一次盛大的马上武术比赛，这是为庆祝胡德勃兰特和马格瑞夫女儿的婚礼。胡德勃兰特又迎战那个外来的骑士。不过，这次的结果不一样了。交战时，万分生气的温婷娜带领她的姐妹们到他跟前跳舞。最后，胡德勃兰特输掉了比赛。

胡德勃兰特被击败后，感到又热又渴。他的新娘急忙给他递上一杯清凉的冷水。可等他记起温婷娜的话时，已经太迟了。胡德勃兰特一喝水，便窒息了。水充溢住了他的气管，窒息得他无法呼吸。他的新娘和亲友们都无比惊恐，眼看着他竟然在干燥的空气中被淹死。最终，温婷娜又回莱茵河去了。

在种种有关人鱼的传说中，水精温婷娜可能是最著名的了。德国大诗人约翰·沃尔夫冈·歌德在他伟大的诗剧《浮士德》第一部第三场《书斋》中曾写到要依靠水精（Undine，即温婷娜）和火精、风精、土精来制服妖孽精灵："……要对付这个畜生，／先要念四大咒文：／／搞不清楚／四大元素，／不知其力／及其性质，／就没有本领／制服精灵。／／化成火烧光，／火精！／哗啦啦流光，／水精！／让他像流星飞去，／风精！／帮我搞家务，／土精！土精！／快出来把残局收拾。"（钱春绮译文）另一位德国作家弗里德里希·富凯男爵还以《温婷娜》为题，专门写了一部浪漫主义长篇小说。

弗里德里希·富凯男爵（1777—1843）生于德国东北部勃兰登堡。他是一名记者，同时也写诗、剧本和小说；尤其在北欧神话的研究上，有很深的造诣，还出版一份发表

杜拉克为《小人鱼》作的插图　　　　　　　《温婷娜》插图

浪漫主义文学的季刊。富凯对帕拉塞尔苏斯转述的这个故事怀有浓厚的兴趣。据此，他另写了一篇小说《温婷娜》，可能最先发表在一八一一年他自己编的这份季刊上。

看来，富凯在描写曲折动人情节的同时，还注意到帕拉塞尔苏斯故事中胡德勃兰特一喝水便窒息致死在科学上的不合理性，于是他在吸取帕拉塞尔苏斯浪漫情节的基础上，对胡德勃兰特之死做了合理的改动。

在富凯的《温婷娜》中，温婷娜出场时是一个三岁的女孩子。一次，当她从湖中出来的时候，正好被一个渔夫和他的妻子看到。渔夫的女儿也是这个年纪，大概是被淹死的。夫妇两人便将她带回家里，像自己的女儿那样把她养大。温婷娜长到十八岁时，见到了旅行家、骑士林斯特尔登伯爵封·胡德勃兰特，当时伯爵迷了路，他美丽的未婚妻贝尔塔尔德正在设法到处找他。温婷娜赢得伯爵的爱，两人举行了婚礼。婚后，温婷娜告诉他，她是地中海海王的女儿，或者美人鱼，或者水精；她没有魂灵，只有与陆地上的男人结婚，之后才会有魂灵。如今她获得了魂灵，使她拥有一颗温柔、仁爱和体贴的心。她便怀着这颗温柔、仁爱和体贴的心，随同伯爵回到他未婚妻仍在等他归来的城堡。最后，他们建立起了一个三人之家。

一次，当他们三人泛舟多瑙河的时候，河中伸出一只水精的手，抢走伯爵送给贝尔塔尔德的项链。这是温婷娜的一个亲属干的,他一直想要破坏她与伯爵的关系。见此,温婷娜也把手伸进水里,另外捞出一条项链,比原来的还要漂亮得多,作为对她的补偿。但胡德勃兰特看了非常生气,觉得自己的妻子原来还在和水中的精灵保持联系,就一把夺下项链,把它扔进水里,并咒骂温婷娜是个骗子,要她滚回水里去,忘记了温婷娜曾经告诫过他永远不要在水边发咒。温婷娜怀着极大的痛苦跳入浪涛,回到她原先的水里去了。

胡德勃兰特以为温婷娜落水死了,于是又决定和贝尔塔尔德结婚,虽然他此前曾经做过一个梦,水神在梦中警告他,如果重婚,他马上会死。婚礼结束后,贝尔塔尔德打开一口古井的喷泉。这时,随着喷泉的水,水神温婷娜突然出现在他们跟前,使胡德勃兰特想起做一个不忠的丈夫会有什么样的命运。诀别时,他去吻温婷娜。但当他碰到她的唇时,温婷娜紧紧抱住他,失声痛哭,扼住他的喉咙,"直至他最后停止呼吸"。

在这篇早期的德国浪漫主义小说中,富凯细腻地描述了这个缠绵悱恻的爱情故事。温婷娜的紧紧一吻,扼住胡德勃兰特的喉咙,直至他停止呼吸,比较合乎生理机制。医学上有一种病症:睡眠时呼吸骤停或呼吸障碍可能会引起死亡。借助温婷娜的这个故事,人们取了一个专门术语,叫"温婷娜的诅咒",即所谓的先天性中枢通气不足综合征,或原发性通气不足。

富凯的这篇小说很快就被译成英语和其他语言出版,在十九世纪很受欢迎,外国的图书馆里都能找到,被看作一个"非常美丽的"童话故事。一八一四年,富凯和德国作家、音乐家恩斯特·泰奥多尔·阿玛第乌斯·霍夫曼一起将它改编为歌剧,富凯撰写台本,霍夫曼配乐,获得了成功。一八六〇年代,小说又被俄国浪漫诗人华西里·楚科夫斯基译成俄语六音步扬抑格诗体出版,为后来大作曲家柴可夫斯基的改编提供了基础。小说还引发另外一些作家的创作灵感,包括伟大的童话作家安徒生。

安徒生生于丹麦的欧登塞。这是丹麦的第三大城市,濒临欧登塞河。富于幻想的安徒生,从小就被河里的鱼类、河人的传说所吸引,很容易对神秘的河海水域产生幻想。

做演员的理想无法实现之后，他希望成为一个作家，阅读了大量浪漫主义作品，倾心于童话世界中的仙女、精灵和海底人鱼等故事，并在自己的创作中开始描述这些精灵。在他第一部重要文学作品，即一八二九年的《1828 和 1829 年从霍尔门运河至阿迈厄岛东角步行记》第一章中，安徒生以霍夫曼的风格描写了一个怪诞的故事，说自己在阿迈厄岛与人鱼一起站在海水中，还清楚地目睹"在海滩边布满海藻的巨石上，头戴灯芯草花环的美人鱼坐在那里歌唱"。后来在另一次步行中，他又说自己"仿佛看见了温婷娜和其他海女们从岸边跑来"。

此后几年里，安徒生在诗歌创作中，据曾任丹麦驻中国大使的学者白慕申说，"频频出现不少美人鱼、人鱼和民间迷信中的精灵以及他们同人类的关系"，描写了美人鱼的"特点，有时是那迷人的歌喉和乐曲、动人的美貌、长长的头发、超人的视力，有时是她们渴望永生却只能活到三百岁，最终化作海上的泡沫，并不能升入天国等等"（甄建国等译文）。

一八三三年夏，安徒生动笔写一篇题为《安妮塔和人鱼》的长诗，在描写陆上的人和海里的人之间的两性之爱的同时，强调人类一旦背弃爱情，将会导致人鱼被抛弃、产生孤独之感。不过，这部作品因缺乏整体性和诗歌所应有的细节而反应不佳。虽然如此，这些创作经验和后来的生活积累，让安徒生最后在《小人鱼》的创作中，通过对温婷娜传说的传承和创新，把他对人鱼的情愫深入地嵌在作品中，获得极大的成功。

安徒生从一八三五年五月开始构思关于美人鱼和她在海底生活的童话，一八三六年完成创作，最初于一八三七年四月七日以《小人鱼》之名发表在出版商卡尔·安德烈亚斯·雷兹泽尔的《给儿童的童话》上，后来又结集重印。作品描写海国国王最漂亮的小女儿为了追求爱情，不惜忍受巨大的痛苦，脱去鱼形，换来人形。但她所爱的王子，认不出是她在他遭遇海难之时救过他，最后与人间的女子结了婚。小人鱼虽然记得巫婆说过的话，只要杀死王子，让他的血流到她的腿上，她便可以恢复原形，重回大海，过三百年快乐的生活。但出于爱和忠诚，小人鱼宁愿自己化为泡沫，也要保证她所爱王子的幸福。

弗里德里希·富凯男爵

    尽管安徒生创作《小人鱼》受到富凯的《温婷娜》的启发，但他的《小人鱼》完全是他的天才的创造。

    不错，《小人鱼》和《温婷娜》有许多相同的情节，这是因为像他的一些其他童话一样，安徒生总喜欢从民间传说中汲取养分。另外，在故事的结局上，《小人鱼》的女主人公也像温婷娜一样，都面临一个生死的选择——不是双重的胜利就是双重的失败：如果能与陆上的男子结婚，她就既能获得爱情，又能获得永生的魂灵；而若最后被曾爱过她的男子所背弃，那么她就既得不到爱情，也得不到永生的魂灵。但在这结局的处理上，安徒生是截然不同于富凯的。在富凯的笔下，两人诀别时，温婷娜紧紧扼住胡德勃兰特的喉咙，"直至他最后停止呼吸"，从而惩罚了背誓的丈夫，自己得到了拯救。安徒生的小人鱼则不同，因为她太爱王子了，为了所爱的人的幸福，她宁愿自己化作泡沫。这是多么深沉、多么伟大的爱啊！不过，安徒生实在也太爱他的女主人公了，在一八三七年给诗人和小说家朋友伯恩哈德·英格曼的一封信中，安徒生坦言：《小人鱼》是"我在写作的时候唯一使我深受感动的作品……""我和我的人物共同受难，我分担他们的情绪，无论是好的还是坏的；我会随着我创作时出现的场景而感到愉快或者厌恶"。故事原来的结局是小人鱼融化成泡沫。但安徒生实在不愿他的小人鱼忍受如此大的痛苦：失去心爱的人，又得不到永生的魂灵，而且还要永离她的海底世界，于是最后他让她的"形体从泡沫中升起，越来越高"，并且让其他的生灵告诉她，"到太空的女儿那里去"，因为太空的女儿本也没有永生的魂灵，"但是她们能以善行创造一个"。小人鱼去了那里之后，"也可以以善行在三百年里为自己创造一个永生的魂灵"。

《小人鱼》是安徒生童话中最脍炙人口的一个，也是世界各国的童话中最为人所知的童话之一；在中国，它通常以《海的女儿》之名而为人所知。虽然对故事的美好结局的处理曾经受到一些批评家的质疑，他们认为不够自然，但广大读者都不顾忌这些，他们为小人鱼对爱情的执着和为爱情而自我牺牲的善良心灵所感动，他们甚至希望拥有这样一个幸福的结局，而不去计较艺术技巧上是否完善。

至今，《小人鱼》已经被翻译成近五十种语言在世界各国和各地区出版，甚至包括泰语、越南语、马耳他语、韩语、希伯来语等语言。它还多次被改编成其他艺术形式。最早是捷克作曲家安东尼·德沃夏克的歌剧《露萨卡》于一九〇一年在布拉格演出，此后还有戏剧、电影、电视剧、交响诗、爵士乐等，在苏联、美国、法国、捷克、西班牙、韩国等国分别上演。特别是迪士尼公司，一九八九年、二〇〇〇年和二〇〇八年多次改编的动画，获得很大的成功。一九〇二年，嘉士伯公司的后人卡尔·雅可布森在皇家剧院观赏芭蕾舞《小人鱼》时，看到女芭蕾舞演员爱琳娜·普赖斯的独舞，激起很大的热情，便请丹麦雕塑家爱德华·埃瑞克森创作一尊小人鱼的雕像。埃瑞克森创作的小人鱼青铜坐像，由宫廷铸造师劳里茨·拉斯马森铸造，像高一点五米，基石直径约一点八米，比真人要稍大一些；于一九一三年八月二十三日落座于哥本哈根东北部的长堤公园，几块巨大的花岗岩托起她优美的躯体。二〇一〇年，这座坐像远渡重洋来到中国上海，在世界博览会上展示她优美的体姿，吸引了众多的参观者。

《小人鱼》可能是被改编成其他艺术形式最多的文学作品之一了。

Le Petit Prince

《 小王子 》

韂狐足迹的启发

无论从人生经历还是文学创作来看,安东尼·德·圣埃克苏佩里(1900—1944)都十分与众不同。

圣埃克苏佩里出身于法国里昂的一个贵族家庭,虽是没落的贵族,仍有着传统贵族青年渴望冒险建立功勋的抱负。未能通过海军学校的入学考试之后,一九二一年他有了一个机会:这年,法国政府征招人民服役,圣埃克苏佩里决定加入空军,得以在这年四月被派往斯特拉斯堡受训,并于第二年获得飞行员执照。但在未婚妻、豪门之女路易丝·德·维尔莫兰家庭的反对下,他屈服了,去到巴黎一家瓷砖制造商的办公室干些事务性的工作。与路易丝解除婚约后,圣埃克苏佩里几年间换过几种工作,但都不成功。

一九二六年,圣埃克苏佩里重新作为一名飞行员,成为国际航邮线路的开拓者之一。在这些年里,他参与开辟从法国南部的图卢兹到摩洛哥的卡萨布兰卡以及西非塞内加尔首都达喀尔之间的航路,且被任命为朱比角航空站站长。一九二九年,圣埃克苏佩

圣埃克苏佩里与妻子

里去阿根廷，受命任"阿根廷航邮公司"经理，从事被认为"勇气之翼"的开辟新航线工作。虽然在这年里因严重的飞行事故导致永久性的残疾，他仍然担任了侦察机飞行员。一九四〇年，法国沦陷在希特勒的铁拳之下，圣埃克苏佩里随同一个空军中队撤退到北非，然后辗转去美国。盟军在非洲登陆后，圣埃克苏佩里又重新参加空军，从事侦察任务，但在一九四四年七月三十一日的一次飞行中遇难。

虽然文学创作并非一定得描写自己的亲身经历，文学史上也并非没有借助他人经历写出优秀作品的案例，但在创作中融入本人的生活经历和情感经历，无疑更有助于作品的感人力量。飞行生活让圣埃克苏佩里发现了英雄行为的源泉，也使他找到了新的文学题材和文学主题。作为作家的圣埃克苏佩里，他的作品大多都是描写飞行生活的。

圣埃克苏佩里最早的试作是发表在《银船》杂志上的故事《飞行员》。他的第一部小说是一九二九年出版的《南方邮航》，描写任飞行员的主人公在恶劣的条件下往返于图卢兹和达喀尔之间，最后牺牲在岗位上，另由人接替，表现航空事业的一代新人形象。一九三一年，圣埃克苏佩里出版了他的《夜航》，这部以他自己的经历创作的第二部小说，歌颂了开辟新航线的第一批飞行员的光荣事迹，曾荣获"费米娜奖"。此后还有《人的大地》《小王子》《空军飞行员》等作品。

一九三五年十二月二十九日，圣埃克苏佩里乘友人的车去巴黎布尔热机场，准备在机械师安德烈·普雷沃的协助下，于三个小时后驾驶他自行购置、性能卓越的"科德隆C—600西蒙"飞机从这里起飞，参加一次超过一万公里的航行，希望按照要求，在不到一百个小时之内从巴黎飞到西贡，获取十五万法郎的奖金。但是，由于在夜间偏离了航向，在飞行了十八小时三十六分钟后，飞机于十二月三十日十四点四十五分，埃及时间清晨四点四十六分，坠毁在离利比亚边境不远处的埃及沙漠。

飞机以每小时一百七十英里的速度撞在地面上，撞击力把机舱都劈开了，破碎的金属板有的飞出一百码之外。好在他们两人从破损的窗户跳出，保住了性命。但在茫茫的沙漠中，圣埃克苏佩里后来回忆，"搜寻人员必须在两千英里的范围内工作，我们需要花上两个星期的时间才能够从天空看到沙漠上的一架飞机"，也就"无法指望有一架飞机会救走我们"。而那时，汽油箱、机油箱和饮用水箱都被撞坏了，饮用水一点不留，只剩下一品脱咖啡、半品脱白葡萄酒，以及少量葡萄和一只橘子，很可能来不及等到营救者来，他们就渴死了。

他们努力寻求出路，却劳而无功。缺水之苦甚至使他们抹下机身上的露水，来啜饮这混有油和漆气味的令人恶心的混合液体。第一天总算过去了。他们看到海市蜃楼，沙漠中的海市蜃楼，随后产生种种幻觉。第二和第三天，他们出现脱水状态，咽喉已经硬化，舌头像石膏一样。直到最后，即第四天，两人才被一个骆驼商队里的贝都因人救起，连夜送到开罗救治。

英国《卫报》记者保罗·韦伯斯特在他为圣埃克苏佩里写的传记《小王子的生和死》中总结因偏离航向而引发的那场事故说："安东尼专业上的重大过失造成了这场意外，却因此写成了《风沙星辰》中最精彩的文字。"他特别赞赏圣埃克苏佩里在描述海市蜃楼、濒死边缘、幻觉和朋友义气等典型的沙漠求生故事时"加上了哲理"，认为若仅仅"以写实的方式重新叙述劫难经过，固然可使意外发生的始末完整呈现在大众跟前。但这么一来便扼杀了二十世纪文学巨著的价值"（黄喻麟译文）。

韦伯斯特指的是圣埃克苏佩里记述他本人飞行冒险事迹的《人的大地》。此书于一九三九年初版，被译成英文时题为《风沙星辰》。该书获得法兰西科学院的"罗马大奖"，美国《外界》杂志将它排在历史上二十五部冒险和探险著作的首位，《国家地理》

圣埃克苏佩里创作
《小王子》的贝文大厦

杂志将它排在历史上一百部冒险和探险著作的第三位。

正如韦伯斯特所说,圣埃克苏佩里在回忆他的飞行经历时,不是简单地记述事件的过程,而是以明快的语言叙述,字里行间常流露出哲理的睿智,例如他描写在经受缺水之苦时见到荒漠之狐"鞟狐"后振奋起来的那一段:

……贝都因人、探险家和殖民地的官员都告诉我说,在没有水的情况下,一个人只能存活十九个小时。此后,他的眼睛会充满光芒。这就是一切快要终结的开始。干渴加快的进程非常迅速,非常可怕。……但好奇心却上升了。沙漠里的动物靠什么活呢?当然有一些鞟狐洞,鞟狐是一种长耳的肉食沙狐,大小跟兔子差不多。我看到其中一只在地面上留下的痕迹……那些痕迹通往狭窄的一处沙流,每一个都留下清晰的轮廓,我看着这三蹄动物在沙面上以扇形铺开的漂亮的足迹,甚是惊讶。

可以想象我的这位小朋友清晨时分愉快地跳跃,把岩石上的露水舔得干干净净。在这里,痕迹彼此隔得很远,我的鞟狐突然奔跑起来。我现在可以看出,一个同伴跟它在一起了,它们是肩并肩地奔跑的。清晨有人出来散步的迹象让我产生一阵奇怪的惊喜。它们是生命的迹象,因为这一点,我喜欢这些痕迹,我差不多都忘了自己很渴。

……鞟狐的足迹引导我回到它住的那个洞口。它无疑就蹲在里面,听着我走过的声音,我的脚步声一定让它惊讶不已。我对它说:

《小王子》写到的鞘狐

"鞘狐,我的小狐狸,我的末日就要到了,但是,不知怎么的,人快死了,我还是对你的情绪感到很大兴趣。"

我就这样在那里站了一会儿,一边想,一边对自己说,人是可以让自己适应任何一种环境的。人都知道,或许三十年后,自己一定会死掉的,但这个想法并没有剥夺任何人在生活中的乐趣……(海南出版社中译本)

从勘察鞘狐的足迹中,圣埃克苏佩里感受到这种小动物的生命的活力,增强了他顽强的求生意志,坚信"人是可以让自己适应任何一种环境的";并且还赋予他创作小说《小王子》的灵感。

《小王子》是圣埃克苏佩里逃往美国期间在长岛北面阿撒洛肯村那座维多利亚时代的贝文大厦他租下的公寓里写成的,并自行绘制插图。

一九四一年的一天,在一家餐馆里,美国出版商柯蒂斯·希契科克见圣埃克苏佩里在餐巾上画金发的小王子,就鼓励他写一本童话书,交给他于一九四二年的圣诞节前出版。圣埃克苏佩里说他已经在酝酿了,他是指《小王子》。《小王子》写好后,于一九四三年四月六日由希契科克在纽约的雷内尔·希契科克公司出版英文本,第一版二百六十册,其中一百册为作者签名本;另一说法是首版五百册,其中三百八十九册为签名本。一年后,法国著名的伽利玛出版社出版了凯塞琳·伍兹的法文译本。

《小王子》以童话的形式记述了圣埃克苏佩里本人的一段飞行经历:书中的"我"

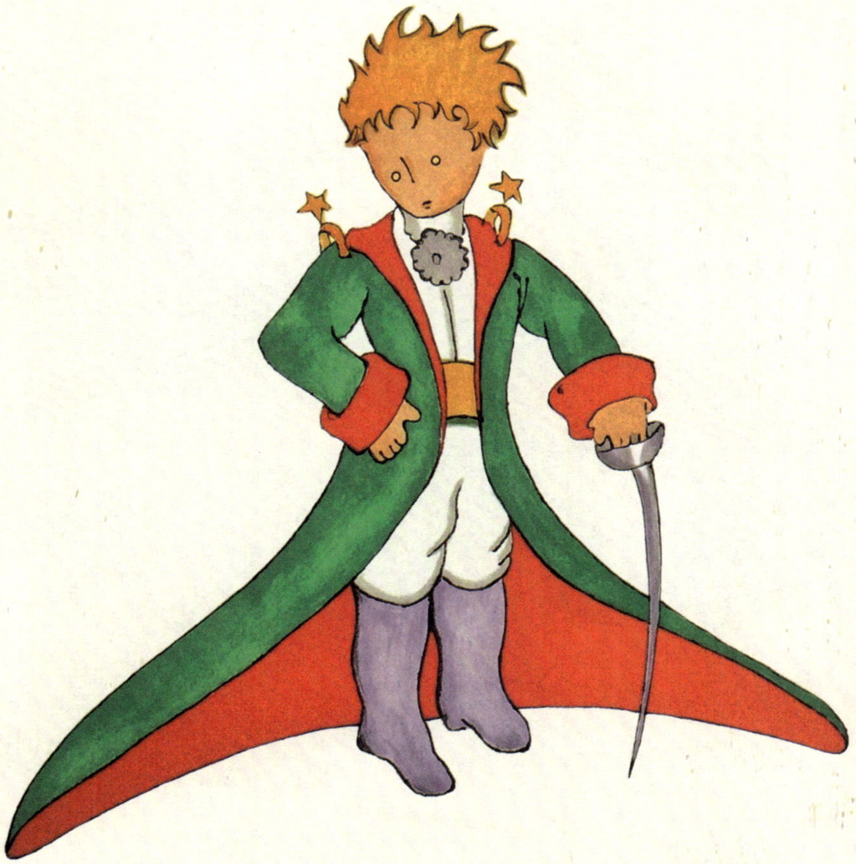

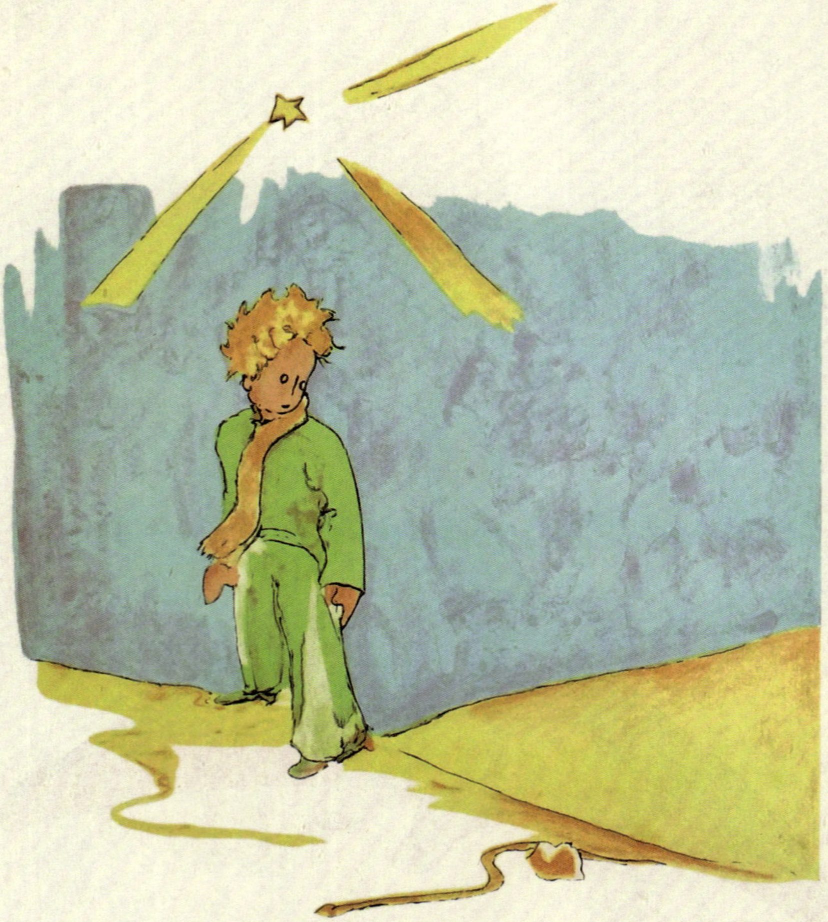

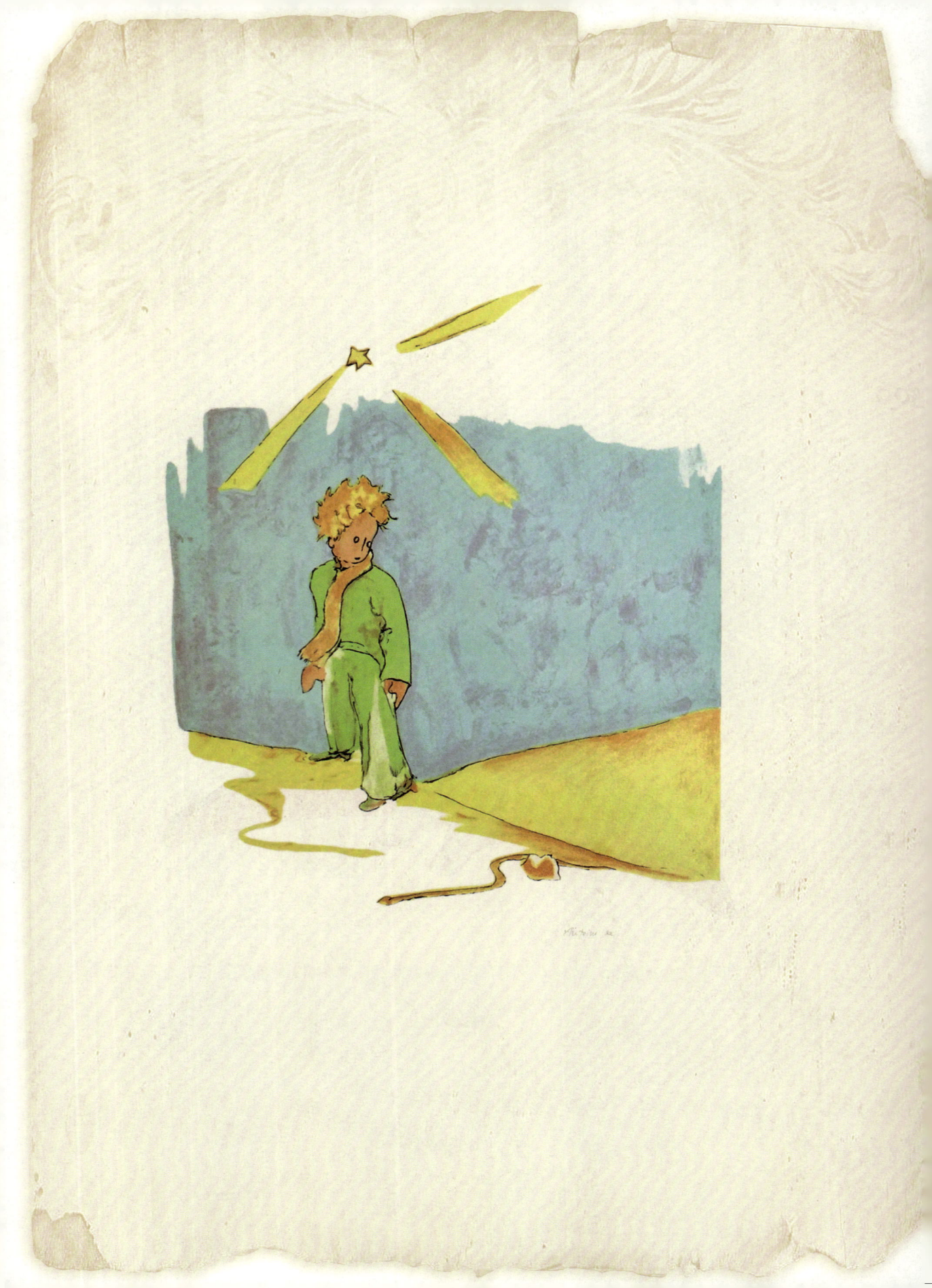

因飞机发生故障，被迫降落在撒哈拉沙漠，认识了小王子。小王子来自另一个星球，因与一株玫瑰发生了一点"麻烦"，才离开自己的本土，去访问其他几个小行星。在此过程中，他遇见的一些人，这些大人的行为举止，都使他感到"真是古怪"，无法理解。圣埃克苏佩里在书中多次表达他固有的理念：孩子们"对正事的看法与大人们的看法截然不同"，因为孩子们有一颗天真无邪的心，使他们能够懂得生活中的朴素的真理，"而任何一个大人都将永远不懂，"他认为，"这是多么的重要！"（刘华译文）

《小王子》里有一处写到小王子来到一个玫瑰怒放的花园，惊奇之余，感到很伤心：因为"他的那株花儿曾说过她是世界上唯一的一株。而现在这里就有五千株，全都很相像，而且仅在一个花园里"。本来，他深信自己拥有"独一无二的"玫瑰，但现在看来，他拥有的"只是一株普通的玫瑰"。于是，他痛苦得哭了。就在这时，狐狸出现了。

就像那只鞯狐让圣埃克苏佩里在缺水的沙漠里坚信"人是可以让自己适应任何一种环境的"，在《小王子》中，（这只"狐狸"，圣埃克苏佩里在英文原版的《小王子》里，用的是 fox，而不是 fennec。）它启发他解开了与那株玫瑰发生"麻烦"的心结。狐狸告诉小王子，世界上没有十全十美的事，误会往往是由语言造成的。重要的是它所谓的"驯养"，即"建立联系"。如能做到这样，狐狸说，虽然他俩是千千万万个小男孩和千千万万个狐狸中的一个，也会相互需要："对我而言，你将是世上的唯一。而对你而言，我将是世上的唯一。"狐狸特别强调，"本质是肉眼看不见的。只有用心去看才能看得明白。"狐狸的话让小王子领悟到，此处玫瑰园里的这些玫瑰其实"一点也不像我的那株玫瑰"，尽管其他的人会以为她跟这些玫瑰很像。在他看来，她独自一朵就远比这里"所有的花儿都重要，因为我浇过水的是她。因为我罩在罩子中的是她。因为我用屏风为其挡风的是她。因为我为其灭杀毛毛虫的还是她。因为我听她抱怨，听她吹牛，甚至有时倾听她的沉默。因为这是我的玫瑰"，并记住："我要对我的玫瑰负责。"

既有无微不至的爱护，也愿"听她抱怨，听她吹牛，甚至倾听她的沉默"！把爱和责任说得多好。

《小王子》法文版

  人们不难看出，圣埃克苏佩里是在这里倾诉他和妻子之间的情感纠葛：小王子是圣埃克苏佩里的化身，玫瑰即是萨尔瓦多裔的法国作家和画家康素爱萝（1901—1979）。此前，由于与玫瑰女记者西尔维亚·赖因哈德的婚外情，圣埃克苏佩里和妻子之间产生一点纠葛。现在，圣埃克苏佩里就在《小王子》中向妻子这样倾诉他的爱情誓言。这也许就是人们常说的"玫瑰的刺"吧。至于圣埃克苏佩里为什么以小王子影射他自己，只是因为小王子的外貌很像圣埃克苏佩里年轻时的模样。圣埃克苏佩里年轻时，因为有一头"金黄色的卷发"，家里人和朋友们都以国王路易十四的外号叫他"太阳王"。换句话说，圣埃克苏佩里是把自己的外貌赋予了小王子。

  尽管有种种哲理内涵，《小王子》无疑仍是一部孩子们所喜爱的书。圣埃克苏佩里在书的献词中说要将此书献给"小男孩时的莱昂·维尔特"。法国作家和艺术批评家莱昂·维尔特（1878—1955）是圣埃克苏佩里在一九三一年认识的一位航空业界之外的最密切的朋友。可惜他当时没有看到这本献给他的书，直到圣埃克苏佩里牺牲之后五个月，伽利玛出版社送给他一册特印的法文版《小王子》。

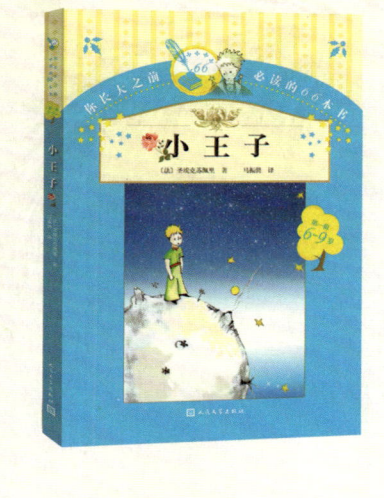

《小王子》至今已被译成一百八十多种文字，印数达八亿册，是有史以来发行量最大的小说。同时，它还多次被改编为其他艺术形式，其中最著名的有演员理查德·伯顿讲述《小王子》的广播故事，获一九七四年"格莱美奖"；意大利裔的法国歌剧作曲家里卡多·康西恩特改编的法语音乐剧《小王子》先于二〇〇二年上演，二〇〇八年又在香港演出；俄国歌剧作曲家列夫·克尼帕尔从一九六二年至一九七一年的十年里，据《小王子》写了一部交响乐，一九七八年在莫斯科首演；由奥地利作曲家弗里德里克·洛伊谱曲、美国词作者阿兰·勒纳作词，和有"好莱坞音乐剧之王"之称的斯坦利·多南导演合作，为帕拉蒙公司制作的音乐影片于一九七四年上映；一九八〇年代，还有一部叫《小王子历险记》的电视剧在日本和北美上映；由托尼奖获得者剧作家休斯·维勒和词作者唐·布莱克与作曲家约翰·巴里合作的音乐剧《小王子和飞行员》曾于一九八一年在百老汇演出，但从未正式公演。此外，还出现一些《小王子》的续篇。主要有：一九九七年的《小王子的归来》，比利时翻译家让－彼埃尔·达维兹在这里描写因为有一只老虎要吃掉羊，小王子来找人帮助，在一个孤岛上巧遇一个船舶失事的男子的故事。二〇〇七年凯塞琳·帕杜和伊丽莎白·米切尔合写的《小王子的新冒险》则描写因为小王子的羊吃了他的玫瑰，小王子去寻找新的花儿的故事。此外还有康素爱萝的外甥女伊莎蒂丝·德·圣西蒙娜写的《小王子的归来》，据说，没有多大意思。

Winnie the Pooh

《小熊维尼》

从猎物、玩具到童话人物

你绝对想不到,"小熊维尼"这个普普通通的名字在世界上竟是如此的家喻户晓,在二〇〇三年甚至被著名的《福布斯》杂志列在"全球十大虚拟人物富豪榜"的榜首;而作为欧洲儿童早期人格教育的重要伙伴,这个叫"维尼"的小熊,现在已经成为"亲切、团结、友爱、互助"的代名词。这里所说的这个叫"维尼"的小熊,是一册童话故事中的人物,但它最初是一头真正的熊和一个被命名为"维尼"的玩具熊。故事可多啦!

一九一四年八月第一次世界大战爆发时,加拿大马尼托巴省第三十四加里马堡的中尉医官哈利·科尔博恩从家乡温尼伯出发,前往魁北克的伐尔卡迪尔,去加入加拿大兽医军团。火车在安大略的白河站停靠时,他注意到有个人坐在车站月台的长椅子上,椅子扶手上拴有一头美洲黑熊的幼崽。好奇的科尔博恩前去和他攀谈,得知他是以捕杀动物为业的,刚射杀了这头幼崽的母亲,于是捕得了这头小熊。科尔博恩开价二十英镑,想买下这头小熊,对方马上接受。后来科尔博恩被派往司令部,不便带着,只好暂时将这头幼崽借留在魁北克。这里的人都很喜欢这只小动物，把它看成是加拿大第二步兵旅的吉祥物。一九一四年十二月，第二步兵旅奉命要秘密开赴法国，科尔博恩觉得，把小熊一直带往前线是异常危险的事，于是在十二月九日经伦敦前去法国时，他特地去了一趟伦敦动物园，请他们替他保护好这个小家伙，直等到他回来。当时，科尔博恩只是乐观地预测，战事一定不会拖很久。谁知这场"结束一切战争的战争"结束得不如想象中的那么快。结果整整等了四年，直到一九一八年，科尔博恩才回到伦敦。当他再次见到这头小熊时，小家伙已经长大了不少，且被饲养员和参观者们深情地取了个名字"维尼"。科尔博恩见它活得自由自在，那么快乐，像是十分满意目前的这个新家。于是，他决定就让它留在这里，正式捐赠给动物园。此后的几年里，科尔博恩也曾多次去动物园看望他的这个老朋友，继续他们的友谊。过了几年，维尼就长成为一头可爱的大熊了，在数以千计的动物和人类朋友中尽情地玩耍，直至一九三四年五月十二日平静地死去。

在动物园的维尼给很多观众带来欢乐，消息传遍了全伦敦，人们纷纷要来看它，尤其是孩子，以至于作家米尔恩在一九二五年的一天，向他的邻居，伦敦兰心剧院的经理，当时英国最著名的演员亨利·欧文爵士请求，在欧文带他的孩子们去参观伦敦动物园时，可否把他自己的儿子克里斯托弗也带上一起，因为克里斯托弗虽然有一只玩具熊以及许多别的玩具，但十分渴望能够看到真正的熊。

艾伦·亚历山大·米尔恩（1882—1956）生于伦敦，就读于伦敦威斯敏斯特学校和剑桥大学，教他的老师中包括大作家赫伯特·威尔斯。他毕业后，一九〇六年为著名的《笨拙》杂志工作，写写《一天的活动》《过去的一周》《向阳的一边》等幽默诗文。前期的作品有小说《从前》（1917）、《皮姆先生过去了》（1919）、《红房子的秘密》（1922）以及诗集《当我们还很小的时候》（1924）、《我们已经六岁了》（1927）等。不过，最为米尔恩带来荣誉的不是这些，甚至也不是后期的另外几部小说和非虚构作品，而是《小熊维尼》两册童书。

米尔恩在一九一三年六月二十四日与《笨拙》的编辑、作家欧文·西曼的义女多萝

作家米尔恩

西·德·塞林古结婚，但直至一九二〇年八月二十一日才生了一个儿子克里斯托弗·罗宾（1920—1996）。克里斯托弗是他们唯一的孩子，不用说，自然深受父母的疼爱。在他一九二一年八月二十一日第一次过生日的时候，米尔恩便从位于肯辛顿和切尔西地段布朗普顿路的一家叫哈罗德的高档店铺，买来一只玩具熊给他做礼物。克里斯托弗很喜欢这只玩具熊，给它取名"爱德华熊先生"，并以爱德华的昵称"泰迪"叫它"泰迪熊"。于是，在原来的朋友——玩具老虎、袋鼠、天鹅等之外，克里斯托弗又多了一个朋友，可以和他一起玩耍。泰迪熊也给米尔恩带来灵感，让他写出一首小诗《泰迪熊》，刊登在一九二四年第二期的《笨拙》杂志上。同年，这首小诗收进米尔恩的诗集《当我们还很小的时候》，插图中的泰迪熊像小孩一样穿一件小背心。后来在电视中，美国电视制作人斯蒂芬·斯莱辛格给它穿的是大红背心，成为迪士尼电影中维尼的标准装。

对于米尔恩的请求，亨利·欧文当然欣然应允。他相信，在伦敦动物园，孩子们一定会享受这美好的一天。他只是不明白，这么多年来，这个孩子为何一次都没有去过赫赫有名的动物园！

过了几天，欧文带着孩子们去了摄政王花园，动物园就在这个大花园里面。孩子们个个都玩得很开心，跟那些动物一起玩，他们显得非常激动。当人们来到北极熊的"家"，看到一只雪白的巨型怪兽时，克里斯托弗一下子激动得泪流满面，并坚持要把它带回家。接着，一个孩子哭个不停，一定要留下来，另外两个则一定要回去，欧文只好匆匆带他们离开摄政王花园。

克里斯托弗和维尼

以后，克里斯托弗又由父亲带着去了几次动物园，见到另一头黑熊，这就是科尔博恩留在动物园的那头美洲大黑熊维尼。在这里待了几年后，这头野熊如今已经变得令人难以置信的驯服，能接受孩子和它一同玩了。有一次，克里斯托弗甚至进入它的笼子里喂食给它吃，虽然这头"真正活的"维尼爱吃甜食，但据说它更喜欢吃炼乳，不爱吃生肉。米尔恩曾这样描写克里斯托弗每次去动物园的情形：

> 每当他去动物园的时候，都会直接走到北极熊那里。他会对左边第三个管理员小声说几句话，接着铁笼子的门就被打开了。
> 我们跟着他走进弯来弯去的走廊，爬上一段很高的楼梯，直到最后，来到一个很特别的小笼子面前，笼子的门被打开后，里面会飞快地走出来一只毛茸茸的棕色的动物，这时你会听见克里斯托弗·罗宾高兴地发出一声叫喊："噢，小熊！"然后一头冲进它的怀抱中……（《小熊维尼历险记·序》，张波虹译文）

为表示感谢，几个星期后，米尔恩在伦敦西区中心地段的加里克夜总会请欧文吃饭。交谈时，米尔恩告诉欧文说，克里斯托弗去动物园时是多么快乐呀，他特别说到，在那里，他儿子见到并爱上一头熊，给它吃东西，给它喂牛奶。据笔名为玛丽·波洛克的儿童文学女作家伊妮德·布莱顿说，当时，"这头熊拥抱了克里斯托弗，他们两个一起转圈子、拉耳朵，享受了一段极其愉快的时刻"；虽然有人不相信一个四岁的孩子会跟这头已经十岁的美洲大黑熊如此嬉闹。不管怎样,克里斯托弗和黑熊玩耍并爱上这头大黑熊,看来是真的。另外,米尔恩告诉欧文,此事激发了他的灵感,可以让他写出一两首诗,最后可能还会写出一部童话来纪念这次参观。

随后,米尔恩便开始构思这篇童话了。童话里的人物,除了以他儿子克里斯托弗·罗宾和这头黑熊为原型的主人公,另外还有兔子彼得、小猪皮杰、老驴咿呦、小袋鼠小豆等。

米尔恩在《当我们还很少的时候》中一首题为《镜子》的诗里,曾经写到一只天鹅。这是米尔恩带着克里斯托弗在一个节日里见到的鸟儿。作家在书的"前言"中这样说到此诗的灵感来源:"克里斯托弗每天都给天鹅喂食,还给它取了个名字'噗'。这在天鹅来说,是一个很好听的名字……"于是,两个主人公除克里斯托弗·罗宾外,另一个就叫维尼·噗了,正如书中写的:"当克里斯托弗·罗宾说这只金黄色的小熊(玩具)来到他家的时候连名字也没有,后来它发现大家都有名有姓,于是就闹着要取一个好听的名字,所以罗宾就给它取了'维尼'这个听上去很不错的名字。但是,小维尼发现罗宾家那只名字里带'噗'字的天鹅的名字更好听,而那天鹅正好又不想要带'噗'字的名字,于是顺理成章,罗宾就给小熊维尼取名'维尼·噗'。可爱的小熊觉得这名字好听极了,可高兴呢。"

《小熊维尼》主要是米尔恩根据克里斯托弗·罗宾从孩子的眼中看到这些玩具并和它们玩耍的故事写的。它描写了小熊和彼得、皮杰、咿呦、小豆等小伙伴们在百亩森林里的生活,包括打猎探险、捉长鼻怪、寻找北极、智胜洪水等奇遇。这只玩具熊虽然看上去有点笨笨的,而且有点淘气,有点嘴馋,喜欢吃蜂蜜,但它纯真可爱、勇敢善良,它热心待人,真诚友爱,乐于助人,在关键时刻总是能够想出解决问题的好主意,救人于危难之时,和它可爱的朋友们一起过着欢乐的生活。

童话的背景地百亩森林实际上就是阿斯顿森林。这座森林位于英格兰的东萨塞克斯郡,伦敦以南四十八千米,是一个古老的大森林,在十一世纪诺曼底公爵威廉征服英格

阿斯顿森林

兰之后，便成为中世纪的狩猎林区。一九二五年，米尔恩在东萨塞克斯哈特菲尔德附近的科彻福德农场购得一块地，便于全家人在周末、复活节和夏日里都可以去那里度假。正如作家的儿子克里斯托弗·罗宾后来在他回忆性的著作《令人着迷的地方》(1974)中写的，"任何一个读过这本书的人都知道这片大森林，无须我来描写。噗的森林和阿斯顿森林是同一个地方"。

欧内斯特·谢泼德（1879—1976）是一位毕业于切尔西希瑟雷美术学校的艺术家，第一次世界大战期间他向《笨拙》杂志投稿，后来主要从事创作卡通画作和插图，肯尼斯·格雷厄姆的《柳林风声》即是由他画的插图。一九二四年，当米尔恩出版诗集《当我们还很小的时候》时，《笨拙》杂志的编辑、作家爱德华·维罗尔·卢卡斯推荐谢泼德为这部诗集作插图。最初，米尔恩觉得谢泼德的绘画风格并不是他所希望的，但画家画出来之后，米尔恩看了很是高兴。于是，米尔恩决定请谢泼德为他的《小熊维尼》作插图。

为了给《小熊维尼》创作插图，谢泼德特地去了童话的背景地阿斯顿森林，画下大量速写。随后，未经预约，画家就带了他的速写夹去到米尔恩在科彻福德农场的家。米尔恩见到这个不速之客时，感到稍稍吃惊，不过仍然勉强请他进入厅内。等到谢泼德打开他的速写夹让米尔恩看过后，作家立刻便喜欢上他的画并乐意由他来创作插图了。只是两个星期后，米尔恩又后悔自己这一"鲁莽"的决定了。幸亏经过他的朋友们，其中包括卢卡斯，还有经常为《笨拙》作画、并为夏洛蒂·勃朗特第二版的《简·爱》和

初版《小熊维尼》插图

纳撒尼尔·霍桑的《七个尖角顶的宅第》创作插图的F.H.汤森等的劝说，米尔恩最后决定由谢泼德创作插图。米尔恩的美国出版人约翰·麦克雷回忆米尔恩和谢泼德在一九二六年的合作情况说："米尔恩坐在沙发上阅读故事，罗宾坐在地板上和那些现在已成为《小熊维尼》里的著名角色玩耍，而谢泼德则坐在罗宾身旁，为书中的插图做素描。"

最初是一篇描写小熊维尼的露面和克里斯托弗·罗宾为它取名的故事，也就是成书后的第一章，作为《A.A.米尔恩写的一个圣诞节的故事》发表在一九二五年十月二十四日的伦敦《晚新闻》上，配有J.H.多德的插图。一年后，一九二六年十月十四日，美国的达顿公司和英国的梅休因有限公司同期推出此书，立即受到欢迎。书中谢泼德的插图是那么的生动有趣，给读者留下深刻的印象。

认识到谢泼德对《小熊维尼》所做的贡献，米尔恩很是感激，特地为他安排了一场王室般的礼遇；同时还在送给他的一册《小熊维尼》上，真诚地写了下面这样几行诗作为题签：

在我死了之后，
让谢泼德装饰我的坟墓，
石面上放他的画作两幅：
第一〇九页的那只小猪，
噗和小猪的散步……

另外还有野兔彼得，
它们都是我自家人，
会迎接我去天国。

后来，一九二八年，谢泼德又再一次为米尔恩的另一本童书《小熊维尼的小屋》创作插图。

如今，《小熊维尼》在英国已经重版了七十多次，被译成二十多种语言，甚至有精通多种语言又创作小说的匈牙利作家亚历山大·勒纳（1910—1972）的拉丁文译本，此书在一九六〇年成为有史以来唯一一本登上"纽约时报排行榜"的拉丁文作品。《小熊维尼》不仅在英国被多次改编为戏剧、广播、电影、电视剧，特别是迪士尼公司的系列动画等；就是在社会主义时期的苏联，一九六九年、一九七一年和一九七二年也有三个电影改编本。

随着《小熊维尼》的成功，童话中的原型，克里斯托弗·罗宾的泰迪熊维尼·噗和小猪、兔子、老驴、小袋鼠等玩具也成了具有历史意义的文物了。一八四七年，这些玩具在美国做了一次全国性的旅行，以供喜爱它们的人们观赏。为这次的长途旅行，米尔恩的美国出版商达顿公司投保五万美元，这在当时是一笔相当庞大的数目。旅行持续了大约十年，直至达顿公司相信它们会被留在美国。这批玩具确实也一直留到一九六九年，其间在英国旅行了一个短暂的时期，以贵宾的身份乘坐"协和号"飞机去参列谢泼德三百幅描绘阿斯顿大森林及其他场景的速写在伦敦维多利亚和艾伯特博物馆的展出。这年，成就斐然的谢泼德已九十高龄。谢泼德描绘泰迪熊的那幅著名油画于二〇〇〇年在伦敦拍卖成功，价格高达二十八万五千美元。如今，这些动物玩具都为纽约公共图书馆所收藏，作为永久的保存。一个小小的遗憾是，米尔恩虽然懂得如何写出一部让孩子们喜欢的书，却没有想到为主人公另起一个名字来保护自己的孩子，以致因为在书中用了儿子的真名，使儿子在长大之后觉得自己的童年被无情地嘲弄了，从而遭受很大的精神痛苦。

The Wind in the Willows

《柳林风声》

呼唤安宁的家园

一九〇三年十一月二十四日上午十一点钟左右,一个陌生人来到伦敦国王大街的英格兰银行大厦,要见银行总裁奥古斯都·普雷沃斯特爵士。普雷沃斯特爵士不在,于是,接待人员问他,是否愿意见银行的秘书肯尼斯·格雷厄姆。所有提及此事的文章都称:"普雷沃斯特爵士已在几年前退休。"但据一份《起自一八〇〇年的英格兰银行总裁》的名录所列,至二〇〇三年共七十位英格兰银行总裁的名单中,普雷沃斯特的任期时间是一九〇二年至一九〇三年。看来,那天他或许是刚退休不久,或许当时确实正好不在。

当肯尼斯·格雷厄姆出现后,来人便跟随在他身后,并取出一卷手稿,手稿一端缚白丝带,另一端缚黑丝带,问格雷厄姆先解哪一端来打开。格雷厄姆不明白他的话是什么意思,犹豫了一下,随便说了句:"黑丝带吧。"随之来人便拔出手枪向他射击,连开三枪,幸亏一枪都没有击中。

几个银行雇员立即将凶手制伏,按倒在地上。在消防员的帮助下,给凶手穿上紧身

肯尼斯·格雷厄姆

衣，让他无法动弹；然后将他扭送到著名的布罗德莫尔精神病院。后来查明，刺客叫乔治·鲁滨逊，他若不是专搞恐怖暗杀的"一个疯狂的社会党人"，就是一个疯子。

格雷厄姆在这次暗杀中虽然没有遭到伤害，却着实受了一场惊吓，使他在心中永远埋下一种恐怖感。他总是觉得，外在的世界是不稳定、不安全的，外界动荡不定的场所和野蛮残暴的坏人，时刻都可能使你陷入可怕的境地。因此，人必须有一个像天堂一样安宁的家园。他的这一思想在他一年后开始思考和创作他著名童话《柳林风声》（又译《杨柳风》）中也有明显的体现。在这部童话中，格雷厄姆写到，鼹鼠本来生活在与外界隔离的"地底下"，感到很"自在"。随后，在獾的家里，正好遇到两只小刺猬离家外出，结果迷了路，找到獾家来求助，鼹鼠便乘机和獾有一段这样的对话：

……鼹鼠抓住这个机会告诉獾，他住在这里像在家里一样舒服。"一旦待在地底下，"他说，"我就立刻感到轻松自如，无论什么都没法伤你一根毫毛或者打扰你。你完全是自己的主人……"

獾对他微微一笑。"这和我的看法完全一样，"他答道，"除了地底下，任何地方都不安宁。……你看看河鼠的房子，只要河水上涨两英尺，他就不得不去租房子住，既不舒服方便，房租也贵得吓人。再说蛤蟆，我并不是说他的蛤蟆宫不好……但假如发生火灾，蛤蟆住到哪儿去？假如房顶被狂风卷走，或者墙壁塌陷，或者窗户被打破，蛤蟆又住到哪儿去？如果房子不挡风……蛤蟆又住到哪儿去？出

阿瑟·拉克姆的插图

门离家去漫游、去谋生也不错，但终究还得回家。这就是我关于家的观念。"（乔向东译文）

格雷厄姆让鼹鼠来说这样的话，便是因为他有所感触。

格雷厄姆退休后住在库卡姆。一天傍晚，他正在做菜时，偶然往窗外一瞥，看见一只知更鸟和一只鼹鼠在抢一条蚯蚓。他赶紧奔下楼去，把鼹鼠捉来，关进一只箱子里保护起来，以免它再遭到伤害。谁知第二天一早，这可爱的小动物就不见了，他以为它逃走了。后来才知道，原来是被管家当作家鼠杀掉，拌上金雀花烧熟吃了。瞧，鼹鼠一离开它地下的洞，就那么的不安全。在书中，蛤蟆的那个"一切都精美绝伦的""蛤蟆宫"也曾一度被黄鼠狼、白鼬等外来动物所霸占。

格雷厄姆这样描写是要强调，有一个安定的家是多么的重要。其实，格雷厄姆这种浓重的家的观念，既是他自己童年时代的美好感受，也有他儿子的强烈渴求，甚至包括他父亲的落魄经历。

肯尼斯·格雷厄姆（1859—1932）生于苏格兰首都爱丁堡，是家里四个孩子中的第三个。五岁那年，他母亲因猩红热而去世，做律师的父亲受此打击，情绪极度沮丧，以致疯狂酗酒，陷入昏迷，始终未能真正苏醒过来，后来离家去了法国，落得成为赤贫，最后死于勒阿弗尔一家供膳宿的私人住宅里。

失去父母后，肯尼斯·格雷厄姆和妹妹只好去英格兰南部泰晤士河岸伯克郡的库卡

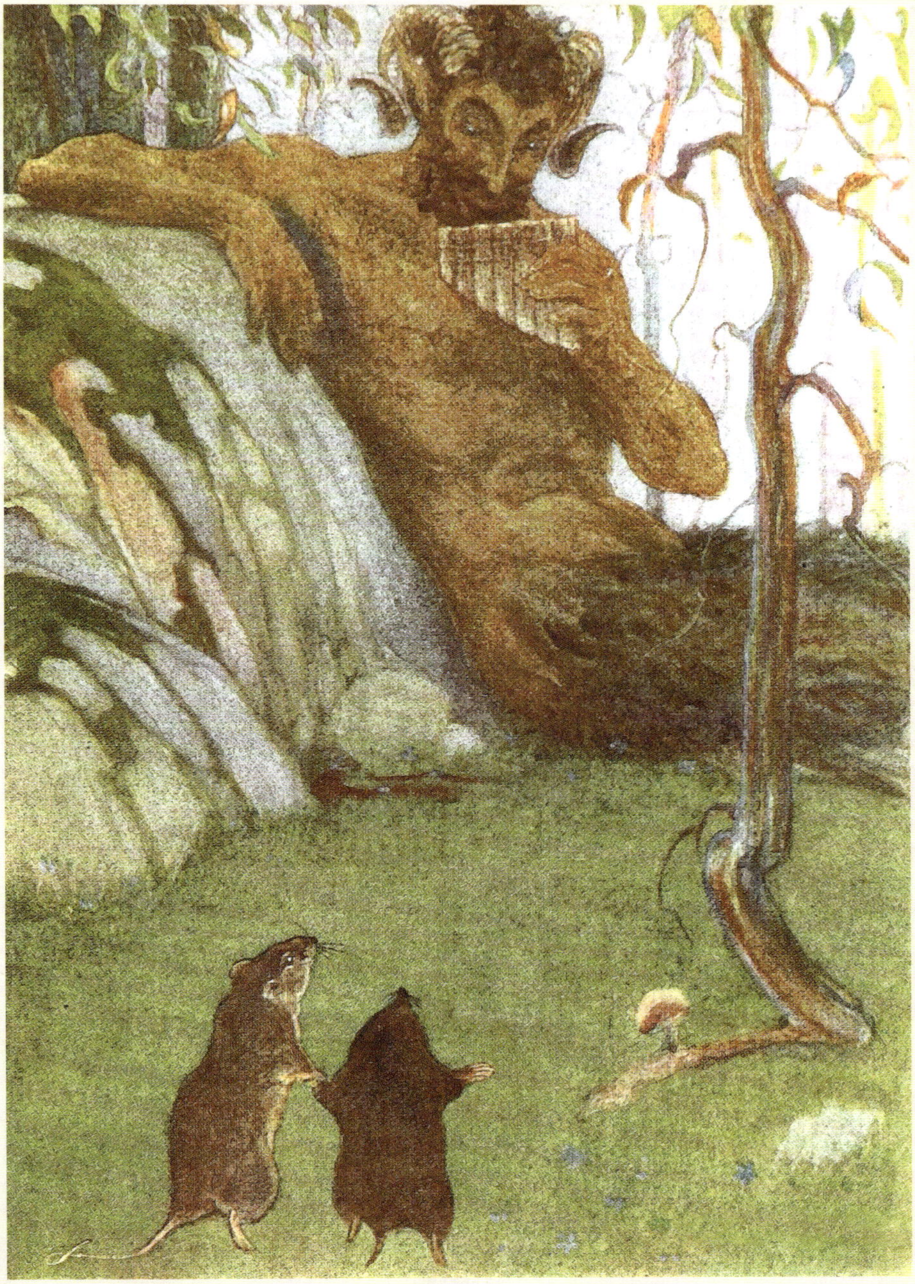

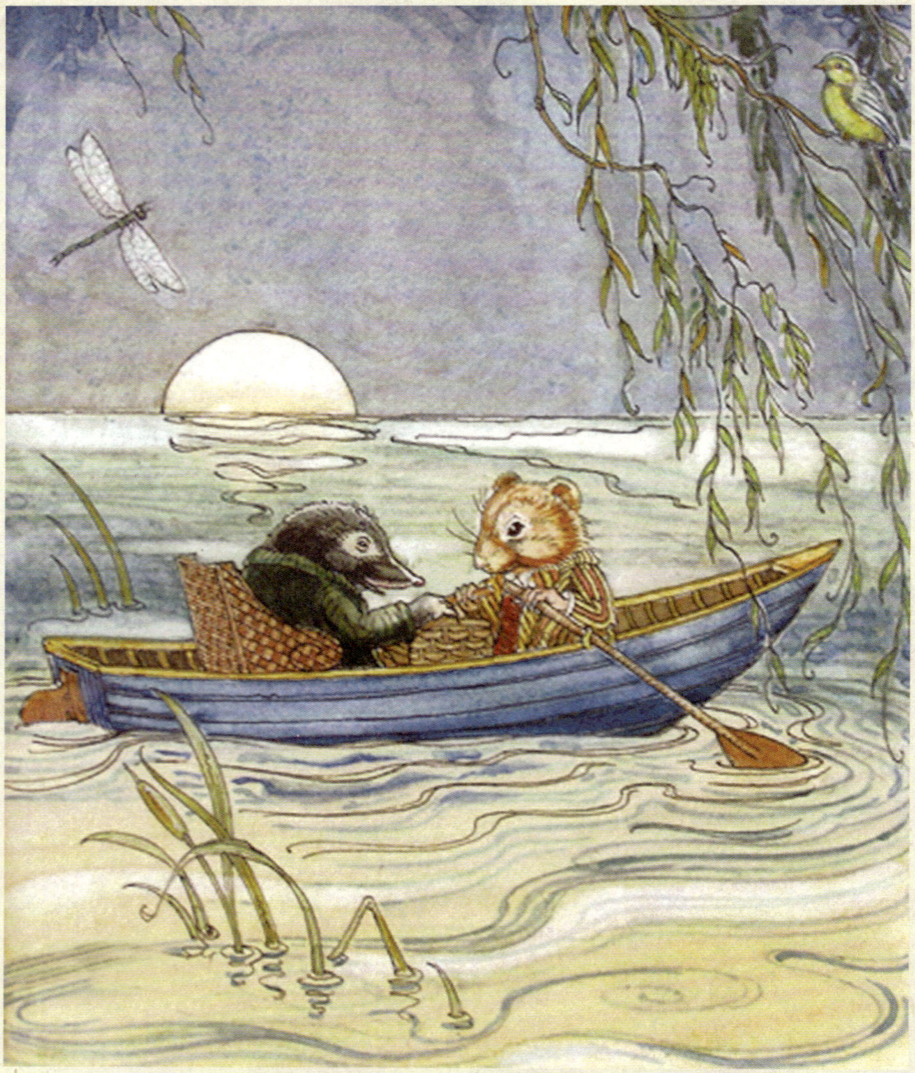

姆村,借住在外祖母"英格丽丝外婆"的家。在外祖母那个有"小山"之称的宅院里,格雷厄姆终于又有了一个家,可以想怎么玩就怎么自由自在地玩。后来,一九〇六年他带着儿子再次来到这里时,曾这样回忆:"当年的感受,我仍然都历历在目。一回到那里,每一桩往事就都苏醒过来了。"

可惜这段愉快的经历只持续了两年。一八六五年,一场异常可怕的飓风刮塌了烟囱,摧毁了他这个新家。格雷厄姆又一次无家可归,便只好栖居他处,一个偏僻的小村子。失去这个乐园,他后来写道:"不知怎么的,太阳似乎都不像往常那样明亮了。"无家的不安宁感深深地烙印在他的心中。

格雷厄姆在牛津的圣爱德华中学就读时成绩突出,因此希望进牛津大学深造。但没有父母的关爱,叔叔又是个异常吝啬的人,根本不顾及他的愿望,说上大学完全是耗费光阴,要他立即就业、自己赚钱。他于是只得先在叔叔的机关做一名办事员,一八七九年进英格兰银行,后于一八九八年被任命为银行秘书,一直工作到一九〇八年,因健康原因退休。

在银行工作期间,格雷厄姆常在假日和业余时间写些轻松的文章向几家杂志投稿作为消遣。早期的随笔和故事集《异教徒的文件》(1893)受到大诗人阿尔杰农·斯温伯恩的赞赏,描写童年在外祖母家愉快生活的小品集《黄金时代》(1895)据说是德国威廉二世皇帝的床头常读书,他的小说集《做梦的日子》(1898)也深受读者的喜爱。

一八九九年,经过两年的通信,单身汉格雷厄姆的爱情成熟了。女方埃尔思佩斯·汤姆森三十七岁,只比格雷厄姆小三岁,此前两人都没有接触过异性。他们先在七月一日的《晨邮报》上登了一则订婚广告,而后于七月二十二日举行婚礼。但他们的婚姻是不幸的。虽然一年后,在一九〇〇年五月十二日生了儿子阿莱斯特,他们唯一的孩子,可是阿莱斯特天生就患有先天性白内障,右眼失明,左眼也严重斜视。夫妻俩感到,这样的孩子,真是一场灾难。埃尔思佩斯心灰意懒,整日消沉得赖床,或者写伤感的诗。实际上,埃尔思佩斯还是一个疑病患者,她非常神经质,不少时间都花在矿泉疗养地,

《柳林风声》插图

只让随行的服务员照看孩子。孩子因为很少能与母亲一起生活，极其孤独，没有家的感觉。这使忙于工作的格雷厄姆感到对孩子有一种歉疚感，深深觉得要好好地宠爱孩子作为补偿。为此，他为阿莱斯特创造出一个昵称，叫"小耗子"，并从一九〇四年他四岁起，给他讲童话故事。但也常有疏忽的时候，如一九〇七年夏，格雷厄姆和埃尔思佩斯两人在英格兰西南的康沃尔那度假，把只有七岁的阿莱斯特留在异地，且一直没有去看望他，完全忽视了孩子是多么需要父母的爱。读一读阿莱斯特给格雷厄姆信中的几句话，会让人不由得流泪。如在一封信中，阿莱斯特这样写道："周末你一定要来，和我一道剔美味的牛排骨。"这无疑是一个简便而容易办到的要求，但显然没有实现。于是，孩子在另一封信中解释说："我剔牛排骨总是剔不快。"又要求道，"你能来我这里吗？请来吧。"结果格雷厄姆仍旧没有去。于是，他几乎是哭着请求道，"你的意思是周末不来跟我一道剔牛排骨了吗？"就是这么一件小事，表现出孩子内心因缺乏父母之爱而造成的孤独悲苦，使格雷厄姆对儿子产生更深的负罪感。他想到，与孩子分离的时候，该给他写信和讲故事，来抚慰他孤寂无助的心灵。在一封给孩子祝贺生日的信里，格雷厄姆安慰他说："我希望我们都能在一起，不过，我们很快又会再见面的……"他也鼓励儿子坚强起来，"你听过蛤蟆的故事吗？他从来没有做过绑匪的囚徒……""我最亲爱的小耗子，听说你已经不感冒了，并且能够在池塘里划船，我非常高兴。现在我敢说，你会听到更多关于蛤蟆先生不幸遭遇的故事。"还允诺说，"你无疑会得到几篇小小的读物，会读到蛤蟆被警察抓住做了囚徒之后的历险故事。"

但是，孩子的情况越来越糟，甚至出现病态的古怪行为，如在伦敦肯辛顿公园玩耍时袭击别的孩子，又会躺倒在马路上，使过往的车辆不得不在他面前停下来。有一次，他叫那个被他挡住路的陌生人为"鲁滨逊"，即当年曾想暗杀他父亲的那个人的姓氏，可以看出孩子对父亲的爱。但是，他的精神病在不可逆转地发展，在进了英格兰最有名望的中学伊顿学院之后，孩子精神崩溃，结果在一九一八年升入牛津的基督教会学院后，最后又于一九二〇年五月七日午后在铁路上卧轨自杀，正在他二十岁生日的前几天。

痛苦往往是创作的催化剂。格雷厄姆写给他儿子的这些信，以及他此前和在信中对儿子讲的故事，作为他情感的一种隐喻，最后便成为童话《柳林风声》。

故事的开始，据埃尔思佩斯·汤姆森说，一天傍晚，她和丈夫说好要去外面吃饭。她在大厅等得有些不耐烦之后，以为他已经先走了。但当她问保姆时，保姆告诉她："他还跟小耗子少爷在一起呢。他在给他讲蛤蟆的故事。"童话最后的完成是在格雷厄姆退休之后。那时，他离开伦敦，移家去往那个让他情系梦牵的库卡姆，希望在这里可以做点什么，以抚慰他负疚的心灵。这时，他回想起来，自己已经差不多有十年没有从事他原来所喜爱的写作生涯了。他于是就开始把此前作为床头故事讲给阿莱斯特听的关于蛤蟆、河鼠、鼹鼠、獾和其他河边小动物的故事写下来。

不难看出，在《柳林风声》里，蛤蟆的形象有他儿子小耗子阿莱斯特的身影。最明显的是他"根本无视法律规章"，和鼹鼠、河鼠一起驾马车上公路，只顾谈天，不去躲避前方驶来的轿车，使得老灰马受到惊吓，篷车掉进路旁的沟里。蛤蟆有时还出现精神病的癫狂状态。一次，"当疯病发作时，他将卧室里的椅子摆成汽车模样，自己坐在最前端，身体前倾，两眼凝视前方，发出可怕的叫声。等到（病的）高潮来临，他腾空而起翻倒在地"。都颇像阿莱斯特的行为。不过，在作家父亲的笔下，这个不断出事的蛤蟆仍然是可爱的。他的一切错误都是由于他在性格上喜欢吹牛。心理学证明，自吹自夸和自卑自贱是同一个性的两个极端，为了掩饰自己的卑贱心理，就需要自吹自擂。这是有严重生理缺陷、又缺乏家庭温暖的阿莱斯特的性格所决定的，尤其是出现在一个孩子的身上，

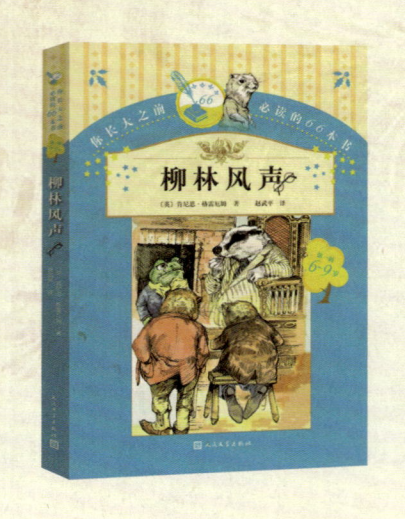

所以不是什么需要严加鞭笞的大错；更何况在朋友的帮助下，蛤蟆最后都改正了，而且各方面都做得很好："蛤蟆完全变了"，成为一个"了不起的蛤蟆""四只动物从此又像此前一样地生活，再也没有受到骚扰或侵略"。

这是一本呼唤家园的书，对动物们思家恋乡的情绪表现得异常感人。另外，随着故事的进展，作品对英格兰四季优美的自然风光也做了十分细腻的描写。童话完成后，最初遭到几家出版社的拒绝。后来，总算有阿尔杰农·梅休因（1856—1924）的出版公司表示愿意接受，但不付任何报酬。书在一九〇八年出版后，几乎所有的评论都非常无礼。《泰晤士报》上的一位批评家抨击说："成人读者读它时只会觉得怪异和难以捉摸，儿童希望有较多的乐趣，则完全是徒劳。"著名儿童文学作家亚瑟·兰塞姆竟判定它是"彻头彻尾的失败"。只有小说家阿诺德·本涅特看到它的价值，宣称《柳林风声》"完全成功"。不过，彻底改变它命运是西奥多·罗斯福起的作用。罗斯福是当时在职的美国第二十六任总统，读过格雷厄姆以前出版的几本书，都很喜欢。《柳林风声》出版后，格雷厄姆寄了一本给他，并在附信中说，此书的"质量没有任何问题，没有性，也没有第二主题，它只是表达了最简单的动物生存中最简单的欢快生活"。据说，罗斯福很喜欢这本书，连读了三遍，并向美国的斯克里布纳出版公司推荐，希望出版这本书。斯克里布纳出版公司接受了总统的推荐，于是《柳林风声》又在美国出版，并获得公众的赏识，销路也一路飙涨。今天，《柳林风声》作为一部著名童话，不但多次被搬上舞台，还被改编为电影和电视剧，不只为小读者和小观众所喜爱，还为成人所喜爱。

The Nightingale

《夜莺》

献给珍妮·林德的爱

丹麦、瑞典、挪威尽管都有悠久的历史和文化，但是不论从面积或人口来说，毕竟都只是斯堪的纳维亚半岛上大海的一个角落。挪威剧作家亨利克·易卜生作品中经常重复的一句台词："人们多么渴望太阳啊！"十分典型地体现出这些身处隐蔽岛国里的人们向往外界"太阳"的心态。的确，就是到了十九世纪，这些小国里的很多人，尤其是上层人士，对自己的民族和民族文化都是鄙视的，而十分崇尚外来的西欧文化。只要想想，就连十八世纪末瑞典进步的"古斯塔夫启蒙运动"都要规定以法国人的喜剧为模范，就不难想象了。丹麦的情形也是这样，上流社会把欣赏意大利歌剧看成最大的时髦，而总是以睥睨的眼光看待本国和邻国的音乐，即使对"瑞典夜莺"珍妮·林德这样饮誉世界的女歌唱家也不例外。

珍妮·林德（1820—1887）生于瑞典首都斯德哥尔摩的克拉拉教区，母亲安娜·玛丽娅·拉德伯格出身于中产阶级家庭，是一家私立小学的教师。安娜一八一〇年与一

珍妮·林德

位海军上校结婚，有一个女儿。但这段婚姻只持续了一年多。分手后，安娜感到自己的经济状况和社会状况都很不稳定，于是就与二十二岁的尼克拉斯·约翰·林德同居，另外生了一个女儿，依父母的姓氏取名约翰娜·玛丽娅·林德。这个女孩子就是后来的珍妮·林德。

尼克拉斯·林德有一定的音乐才华，他以解释瑞典十八世纪伟大诗人和音乐家卡尔·贝尔曼的作品为人所知。但他只爱交友、狂饮，完全没有责任心。即使安娜一直称自己是他的"林德夫人"，他也完全不放在心上。孩子生下之后，他就一走了之，把家丢给了安娜。

安娜没有经济能力养活孩子，于是在珍妮还只有一岁的时候，就把她交给斯德哥尔摩北郊索伦蒂纳的一位风琴手和教区执事卡尔·费恩达尔寄养。安娜在珍妮四岁时回来，但没过几年，安娜又把她扔下，而带着大女儿移居瑞典东南部。此后是一对没有孩子的夫妇以外祖父母的名义带着珍妮一起生活。

珍妮幼时长得不算漂亮，她在自传中说自己九岁的时候是"一个又小又丑又笨、大鼻子、害羞且长不高的女孩子"。但这只"丑小鸭"没有被悲观的心理所压倒，她在自己的生活中找到了快乐。她回忆说："我踩着我的小脚，边跳边唱歌。"她还特别喜欢唱歌给她的小猫听，在小猫的脖子上围一条蓝色的丝带，和它一起玩耍。她也常常一个人坐在窗台上唱，美妙的歌声吸引许多过路的行人止步聆听。

老夫妇住的地方是在斯德哥尔摩中心的一座公园边上，瑞典的皇家歌剧院离他们的家不远。一次，皇家歌剧院芭蕾舞演员伦德伯格小姐的女仆路过这里时听到珍妮纯正清晰的歌声，觉得她唱得简直好极了。回去之后，女仆迫不及待地告诉女主人，并鼓励她不妨也去听听女孩动听的歌声。后来，伦德伯格小姐听了珍妮的歌声，非常惊讶她竟有如此美妙的歌喉，相信她绝对是一个天才。回到剧院，她提出，可否安排珍妮来皇家歌剧院做一次试唱。歌剧院的总管听了她的建议后问："她几岁？""九岁。""九岁！"总管不相信，"这里可不是幼儿园，而是皇家歌剧院！"听过珍妮的歌唱之后，总管立即就改变了主意，同意她前来，并设法让她由政府资助她学习声乐。

在入剧院之后，珍妮·林德几乎就开始登台，当然只扮演一些不重要的儿童角色之类。实际上，这种锻炼对她很是有用。到了十五岁时，珍妮已经发挥出她的音乐天赋，并且在瑞典首都以外也有了一点小名气。就在这年，她已经参加了十八次演出，且首次出现在大歌剧的舞台上。一八三七年，她被提升为正式演员，一年中共登台九十二次。

珍妮·林德在斯德哥尔摩皇家剧院上演的歌剧中扮演角色一直唱到一八四〇年，然后去外省做短期旅行演出。但她觉得，不能老是这样下去，她得继续深造。一八四一年七月一日，珍妮去巴黎请世界著名的西班牙男高音歌唱家、最有声望的声乐教师之一曼努埃尔·帕特里修·罗德里格斯·加西亚教她。但是曼努埃尔·加西亚听过她唱的意大利作曲家多尼采蒂的歌剧《拉美莫尔的露琪亚》中的一段演唱后，不以为然地说："小姐，你的嗓音过分疲劳，或者你原本就没有好嗓子，怕是教你也是白费精力。"加西亚的话使珍妮感到极度痛苦，一下子流下了眼泪。几年之后，她曾跟德国作曲家费利克斯·门德尔松说起，这是她一生中最感痛苦的一刻。但她当时还是鼓起勇气，恳求加西亚收她为徒。加西亚勉强答应，说请她先回去休息一段时期，停止歌唱三个月，甚至连话都得尽量少说，"然后我再听你唱"。珍妮听从了加西亚的教导。她再次去见加西亚时，果然获得了他的赏识，收她为学生。向名师学习的这十个月，对珍妮·林德来说是极其

杜拉克为《夜莺》创作的插图

重要的。珍妮衷心感谢加西亚教给她"一些重要的东西",但她相信自己的天赋,她不想遵循任何人的规则来唱歌,她所努力追求的是要像鸟儿一样地唱,她认为,只有唱得最好的鸟儿,才合乎她对歌唱所追求的真实、清晰和传神。珍妮·林德后来确实做到这一点了。著有经典音乐理论著作《论音乐的美》的奥地利音乐理论家爱德华·汉斯立克称赞珍妮·林德的歌唱"接近最伟大的自然界的美的表现"。他评论她说:"极为精巧地模仿了鸟儿的歌唱,几乎超越了音乐的界线,在珍妮·林德的口中,这种婉转、清脆的歌声非常美妙迷人。鸟儿欢乐的歌声通过高超华丽的唱法技巧,给我们带来树林中新鲜的、自然的、令人陶醉的感受,真是奇妙无比。"因此,珍妮·林德作为花腔女高音歌唱家,与另外两位歌唱家——德国的亨里埃塔·松塔(1806—1854)和意大利的阿德琳娜·帕蒂(1843—1919)并称十九世纪的三位"夜莺",珍妮更以"瑞典夜莺"而闻名。

一八四三年秋,丹麦首都哥本哈根以极大的热情欢迎珍妮·林德第一次来这里访问。这年,安徒生也正好在出版了《即兴诗人》《奥·特》《不过是个提琴手》和第一部童话集、获得盛誉周游欧洲之后回到自己的祖国。

在此以前,即一八四〇年的一天,安徒生曾拜访过珍妮。当时,珍妮虽然接待了他,但态度并不热情,安徒生甚至认为她的态度"比较冷淡"。这次,是他的朋友,奥古斯特·布农维尔跟他谈起珍妮到来的消息的。布农维尔是丹麦皇家芭蕾舞团的编导,同时也是一位有"大师"称号的著名芭蕾舞演员,他的夫人,是珍妮的好朋友。布农维尔还

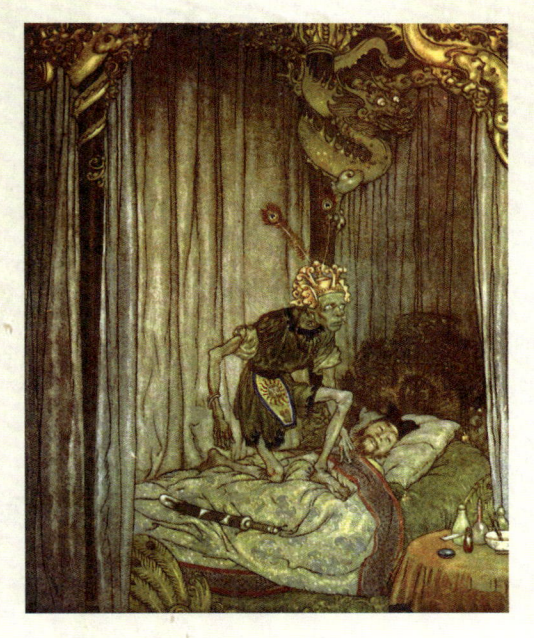

杜拉克为《夜莺》创作的插图

告诉安徒生,说珍妮曾跟他说起过,她记得安徒生的名字,还读过他的著作。布农维尔希望安徒生与他一起去看这位歌唱家,这就促成了安徒生与珍妮的再次见面。

珍妮·林德在哥本哈根的首场演出是扮演德国作曲家贾科莫·梅耶贝尔歌剧《恶魔罗勃》中的爱丽丝。《恶魔罗勃》描写游吟诗人兰博向一群骑士宣称魔鬼罗勃是由恶魔与一女人所生。恰好这时罗勃本人也在听众中间,他于是狂怒不已,要杀死兰博,只因有他的胞妹爱丽丝对他的爱,才使兰博得以幸免于难。安徒生深深为珍妮的爱丽丝这一形象所感动,他后来在自传《我一生的真实故事》中以最亲切、最崇敬的语言回忆道:"珍妮·林德在《恶魔罗勃》中扮演爱丽丝的第一场演出,就像是在艺术王国里的一次新的展示,青春、清新的声音打动着每个人的心灵;这里,起作用的是纯真和天性,洋溢着思想和智慧。"他深信,珍妮·林德"在哥本哈根的演出创造了我们歌剧历史的新时代"。安徒生深深表现出对珍妮的赞赏:"没有什么能够削弱珍妮·林德在舞台上表现出来的伟大的印象,除了她自己的人格。……由于珍妮·林德,我第一次感受到艺术的神圣,经由她,我学到了一个人在为上帝的效劳中必须忘记他自己。从未有过一本书,或是一个人,比珍妮·林德对我产生更佳、更崇高的印象。"他把她看成是"一位圣洁的贞女的形象"。

与此同时,珍妮那文静的笑容和美妙的歌声也使安徒生动情,尤其是在两人单独相处的时候。"我堕入情网了!"他在日记里承认。他的日记多处提到珍妮·林德的名字。那些天,他们两人有过多次的见面,安徒生还为她介绍一家儿童救济协会,安排了一场

杜拉克为《夜莺》创作的插图

音乐会义演，珍妮对他显得温柔而坦率。对于安徒生的爱，珍妮只是在一次为她饯行的宴会上举杯感谢安徒生的时候，特别含蓄地说："我希望在哥本哈根有一个兄弟，您愿意做我的兄弟吗？"安徒生明白她的态度，但他的感情仍在热烈沸腾。

文学史和作家传记的大量例证都表明，完美的爱情带来的大多只是幸福的婚姻，如列夫·托尔斯泰所说，"都是一样的"，而不得回报的爱情则会激发作家创作出震撼人心的作品。对珍妮的苦涩的爱，埋藏在安徒生的心底。既然不能再在所爱的人面前表达，那么只有让自己的笔来表达。"美妙的亲爱的夜莺，我是多么想描写你！"这是安徒生的心声。他决心要用最美好的字句来描写珍妮的歌声，她那像林中的夜莺自然流淌出来的歌声。涌满心头的奔放的情感使安徒生萌迸出创作的热情，于一八四三年创作出一篇非常独特的童话——《夜莺》，它既是一篇给孩子看的童话，又是一篇引发成人思索的小说。

《夜莺》中的夜莺是一只生长在本土海边花园林间的灰色夜莺，而不是来自国外的人造夜莺。它的的确确是王国里"一切东西中最美的东西"，只是当时没有立刻为宫廷里的人所知晓。相反，他们把外国的人造夜莺看成是"高等皇家的夜间歌手"，虽然连赠送这只人造夜莺的国家也深知自己的夜莺"比起中国皇帝的夜莺来，是很寒酸的"，而且行家也看出，这只人造夜莺"似乎总缺少一种什么"。在这里，安徒生把花园林间

蒂沃利花园远景

的灰色夜莺描绘成真、善、美的化身，深沉地表达了他对珍妮纯真的爱的情怀，同时又婉转地批评了那些盲目崇拜外国文化的现象。那些一味盲目崇外的人总是被外来的东西所迷惑，而认识不到自己国度的夜莺的价值。直到最后，在皇帝垂危之时，外来的夜莺无计可施，而自己的夜莺则以优美的歌声从死神那里夺回他的生命时，皇帝才认识到它是一只"神圣的小鸟！我现在懂得你了"。但这只来自林间的夜莺并不企求皇帝允诺的任何报答，它善良的心地甚至阻止了皇帝想"把那只人造夜莺撕成一千块碎片"（林桦译文）。林间夜莺唯一的期望就是回到它原来生活的大自然中去，为一切需要它的人歌唱，也包括皇帝在内。

深深爱着珍妮·林德的安徒生就这样怀着爱，在丹麦艺术界对外来和本土艺术的争论中，以她作为主人公夜莺的原型，深沉地表达了他对珍妮的情愫。

珍妮·林德再次来到哥本哈根献演的那段时间，不但单独为国王克里斯蒂安八世演唱，获得国王奖励的一枚钻石，她还在著名的蒂沃利为观众展示她夜莺般的歌喉。

蒂沃利为蒂沃利花园的简称，它是哥本哈根著名的娱乐园，花园中有咖啡馆、餐馆、亭阁、露天剧场和娱乐场等。入夜后，烟火、彩灯和照明喷泉使满园生辉。这里经常演出音乐会和舞会，是世界上最古老的娱乐园之一，从一八四三年八月十五日开始向公众开放以来，如今每年都吸引众多游客。

安徒生外出旅游时去过国外不少地方，但没有去过中国，只见过中国的瓷器，对中国的瓷器和建筑很感兴趣。这也是十八、十九世纪欧洲人向往东方、向往中国的普遍心理。对此，只要看《夜莺》开头的描写就不难想象："中国皇帝住的皇宫，是世界上最宏伟的建筑，真的，全是用最精美的瓷砖砌成的……花园里有各种各样的奇花异草，在最美的花枝上都系着银铃，发出清脆的响声……是的，在御花园里，一切都是非常精心布置的……"因此，在这"非常精心布置的"花园里的夜莺和这个皇帝的故事，自然也就"值得听一听"了。

研究者认为，安徒生是参照蒂沃利花园来写中国皇帝的花园的。而有关夜莺以它的歌声从死神那里夺回皇帝的生命，也有一段轶事可稽。

奥古斯特·布农维尔的女儿夏洛蒂·布农维尔在她的回忆中曾有一段有趣的描述：

> 我父亲的一个亲密朋友是一位年轻的音乐家，他病得很重，又因无法去听珍妮·林德的歌唱，病况更加糟糕到了极点。珍妮听说此事后，就大声说："亲爱的布农维尔大师，我去唱给这位病人听。"让一个垂死的病人来体验这样一种情感，可能是一次冒险的试验，但它成功了。听了珍妮的爱的歌唱后……他的病康复了。

研究者认为，安徒生可能听说过这个故事，并将它写入童话中。安徒生将珍妮·林德、奥古斯特·布农维尔的病人朋友、蒂沃利花园和夜莺、皇帝及皇帝的花园组合起来，在一九四三年的十月十一日至十二日，这两天里就写出了《夜莺》这篇如此感人的童话。

安徒生终其一生，没有得到珍妮·林德的爱情，也没有得到任何别的女性的爱情，但一个半世纪以来，凡是读过《夜莺》的人，总会想起他和珍妮·林德两人之间曾经有过的这么一段独特而纯洁的感情经历。

Wenny Has Wings

《写给我天堂里的妹妹》

讲述濒死前后的"生活"

人们往往认为，儿童的心灵天真纯洁，像一张白纸，给他们看的童书就应该写一些快乐的、美好的东西；给他们描写阴暗的、伤感的、恐惧的事物，就像在白纸上泼了污水；尤其是死亡的情景，绝不能写给孩子看。不过，应该知道：儿童生活在社会上，能完全躲开阴暗、伤感、恐惧的事吗？不说别的，孩子的祖父母或者外祖父母的疾病或死亡就难以避免。所以相反地，儿童从小就应该对死亡有所认识、有所了解，以便对大人的死亡甚至将来自己的死亡都有思想准备。因此，童书也应该书写死亡，特别是对处于潜在毁灭性的境遇中、预感到即将死亡的威胁产生的主观体验，也就是所谓的"濒死体验"。美国女作家珍妮特·李·凯利清楚认识到这一点。

珍妮特·李·凯利（1954— ）生于纽约，在加利福尼亚州的米尔山谷成长，后来搬到西雅图。她曾就读于华盛顿州技术学院和贝尔维尤大学；最后于一九八一年以优异的成绩从西雅图太平洋大学毕业，并在经历了数年的幼儿教育之后，专心从事她所喜爱

珍妮特·李·凯利

的文学创作。

  对凯利来说，文学创作确是很适合她的一项工作。很小的时候，凯利就喜欢坐在米尔山谷的树荫底下阅读她喜爱的作家的作品。长期的阅读，包括《格林童话》在内的许多作品，都对她产生了深刻的影响。她觉得，她不但懂得享受阅读的愉悦，而且乐于跟家人与朋友一起消磨时间，更重要的是，她还发现自己是一个富有幻想的人，比如相信头顶上树叶的沙沙声是在用一种她所不懂的语言对她讲故事。她一天到晚不间断地沉浸在"白日梦"中，并决心要弄清"许多萦绕她脑际使她彻夜难眠的事"，这让她决定从事写作，在写作中跨进她的"梦幻之地"。凯利取得很大的成功。继《莫莉的火》之后，她作于二〇〇二年的作品——《写给我天堂里的妹妹》，既像童话，也像一部典型的梦幻小说。

  人死之后还有生命吗？男孩威尔相信人死之后生命仍然存在。在一次车祸中，妹妹温妮失去了生命，小猫被轧断了尾巴，威尔自己也一条腿骨折、脾脏破裂，被抢救了过来。威尔很希望跟他的爸爸、妈妈讲讲他这濒死体验，希望找到生前和死后之间的联系。但极度的悲痛中，父母好像不愿倾听他的话。咨询公司的心理辅导员告诉威尔，当他生气的时候，可以写信给上帝。但威尔更愿意写信给温妮，他于是就给妹妹写信……

  《莫莉的火》写的是一个叫莫莉的女孩子不相信她父亲已经死于第二次世界大战中，

直到一位德国战俘把她父亲的一只怀表拿给她看。不同于《莫莉的火》，这部童话则是让威尔直面死亡，可见凯利对童书表现死亡主题是何等的关注。

凯利没有经历过死亡，但她在想象中曾不止一次感受过死亡的恐惧。例如在分级学校读书的时候，她就常常因为突然想起"总有一天我会死去"，而在凌晨时刻惊醒过来。根据自己这感受，她推测这也是学龄儿童的普遍感受。同时，身为母亲的凯利，她认为一个母亲"可能面对的最大恐惧，便是孩子的死"。当她的儿子必须接受多次手术时，她每每"都会感觉到那种恐惧浮上了心头"。儿子住院期间，她听说一个家庭的两个孩子出了车祸，而且其中一个死了时，也感到十分惊恐。她甚至在开车去朋友家的路上看到一个死于车祸的孩子的十字架时，"我的胃就有一种下沉的感觉"……因此，凯利自己总是鼓不起勇气和她妈妈、爸爸谈论死亡。但出于作家的责任，凯利又觉得，这是一个必须让孩子面对的问题，而这个"非得跟孩子谈而又很难大声说出口的可怕的话题"，她相信无须直面的"小说能够做到"。所以，理性上她要选择这个主题，如她所说，"准确地说，不是我选择了这故事，而更像是这故事选择了我"。毕竟是一次尽管必要却又很难落笔的创作，因此，凯利的心里始终存在着纠结，她向采访者承认：

> 本来我不想写灾难性事件或小孩子死亡的故事，这太令人悲哀了。但是，这个死亡的故事一直拖住我，要求把它写出来。差不多有一年，我都拒绝写这样一个沉重的故事。

等到她读了梅尔文·莫尔斯医生的《更接近光：从儿童的濒死体验中得知》（1990）后，凯利觉得自己突然明白了一些事。那么，她明白了什么呢？

从古至今，"灵魂不灭""因果轮回"不但为一般的人，也为科学家、哲学家和文学艺术家所津津乐道，表明他们对人的死亡以及死亡前后的体验是多么的感兴趣。希腊神话中的俄耳甫斯是一位缪斯，他的歌声和琴韵优美得使野兽、岩石和树木入迷。俄耳甫斯参加获取金羊毛的远征归来后,娶了他深爱的欧律狄刻为妻。但欧律狄刻不久即被蛇咬死。俄耳甫斯悲痛至极,前去冥国,试图使妻子死而复生。由于他的歌声感动了冥王哈得斯,他才获准把欧律狄刻带回光明的人世,只是要他在为妻子引路离开冥界前不得向后回顾。可当俄耳甫斯带着妻子向上爬向通往人间的出口时,他转身想与妻子分享这一快乐,结果永远失去了妻子。在这一神话中,死去的人是能够跟在世的人在冥界相见的。中国许多地方的东岳庙里都有"十殿阎王"故事的艺术造型,述说人生死前后的故事。

近几十年来,西方对"濒死体验"的研究出现了大量的报道和学术成果。其中梅尔文·莫尔斯等人的研究,凯利说,对她的创作"具有弥足珍贵的价值"。

梅尔文·莫尔斯一九七五年毕业于约翰·霍普金斯大学,一九八〇年获乔治·华盛顿大学的医学学位,然后在几所大学的医院实习并研究儿科学和行为儿科学。从受聘为华盛顿大学的儿科助理教授起,莫尔斯致力于儿童濒临死亡的研究十五年,出版了《更接近光:从儿童的濒死体验中得知》《因光而变形》《分离的幻象》《神所在之地》等杰出的著作。

《更接近光》的中心内容就是濒死体验。作者在书中报道了他本人梦见他父亲招呼他母亲,说有话要跟他说,以及他在发现他父亲刚刚死去时的体验。书中提出的其他内容还有:解释是什么使他对研究濒死现象感兴趣的;他最早的濒死体验是有关他在西雅图的一个病人;还报道几个病人的家庭都感到,他们的孩子跟他们谈了死亡,孩子说他们在天堂都感到很快乐;书中还谈到濒死体验与药物反应或者血液中缺氧反应的不同,等等。

《更接近光》写到这样一个典型的濒死体验的事例。

凯蒂溺水后濒临死亡,拒绝任何医疗救助,不想让包括梅尔文·莫尔斯医师在内的任何人将她救活。在她被动医治的第三天,她却苏醒过来了,她跟莫尔斯医师谈了她濒临死亡期间的体验。凯蒂康复后回了家。后来,她父母报告说,凯蒂经历过这次

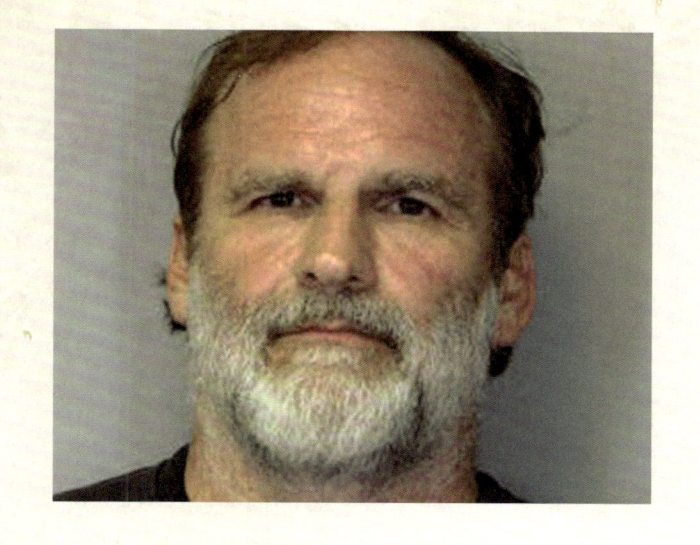

梅尔文·莫尔斯

濒死体验之后，身上发生了异乎寻常的变化。凯蒂的父母说，凯蒂总是帮助别人把事情做得更好。她的兄弟姐妹也都是好孩子，但凯蒂在一些方面与他们明显不同。她把帮妈妈做大量家务当作自己的本分，而且做得很好；她还擅长跳芭蕾，也从不服药。她相信，自己是被上帝派到地球上来的，上帝安排她来帮助她的母亲。凯蒂关于濒死体验的描述和她后来发生的事，也和其他人所说的濒死体验一样。这就使她的例证具有典型意义。

莫尔斯有关濒死体验的第一手资料使这位研究者一下子获得很高的声誉，《更接近光》也成为一册畅销书。不难猜测，梅尔文·莫尔斯的《更接近光》为缺乏亲身濒死体验的凯利提供了创作素材。只是没有亲身真实的、而不是虚构的体验，凯利能写好濒死体验吗？这无疑是批评家对凯利描写濒死体验感到的忧虑。一次，有位采访者这样问凯利："我相信您听说过'写你熟悉的'的表述。您有过濒死体验吗？"凯利是这样回答的：

我从未有过一次濒死体验，但我的一位好友小时候发生溺水事故时，有过一次濒死体验。当然，我对我正在写的这本书（指《写给我天堂里的妹妹》）的主题做过大量的研究。我认为"写你熟悉的"更主要的是（作者）与故事和人物在感情上的联系，而不是重复虚构作品中的每一个行动。我不记得有人问过阿加莎·克里斯蒂是否自杀过。

当然，亲身的经历的确有助于作家在创作中将对应的情节和思想写得更为真切生动，但是并非作家所写的任何事件或情节都必须有自己的亲身经历，这没有必要，也没有可能。不然，任何一个作家所能写的主题实在太狭隘、太受限制了。难道作家非得自己成为强盗之后才可以描写强盗吗？有才华的作家善于借助他人的生活经历和情感经历来塑造人物，如高尔基说的，"从二十个到五十个，以至从几百个小店铺老板、官吏、工人中每个人的身上，把他们最有代表性的阶级特点、习惯、嗜好、姿势、信仰和谈吐等等抽取出来，再把它们综合在一个小店铺老板、官吏、工人的身上"。但高尔基同时也强调："艺术创作永远是一种'虚构'，臆造，或者说得更正确一些，是一种'臆测'，是思想在形象中的体现。"（戈宝权译文）而虚构，即"作家想象中的非真实性"，弗洛伊德认为，会"对他的艺术方法产生十分重要的后果，因为有许多事情，假如它们是真实的，就不能产生乐趣，在虚构的戏剧中却能够产生乐趣"（张焕民等译文）。

凯利既然没有亲身经历过濒死体验，那么就可以将他人的体验抽取出来，综合在她塑造的人物身上。

更重要的是，莫尔斯的《更接近光》为凯利解决了接触和描写死亡使她感到"沉重"和"悲哀"的心理负担。这就是，读了《更接近光》后，凯利认为，"我找到了一条把欢乐带进书中的途径"。于是，她"猛然想到：假如我用一个死后又复活的小男孩的感觉写一个故事呢？假如他看见他亲爱的小妹妹飞进一片光里，并且感觉到她一切安好呢？"这样考虑过之后，作家便开始写威尔的信——威尔寄给他妹妹的信。凯利解释说：

> 威尔的濒死体验是这个故事的关键。事故发生后，威尔经由隧道飞进一片明亮的光中。他感到快乐和幸福，在光中自由自在。他看到妹妹温妮飞在他的前面，

凭着他自己的体验,他知道妹妹也很幸福并且在一个快活的地方。超越"传统的信仰"——相信他父母或牧师跟他描述的死后生活;他的濒死体验,"一种来自经验的信仰"改变了那种信念。因为有他自己的体验,威尔知道温妮没事。

珍妮特·李·凯利这部讲述濒死体验的书原名 *Wenny Has Wings*,人民文学出版社林晶的中译本改题为《写给我天堂里的妹妹》。在这部童话里,凯利让威尔和咨询中心的心理辅导员詹姆斯·凯文交谈,叙述了威尔死去之时的快乐体验,说他死过去后看见:

"一条黑暗的通道,直通充满了光亮的天空。在我们前方有一个光亮的人,温妮和我朝着他飞去,可是我停了下来,因为我在那个时候想到了爸爸和妈妈。不知怎的,我就倏然一下回到了下面的医院里。医生们在我的胸口贴上心脏电击片,然后我就被吸回了我的尸体里。"

"这叫作死亡体验,威尔。"

"什么?"

"你所经历的那些,也曾在其他人的身上发生过。他们记得死去的时候看见的那些事情,其中大部分人都说他们曾见过一片明亮的光。"

"他们有没有说那片光是温暖的?"

"有些人说过,他们还说感觉充满了爱。"

"正是这样的!"

"有时候他们会看见发光的人,有时候他们会看见死去的亲人。"

"像我看见温妮一样?"

"是的,就像那样。"

为了增强这种快乐情绪,凯利还在小说里增加了大量幽默的对话,描写了威尔和

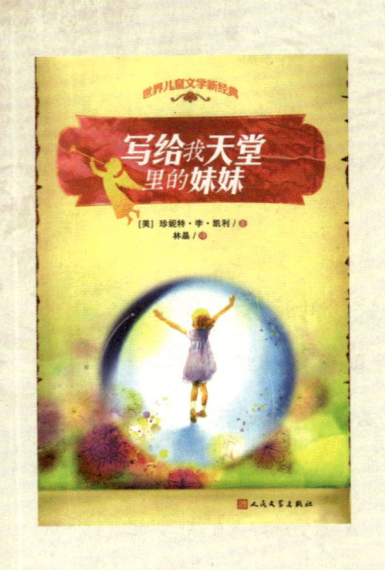

他的猫玎琪、他的狗布尔温格、他的蜘蛛伊格尔之间的故事，还有万圣节、降神会，特别是冒险下的死亡隧道等孩子们喜欢的情节，让濒死体验的描写具有一种积极乐观的基调，使读者在阅读威尔给他妹妹的信时往往无法抑制悲怆的情绪获得缓解，转化成一种温馨的氛围。特别在最后的那封信中，威尔对温妮说："我知道你是那么快乐地在天上飞来飞去。"并且将这告诉给度过忧郁期的爸爸妈妈，"这样他们就不会这么担心了"，同时他要求温妮，"我要你记住，不论你在天上认识了多少个天使朋友，我都要你记住——我永远是你的哥哥。"使人在读完全书之后留下无尽的乐观和愉快。这样，也就不难理解为什么该书出版后会获得"奖励对美国幽默做出显著贡献的个人"的"马克·吐温奖"了。

Cuore

《爱的教育》

培植青少年伟大的爱心

  意大利具有悠久的历史。当年,古罗马共和国势力强盛,版图由不列颠一直扩展到非洲,并直抵幼发拉底河。若干世纪以来,意大利虽然在政治上始终处于分崩离析的局面,却于十三至十六世纪成为西方世界的文化中心。到十五世纪末,意大利先后受到法兰西和西班牙的侵略,并在一五五〇年被查理五世征服。随后,哈布斯堡王朝又接管查理对意大利的控制权,直至十八世纪上半叶奥地利哈布斯堡王朝占领它北部的大部分地区。不过,意大利的有些地区在十八世纪中赢得了独立。后来,一八一五年,拿破仑入侵结束时,意大利又成为一个由大大小小独立国家构成的国度。十九世纪时,意大利北部发生了以皮埃蒙特君主为主推动的谋求统一的"复兴运动"。在法国的援助下,皮埃蒙特人在一八六一年统一了意大利的大部分地区,同年四月十四日,议会选举维克托·伊曼纽尔二世为国王,由他统治全国。这样一来,到一八六六年和一八七〇年先后兼并了威尼斯罗马教廷之后,整个意大利半岛就完全

德·亚米契斯

统一为一个国家——意大利王国了。

　　王国统一之后的主要工作是要解决国家落后的问题，即所谓的"创造意大利"或叫"建立意大利"，不仅要从制度上乃至物质、文化等方面创造意大利国家，更要从精神上创造意大利人。除了建立行政管理体系、统一法律、统一货币和度量衡、取消秘密警察、实施新闻自由等之外，国民的文化素质也亟待提高。不错，这段时期意大利的精英文化取得了辉煌的成就，如意大利歌剧，出现威尔第、罗西尼、普契尼等经典作曲家，达到世界歌剧的顶峰。但是，国民的文化素质，如瓦雷里奥·林特纳在《意大利史》中指出的，国民受教育的水平普遍不高，大多数人还只能够说当地的方言，为推进标准化基础教育所采取的措施都很粗略，小学义务教育直到一八七七年才开始实施，时间又仅为两年，特别在南方，据估计，那里的失学率竟高达百分之八十以上。所以，在这种情况下，林特纳说："特别重要的一项措施是尝试着采用了统一的教育制度：要'建立意大利'，就必须在教育领域有所行动……"（郭尚兴等译文）《爱的教育》里曾引用王国的第一任首相加米洛·加富尔的话说：要"教育好儿童，教育好儿童和青少年……用自由治国。"

　　那么，面对"教育好儿童和青少年"这一迫切的任务，知识分子肩负什么责任？他们该做什么？一位史学家这样写道：

本世纪意大利知识分子的一项主要任务就是要唤醒他们文化的基础——文学史中表现的国民意识。然而通过文学来表现社会并不限于过去，更要看文学对当代社会的实际关注。这特别表现在两个方面：通过创造共同的语言和通过作品，增强对儿童的世界和童年问题的重视。并非巧合的是，当意大利文化力求要在同质增长的框架下解决教育的统一问题时，文学中有两本童书最成功，即埃德蒙多·德·亚米契斯的《爱的教育》和卡洛·科洛迪的《木偶奇遇记》。

《爱的教育》的作者埃德蒙多·德·亚米契斯（1846—1908）生于撒丁王国的海滨城市奥内利亚。从都灵的高等小学出来后，他十六岁那年进了摩德纳军事学院，一八六五年毕业后成为一名军官，并在一八六六年以军官的身份参加了为推翻奥地利统治而进行的意大利第三次独立战争中的"库斯托扎战役"。虽然怀着强烈的爱国心上了战场，但他深感军队的力量十分有限。他的这一想法后来在《爱的教育》中也有所表现。在这部书的《军队》一节写到看阅兵式时，亚米契斯借书中的父亲之口对他的儿子这样说："别把军队阅兵当作一场漂亮的表演。所有这些充满活力和希望的年轻人，或许有一天要听从召唤去保卫我们的国家，一上战场就会饮弹而亡。每次当你听到人们欢呼'军队万岁''意大利万岁'的时候，你应该想到在这些行进的队伍后面是陈尸血染的战场……"（梁海涛等译文）于是，对于当前知识分子的使命，他便想到文学，文学对教育儿童和青少年的作用。

先是一八六八年，亚米契斯在佛罗伦萨的《保卫部》杂志上发表了他的处女作，描写他亲身经历前线生活的随笔集《军营生活》。一八七〇年罗马解放后，他索性就离开军队，放弃军事生涯，进了罗马的《国家》杂志担任记者。五年后，他与特蕾萨·波西结婚，并生有两个孩子——弗里奥和乌戈。在这段时间里，亚米契斯以前些年所写的通讯报道为素材，创作出《西班牙》（1873）、《荷兰》（1874）、《伦敦记事》（1874）、《摩洛哥》（1876）、《君士坦丁堡》（1878）、《巴黎记事》（1879）等作品。后经修订的新版《君士坦丁堡》被认为是十九世纪对这座城市写得最好的作品，也是他的代表作。二〇〇五年出版时，大批评家翁贝托·艾柯为它写了序言。

亚米契斯成名后，受到玛格丽特皇后的邀请，皇后希望他写一部能使读者流泪又能使他们坚强的书。

亚米契斯为皇后的信任所鼓舞，乐意来写这样一部作品。可是写什么才能达到这一要求呢？很长时间里，他的思想都只停留在狂热地寻求一个主题和有关材料上。后来，《法国史》《罗马史》《法国革命史》等巨著的作者、法国历史学家儒勒·米什莱的《爱》（1858）启发了他，让他想到，要把他计划中的这部既要令人感动得流泪又要使人振奋，以"唤醒国民意识"的作品的主题定位于"爱"。经过进一步思考，他觉得这"爱"应该是 Gli amici（友爱），即要在不同环境、不同阶级、不同人物的心中体现出这友爱的主题，就像他一八七八年二月二日给他的出版商埃米利奥·特雷维斯的信中说的："Cuore（心）就是此书的主题。这书就叫《心》。"于是，在采访了很多教师和学生，对学校的生活有了足够的了解和熟悉之后，亚米契斯就以他自己的两个孩子为原型，通过一个四年级男孩恩利科的眼光，描述他从一八八一年十月十五日开学的第一天到一八八二年七月十日的所见、所闻、所感，同时插入他父母写的一些规劝性的文章，和老师讲的一些感人的"每月故事"，展示了老师之爱、学生之爱、父母之爱、儿女之爱、同学之爱等种种真爱的伟大情感。

亚米契斯曾这样回忆他的构思过程：

长期以来，我的脑海始终萦绕着一部新书的蓝图。为了它，我辗转反侧、寝食不安，甚至流出了激荡的泪水。我要集中自己的全部智慧写好这部内容新颖别致、情节跌宕起伏、水准定能超过其他作品的书。我创作的欲火业已熊熊燃烧，在我的血液中已感到它的躁动。这是我二十年心血的结晶，是三十年理智的内心独白。凡是读这部书的人都将无法抗拒它的魅力，它是无可争论的教科书，它所包含的教益、慰藉和激荡无不使所有人留下动情的眼泪……

《爱的教育》插图

　　构思到最后,这"创作的欲火"竟使亚米契斯的激情处于不可抑制的狂热之中。他曾向他母亲倾诉:"我犯了职业狂热病,我没有别的选择,我没有丝毫睡意。要是我真的睡着了,那就是梦见了这本书。"然而在动笔书写这部表现爱的作品的时候,亚米契斯本人却陷入"失爱"的境地,经历了极大的痛苦。

　　为专心致志地创作,避免受家庭杂务或人事的干扰,亚米契斯离家单独住到一家旅馆里。这却使他的妻子产生了误解,以为他是为了去外面找别的女人。于是,妻子经常和他争吵,并在他母亲去世之后离开了他。他的大儿子弗里奥也因承受不了这家庭的悲剧而自杀。最后,经过半年多的艰苦创作,亚米契斯终于完成了这部"特别献给九至十三岁的小学生"的书,书的题目就叫《心》。书稿在一八八六年六月完成后,亚米契斯在给艾米丽·佩鲁兹的信中感叹道:"在连续七个月之后,今夜,我为孩子们的这部叫《心》的书写下最后一个字。我看着阳台外的阿尔卑斯山和繁星满天的夜空,想到我所有的努力,我深沉而温柔的感情在这七个月里经受了考验。粗粗浏览我这著作,内心告诉我,我完成得真的还算好,如果不能说优秀的话……"亚米契斯感到满足。在信中,他期望,"如果会有一百万儿童读了这部书并受到感动",他会是多么的高兴啊。

　　如今,读过《爱的教育》并深深受到感动的何止有一百万儿童。从一八八六年问

世到一九〇四年的短短近二十年里，《爱的教育》就印刷了三百多版。一百多年来，此书始终畅销不衰，目前已有一百多种文字的译本，并多次被改编成动画片、电影、连环画，影响了全世界，成为一部最富爱心和最具教育意义的读物，是世界公认的文学名著。

早在二十世纪的二十年代，我国的著名教育家夏丏尊见到《爱的教育》的日文译本后，"曾流了泪三日夜读毕"，深信"书中叙述亲子之爱，师生之情，朋友之谊，乡国之感，社会之同情，都已近于理想的世界，虽是幻影，使人读了觉得理想世界的情味，以为世间要如此才好""于是不觉就感激了流泪"。感动之余，他决定对照日英两种译本来翻译此书时，"还深深感到刺激，不觉眼睛润湿"。译好后，先是在《东方杂志》上连载，然后由开明书店出版单行本。今天，就是在我国，《爱的教育》的中文译本也已经不知有多少种了，深受儿童和父母、教师们的喜爱。

Black Beauty

《黑骏马》

要是不爱动物，一切宣扬爱都是骗人

在论及"哈利·波特"系列小说的成功的时候，研究者常要提到它们的作者，女作家J.K.罗琳阅读《柳林风声》《彼得·潘》《黑骏马》等作品的熏陶。确实，这些儿童文学经典，每本都值得探究，它们是怎么创作出来的，如西韦尔《黑骏马》，就很有特色。

安娜·西韦尔（1820—1878）出生于英国诺福克郡的一个基督教贵格会信徒的家庭。母亲玛丽·西韦尔是儿童读物的作者，所著的"母亲的遗言""可怜的兄弟"等系列作品，表达了她的宗教信仰；另一篇描写以马的眼睛看世界的故事，给安娜留下很深的印象。母亲平时也总是以贵格会的传统教育安娜和她弟弟菲利普要以虔诚、善良、温和之心待人。

西韦尔家经济困难，母亲便抓住每一个机会打发她和她弟弟去离诺福克不远的巴克斯顿她外公外婆家去。在那里，安娜在自由的乡村生活中度过了一段段最快乐的时光。

不幸的是，安娜·西韦尔毕生都未能享有良好的健康。十四岁的一天，她在雨中从

年轻时的安娜·西韦尔

学校步行回家时滑倒,髋骨严重受伤。虽然父亲特地在海滨胜地布赖顿找了份工作,希望那里的气候会有助于她恢复健康。但不当的治疗使安娜成了一个瘸子,一生中离开拐杖便不能站立,更寸步难行。

安娜本来是一个好动的孩子,现在她大部分时间都不得不待在家里,靠父母照顾。她也只能在家受教育,由母亲教她读《圣经》,教她伦理道德,母亲还特别教育她阅读历史,希望她能像自己那样爱历史、爱动物、爱大自然,并像自己一样学习写作。

安娜从未结婚,也没有孩子。只是在去欧洲大陆德国和西班牙等地治伤时,见过多位作家、艺术家和哲学家,包括英国大诗人阿尔弗雷德·丁尼生等,受他们的启发,安娜对写作产生了兴趣。

但随着年龄的增长,疾病丛生,安娜的健康问题越来越糟,她身心极度疲乏,有时甚至会出现抑郁症。

一八六六年十二月,弟弟菲利普家遭遇不幸,他妻子病逝,他自己的身体状况也不佳,留下七个孩子需要负担。考虑到弟弟的困难,加上她父母也已退休,安娜·西韦尔决定回诺福克,来帮助弟弟和他的孩子。

一八六七年九月,安娜四十七岁,她和她父母都搬到诺福克城郊一个叫"老卡顿"的小村子。如今在这里已经见不到"安娜·西韦尔家"了。原来的马厩也已改为车库,路段和房子之间曾有一个称为"安娜的花园"的小花园。穿过斯皮克斯沃茨路,当年是塞缪尔·格尼·巴克斯顿爵士的"鹿苑",有许多马匹在里面被放牧。从安娜家附近直到玛格丽特教堂,是一片花园、草地和森林,景色如画。

"老卡顿网"上的《安娜·西韦尔、黑骏马和老卡顿》一文写道:

> 老卡顿的有些居民认为,安娜创作《黑骏马》的灵感是来自于放牧在这"鹿苑"的一匹马。实际上这是不可能的。安娜对马的爱起始于她很年轻的时候。那时,她因严重残疾,走动完全得依赖于马。安娜去往全国各地时,目睹许多马匹遭受虐待。在十八世纪末英国工业化时代,发电厂和马匹是几乎每种交通工具的动力。那些马匹就是被虐待和玩忽的牺牲品,经常因过度劳累和缺乏照看而死于轭下。事实上,安娜《黑骏马》的灵感可能来自于她弟弟菲利普的一匹叫贝西的黑马……

不过,该文接着写:

> 今天,在这地面的南端,还建有一座骏马喷泉,马槽上的题词是:"一九一七。喷泉是阿达·西韦尔为纪念她的姑姑、《黑骏马》的作者安娜·西韦尔和她的姐妹伊迪丝·西韦尔而建造的。她们俩都是爱马的人。"

年轻时,安娜总是驾驭马车外出,甚至经常驾马车接送父亲上下班。现在,几乎全身病痛,驾不了车,她有了创作的欲望,却连书写都困难。于是,从一八七一年开始,由她口述,她母亲记录,创作她的小说《黑骏马》。

小说主人公黑骏马是一匹漂亮的优种黑马,皮毛乌黑发亮,前额上的一点白色皮毛像是一颗美丽的白色的星星;且温顺、聪明又强壮。

黑骏马原本从小生活在贵族人家,受过良好的训练。主人也非常喜欢他。但好景不长,主人家里发生变故,不得不卖掉他。后来又一连被卖过多次。在这过程中,黑骏

《黑骏马》插图

马遇到了各种各样的人,有喝多了酒就拿马撒气的醉汉,有动辄抽鞭子的出租马车车夫,有不把动物放在心上的野蛮人,也有把动物看成是朋友的好人家。尝尽了人间的甜酸苦辣后,黑骏马终于找到一个善待自己的家,可以安度晚年,有了一个好归宿。小说中的黑骏马,既从动物的视觉冷眼看人类社会,更多的是以富有人性的心灵来讲述他所感受的人和事。一个个动人的故事使读者感到:动物也是通达人性的,它们像人一样,有自己的内心世界,也像人和人之间的关系那样,人怎样对待它们,它们也就怎样对待人类。

读过小说之后,人们就会觉得作品写的不只是马,不只是动物,实际上也在写人。

首先,作者称她的主人公"黑骏马",用的不是 Black Horse 或者 Black Steed,而是 Black Beauty(黑美人)。这不由得让人想起大文豪威廉·莎士比亚十四行诗中的 Black Beauty。莎士比亚十四行诗《黑夫人序列》最先的第一百二十七首就表明,诗人的情妇是一个头发、眼睛和皮肤全都黝黑的"黑夫人"。诗人特别声称,这黑"就是美的真容"。诗中开头的四行"在远古的时代黑并不算秀俊,/即使算,也没有把美的名挂上;/但如今黑既成为美的继承人,/于是美便招来了侮辱和诽谤。"(梁宗岱译诗)原文为"In the old age black was not counted fair, / Or if it were, it bore not beauty's name; / But now is black beauty's successive heir, / And beauty slandered with a bastard shame."。用的即是 black beauty。可见,安娜·西韦尔采用 black beauty 一词,可能受到莎士比亚的影响,像莎士比亚称呼他所爱的情妇那样,以 black beauty 来称呼她所爱的马,至少她自己就是这样看的。

另外,《黑骏马》从第一段第一句开始:"在我的记忆中,我的第一个家是一片可

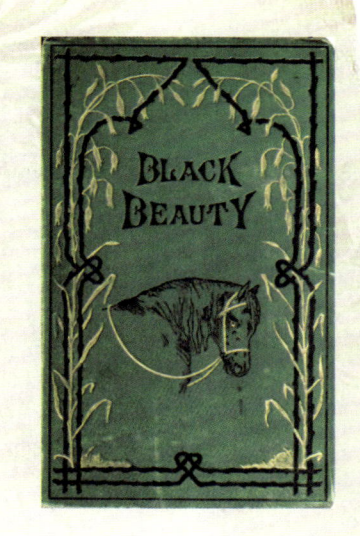

《黑骏马》初版本

爱的大草场"，到全书的最后一段末尾："我那几位女主人答应，永远不会卖掉我，所以我没什么好担心的。我的故事就到此为止了……"诸多地方都可以看出，写的是作者自己，以至于在黑骏马身上可以看到真诚、勇敢、温顺、友善等很多人类的品质。小说中黑骏马的一生既有维多利亚时代各种马的缩影，又折射出那个时代的人的品行，难怪有评论说黑骏马即是安娜·西韦尔。

不难想象，像这样一部基于作家的亲身经历而饱含深情、万分感人的作品，会怎样受到读者的喜爱。

《黑骏马》于一八七七年十一月二十四日由贾罗特父子公司在英国出版，立即引起强烈的反响。《维基百科》写道：

> 随着此书的出版，很多读者都开始关心和同情马遭受伤害的痛苦，最终希望看到引起改革，以提高马的福祉。小说发行两年后，一百万册《黑骏马》的复印本在美国流通。同时，动物权利活动分子都乐于将此书的复印本分发给驾马和养马的人。复印本中有关"颈上控缰"的描述是那么的激发读者的同情和愤怒，以致颈上控缰的马术不仅在维多利亚时代的英国被禁止，在美国，公众对反虐待法的关注也明显增强。复印本中有关控马的有害做法，启示在各国立法，谴责对动物的虐待行为。小说在今天仍被认为具有强大的冲击力。《动物权利和动物福祉百科全书》的作者克劳迪娅·约翰逊和维蒙·约翰逊曾称《黑骏马》是"有史以来最有影响的反虐待

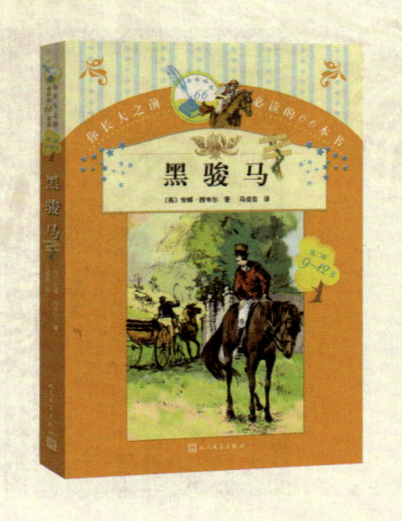

小说"。他们还写到，在很多作家为了让人们改变严酷对待动物而写作的小说中，安娜·西韦尔的《黑骏马》无疑是影响最广且最好的一部。可以将《黑骏马》和美国最重要的社会抗议小说、哈里特·比彻·斯托的《汤姆叔叔的小屋》作比较，因为两部小说都在社会上引起强烈的愤慨和抗议活动。

一百多年来，《黑骏马》已风靡全世界，多次被改编为其他艺术形式：电影、动画片、舞台剧等。《黑骏马》还直接影响了一些作家的创作，如女作家玛格丽特·桑德斯一八九三年的畅销小说《美丽的乔》等。

《黑骏马》是安娜·西韦尔基于对人类虐待动物的强烈不满而写下的唯一一部作品，此书出版后不久，她便去世了。但她书中的一段格言式的劝导："任何信仰都会宣扬爱。人们可能经常谈论自己的信仰，也很喜欢自己的信仰。要是不能让人们真正学会爱人类、爱动物，那这一切就全是骗人——全是骗人！"如今已经通过畅销三千多万本的《黑骏马》在世界各国读者的心中回响，唤醒一代代读者去理解所有不会说话的动物。

Treasure Island

《金银岛》

按照继子的趣味来创作

……我带了一盒颜料,正在给我画出的一个岛屿图着色。在我就要着好的时候,史蒂文森来了,装出对我在做的每件事都很感兴趣的样子,靠在我的肩上。于是,我很快就制作出这幅地图,并标出了地名。我永远忘不了标出"骷髅岛""望远镜山"时的兴奋,也忘不了打上三个红十字时心中极度的震动。更震动的还是他在右上角写下"金银岛"三个字的时候,且他在这方面好像也知道得那么多——海盗,埋藏的宝物,那个被困在岛上的男人……"哦,一个这样的故事呀!"我惊叫了起来……(章云义译文)

这是劳埃德·奥斯本回忆他的继父、英国作家罗伯特·路易斯·史蒂文森(1850—1894)创作《金银岛》的起因。《金银岛》这个儿童故事就是史蒂文森特地为他而创作的,书前就有一段题献:"献给劳埃德·奥斯本/下面的故事就是按照这位美

芬妮·史蒂文森

国绅士纯正的趣味构思的，以报答和他在一起度过的一段快乐的时光／作者——他的挚友——怀着最善良的愿望谨题。"

能拥有"和他在一起度过的一段快乐的时光"，是因为劳埃德·奥斯本是奥斯本夫人的儿子，而这个漂亮的女人，即是史蒂文森的最爱。

奥斯本夫人原名弗朗西斯·玛蒂尔达·芬妮·范德格里夫特（1840—1914）生于美国印第安纳波利斯，父亲是一个开发商。芬妮一头卷曲的黑发，非常漂亮，传记作家称她是一个"纤巧光艳的女子"。她十七岁嫁给陆军中尉塞缪尔·奥斯本，生了女儿伊莎贝尔、儿子劳埃德和哈维。但塞缪尔生性放荡，多次与酒吧女郎等厮混，夫妻间一次次争吵又一次次和解，他仍不改悔。于是，芬妮于一八七五年离开他，带着三个孩子去了欧洲。在安特卫普待了三个月后，芬妮为了学习艺术而前往巴黎。芬妮和伊莎贝尔母女俩一起进了朱利安艺术院。哈维不幸患病，于一八七六年四月五日死于淋巴结核。

在巴黎，芬妮认识了史蒂文森。史蒂文森深深地被芬妮吸引住了，一眼就爱上了她。她也相信史蒂文森是一个天才。几个月后，芬妮因父亲病重，不得不回加利福尼亚。史蒂文森表示要追随她去美国，但他的父母拒绝给他支付旅费。为筹措这笔钱，他只好工作了三年。一八七九年，史蒂文森不顾家庭和朋友的反对，搭乘去西部的火车，穿越整个北美大陆，赶到了加利福尼亚的蒙特雷。二十三天里，他不仅已经身无分文，体重减轻了八公斤，还染上了肺结核，病得几乎死去。找到芬妮后，史蒂文森发现她正在犹豫是否该离开她丈夫。于是，他便在蒙特雷住下，一边等芬妮做出最后的决定，一边写些随笔。

终于，芬妮最后选择了史蒂文森。在得到父亲的允诺后，史蒂文森和芬妮于一八八〇年五月十九日在旧金山举行了婚礼。几天后，他和芬妮带着劳埃德去旧金山以北的葡萄酒之乡纳帕谷旅行，整整一个夏天都在圣海伦山的废弃矿场度蜜月。但史蒂文森的病总是一次次地复发，出血不止，使芬妮焦虑不安。为医治他的病，他们曾去法国求医，后来在英格兰多西特郡离伦敦不远的伯恩茅斯住下，就在这里，芬妮爱的滋润和照顾，使史蒂文森的心情十分愉悦。也就是在这里，史蒂文森开始创作《金银岛》。

在伯恩茅斯的日子，史蒂文森的健康状况虽有好转，但仍很少跨出花园门一步，而是待在家里，"像饼干上的象鼻虫"。他有病没病、在床或者离床，总喜欢写写诗歌、戏剧和小说。"劳埃德要他写一个'好看的故事'"，杰奎琳·奥弗顿在《给男孩和女孩读的史蒂文森传》中这样描述劳埃德·奥斯本所说的情形：

> 一切都是从一幅地图开始的。史蒂文森一向喜欢地图，一天，他画了一幅很精致的地图。"很详尽，色彩又漂亮，"他说，"图的形状无法表达我的想象，上面的几个港口使我像十四行诗一样的喜欢……我的《金银岛》的演出开始了。"
> 于是，岛上出现一大群人的厮杀，各种奇特的场景也在岛上发生，在他凝视着这幅地图的时候，史蒂文森完成了这"好看故事"的布局。

在给劳埃德画出藏宝图的三天里，史蒂文森写成了开头的三章，每写一章，都大声念给全家人听，让他们提意见。除了开头吉姆·霍金斯的妈妈之外，依照劳埃德的坚决要求，书里不出现女人。史蒂文森的父亲听这个故事时也开心得像个孩子。两个星期后，一位朋友，亚历山大·贾普将小说的开头几章交给儿童杂志《小伙子》的一位编辑，他同意每星期发表一章。于是，史蒂文森就以一天一章的速度连续写下去，然后进行压缩

罗伯特·路易斯·史蒂文森

和润色。当秋天来临的时候，史蒂文森夫妇回伦敦，然后于十月前往瑞士达沃斯。在这里，间隙的休息和阿尔卑斯山清新的空气使史蒂文森得以继续每天一章的创作，终于很快就完成了这部小说。

作品于一八八一年十月至一八八二年一月以《金银岛，或伊斯班袅拉号上的暴乱》为题在《小伙子》杂志上发表，作者的署名是"乔治·诺斯船长"。一八八三年出版单行本。

这是一个关于海盗和宝藏的故事：吉姆·霍金斯十岁时，父母在黑山海湾旁经营一家"本葆将军客店"。有一天，来了一位一侧脸颊留有一道刀疤的旅客，叫比尔，自称是船长或者大副。他常给吉姆讲些吓人的故事，比如什么将罪犯处以绞刑叫"荡秋千"，将人绑住双手、蒙上眼睛走跳板叫"走板子"，还有遍地骸骨的西班牙海盗巢穴等等。比尔有个习惯，就是每天下午都要带一架铜管望远镜去海边观望是否有船只过来。几天后，有人给他送来一张写有"限你今晚十点钟交出"的"黑卷"，这意味着如不按照上面写的话去做，任何海盗都可以杀死他，比尔因此害怕得中风，再加上喝了太多朗姆酒，结果不治而亡。比尔死后，吉姆在他的水手衣物箱里找到一幅"金银岛"藏宝图，那是海盗普林特船长留下来的。就是这幅标着藏有宝物的地图，引发了一场寻宝的冒险和斗争。海盗们，尤其是海盗头子约翰·西尔弗，冒充普通的水手，假装跟着吉姆和李甫西医生一起去寻宝。在寻宝的航海旅途中，吉姆一行遇上许多惊险的事件，包括海盗们的群体叛乱、凶猛的风暴和疟疾的暴发，等等。小说最后以打死和放逐海盗、胜利找到宝藏结

世界名著

背后的

故事

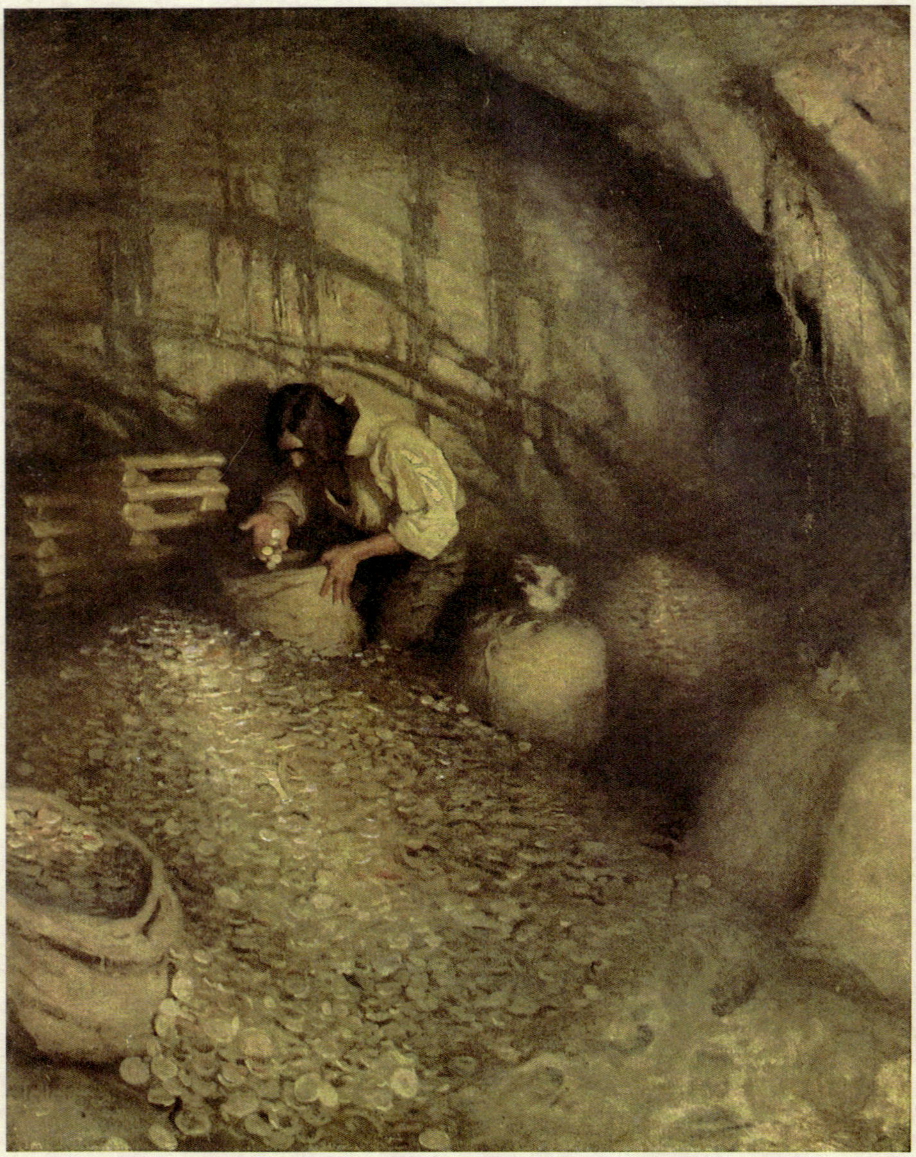

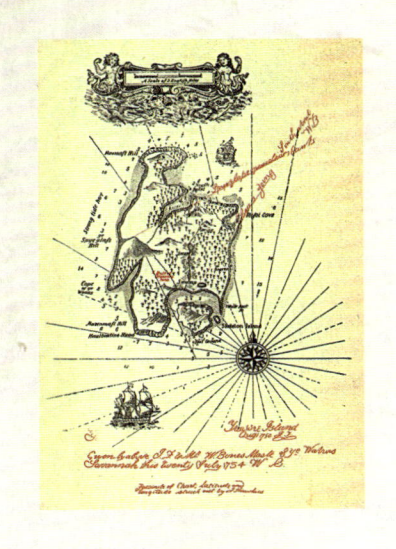

"藏宝图"

束,"我们每个人都分得很丰富的一份财宝",约翰·西尔弗却逃跑了,留下一个悬念。

《金银岛》的故事是虚构的,但这虚构故事的后面有着现实基础。史蒂文森凭着他的知识以及娴熟的写作技巧,把故事写得真实、生动而令人信服。

在历史上所谓的"海盗的黄金岁月"里,海盗几乎是横行无阻,杀人抢劫均能屡屡得手。有一个叫爱德华·蒂奇(约1680—1718)的海盗头子,外号"黑胡子",驾一艘俘获来的商船,装了四十门火炮,升一面白色黑底骷髅头骨标志的海盗旗,在弗吉尼亚和卡罗莱纳沿海及加勒比海一带劫掠。人们一听到他的外号,便心惊胆战,"蒂奇"也成为大人们用来吓唬小孩子的名字。还有一个叫亨利·摩根(1635—1688)的威尔士海盗,曾率领三十六艘船只和近两千名海盗去攻占巴拿马,将该城焚烧洗劫一空。当然,最后这些海盗大多被官方拘捕,并遭到审判,处以绞刑,用《金银岛》中海盗们的行话来说,尸体都被"烤成鱼干"。《金银岛》第十一章写到吉姆·霍金斯躲在苹果桶里偷听海盗们的叛乱计划时,约翰·西尔弗说到他们的经历和命运:"……在一次舷炮齐轰的时候,我丢了一条腿……给我截肢的外科医生是大学毕业生,装了一肚子拉丁文;可是他也跟其余的人一样在科尔索要塞像条狗似的被绞死后吊在太阳下烤。"这不是作家的胡编乱造,而是历史事实。

确实有这么一个外科医生,他的名字叫彼得·斯丘达莫尔(约1665—1722)。他曾自诩是威尔士统治者欧文·格林杜尔(约1349或1359—约1416)的后裔,但他的具体生日、父母的名字和是否在哪里受过什么教育等,研究者都没有弄清。只知道他不知出于什么动机，抛弃妻子和六个孩子，加入"皇家非洲公司"，在布里斯托任"康沃尔"号的外科医生。但他一七二一年十月被著名海盗巴沙洛缪·罗伯茨所俘，随后与他们签约合伙，自夸是有史以来第一位海盗医生，并声称希望成为一个"像他们一样的最大的流氓恶棍"。被捕后，斯丘达莫尔和其他五十一名海盗被法院判处绞刑。斯丘达莫尔要求延迟两三天执行，得到了同意。在这段时间里，他祈祷、诵读《圣经》。最后，一七七二年四月十三日，在黄金海岸的科斯特角，他一个人站上绞刑架赴死。

  有关海盗在海上的活动和他们藏宝的故事在民间广为流传。传说他们抢劫来的金银财宝大都埋藏在只有几个亲信知道的地方，而在埋妥之后，亲信往往被杀，以免泄露。其中流传最广的是一个叫威廉·基德（1645—1701）的海盗的故事。他原是一名劫私船的船长，后来当了海盗，横行于西班牙商船的航路，抢劫财物。据说他在长岛附近的加德纳斯岛上埋藏有大量抢劫来的金银财宝。埃德加·爱伦·坡在小说《金甲虫》中借人物之口说：

  有无数捕风捉影的谣言散布说，基德那伙人在大西洋沿岸什么地方埋着财宝。这些谣言一定有些事实根据。传了那么久，还不断流传，我看，只是因为宝藏还埋着没被发掘的缘故。要是基德一时把藏物埋了起来，事后又取走了，这些谣言传到我们耳朵里，就不至于像目前这样千篇一律了。要注意，这些故事讲的都是找寻财宝的，不是找到财宝的。（徐汝椿译文）

  史蒂文森本人从来没有遭遇过海盗。所谓"海盗的黄金岁月"，在他出生之前就已日薄西山，结束一个多世纪了。但史蒂文森的父亲和祖父都是灯塔工程师，经常要去海上检查为航船指路的灯塔。他们出海时，常带年轻的史蒂文森一起前往。就在创作《金银岛》的前两年，父亲有一次还带着未来的作家前穿越大西洋。这种时候，他们总会对史蒂文森讲些航海和海盗的故事。史蒂文森在《金银岛》中就两次提到基德。

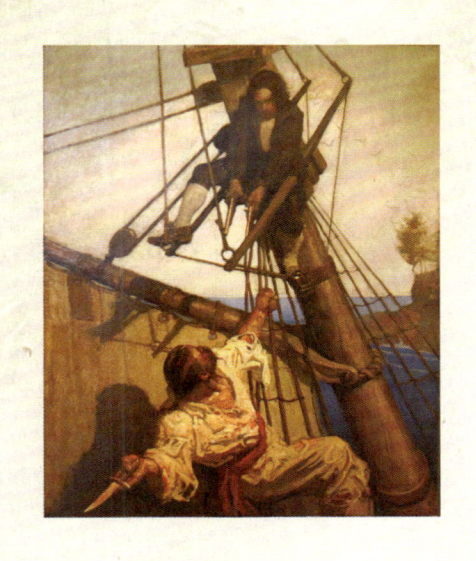

《金银岛》插图

史蒂文森在小说中将海盗和藏宝描写得如此生动逼真，以致诗人威廉·巴特勒·叶芝在一八九〇年对史蒂文森说，《金银岛》是唯一一部他那在海上劳作的祖父给他的能带来欢乐的书。

《金银岛》中有个重要的反派人物"高个儿约翰·西尔弗"，这个只有一条腿的海盗，是臭名昭著的海盗船长老弗林特的大副。此人非常狡猾，没有一点儿德性，他装出一副友好的、热心助人的样子，实际上，自始至终都在策划一场夺宝的暴乱。最初，吉姆很喜欢他，因为看他在"伊斯班袅拉号"船上做一名厨子，像是一个最尽心尽责的模范人员。在亲眼目睹他杀死一名船员之后，吉姆就看穿他无情、残暴的本性。

史蒂文森创造约翰·西尔弗这个人物，是以威廉·欧内斯特·亨利（1849—1903）为原型的。威廉·亨利是英国诗人、批评家和编辑，以诗作《不可征服》而闻名，诗的结尾"我，是我自己命运的主宰／我，是自己魂灵的统帅"，常为读者所记诵。亨利十二岁那年，因为患结核病，不得不自膝下截去左腿。他和史蒂文森原是朋友。劳埃德·奥斯本描述说，亨利是"一个个子高大、两肩结实的家伙，留一大把红胡子，拄一根拐杖，他智慧惊人，待人也和气，他的笑声就像音乐似的圆润。他有一腔难以想象的激情和活力……"史蒂文森对他印象也不错，曾说："他是一个了不起的人，能控制整个气氛。据说他在房间里，你就是蒙着眼睛进去，也能感觉得到。"亨利和史蒂文森作为朋友，曾合作创作戏剧。但后来关系疏远了，部分原因是史蒂文森病重时，亨利还要进医院缠住他一起创作，弄得他疲惫不堪；另一个原因是亨利是一个酒鬼，

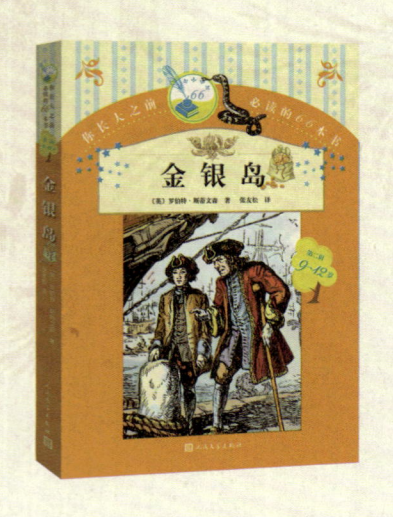

这使芬妮很不高兴，两人发生争吵，史蒂文森也有些不满，不过后来原谅他了。以威廉·亨利作为约翰·西尔弗的原型主要是吸取他的独腿特征和他的复杂的性格，不能表明有多大的恶意。

《金银岛》最初是史蒂文森为娱乐他的继子劳埃德而写，但发表和出版之后，便为读者所欢迎，到了十九世纪八十年代末，它成为最普及的老少皆宜的读物之一。据说，第三次出任英国首相（后来又第四次任首相）、当时已经七十多岁的威廉·格莱斯顿（1809—1898）都整夜不眠，像小孩子那样读这部小说。如今，此书在英美两国已说不清有多少个版本，它还被翻译成四十种语言在世界各国出版发行。《金银岛》同时还被改编成别的文艺形式：除查尔斯·谢菲尔德一九九三年从此书吸取灵感创作的科幻小说《一路平安》外，它还被改编成广播、电影、电视等节目。从一九三九年的广播剧《我的海洋冒险》开始，至二〇一一年"布里斯托老维克"剧团在布里斯托的国王街户外演出《金银岛》，该书共有九次被改编成戏剧。影视剧方面，从一九一八年福克斯电影公司的默片《金银岛》开始，这部作品至今已经被改编了五十多次。

Uncle Tom's Cabin

《汤姆叔叔的小屋》

激发人们对黑奴的同情

像在其他国家和地区一样，美国南方的奴隶制也是一种罪恶的制度，它已经形成一个贩运、买卖、使用、管理、监视和追捕一条龙的产业链。美国国会一七九三年通过的《逃亡奴隶法》更有助于这个制度的巩固，该法律授权任何联邦地区法官或巡回法院法官或任何联邦治安法官在没有评审团参加审判的情况下，可以最终决定一个被指控的逃亡奴隶的命运。但这一措施遭到北方各州的强烈反对，其中有些州甚至通过人身自由的法律，规定那些对不利于他们的初审判决提出上诉的逃亡者，有权要求评审团审判，来抵制联邦法律的执行。出于对一七九三年法律的不满，有些同情奴隶的北方人士在一八一〇年就设法帮助从南方逃出来的黑人奴隶，通过被称为"地下铁道"的秘密交通网，在夜间或在伪装下，逃到北方或英格兰、加拿大。南方则要求更有效的立法措施。于是，第二个《逃亡奴隶法》在一八五〇年出台。根据这项法律，逃亡者不能为自己做证，也不准许由陪审团审判；对于拒绝执行此项法律或纵容逃亡者逃跑的联邦法院执行官课以重

哈里特·比彻·斯托

刑,对于协助奴隶逃跑的个人也要课刑。这样,虽然从一八一〇年至一八五〇年的四十年里有四至十万黑人奴隶侥幸经由"地下铁道"获得自由,更多的奴隶仍然在种植园里过着极端悲惨的生活。

哈里特·比彻·斯托(1811—1896)出生在美国东北部,也就是北方的康涅狄格州,是家里十三个孩子中的第七个。父亲是公理会的一个著名牧师,母亲在她五岁时就去世了。哈里特先是进了一所女子学校,接受传统的"男性"教育。离开学校后,她在哈特福德和辛辛那提教书,积极参加当地的文学界和教育界的活动。一八三六年,哈里特·比彻和卡尔文·埃利斯·斯托结婚。卡尔文是牧师兼神学院教授,还是一位有名的圣经学者。这是他丧妻后的第二次婚姻。他鼓励哈里特从事文学创作,因为她在一八三四年曾出版过《五月花,或清教徒后裔人物、场景》,富有文学才华。随后在一八四二年的短篇小说集《马克·梅里登》之后,哈里特一生创作了二十多部作品,其中影响最大的是她一八五一年的反对奴隶制的小说《汤姆叔叔的小屋》。这是一个有良心的人亲身感触奴隶制的罪恶之后的激情之作。

哈里特从二十一岁开始在辛辛那提教书起,一直在这里住了十八年。此地与蓄奴的村镇仅一河之隔,她平日就接触过一些逃亡的黑奴,并从朋友那里听说过奴隶悲惨的生活情况。她对他们的命运深表同情,其中一个叫乔赛亚·亨森的黑奴的命运深深地刺激了她。

乔赛亚·亨森(1789—1883)出生于马里兰州查尔斯县"烟草港"附近弗朗西斯·

《汤姆叔叔的小屋》插图

纽曼的种植园,一生下来,他的身份便是奴隶。他小时被卖给了伊萨克·赖利。长成青年时,由于体力强壮又富有智慧,赖利让他做种植场的监管。二十二岁那年,亨森和一位没有留下姓名的女奴隶结婚。亨森对赖利表现出最高的忠诚。当一八二五年赖利经济陷入拮据、遭到起诉时,亨森帮助绝望中的赖利,按照他的要求,领着十八名奴隶步行去到肯塔基州戴维斯县的种植园,把他们交给债主。作为回报,赖利委他以更大的责任,并允许他做一名卫理公会的传教士。当亨森以他所积蓄的三百五十美元和原先赖利许诺再加一百美元的字据想赎回自由时,赖利在字据上的一百后面加了一个零,将费用改成一千美元,并计划把他卖到南方去。亨森担心全家骨肉分离,便带着妻子和孩子们于一八三〇年夏逃亡。他们穿越俄亥俄州和纽约,在加拿大的安大略定居下来。在这里,亨森成为非洲裔加拿大人社区的一个领袖人物和传教士。他后来又返回美国,帮助别的奴隶逃跑。亨森还在一八四二年创办起一座叫"美国英语学院"的非洲裔加拿大人的社团和工业学校,这两个机构已经成为逃亡奴隶的避难所。亨森曾多次去往英格兰,在那里为上流社会所接受。在他第一个妻子去世后,他与一位波士顿的孀妇结婚,最后于一八八三年在安大略省的德累斯顿去世。

亨森的自传《原来的奴隶、现是加拿大居民亲自叙述的乔赛亚·亨森传》出版于一八四九年。读过亨森的自传之后,斯托夫人的心灵受到极大的震荡。她给华盛顿特区反奴隶制刊物《民族时代》的编辑甘梅利尔·贝利写信说,她计划写一部有关奴隶制问题的小说:"我觉得现在,连一个女人和一个孩子都可以谈论自由和人权的时代已经

《汤姆叔叔的小屋》插图

到来,这个词原是被禁止说的……我希望每个能写的女人都不要保持沉默。"

另外给予斯托夫人启示的还有反奴隶制斗士西奥多·韦尔德和他妻子安吉丽娜·格里姆凯及安吉丽娜的姐姐萨拉共同撰写并于一八三九年出版的《现今美国的奴隶制:一千份亲身经历的证词》。斯托夫人说,书中对穿越俄亥俄河、从蓄奴的肯塔基州逃亡出来的奴隶的采访录,也是《汤姆叔叔的小屋》中一些情节的素材来源。

与此同时,斯托夫人又一次次地走访南方,更深入细致地了解奴隶制度下的惨状。

不久,在斯托夫人正好四十岁的那年,她的《汤姆叔叔的小屋》在《国家时代》周刊上发表,从一八五一年六月五日那一期开始,一直连载到一八五二年四月一日那期,刊物为此支付了四百美元。作品最初用的副标题是《不被当人看的人》,但很快就被改为《卑贱者的生活》。

斯托夫人在《汤姆叔叔的小屋》的"序言"中声称:"本书旨在激发人们对那些和我们生活在一起的非洲人的同情;揭露了他们在奴隶制下遭遇到的种种不平和痛苦……本书所描述的奴隶制的罪恶,远不及难以形容的全部真相的一半。"(王岩译文)

在《汤姆叔叔的小屋》中,作者描写了接受奴隶主灌输的基督教精神、逆来顺受型的黑奴汤姆,也塑造了伊丽莎和她丈夫乔治·哈里斯等不甘让奴隶主决定自己命运的具有反抗精神的黑奴。作品揭示了各种类型的奴隶主的行为表现和内心世界,赞扬了一部分具有民主主义思想和人道主义精神的奴隶主。小说告诉读者:逆来顺受、听从奴隶主摆布的黑奴难逃悲惨的结局,而敢于反抗的黑奴终会得到新生。

《汤姆叔叔的小屋》插图

小说立即获得读者的广泛欢迎。波士顿的出版商约翰·P. 朱厄特与作家联系，将连载的小说出版单行本。很快，《汤姆叔叔的小屋，或卑贱者的生活》由约翰·P. 朱厄特公司在一八五二年三月二十日分两卷出版，首印五千册，每卷都配有画家查尔斯·哈梅特·比林斯的扉页设计和各三幅全页插图。不到一年，此书就获得了前所未有的销量，在美国卖出了三十万册。到十二月，销量开始下滑时，朱厄特又推出仅售37.5美分的廉价本来促进销售。作品在英格兰也卖得很好：一八五二年的第一版销出二十万册。几年里，该书甚至卖出一百五十万册，虽然多数都是盗版。法语译本于一八五三年在康布雷和巴黎出版。到一八五七年，此书已被译成二十种语言。

《汤姆叔叔的小屋》不但在它的祖国美国已经成为仅次于《圣经》的畅销书，现在，世界上的主要国家都有这部著作的译本。它还被公认是历史上少数几部影响最大的文学作品之一。"南北战争"打响后，斯托夫人来到华盛顿特区，并于一八六二年十一月二十五日见到总统亚伯拉罕·林肯，据说，林肯总统曾当着她的面说："你就是那位引发了一场大战的小妇人。"不过，历史学家们认为不能确定林肯当时是否真的说过这话，而且斯托夫人在与林肯见面之后仅几个小时给她丈夫写的信中也没有提到这一评说，因此被认为是一个杜撰的故事。虽然如此，《汤姆叔叔的小屋》所产生的巨大影响是毋庸置疑的。自该书出版以来，许多作家都称赞这部小说集中表达了北方对不公正的奴隶制度和《逃亡奴隶法》的愤怒，给废奴运动增加了活力。在"南北战争"中表现突出的詹姆斯·贝尔德·韦弗将军就曾说过，正是此书使他积极投身于废奴主义的运动。

威廉·吉尔摩·西姆斯

林纾和魏易合译的中译本《黑奴吁天录》大概于清光绪二十七年（1901）出版后，当时在日本留学的鲁迅在一九〇四年十月八日给他的一位好友写信道："昨忽由任君克任寄至《黑奴吁天录》一部……乃大欢喜，穷日读之，竟毕。……树人到仙台后，离中国主人公颇遥，所恨尚有怪事奇闻由新闻纸以触我目。曼思故国，来日方长，载悲黑奴前车如是，弥益感喟。"文学史家还认为，《汤姆叔叔的小屋》不仅对美国文学产生了极大的影响，还影响所谓的"抗议文学"，相信像厄普顿·辛克莱的《屠场》和蕾切尔·卡森的《寂静的春天》都大大受惠于此书。

但小说最初也曾遭误解甚至恶意的抨击。如当时尚未成名、正在从事精神病医生职业的西格蒙德·弗洛伊德曾认为他的一些具有施虐—受虐倾向的病人可能是受了《汤姆叔叔的小屋》中鞭打奴隶的情节的影响。

另外，出于不同的立场，《汤姆叔叔的小屋》一出版，美国南方的一些人就大大地被激怒了，一些维护奴隶制度的人更对它进行了严厉的批判甚至辱骂。

威廉·吉尔摩·西姆斯（1806—1870）是美国"战前南方文学"的主要作家，创作过《雅马西》等数十部小说，在南方一直受到赞扬，在北方也拥有广大读者。西姆斯至今还为人所记得，主要是因为他反对斯托夫人的《汤姆叔叔的小屋》和他极力为奴隶制辩护的立场。《汤姆叔叔的小屋》出版后仅数月，西姆斯就推出他的《剑和纺纱杆》，这部小说通过波基上校和他一名奴隶的一生，集中表现了南北战争及其所造成的灾难性创伤。西姆斯的其他不少作品也多有类似赞成奴隶制的言论。西姆斯甚至宣称斯托夫人的《汤姆叔叔的小屋》是彻头彻尾的捏造。在《汤姆叔叔的小屋》出版后的二三十年间，另外一些作者也创作了反对《汤姆叔叔的小屋》的作品，像西姆斯一样，说《汤姆叔叔的小屋》这部小说是犯罪和诽谤。在这种围剿式的气氛下，阿拉巴马州莫比尔的一位书商因销售《汤姆叔叔的小屋》而不得不离开家乡。同时斯托夫人也收到不少威胁信，包括一个包裹，内装一只被砍下的奴隶的耳朵。影响之下，有些南方作家也提笔批评斯托夫人的这部小说。有些批评强调斯托夫人缺少南方生活的亲身经历，例如说她从来没有去过南方的种植园，这就使她对这一地区的描写不准确。斯托夫人坚持说，她书中的人物是根据辛辛那提多个逃亡奴隶说的故事创作的，"她亲眼看到的几次事故激励她写作（这部）著名的反对奴隶制的小说，她在俄亥俄河上目睹的诸多场景包括一丈夫被卖，和他妻子分离，还有报纸杂志上的记录和访谈，都为（书中）情节的形成提供了素材"。

为了回应那些批评，斯托夫人在一八五三年发表了《〈汤姆叔叔的小屋〉题解》，试图证明小说对奴隶制描述的真实性。在这部书中，斯托夫人详细谈了《汤姆叔叔的小屋》中的每一个主要人物，提出他们在"现实生活中的对应人物"；同时还进一步对南方的奴隶制做了"比小说更为严厉的攻击"。与小说一样，《〈汤姆叔叔的小屋〉题解》也成了一部畅销书。

时间冲淡了对《汤姆叔叔的小屋》的误解，那些攻击性的批评更不值一提。原因是对实际情况的无知和顽固的维护奴隶制的立场。权威批评家埃德蒙·威尔逊说得好："把自己完全置身于汤姆叔叔的小屋中……就会证明（书中所写的）那些令人震惊的经历。"《汤姆叔叔的小屋》如今已被公认为美国文学的经典，为一代代的读者所喜爱和传颂，并被改编为多种艺术形式在受众中广泛流行。

说来有趣：《汤姆叔叔的小屋》虽然是十九世纪的畅销小说，但在当时，更多的美国人知道小说里的故事却不是因为阅读了这本书，而是从小说改编过来的舞台剧或音乐

剧。据统计材料，当时至少有三百万人看过这类戏剧，是小说第一年销量的十倍。但是，这些改编作品的倾向性很不一致，除了如实地反映女作家伤感的反奴隶制的政见之外，还有比较中立的立场，甚至有维护奴隶制度的。

《汤姆叔叔的小屋》多次被改编成电影。最早自然是电影幼年时代的默片，《汤姆叔叔的小屋》是当时改编自此书最多的默片，第一部所谓"全长"（仅十至十四分钟）的默片摄于一九〇三年，最后一部默片于一九二七年发行。默片时代结束后，小说因题材敏感而被搁置了数十年，期间米高梅公司曾经决定在一九四六年再次将它搬上银幕，也因"全国有色人种协进会"领导的抗议未能实施。直至一九六五年，才有一部德语版电影《汤姆叔叔的小屋》引进美国。除此之外，几十年间，曾出现过华特迪士尼公司等改编制作的多部动画卡通片。斯托夫人的《汤姆叔叔的小屋》算得上是名副其实的文学经典。